Hans Walker · Bergers unverhoffte Reise

buch & media

Bergers *unverhoffte* Reise

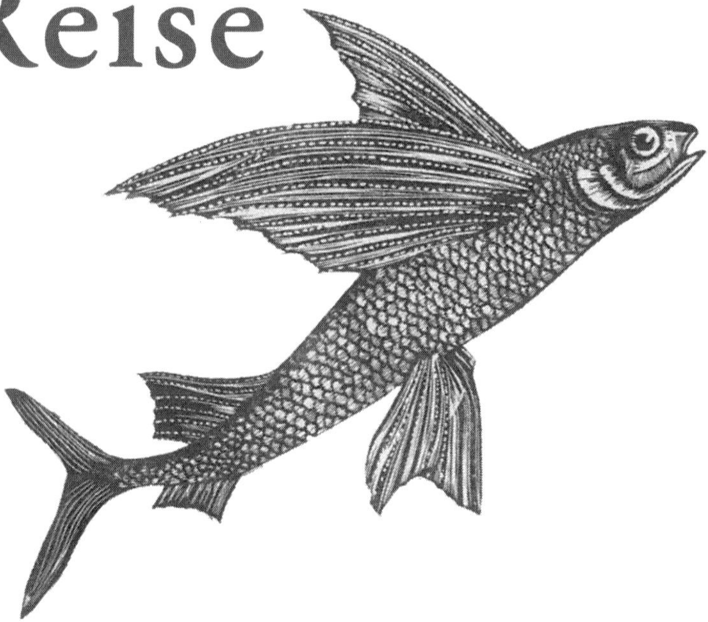

ROMAN

buch & media

Originalausgabe
März 2022

Lektorat: Heidi Keller
Korrektorat: Judith Leister
Layout & Satz: Johanna Conrad
Umschlaggestaltung: Alexander Strathern
Gesetzt aus der Adobe Garamond Pro
Printed in Europe · ISBN 978-3-95780-259-0

Buch&media GmbH
Merianstraße 24 · 80637 München
Fon 089 13929046 · Fax 089 13929065

Weitere Publikationen aus unserem Programm finden Sie auf
www.buchmedia-publishing.de
Kontakt und Bestellungen unter info@buchmedia.de

Was brauche ich Abschiede,
um mein Leben zu ändern,
bin ich zu schwach, zu feige?

Friedrich Hölderlin

1

Süddeutschland, Frühjahr 1970

MAX BERGER SAẞ auf einer Bank aus schwerem, verwittertem Holz. Am unteren Ende der abschüssigen, schmalen Allee schimmerte der künstlich angelegte See, der in einen Ring aus dunkelgrünen, breitblättrigen Pflanzen eingebettet war. Blickte er den Hang nach oben, sah er einen Ausschnitt des ockergelben Schlossgebäudes, in dem die Universitätsverwaltung untergebracht war. Die Birkenblätter über ihm säuselten bei jedem Windstoß. Max hatte seine Lederjacke über die Lehne gelegt. Für Ende April war es angenehm warm. Wärmer, als es die Wettervorhersage hatte vermuten lassen. Die Bank war sein Lieblingsplatz, wenn er zwischen den Vorlesungen freie Zeit hatte. Es war ein Ort des Verweilens, der Ruhe. Der inneren Einkehr.

Heute war seine Stimmung eine andere. Max Berger fühlte sich bedroht. Vielleicht war dieses Wort, das ihm jetzt als Erstes einfiel, zu stark. Übertrieben. Aber er wusste im Moment nicht, wie er das, was auf ihn zukam, besser hätte beschreiben können. Um genau zu sein: Max begann zu begreifen, dass Frauen gefährlich werden konnten. Seine Mutter hatte ihn schon früh gewarnt: »Max«, sagte sie. »Weiber.« Dann machte sie eine der Kunstpausen, die ihren mütterlichen Ansagen ein ganz besonderes Gewicht gaben, und legte nach: »Sie wollen immer nur das eine.« Was immer das auch sein mochte, es konnte nichts Gutes sein.

In den letzten Monaten beschlich Max zunehmend das Gefühl, dass seine Beziehungen zu Frauen in eine Richtung gingen, die nicht mehr mit dem übereinstimmte, was er als sein Lebensmotto beschrieben hätte: Freiheit und Unabhängigkeit! Es wurde höchste Zeit, sich dem immer klarer geäußerten Wunsch aus seinem persönlichen Umfeld nach mehr Nähe und den nicht zu überhörenden Hinweisen auf die Gestaltung einer gemeinsamen Zukunft zu stellen.

Eines war ihm zu diesem Zeitpunkt bewusst: Er wollte keine enge Bindung und auf keinen Fall heiraten. Und er wollte keinen Nachwuchs. Bei dem Gedanken daran sah er vor allem die von ihm so klassifizierten »*Saichquäks*« vor sich, bei denen er nie wusste, wie er sie halten sollte, wenn sie ihm in die Hand gedrückt wurden und mit denen er im Wesentlichen Schreien und Windeln assoziierte.

Leichter fiel ihm der Umgang mit etwas älteren Kindern. Max liebte es, Geschichten zu erfinden, und hatte damit zu seiner eigenen Überraschung sogar Erfolg. So etwa, wenn er zum Abendessen eingeladen war und die Kinder der Gastgeber friedlich einschliefen, während er erzählte. Dennoch war Max froh, wenn er in seine eigenen vier Wände zurückkehren konnte, diese aufgeräumt vorfand und er es sich bei klassischer Musik und einem Glas Whisky ungestört gemütlich machen konnte.

Frauen, die in seiner Studentenwohnung auftauchten, waren als Besucherinnen willkommen. Aber auch mit ihnen ging es ihm am Ende wie mit den Kindern. Er war glücklich, wenn er wieder allein war und sich keine Gedanken über eine gemeinsame Zukunft machen musste. Danach gefragt, was denn sein Problem sei, war es ihm lange schwergefallen, eine eindeutige Antwort zu geben. Ein Artikel in einer Frauenzeitschrift brachte die Sache auf den Punkt. Nähe und Distanz. So anregend und lustvoll er die Nähe zu Frauen fand, so stark war auch sein Bedürfnis, frei und ungebunden zu sein. Und er meinte, diesen Wunsch auch klar zum Ausdruck gebracht zu haben. Erstaunlicherweise nahm sein weibliches Umfeld ihn jedoch nicht ernst.

Es brauchte also eine wirkungsvollere Intervention als ein Gespräch.

Ihm kam in den Sinn, dass Tiere, die sich bedroht sehen, blitzschnell entscheiden, ob sie sich stellen oder ob sie fliehen. *Fight or flight.*

Max hätte sich gerne für die Flucht entschieden. Aber wohin? Er war im dritten Semester und sein Studium machte ihm Spaß. Einfach die Stadt und die Universität zu wechseln, war keine Lösung.

Er konnte zu diesem Zeitpunkt nicht ahnen, dass ihm eine unverhoffte Einladung sehr bald die Gelegenheit bieten würde, für ein Jahr ans andere Ende der Welt zu fliehen. Was er dabei nicht bedachte, war, dass die Einladung von einer Frau kam. Und dass er nirgendwo auf der Welt dem schmerzvollen Wechselspiel von Nähe und Distanz würde entkommen können.

2

DAS FRACHTSCHIFF DER Hamburger Hapag-Lloyd-Linie bewegte sich sehr langsam und fast geräuschlos aus dem Rotterdamer Hafen in Richtung Ärmelkanal. Max stand an der Reling des Promenadendecks und sah tief unter sich die von Scheinwerfern beleuchteten Hafenanlagen vorbeigleiten. Die Ladekräne und die Gebäude waren mit Lichtpunkten besetzt, die in der feuchten Luft von feinen Strahlenkränzen umgeben waren. Entlang der Fahrtrinne blinkten die Leuchtfeuer. An einem beleuchteten Fenster der Schiffsbrücke über ihm war der Schatten eines uniformierten Mannes zu erkennen.

Die Fahrt nach Südostasien würde länger dauern als üblich. Der Suezkanal war als Folge des Sechstagekrieges zwischen Israel und seinen Anrainerstaaten seit drei Jahren gesperrt. Max musste den Umweg um das Kap der guten Hoffnung in Kauf nehmen, bevor das Schiff über den Indischen Ozean seinen ersten Zwischenhalt in Port Swettenham in Malaysia erreichen würde. Ziel der Passage war Singapur. Ein kurzer Flug von dort sollte ihn dann nach Medan, die Hauptstadt Nordsumatras, bringen.

Max befand sich an diesem Abend nicht allein an der Reling. Links und rechts von ihm schauten zwei Kinder mit windzerzausten Haaren hinaus auf das Meer: der neunjährige Alex und seine achtjährige Schwester Lotte. Neben ihr stand Anne Stoll, die Mutter der beiden. Ihre blonden Haare bewegten sich im Rhythmus der Böen, die über die Hafenanlagen hinwegfegten.

Was die Kinder betraf, wäre die Begegnung mit ihnen nach Max' bisherigen Standards auf die Länge einer Gutenachtgeschichte beschränkt gewesen. Ab heute jedoch war alles anders. Max Berger war für die nächsten zwölf Monate ihr Hauslehrer.

3

NOCH VOR WENIGEN Stunden waren Alex, Lotte und ihre Mutter zusammen mit Max in einem Erste-Klasse-Abteil der Bahn von Süddeutschland nach Holland unterwegs gewesen. In Rotterdam wurden sie von Herrn Hansen, dem Agenten der Reederei, und einer schwarzen Limousine erwartet, deren vordere Türen das Hapag-Lloyd-Emblem zierte.

Kurz vor drei Uhr erreichten sie einen meterhohen Drahtzaun, der das dahinterliegende Hafengelände abgrenzte. Hansen brachte den Wagen vor einem schweren, zweigeteilten Gittertor zum Stehen.

Ein uniformierter Mann kam aus dem schwarz gestrichenen, hölzernen Wachhäuschen, blickte durch die offene Scheibe auf der Fahrerseite und grüßte Hansen mit einem angedeuteten Kopfnicken. Wasser tropfte vom Rand seiner Schirmmütze. Hansen zeigte ihm die Schiffsbuchungen und fragte etwas auf Holländisch. Der Wachmann antwortete einsilbig, ging auf das Tor zu und öffnete einen Flügel.

Zügig fuhr Hansen über das Hafengelände. Die Sicht aus dem Wagen war eingeschränkt durch den Nieselregen, der kurz nach der Abfahrt am Bahnhof eingesetzt hatte. Immer wieder wich Hansen elegant Schwerlasttransportern aus, die mit Holzkisten beladen waren. Ein anderes Mal musste er scharf bremsen, weil ein Gabelstapler hinter einem Container hervorschoss und auf seine Fahrspur einbog.

Max wusste nicht, wohin er zuerst schauen sollte. Er hatte noch nie das Innenleben eines Hafens gesehen. Die Kinder neben ihm auf der Rückbank waren aufgeregt, machten sich gegenseitig und die Erwachsenen ständig auf Neues aufmerksam und wollten unablässig etwas wissen. Max gab es auf, zu antworten, denn bis er durch sein beschlagenes Fenster erkannt hatte, auf was sich ihre Frage bezog, waren sie schon wieder ein Stück weiter.

An den von Scheinwerfern angestrahlten Piers lagen zahlreiche Frachtschiffe.

»Welches ist unseres?«, fragte Alex.

Anne und Max konnten nicht weiterhelfen. Hansen wirkte auch unsicher.

»Pier 38 müsste hier irgendwo sein«, meinte er zögernd und verringerte das Tempo ein wenig. »Da liegt es!«, rief er dann erleichtert. »Ihr Schiff!«

Die Limousine war jetzt auf der Höhe des Frachters, und in diesem Moment sah auch Max den großen Schriftzug am Bug: *Holsatia*. Der Schornstein, an dessen Öffnung dunkle Rauchwolken mit dem Niederschlag kämpften, war hell angestrahlt und glänzte im Regen. Die Farben der Reederei, vier breite horizontale Streifen in Schwarz, Weiß, Rot und Gelb, waren gut zu erkennen.

Hansen hielt am Fuß der Gangway an und half der Gruppe mit ihrem Gepäck aus dem Wagen. Dann stieg er in die schwarze Limousine, wendete und winkte ihnen noch einmal durch das offene Seitenfenster zu.

Max spürte, wie ihm die ersten Tropfen über die Nase liefen. Er hasste Regen. Vor allem, wenn er mit kühler Witterung und Wind daherkam.

Den groß gewachsenen Mann mit schwarzem Vollbart, der jetzt in blauer Uniform sehr sportlich die Landungsbrücke herablief, störten die unwirtlichen Bedingungen nicht. Er strahlte und seine hellen Augen blitzten unter der Krempe seiner Schildmütze. In der Hand hielt er eine schwarze Mappe.

»Frau Stoll, nehme ich an. Ich bin Dirk Claasen, der Zweite Offizier der *Holsatia*. Ich darf Sie im Namen der Reederei und unseres Kapitäns, Herrn Ahlers, ganz herzlich willkommen heißen.« Nach einem kurzen Blick auf die Papiere wandte er sich Max zu: »Herr Berger, wenn ich die Buchung richtig gesehen habe. Herzlich willkommen! Und ihr zwei müsst Alex und Lotte sein. Toll, dass ihr dabei seid. Wenn wir auf hoher See sind, werde ich euch das Schiff zeigen, falls ihr das wollt. Im Moment ist die gesamte Crew jedoch sehr beschäftigt. Die Ladung ist weitgehend an Bord, aber es gibt vor dem Ablegen noch sehr viel zu tun. Und die ersten Stunden nach dem Ablegen sind nicht weniger hektisch für uns.«

Anne bückte sich nach ihrem Koffer.

»Nehmen Sie nur Ihr Handgepäck mit«, empfahl Claasen. »Der Steward ist schon unterwegs und kümmert sich um den Rest.«

Er stieg ihnen zügig voran, ohne sich an einem der Drahtseile festzuhalten, die links und rechts entlang der Gangway gespannt waren. Alex und Lotte liefen wie zwei kleine nervöse Spürhunde dicht hinter ihm her.

Nach wenigen Schritten merkte Max, dass er keinen festen Boden mehr unter den Füßen hatte. Obwohl das Schiff noch vertäut am Pier lag, konnte er schon das leichte Wiegen spüren. Er begann auf den feuchten Holzplanken zu rutschen und griff schnell nach dem Seil. Ein ungutes Gefühl beschlich ihn.

Als Jugendlicher hatte Max einen empfindlichen Magen gehabt. Busfahrten im Rahmen der Schulausflüge überstand er nie ohne mindestens eine Spuckattacke. Hielt der Busfahrer rechtzeitig, schaffte er es auf den Grünstreifen oder ins Gebüsch. Einmal war der Busfahrer nicht schnell genug gewesen, und der Kragen des Vordermanns hatte daran glauben müssen. Obwohl sein Magen inzwischen nicht mehr so sensibel war wie früher, blieb er doch eine Schwachstelle. Max musste sich möglichst bald an Bord orientieren, bevor es bei ihm losging.

Doch erst einmal verlangte der Eintritt in die Welt des Frachtschiffes seine volle Aufmerksamkeit. Genau genommen war die *Holsatia* ein Kombischiff, denn sie beförderte neben Gütern noch eine begrenzte Zahl an Passagieren. Nach den Informationen, die Anne von der Reederei erhalten hatte, waren es in diesem Fall genau acht.

Sie traten durch eine schwere, selbstschließende Stahltür in das Deckshaus ein und folgten dem Offizier über zwei enge, steile Metalltreppen nach oben. Dort drückte er eine weitere Tür auf und ließ die vier Passagiere in einen schmalen Flur treten. Der Boden war ab hier nicht mehr aus Stahl, sondern mit einem weichen, braun gemusterten Teppich ausgelegt. Runde Deckenleuchten aus Milchglas verströmten ein weiches Licht.

»Wir sind jetzt im Passagierbereich. Hier finden Sie Ihre Kabinen«, sagte Claasen, nachdem sich die Tür selbsttätig hinter ihnen geschlossen hatte. »Ihrer Buchung entsprechend haben wir Ihnen drei nebeneinanderliegende Kabinen zugeteilt. Entscheiden Sie bitte die Belegung selbst. Ich muss Sie jetzt leider alleine lassen. Die Pflicht ruft. Der Steward sollte mit Ihrem Gepäck jeden Moment da sein. Er wird Ihnen beim Einräumen helfen und alle Fragen beantworten, was den weiteren Ablauf des Abends angeht.«

Anne und Max sahen sich an. Max hätte sich gewünscht, eine Kabine direkt neben der von Anne zu bewohnen. Ihr ruhiger Blick verriet nicht, ob sie auch eine Präferenz hatte.

Alex und Lotte übernahmen sofort die Regie, rannten in die Kabinen, stellten fest, dass sie alle gleich aussahen, und verkündeten ihre Entscheidung: »Wir nehmen die Kabine zwischen dir, Mama, und unserem Hauslehrer!«

Für Max war es befremdlich, seine neue Berufsbezeichnung aus dem Mund der Kinder zu hören. Für Alex und Lotte schien es normal zu sein. »Unser Hauslehrer«. Genau genommen klang es familiär, etwa wie »unser Haus«, »unsere Katze«, und jetzt eben »unser Hauslehrer«.

Max war beeindruckt, als er die ihm zugedachte Kabine betrat. Ein moosgrüner Veloursteppich dämpfte seinen Schritt, vor dem quadratischen Fenster hingen weiße Stores, über die bei Bedarf etwas schwerere, beigefarbene Vorhänge gezogen werden konnten.

Er blickte sich um. Sein neues Domizil war in einen Wohn- und einen Schlafbereich aufgeteilt, die durch einen Vorhang getrennt werden konnten. Im Wohnbereich standen eine Couch und ein Sessel, Beistelltische aus Mahagoni mit Leseleuchten, ein kleiner Schreibtisch, davor ein Holzstuhl mit gepolsterter Sitzfläche. Auf dem Arbeitstisch entdeckte er eine Ledermappe mit dem Emblem der Reederei. An den Wänden des Raums hingen mehrere goldgerahmte Stiche mit Schiffsmotiven.

Eine schmale Tür mit Messingknauf führte in ein Bad mit Wannendusche und WC. Auf einem hüfthohen hölzernen Sideboard stapelten sich flauschige, weiße Handtücher.

Das breite Bett im Schlafbereich war mit einer beigefarbenen, abgesteppten Tagesdecke überzogen. Die Wand gegenüber bestand komplett aus Einbauschränken aus dunklem Holz.

Als Max neugierig eine der Türen öffnete, ging im Schrank automatisch das Licht an. In diesem Moment musste er laut lachen. Alles war so unwirklich. Wie ein Kind begann er zu spielen: Tür auf, Licht an. Tür zu, Licht aus. War es wirklich aus? Er versuchte, durch den Spalt zwischen den beiden Flügeln zu prüfen, ob es wirklich aus war. Es war aus.

Max kam aus dem Staunen nicht heraus. Als er von Anne erfahren hatte, dass sie mit einem Frachtschiff nach Asien fahren würden, hatte er sich eine kleine, spartanisch ausgestattete Kabine vorgestellt.

Ein Klopfen unterbrach sein Treiben mit den Schranktüren.

»Herzlich willkommen, Herr Berger! Ich bringe Ihr Gepäck. Mein Name ist Kai Schlüter. Bitte nennen Sie mich Kai. Ich bin der Steward und werde während der gesamten Fahrt für Sie zuständig sein.«

Kai empfahl ihm ausdrücklich das Studium der Reederei-Unterlagen. »Sie finden sie in der Ledermappe auf dem Schreibtisch. Und bevor ich es vergesse: Der Kapitän erwartet stürmisches Wetter in der Nordsee und im Ärmelkanal. Wir müssen deshalb leider heute Abend auf das sonst auf unseren Schiffen übliche Begrüßungsdinner mit dem Kapitän verzichten. Stattdessen werde ich allen Passagieren Getränke und kleine Speisen nach Wunsch in den Zimmern servieren. Der Kapitän rechnet fest damit, dass das offizielle Captain's Dinner morgen nachgeholt werden kann.« Er zeigte auf das Telefon auf dem Beistelltisch. »Wenn Sie etwas brauchen sollten, rufen Sie mich bitte jederzeit an. Meine Durchwahl ist die Null-Acht.«

Als Kai weg war, setzte sich Max auf den Schreibtischstuhl. Hier würde er jetzt für vier Wochen leben. Erst jetzt entdeckte er den kleinen Kühlschrank in einer Ecke des Raums. Er war mit alkoholischen und nichtalkoholischen Getränken gut bestückt. Im Innenfach der Tür stand eine Flasche Gin. Im unteren Fach lagen mehrere Flaschen Tonic. Er hatte große Lust auf sein Lieblingsgetränk, einen Johnny Walker, Black Label, aber er verzichtete darauf, Kai jetzt schon anzurufen. Stattdessen mischte er sich einen Gin Tonic und ließ sich in die schräg gestreifte Couch fallen.

Das kalte Getränk rann langsam durch seine Kehle. Er atmete mehrfach tief ein und aus. Die letzten Monate waren vollgepackt und am Ende hektisch gewesen. Er nahm noch einen tiefen Schluck. Müdigkeit übermannte ihn. Er legte seinen Kopf auf eine der Armlehnen, streckte die Beine über die andere und schloss die Augen.

Von weit weg drang mehrfach ein lautes Tuten in sein Unterbewusstsein. Dann plötzlich Tumult direkt neben ihm.

»Hauslehrer! Hauslehrer!«

Die Schreie rissen Max aus dem Tiefschlaf.

»Hauslehrer! Es geht los!«

Alex und Lotte beugten sich über ihn, eine Hand zerrte an seinem Arm. Es konnte ihnen nicht schnell genug gehen. Als Max langsam zu sich kam, hörte er ein tiefes Brummen und ein mahlendes Geräusch. Das Schiff zitterte. Die *Holsatia* legte ab!

Lotte zog ihn von der Couch in Richtung Tür. »Hauslehrer, beweg dich!«

»Wo ist eure Mutter?«, fragte er, während er hinter den Kindern in den Flur lief.

»Sie ist oben. Von dort kann man alles toll sehen.«

Am Ende des Ganges wartete erneut eine steile Treppe. Wie zwei Wiesel flitzten Alex und Lotte hoch, Max hinterher. Er stolperte zweimal, weil die Stufen ungewohnt schmal waren und ihm beim Hochsteigen einen ungewohnten Rhythmus aufzwangen.

Oben angekommen ging es wieder durch eine der schweren Stahltüren, dann standen sie im Freien. Es hatte aufgehört zu regnen, dafür war die Nacht hereingebrochen. Die Hafenanlagen waren durch Scheinwerfer hell erleuchtet. Ihr Licht brach sich in der unruhigen Wasseroberfläche.

Anne stand an der Reling. Sie hatte ein großes, kariertes Baumwolltuch um die Schultern geschlungen. Von der Nordsee her kam ein böiger, kalter Wind.

»Wo bleibst du denn, Hauslehrer?«, fragte sie spöttisch.

»Ich habe verschlafen.«

»Du hast das Ablegen versäumt.«

»Was sollte denn das Tuten?«

»Die *Holsatia* hat sich damit bei der Besatzung der Boote bedankt, die sie von der Pier geschleppt haben. Und vielleicht war es auch eine Art Abschiedsgruß.«

Für einen Moment wurde es still. Die Schiffsmaschine war gestoppt worden. Dann wieder ein Ruckeln, ein Vibrieren, ein anschwellender

Brummton. Die *Holsatia* fuhr mit eigener Kraft in Richtung Ärmelkanal. Ab und zu begegnete ihnen ein Frachtschiff oder ein Fischerboot, dunkel und schemenhaft. Ganz anders dagegen die entgegenkommenden Passagierschiffe, die wie beleuchtete Christbäume an ihnen vorbeischwebten.

Der Wind frischte weiter auf, es wurde jetzt unangenehm kühl. Aber Max war so fasziniert von dem, was da passierte, dass er die Kälte ignorierte.

Seit dem Ablegen von der Pier war etwa eine Stunde vergangen, als der Lotse über eine kräftige Strickleiter an der Schiffswand nach unten kletterte, das eingetroffene Lotsenboot bestieg und an Land zurückkehrte.

Aufgrund des Adrenalinschubs und der frischen Luft hatte Max seiner körperlichen Befindlichkeit bisher keine weitere Aufmerksamkeit geschenkt. Es war ihm aber keineswegs entgangen, dass das Schiff immer stärker schwankte und stampfte. Am unangenehmsten fand er die seitlichen Rollbewegungen, die in der letzten halben Stunde ständig zugenommen hatten. Sein Magen begann zu rebellieren.

Die *Holsatia* musste das offene Meer erreicht haben, denn hohe Wellen schlugen mit voller Wucht gegen die Bordwand und ergossen sich bis auf das Deck. Der Bug hob sich meterhoch aus dem Wasser und sank dann in einer riesigen Gischtwolke wieder zurück.

So eindrucksvoll das Schauspiel sein mochte, Max hielt nun nichts mehr an der Reling. Er gab Anne und den Kindern ein Zeichen und flüchtete ins Innere des Deckshauses. Es war ein Gefühl wie damals im Schulbus. Nur viel schlimmer. Jetzt musste es schnell gehen. Er stürzte die Treppen hinab und erreichte gerade noch rechtzeitig seine Kabine.

Als der Steward wenig später nach kurzem Klopfen eintrat und ihn tief über die Toilettenschüssel gebeugt fand, begriff er sofort. Er drehte mit dem angekündigten Abendessen unter der Tür um und kam nach wenigen Minuten wieder. Diesmal sah das Tablett trostlos aus: Neben einem Teller mit drei trockenen Scheiben Zwieback stand eine große Tasse Schwarztee. Als Dekoration hatte sich Kai noch eine kleine Schachtel mit Tabletten ausgedacht.

»Nehmen Sie gleich zwei«, sagte er. »Wir haben gute Erfahrungen damit gemacht. Ihre Übelkeit müsste bis morgen früh vorbei sein. Und danach sollten Sie für den Rest der Fahrt Ruhe haben. Wasser finden Sie in der Karaffe auf dem Tisch. Mit Blick auf die unruhige See achten Sie bitte darauf, dass sie gut verschlossen und verstaut ist. Brauchen Sie sonst noch etwas?«

Kai war kaum zur Tür heraus, da ging es bei Max schon wieder los. Die rollenden und stampfenden Bewegungen des Schiffes drehten seinen Magen in alle Richtungen.

Er nahm zwei Tabletten, legte sich auf das Bett und schaltete das Licht aus. In der stockdunklen Kabine wurde die Übelkeit sofort schlimmer. Er schaltete das Licht wieder ein.

Max verlor das Zeitgefühl. Vor dem Fenster flogen dunkle Wolkenfetzen vorbei, Regen schlug gegen die Scheibe.

Zwischendurch biss er immer wieder etwas Zwieback ab und nahm einen Schluck von dem schwarzen Tee. Wie es wohl Anne und den Kindern erging?

*

Als Max die Augen wieder öffnete, war es hell. Er wusste im ersten Moment nicht, wo er war, und hob vorsichtig den Kopf. Er lag angezogen auf einem fremden Bett. Im Mund hatte er einen bitteren Geschmack. Den kannte er. Die Busfahrt! Dann kam die Erinnerung wieder: Er war nicht im Bus, er war auf einem Schiff. Das Ergebnis war aber wohl dasselbe. Ihm war offensichtlich letzte Nacht speiübel gewesen. Aber irgendwann musste er doch eingeschlafen sein.

Auf dem Boden neben seinem Bett stand das Tablett. Ein Zwieback war übrig, eine angebrochene Tablettenpackung lag daneben. Die Teetasse war leer, in der umgekippten Karaffe noch ein Schluck Wasser, den er sich jetzt direkt in den Mund goss.

Er kroch vom Bett, versuchte, sich aufzurichten, und kam nur unsicher auf die Beine. Sein Magen schmerzte, aber ihm war nicht mehr richtig schlecht. Das Schiff stampfte immer noch schwer, die unangenehmen Rollbewegungen hatten etwas nachgelassen.

Es war halb elf. Wo bewegte sich das Schiff jetzt wohl? Die Meerenge von Calais mussten sie schon vor einiger Zeit hinter sich gelassen haben. Kai hatte erwähnt, dass der Frachter sie gegen vier Uhr morgens passieren würde. Die *Holsatia* sollte jetzt mitten im Ärmelkanal sein, mit der englischen Südküste auf der einen und der Normandie auf der anderen Seite. Beim Blick aus dem Fenster konnte Max außer den tief hängenden Wolken und der aufgewühlten See nichts erkennen.

Langsam kamen seine Lebensgeister zurück. Das Wichtigste war jetzt eine warme Dusche. Dann musste er eine Kleinigkeit essen. Er war sicher, dass der Schiffskoch etwas Passendes für ihn finden würde. Passagiere mit Magenproblemen dürften nichts Ungewohntes für ihn sein.

Als Max in seinem flauschigen Bademantel aus dem Bad kam, klopfte es an der Tür. Kai steckte seinen Kopf herein.

»Wie geht es Ihnen, Herr Berger? Wirken die Tabletten?«

»Mir geht es besser. Danke für Ihre Unterstützung.« Max wollte ihm die Details der Nacht ersparen und fragte ihn stattdessen nach Anne und den Kindern.

»Den Kindern ging es wohl ähnlich wie Ihnen. Ich habe Frau Stoll vorhin auf dem Flur getroffen. Sie selbst hat die Nacht gut überstanden. Ich habe sie informiert, dass es für die Passagiere um zwölf Uhr ein Mittagessen im Salon gibt. Bitte seien Sie pünktlich, der Kapitän wird dabei sein und will sich und einige seiner Crewmitglieder vorstellen.«

Vor dem Kleiderschrank mit der automatischen Beleuchtung erinnerte sich Max an Annes Empfehlung, auch einige »ordentliche« Klamotten mitzunehmen. Dabei hatte sie ausdrücklich die Mahlzeiten im Salon erwähnt. Nach allem, was Max bisher gesehen hatte, ging es auf der *Holsatia* zu wie in einem feinen Hotel. Zumindest auf dem Teil des Schiffes, auf dem sich die Passagiere bewegten. Der Zweite Offizier, der sie gestern bei ihrer Ankunft im Hafen begrüßt hatte, hatte in seiner blauen Uniform wie aus dem Ei gepellt ausgesehen. Und Kai stand ihm in nichts nach: Er trug ein frisch gebügeltes weißes Hemd zur schwarzen Hose. Den Hemdkragen zierte eine kleine schwarze Fliege.

Max war klar, dass er zumindest bei den gemeinsamen Mahlzeiten auf sein übliches studentisches Outfit mit verwaschenen Jeans und T-Shirt verzichten musste. Für das Mittagessen wählte er deshalb ein weißes, langärmeliges Hemd und eine hellgraue Baumwollhose, in die er nur mit großer Mühe einsteigen konnte, weil er immer noch unsicher auf den Beinen war.

Er betrachtete sich im Spiegel, atmete tief durch und beschloss, dass dies der Verkleidung genug war. Eine Krawatte würde er nur in höchster Not anziehen. Obwohl er sogar eine Auswahl gehabt hätte. Er hatte beide Krawatten, die er besaß, mit auf die Reise genommen.

4

KAPITÄN AHLERS BLICKTE mit zusammengekniffenen Augen über das Vorschiff auf die aufgewühlte See. Viel war in der Dunkelheit nicht zu erkennen. Der Sturm trieb graue Wolkenfetzen quer über den Frachter. Regen klatschte gegen die Scheiben. Eine Stunde nach Verlassen des Rotterdamer Hafens und vor der Einfahrt in die Nordsee hatte er das Ruder von dem holländischen Lotsen übernommen und stand jetzt seit zwei Stunden auf der abgedunkelten Brücke.

Schon als junger Offizier hatte er sich gerne freiwillig für die Nachtdienste einteilen lassen. Obwohl dann die Navigation gerade auf stark befahrenen Seestraßen wie dem Ärmelkanal nicht ungefährlich war. Sie forderte ungeteilte Aufmerksamkeit. Besonders bei Sturm. Trotzdem erlebte Ahlers die Nachtfahrten nicht als Stress, sondern als etwas Beruhigendes, fast Kontemplatives. Es musste damit zusammenhängen, dass er im Ruderhaus wie ein Meeresgott hoch über dem Wasser residierte und unter sich ein mächtiges Schiff befehligte, auf das er sich hundertprozentig verlassen konnte und das jedem noch so kleinen Steuerungsbefehl gehorchte. Er lachte in sich hinein. Das mit dem »gehorchen« durfte man nicht so wörtlich nehmen. Alles, was er hier oben anordnete, konnte die *Holsatia* nur mit beträchtlicher Verzögerung umsetzen – also nicht so direkt, wie das etwa beim Einparken seines Ford Taunus vor dem Reihenhaus in Hamburg funktionierte –, aber es war trotzdem genau berechenbar.

Er erinnerte sich an seine Jahre als junger Offizier beim Norddeutschen Lloyd und an die ersten Gelegenheiten, selbst das Ruder zu übernehmen. Wie ihm da die verzögerten Reaktionen des Schiffes große Schwierigkeiten machten. Die größte Herausforderung boten die Wende- und Anlegemanöver in den Häfen, bei denen es darauf ankam, die Bewegung des Frachters fortlaufend so zu beeinflussen, dass er sich zu jedem Zeitpunkt mit der gewünschten Geschwindigkeit in der richtigen Position befand.

Wieder kniff Ahlers die Augen zusammen, um durch die regenüberströmten Fenster den Fahrweg zu kontrollieren. Im Moment baute sich etwa hundert Meter vor dem Bug wieder eine dieser überdimensionalen Wellen auf. Er kannte den Rhythmus des Meeres nur zu gut. Bei den heutigen Windverhältnissen musste er im Abstand von fünf bis zehn Minuten mit einem derartigen Naturphänomen rechnen. Wenn eine solche Welle das Schiff erfasste, wurde der Bug besonders hoch in den wolkenverhangenen Himmel geschoben, um dann wie von einer großen Faust nach unten gedrückt zu werden. Beim Aufprall auf die Wasseroberfläche explodierte das Meer regelrecht, und für einen Moment verschwand der Bug fast völlig darin. Dabei ächzte das gesamte Schiff, als ob Stahl verbogen würde.

Ahlers machte sich den Spaß, die Ankunft der Welle zu berechnen. Zählte jetzt rückwärts, fünf, vier, drei … hielt kurz den Atem an, zwo, eins. Der Aufprall. Das Schauspiel am Bug. Der Ritt auf dem bockenden Schiff. Wie ein Rodeoreiter.

Ahlers' Herz schlug nach seiner Ausbildung zum Nautischen Offizier im Jahr 1936 ausschließlich für die Handelsschifffahrt. Er konnte sich nicht vorstellen, Passagiere zu befördern. Zu viele Menschen, zu viele Begegnungen, zu viel Small Talk.

Mit Beginn des Zweiten Weltkriegs wurde der Frachter, auf dem er fuhr, zu einem Versorgungsschiff umgerüstet und mit leichten Flugabwehrkanonen bewaffnet. Mit diesem Schiff war Ahlers im Südchinesischen Meer unterwegs, um dort die deutschen und italienischen Transport-U-Boote mit Treibstoff und Munition zu versorgen. 1942 musste er schweren Herzens der Anordnung aus Hamburg folgen, das Einsatzgebiet in Asien zu verlassen. Kurz darauf wurde er als Nautischer Offizier nach Cuxhaven auf ein Minensuchboot versetzt. Der Einsatzort war die Deutsche Bucht einschließlich der angrenzenden Bereiche des Ärmelkanals. Also gar nicht weit entfernt von der Stelle, an der er sich mit der *Holsatia* im Moment befand.

Ahlers spürte ein beklemmendes Gefühl in seiner Brust. Er verfluchte die Zeit bei den Minensuchern. Sie hatte für ihn nichts mehr mit dem zu tun gehabt, was er sich als Beruf erträumt hatte. Schon der militärische Einsatz im Südchinesischen Meer hatte seine Freude an der Seefahrt geschmälert. Zumindest hatten sie dort ihre Waffen nie einsetzen müssen, waren nie wirklich einer Bedrohung ausgesetzt gewesen. Auf den Suchbooten dagegen lebten sie in den letzten Kriegsjahren in ständiger Gefahr, von explodierenden Minen zerfetzt oder von Jagdfliegern und Bombern beschossen und versenkt zu werden.

Ahlers versuchte, die düsteren Schatten der Vergangenheit abzuschütteln. Er war ein zufriedener Mann. Dachte positiv. Versuchte es wenigstens. Und er hatte eine Familie. Die Sache mit den Minen war über fünfundzwanzig Jahre her.

Die nächste Superwelle entdeckte er fast zu spät. »Fünf, vier, drei, zwo …« – da war schon der Aufprall. Das ächzende Geräusch. Die Gischt.

Die Wassermassen, die über das Vordeck schossen, spülten seine Gedanken an die dunkle Zeit mit sich fort. Er begann zu summen. Seine Lieblingsmelodie.

»Das kann doch einen Seemann nicht erschüttern,
keine Angst, keine Angst, Rosmarie!«

Er hatte sich als junger Schiffsoffizier gefragt, wer denn bitte Rosemarie sei. Später bei den Minenräumern musste dieses Lied auf Befehl gesungen werden. Ein schnittiger NS-Ausbildungsoffizier in Cuxhaven, dem das propagandistische Potenzial des Lieds bewusst war, erläuterte ihnen, dass es sich bei Rosemarie sinnbildlich um die deutschen Mütter, Ehefrauen und Schwestern handelte, die sich Sorgen machten. Diese Frauen sollten moralisch aufgerichtet werden. Durch das Lied werde ihnen versichert, dass ihre tapferen Männer auf See allen Gefahren trotzen und gesund und siegreich heimkehren würden.

Weniger froh waren die Nazis wohl über die dritte Strophe des Liedes, in der es um die zahlreichen Bräute der Seeleute in den Häfen und damit um die lockere Moral der Männer ging. Ein Bild, das sich mit dem Ideal der deutschen Familie in der NS-Propaganda nicht in Einklang bringen ließ.

Ahlers schüttelte den Kopf. Was für ein Irrsinn!

Trotz dieses Hintergrunds hatte die Melodie Ahlers bis heute nicht losgelassen, und vielen seiner Kameraden ging es genauso.

Er begann wieder zu summen.

»Das kann doch einen Seemann nicht erschüttern …«

Seine Augen wanderten über die karge Ausstattung der Brücke. Über die Kontrollanzeigen. Zu dem hölzernen Tisch, auf dem die Seekarte ausgebreitet war. Er bemühte sich nicht, einen Blick darauf zu werfen. Er kannte jede Seemeile des Ärmelkanals wie seine Westentasche. Deshalb hatte er auch die Leuchte über der Karte ausgeschaltet. So konnte er die Dunkelheit im Ruderhaus genießen, die ihn wie ein Mantel vor den Naturgewalten da draußen schützte.

Neben der Faszination für die Seefahrt waren es auch die Kollegen, die seinen Beruf so spannend machten. Die Männer, mit denen er seit Jahrzehnten auf den Schiffen fuhr. Mit denen er eingeschworene Gemeinschaften bildete, fast wie Geheimbünde. Einige der Männer heuerten bei einer anderen Reederei an, wenn sie nach monatelanger Fahrt wieder in Hamburg ankamen. Andere, so wie Ahlers selbst, versuchten ihrem Schiff möglichst lang treu zu bleiben. Er hielt der *Holsatia* nun schon einige Jahre die Treue. Verbrachte den größten Teil seiner Zeit auf ihr. Mit ihr. Mehr Zeit als mit seiner Frau, seinen Kindern, den Freunden.

Mit dem Anheuern auf der *Holsatia* waren auch zum ersten Mal »normale Reisende« in sein Berufsleben getreten. Die Kombination aus Fracht- und Passagierschiff erwies sich inzwischen als geradezu ideal, da sie ihm das Beste beider Welten bot. Die Technik eines Frachters und – wohldosiert und überschaubar – Kontakt zu Zeitgenossen, die nichts mit der Seefahrt zu tun hatten. Menschen, die in Hamburg seine Nachbarn sein könnten oder mit denen er im Büro sitzen und mittags in die Kantine gehen würde, wenn er einen der gängigen Berufe an Land ergriffen und nicht den Großteil seines Lebens auf See verbracht hätte.

Zwei Tage vor dem Ablegen hatte ihm die Reederei die Passagierliste der *Holsatia* mit acht Namen übergeben. An Bord gegangen war in Hamburg dann nur eine einzelne Dame, eine Gräfin. Sehr kurz angebunden bei den wenigen Begegnungen seit Verlassen des Hafens.

In Rotterdam waren die restlichen sieben Passagiere zugestiegen. Ein Schweizer Schriftsteller. Dann die de Boers, ein holländisches Ehepaar, die Frau an Krücken, aber trotzdem recht sicher auf den Beinen. Sie hatten zwei Kabinen gebucht, obwohl die Hapag-Lloyd-Betten überbreit waren und auch zwei Personen ausreichend Platz boten. Aber vielleicht schnarchten die beiden? Ahlers lachte leise. Die getrennten Schlafzimmer gab es in seiner eigenen Verwandtschaft auch. Für sich und seine Frau hätte er das nie gewollt. Gerade weil er selten zu Hause war, fand er es besonders schön, neben ihr einzuschlafen und sie morgens als Erstes zu sehen.

Die de Boers konnten nur deshalb zwei Räume bekommen, weil sich die zwei Kinder an Bord eine der sieben Kabinen teilten. Zu den Kindern gehörten ihre Mutter und ein junger Mann. Die vier waren zusammen gebucht worden, und beim Studium der Details auf der Passagierliste wurde Ahlers sofort an seinen Deutschunterricht im Gymnasium in Hamburg erinnert. Ihm kam es vor, als sei der Geist Hölderlins aus seiner Flasche entwichen und habe sich hier auf der *Holsatia* niedergelassen. Dass es heute noch eine Familie gab, die sich einen eigenen Hauslehrer für ihre zwei Kinder leistete, konnte er kaum glauben. Noch ungewöhnlicher fand Ahlers, dass die Mutter – wenn die Geburtsdaten auf der Passagierliste stimmten – einen Zweiundzwanzigjährigen mit dieser Aufgabe betraut hatte. Sie selbst war ebenfalls noch eine recht junge Frau. Ahlers konnte sich nicht erinnern, wie alt Hölderlin gewesen war, als er die Stelle als Hauslehrer in Frankfurt angetreten und sich danach unsterblich, aber letztlich unglücklich, in die Mutter verliebt hatte, deren Kinder er unterrichten sollte.

Ahlers war zufrieden mit der Passagierliste, denn die Konstellationen konnten spannend werden. Er liebte Geschichten, die das Leben schrieb. Und da es auf der *Holsatia* Brauch war, dass die Passagiere alle Mahlzeiten im Salon am Kapitänstisch einnahmen, konnte er davon ausgehen, dass zumindest einige ihrer Erlebnisse irgendwann zur Sprache kommen würden.

Bei diesem erfreulichen Gedanken begann Ahlers wieder leise vor sich hin zu singen:

»*... keine Angst, keine Angst, Rosmarie!*«

Einer Sache war er sich sicher: Keines der Schicksale der Passagiere würde ihn als erfahrenen Seemann wirklich erschüttern können.

5

JULIUS BERGER TRUG bevorzugt Anzug und Krawatte. Im Unterricht am Gymnasium ersetzte er die Anzugjacke durch einen knielangen weißen Kittel, in welchem er seine physikalischen Experimente durchführte. Mit seinen schneeweißen Haaren und den dichten schwarzen Augenbrauen sah er wie ein Wissenschaftler aus. Zu Hause legte er die Krawatte nur ab, wenn er in seine Gartenklamotten stieg und durch die Terrassentür verschwand, um dem Unkraut zu Leibe zu rücken, die Stauden und Sträucher auf ein gesundes Maß herunterzuschneiden oder Himbeeren und Rote Johannisbeeren zu pflücken. Letztere lieferten, zusammen mit einer Portion Zucker, in einer von ihm genau kalkulierten Zusammensetzung, eine Marmelade, die sowohl in der Familie als auch bei den Schulfreunden seines Sohnes Max der absolute Renner war.

Im Vergleich zu seinem Vater war Max ein ausgesprochener Krawattenmuffel: Er hasste es, mithilfe eines Binders einen ansonsten bequemen Hemdkragen auf einen Umfang zu reduzieren, der nach kürzester Zeit Atemprobleme auslöste. Trotz des energischen Widerspruchs seiner konservativen Tante Lisbeth, die ihren Neffen zumindest sonntags gerne mit Schlips gesehen hätte, standen seine Eltern der Sache, wie so vielen anderen lebensnahen Fragen, tolerant gegenüber.

Die einzige Einschränkung kam von einer anderen Seite. Max spielte Violine in einem Streichquartett. Die Freude an der klassischen Musik, die seine Mutter als Klavierlehrerin in ihm angelegt hatte, wurde nur dadurch getrübt, dass er sich bei öffentlichen Konzerten dem Würgegriff des engen Hemdkragens nicht entziehen konnte.

*

Auf Grund dieser Erfahrungen sah Max mit gemischten Gefühlen auf die beiden verloren an einer dünnen Stange hängenden Krawatten im

Schrank der Schiffskabine. Er befürchtete, dass er sie an Bord der *Holsatia* brauchen würde.

Er setzte sich in den gestreiften Sessel, legte die Füße auf den Couchtisch und begann, die Hapag-Lloyd-Mappe zu studieren. Nach einem Willkommensgruß fand er Informationen zur Reederei und ihrer stolzen Geschichte, sowie technische Daten und die Fahrtroute der *Holsatia*.

Mit dem Zeigefinger fuhr Max die Route nach. Von Hamburg über Rotterdam durch den Atlantik, um die Südspitze Afrikas und weiter ostwärts durch den Indischen Ozean bis in die Straße von Malakka. Die Reisedauer bis zum Zielort Singapur war, einschließlich eines eintägigen Zwischenhalts im Hafen von Port Swettenham in Malaysia, auf volle 28 Tage veranschlagt.

Beim Blick auf seine Uhr schreckte Max hoch. Schon nach zwölf! Er ging in das Badezimmer, wo ihm sein Spiegelbild blass entgegenblickte, und schwappte sich etwas kaltes Wasser ins Gesicht. Das musste reichen.

Leicht schwankend verließ er die Kabine in Richtung Salon. Die steile Treppe in das nächsthöher gelegene Stockwerk schaffte er, indem er sich an dem kühlen metallenen Handlauf nach oben zog. Dann blieb er kurz stehen, sammelte sich und ging schließlich breitbeinig weiter auf Alex zu, der am Ende des Flurs stand.

»Hauslehrer, wo bleibst du denn?«, rief er. »Hast du auch gespuckt? Lotte und ich hingen beide über …«

»Ist gut, Alex. Keine Einzelheiten bitte. Sonst geht es bei mir wieder los.«

Gemeinsam betraten sie einen länglichen, mit einem Orientteppich ausgelegten Raum. An seiner linken Seite befanden sich zwei große Fenster und eine schmale, gut gefüllte Bücherwand. Auf den Holzpaneelen rechts hingen gerahmte Bilder von Schiffen, in der Mitte gruppierten sich braune Ledersessel um niedrige Mahagonitische.

An der Stirnseite gab ein zur Seite geschobener, schwerer Vorhang den Blick auf einen weiteren Raum frei, in dem ein langer Esstisch stand.

Als Max mit Alex in die Bibliothek eintrat, bewegte sich die Gruppe, die sich dort eingefunden hatte, gerade dorthin. Sein Tageslicht bezog der Salon von einer durchgehenden Fensterfront. An der Stirnseite des

Raums befand sich eine quadratische Öffnung zwischen zwei hohen Schränken. Was zuerst wie eine Durchreiche aussah, erwies sich als der Schacht eines Materialaufzugs, über den die Speisen aus der Schiffsküche nach oben und das benutzte Geschirr nach unten befördert wurde.

Der mit Porzellangeschirr, Silberbesteck, Kristallgläsern und kunstvoll geformten Leinenservietten gedeckte Esstisch bot mindestens zwölf Personen Platz. Max blieb stehen, aber es blieb ihm keine Zeit zu staunen.

Claasen, der Zweite Offizier, der sie in Rotterdam an der Gangway empfangen hatte, kam auf ihn zu. »Hallo, Herr Berger. Noch unter den Lebenden?«

»Danke, es geht.« Max versuchte ein Lächeln, das aber angesichts seines Zustands misslang.

»Ich kann beim Essen leider nicht dabei sein«, sagte Claasen und war schon auf dem Weg zu Tür. »Ich muss auf die Brücke!«

Bevor Max antworten konnte, war der Kapitän an ihn herangetreten und sprach ihn mit einem norddeutschen Akzent an: »Herr Berger, richtig?«, fragte er. »Der Hauslehrer unserer beiden jüngsten Passagiere? Mein Name ist Jan Ahlers. Ich bin der Kapitän dieses Schiffs.«

Er war groß gewachsen und breitschultrig und hätte in seiner blauen Uniform eine eindrucksvolle Figur auf einer Opernbühne abgegeben. Sein Gesicht war von der Sonne gebräunt, die dunklen Augen unter den kräftigen Brauen strahlten. Zahlreiche Lachfalten ließen vermuten, dass Ahlers gerne lachte.

»Ich glaube, wir sind vollzählig«, sagte Ahlers etwas lauter in die Runde. »Lassen Sie uns zu Tisch gehen.«

Alex und Lotte hatten Max während des kurzen Gespräches mit dem Kapitän nicht aus den Augen gelassen und drängten sich jetzt an ihn heran: »Hauslehrer, wo sitzt du? Du musst zwischen uns sitzen!«

Der Kapitän ließ sich an der Stirnseite nieder und bat Anne an seine linke Seite. Max und die Kinder füllten die Reihe auf. Zu seiner Rechten nahm auf Einladung Ahlers' eine elegant gekleidete Dame mit blonden, weich gelockten Haaren Platz. Max musterte sie unauffällig. Unerwartet drehte sie den Kopf und begegnete seinem Blick. Er konnte sich nicht erinnern, je Augen in einem derartig intensiven Graugrün gesehen zu haben. Sie musterte ihn abschätzig. Ihr Gesichtsausdruck war streng und unnahbar. Max spürte, wie ihm das Blut in den Kopf schoss. Glücklicherweise wurde sie jetzt von ihrem Sitznachbarn, einem beleibten Mann mit Halbglatze und dunkler Hornbrille, angesprochen.

Als alle Platz genommen hatten, hieß Kapitän Ahlers die Passagiere im Namen der Reederei auf der *Holsatia* willkommen.

»Bevor ich zu den Anwesenden komme, erst noch ein Wort zu mir selbst«, sagte er. »Als Kapitän bin ich der Vertreter der Reederei an Bord und trage die Verantwortung für den gesamten Schiffsbetrieb. Dabei werde ich selbstverständlich von meinen Offizieren, den Ingenieuren und der Mannschaft unterstützt.« Mit diesen Worten wandte er sich nach rechts. »Ich darf Ihnen unseren Ersten Offizier, Herrn Behrendt, vorstellen. Er vertritt mich. Sein Aufgabengebiet umfasst in erster Linie unsere Ladung und die Besatzung. Unser Chefingenieur, Herr Holtkamp, ist für die Maschine und darüber hinaus für die gesamte Technik an Bord verantwortlich.«

Die beiden Herren nickten den Passagieren zu.

»Wenn ich jetzt noch kurz einige Worte zu unseren Gästen sagen darf.« Ahlers wandte sich der elegant gekleideten Dame zu. »Ich möchte Sie, Bettina Gräfin Orsini-Burgstedt, noch einmal herzlich willkommen heißen. Sie sind schon in Hamburg an Bord gegangen und werden mit uns bis Singapur fahren. Das Ziel Ihrer Reise ist jedoch Jakarta, wo Sie Ihren Gatten, den italienischen Botschafter in Indonesien, wiedersehen werden.«

Die Gräfin verzog keine Miene. Den Kapitän schien das kühle Verhalten der Gräfin nicht zu überraschen. Er setzte ein Lächeln auf. »Vielleicht darf ich noch eine Kleinigkeit hinzufügen«, sagte er. »Uns beide verbindet etwas. Wir sind beide mit Elbwasser getauft, also Hamburger Gewächse. Deshalb nochmals ein besonderer Willkommensgruß.«

Auch dieser persönliche Hinweis konnte den Gesichtsausdruck der Dame nicht aufhellen. Von ihr kam kein Wort, kein Dank für die freundliche Begrüßung. Im Gegenteil. Max hatte den Eindruck, dass ihre Miene noch abweisender wurde.

Er fand das Verhalten der Gräfin arrogant. Es passte in das Bild, das er sich von Adligen machte, obwohl er noch nie einer Vertreterin dieses Standes begegnet war. Jetzt hatte er aber weder Zeit noch Lust, darüber nachzudenken, ob er hier ein Vorurteil pflegte. Er schickte einen Blick zu Anne. Sie verzog kaum wahrnehmbar ihr Gesicht und verdrehte kurz die Augen nach oben. Sie waren sich einig.

Ahlers ließ sich nicht aus der Ruhe bringen und nickte dem korpulenten Herrn gegenüber von Max zu. »Herr Leuthenbacher, Sie haben für Ihre Reise nach Singapur unser Schiff gewählt. Schön, dass Sie an Bord sind. Darf ich an dieser Stelle erwähnen, dass Sie Schriftsteller sind?« Ohne eine Antwort abzuwarten, fuhr er fort: »Die Atmosphäre auf diesem Schiff wird Ihre Fantasie ohne Zweifel beflügeln.«

Leuthenbacher straffte die Schultern. »Das hoffe ich sehr. Ich stecke mitten in meinem neuen Roman und habe in Singapur nur noch vier Wochen Zeit bis zur Abgabe. Es wird mal wieder sehr eng werden. Sicher wissen Sie, wie ungeduldig Verleger sind.«

Er warf Anne einen langen Blick zu. Max brauchte Anne nicht anzusehen, um zu wissen, dass dies keinen nachhaltigen Eindruck auf sie machen würde.

Jetzt zwinkerte Ahlers den Kindern zu und richtete das Wort an sie: »Da haben wir die Geschwister Lotte und Alex. Wie ich erfahren habe, seid ihr zurück auf dem Weg in eure Heimat Indonesien. Sicher nicht überraschend ist, dass die Dame neben euch eure Mutter ist. Herzlich willkommen an Bord, Frau Stoll. Eher ungewöhnlich dürfte sein, dass ihr zwei euren eigenen Lehrer, Herrn Berger, mit auf der *Holsatia* habt. So etwas hatte ich in meiner langen Zeit als Kapitän noch nie. Wie es dazu kam, müsst ihr mir mal erzählen, wenn es etwas ruhiger geworden ist. Ihnen, Herr Berger, wünsche ich ebenfalls eine gute Zeit bei uns. Sie müssen ja wohl, wie wir auch, während der Überfahrt arbeiten.«

Max musste lachen. Bislang hatte er die Reise trotz des geplanten Unterrichts nicht in die Kategorie »Arbeit« eingeordnet. Aber im Grund hatte Ahlers recht. Er machte keine Urlaubsreise auf einem Kreuzfahrtschiff.

Jetzt wandte sich Ahlers wieder allen Passagieren zu: »Unser Zweiter Offizier musste leider zurück auf die Brücke und kann deshalb nicht mit uns speisen. Wichtig ist für Sie vielleicht im Moment noch, dass er neben seiner Tätigkeit als Navigationsoffizier auch für die kleine Krankenstation auf dem Schiff verantwortlich ist. Wir sind als Frachter mit einer sehr begrenzten Zahl mitreisender Passagiere nicht verpflichtet, einen Arzt an Bord zu haben. Wie alle unsere Zweiten Offiziere auf den Frachtschiffen hat aber auch Claasen die Grundausbildung zum Rettungssanitäter und einen Grundkurs in Physiotherapie absolviert. Letzteres ist hier auf dem Schiff besonders wichtig. Unsere Matrosen arbeiten körperlich sehr hart, und da sind Zerrungen und Verstauchungen an der Tagesordnung. Der Sanitätsoffizier bietet übrigens jeden Mittwoch um 17 Uhr eine Sprechstunde an. Lassen Sie uns aber hoffen, dass wir alle gesund bleiben und Sie seine Dienste nicht in Anspruch nehmen müssen.« Er räusperte sich. »Das erinnert mich an etwas. Wir haben noch zwei weitere Passagiere an Bord, die heute nicht zum Essen erscheinen konnten. Es handelt sich um das Ehepaar de Boer aus Holland. Frau de Boer wurde vor Kurzem am Knie operiert und fühlt sich im Moment etwas schwach. Ich hoffe, dass es ihr bald wieder besser geht.«

Zustimmendes Gemurmel ertönte.

»Und noch eine letzte Bemerkung. Ich werde, soweit es meine Verpflichtungen zulassen, die Mahlzeiten hier im Salon gemeinsam mit Ihnen einnehmen. Der Tisch, an dem wir hier sitzen, heißt schließlich nicht umsonst Kapitänstisch.«

»Wo essen denn die anderen Leute auf dem Schiff?«, fragte Alex.

»Wir haben noch zwei weitere Räume, in denen Mahlzeiten serviert werden«, erklärte Ahlers. »Eine Offiziersmesse und eine Messe für die Mannschaft. Wenn ihr mit eurer Mutter und eurem Lehrer die *Holsatia* erkunden wollt, dann lasst das unseren Zweiten Offizier wissen. Er hilft euch gerne, das zu organisieren.«

Alex nickte eifrig, die Diplomatengattin verzog gequält das Gesicht, und Max vermutete, dass sie kein gesteigertes Interesse daran hatte, in die Nähe der Besatzung zu kommen. Und wahrscheinlich konnte sie Kinder auch nicht leiden. Die Frau war ihm unsympathisch.

Von den Köstlichkeiten, die jetzt in mehreren Gängen aus der Tiefe des Schiffs über den Aufzug nach oben kamen, aßen Lotte, Alex und Max nichts. Kai servierte ihnen stattdessen mit weißen Handschuhen

Haferschleim im Reederei-Porzellan, Wasser und schwarzen Tee. Max betrachtete sehnsüchtig den Weißwein, der zum Fisch gereicht wurde, aber noch sehnsüchtiger den italienischen Rotwein aus dem Piemont, der die Hauptspeise begleitete. Was ihm über die Enttäuschung hinweghalf, war die Tatsache, dass dies erst der Beginn einer vierwöchigen Schiffsreise war, und die Gewissheit, dass die Küche sie auch weiterhin gut versorgen würde.

Leuthenbacher war der Einzige, der sich durch die gesamte Speisenfolge aß und dies sichtlich genoss. Die strenge Gräfin gab nach Ochsenschwanzsuppe und Dorade auf. Anne schaffte noch den Rinderbraten, ließ aber die Finger vom Nachtisch, einer roten Grütze mit Vanillesoße. Am Ende nahmen alle Erwachsenen bis auf Max einen Mokka und brachen dann auf. Die Crew-Mitglieder gingen zurück an die Arbeit, die Passagiere in Richtung ihrer Kabinen.

»Wie geht es dir, Anne?«, fragte Max beim Verlassen des Salons.

»Ich kann nicht klagen. Ich bin trotz des Sturms schnell eingeschlafen. Aber dann tauchten Lotte und Alex mitten in der Nacht bei mir auf und mussten sich übergeben. Danach wollten sie nicht mehr zurück in ihre Kabine und ich hatte sie die ganze Nacht bei mir im Bett.« Sie lachte. »Wahrscheinlich hatten sie auch Angst, als das Schiff diese schrecklichen Geräusche machte, als ob es auseinanderbrechen wollte. Hast du das auch gehört?«

»Habe ich. Und ich muss ehrlich gestehen, dass es mir mulmig wurde. Ich habe so was noch nie erlebt.«

»Und wie geht es jetzt bei dir weiter?«

»Ich schlage vor, dass Alex und Lotte in einer Stunde zu mir auf die Kabine kommen, um den Unterricht vorzubereiten.«

»Ist das vernünftig, Max? Willst du dich nicht noch etwas erholen? Du bist blass um die Nase.« Anne betrachtete ihn sorgenvoll. »Was ist, Max? Wird es dir wieder übel?« Sie legte ihre sonnengebräunte Hand leicht auf seinen Arm. Die Berührung elektrisierte ihn.

»Alles gut, Anne.« Seine Stimme krächzte. Er musste aufhören, diese Frau anzuhimmeln. Oder zumindest dafür sorgen, dass sie es nicht merkte. Wie das in den kommenden zwölf Monaten, in denen sie fast täglich dicht beieinander sein würden, funktionieren sollte, wusste er selbst nicht. Warum hatte er sich darüber vor der Abreise in Deutschland keine ernsthaften Gedanken gemacht?

»Max?«

»Ich habe nur kurz nachgedacht. Ich würde gerne schon heute mit dem Unterricht beginnen. Wenn ich in meiner Kabine herumhänge, wird es mir wieder übel. Es ist besser, wenn ich abgelenkt bin. Und ich freue mich sehr auf Lotte und Alex.«

6

»ES IST EIN Brief für dich angekommen, Max.« Die Stimme seiner Mutter am Telefon klang fast geschäftsmäßig. Sie kam gleich zur Sache und erkundigte sich nicht, wie sonst üblich, erst einmal nach seiner Befindlichkeit.

»Der Brief kommt aus Indonesien.«

Und als Max nicht sofort reagierte: »Du weißt schon, von wem, oder?«

Max hatte große Lust, seine Mutter zu ärgern und so zu tun, als ob er den Absender nicht erraten könnte. Er verzichtete aber auf das Spiel und fragte, wie von ihr erwartet: »Anne?«

»Von wem denn sonst? Von deiner guten alten Freundin Anne Stoll.«

Max ignorierte den Unterton.

»Wann kommst du bei uns vorbei?«, fragte seine Mutter. »Ich backe einen Kuchen für dich.«

Max überlegte. »Nächsten Sonntag. Gegen drei Uhr.«

Er legte schnell auf. Sein Herz schlug höher.

*

Anne Stoll lebte in Medan, stammte aber aus seiner Heimatstadt. Als sechzehnjähriger Schüler hatte Max sie auf dem Tennisplatz kennengelernt. Anne war damals um die dreißig gewesen und wie jeden Sommer für zwei Monate aus Indonesien zum Urlaub gekommen. Sie besuchte ihre Familie und Freunde und spielte, wann immer sie Zeit hatte, als Gast im örtlichen Tennisverein. Begleitet wurde sie von ihren beiden kleinen Kindern, Alex und Lotte. Und wie jedes Jahr stieß am Ende von Annes Urlaub ihr Mann Robert zu ihnen. Danach reisten alle vier gemeinsam zurück nach Indonesien, wo er als Exportkaufmann eine Reihe deutscher Firmen vertrat.

Auf dem Tennisplatz war ihm Anne sofort durch ihr sportliches Äußeres und ihr einfallsreiches Spiel aufgefallen. Irgendwann kam sie auf ihn zu und fragte, ob er Lust auf eine Partie habe. Als Max der attraktiven Frau im kurz geschnitten weißen Tennisdress auf dem Platz gegenüberstand, war er so aufgeregt, dass er die ersten Bälle verschlug.

»Mach dir nichts draus, Max. Ich bin auch etwas aufgeregt«, rief sie ihm zu. »Das passiert gerne, wenn man mit einem neuen Partner spielt.«

Der Bann war gebrochen. Beide stellten fest, dass sie hervorragend miteinander trainieren konnten, und so wurden ihre sommerlichen Begegnungen auf dem Tennisplatz über die Jahre zur Gepflogenheit.

Sehr bald beschränkte sich ihr Kontakt nicht mehr nur auf den Sport. Anne lud ihn immer häufiger auch abends zu sich nach Hause ein, und ihre Gespräche wurden mit den Jahren persönlicher und vertrauensvoller. Waren Alex und Lotte noch nicht im Bett, wenn er zu ihr kam, versuchte er sich bei ihnen als Erzähler und schöpfte dabei aus seinem gut gefüllten Repertoire an selbst erfundenen Gutenachtgeschichten.

Ab und zu vergaßen Anne und Max über ihren Gesprächen die Zeit und es wurde spät. Da Max bis zum Abitur noch bei seinen Eltern wohnte, blieben diese nächtlichen Treffen seiner Mutter nicht verborgen, und ihre besorgten Hinweise, dass es sich hier um eine verheiratete Frau handele und dass die Nachbarn alles mitbekämen, mehrten sich. Max war froh, als er sofort nach dem Abitur in die nahe gelegene Universitätsstadt umziehen konnte, aber auch dann erinnerte ihn seine Mutter am Telefon immer wieder daran, dass die Nachbarn auf dem Posten wären und genau beobachteten, ob sein VW Käfer Cabrio wieder einmal bis nach Mitternacht vor dem Haus der verheirateten Frau Stoll geparkt hätte.

So sehr Hilde Berger die junge Anne Stoll schätzte, so glaubte sie doch zu wissen, was in den Köpfen der »Weiber« so abging. Und ihrem Sohn Max konnten Annes weibliche Attribute, die Hilde neidlos anerkennen musste, unmöglich entgangen sein: Anne war ein fröhlicher Mensch, unter dem halblangen Pagenschnitt strahlten zwei klare blaue Augen. Sie war schlank, sportlich und ihre sonnengebräunte Haut hatte einen seidigen Glanz.

Um sich Annes Wirkung auf Männer zu vergewissern, suchte Hilde Berger Bestätigung bei ihrem Mann: »Julius, unser Junge sieht das doch auch!«

»Was sieht er?«

»Dass diese junge Frau sehr gut aussieht. Das sieht ein Mann doch, oder?«

Julius zögerte. Er ahnte die aufgestellte Falle. Was immer er jetzt antwortete, konnte ihn in Schwierigkeiten bringen. Hilde war eine wunderbare Frau, er liebte sie sehr. Aber sie war verdammt eifersüchtig.

»Wir Männer sehen manches nicht. Das weißt du doch, mein Schatz. Wir sind oft unaufmerksam und in Gedanken.«

Der Schachzug gelang. Dieser Aussage konnte seine Frau nicht widersprechen, sonst hätte sie ihrer eigenen Kritik an ihm widersprechen müssen. Für den Moment gab sie auf.

Max verfolgte, ohne es zu wissen, seiner Mutter gegenüber eine Strategie, die der seines Vaters ähnlich war. Er hütete sich davor, ihr auch nur den geringsten Hinweis darauf zu geben, dass ihre Sorge begründet sein könnte. Das wurde jedoch über die Jahre immer schwieriger, denn je länger die Beziehung zu Anne dauerte, desto stärker fühlte er sich zu ihr hingezogen. Es gab eine klare Linie, die er besser nicht überschritt, und dennoch konnte er nicht verhindern, dass er immer öfter männliche Fantasien entwickelte. Aber er fragte sich in solchen Momenten auch, was denn falsch daran sein sollte. Die Gedanken waren schließlich frei und er schadete damit niemandem.

Manchmal dachte Max darüber nach, ob es Anne genauso ging wie ihm. Es musste doch auch so etwas wie weibliche Fantasien geben. Dass sie ihn mochte, zeigte sie deutlich. Sie nahm ihn ungeniert in den Arm, berührte ihn beim Reden, neckte ihn. Vor allem aber genoss sie offensichtlich ihre Gespräche über Gott und die Welt. Warum sonst sollte sie ihn immer wieder zu sich einladen? Sie wirkte sehr entspannt in seiner Gegenwart, lachte ihr ansteckendes Lachen. Aber was sie für ihn, den jüngeren Mann, als Frau wirklich empfand, wusste er nicht, und er traute sich nicht, sie danach zu fragen.

Annes Leben war ganz anders als das, was sich in seiner schwäbischen Heimatstadt abspielte. Wenn sie von Indonesien erzählte und ihm Fotografien zeigte, entstand vor seinen Augen der Eindruck eines tropischen Paradieses: Üppige Blüten, vor denen farbenprächtige Schmetterlinge flatterten; die Luft feucht und heiß und voll fremder Gerüche; Reisterrassen, in denen Frauen unter großen runden Strohhüten grün leuchtende Setzlinge in das Wasser drückten; ein mächtiger, schwarzer Wasserbüffel, der, von einem barfüßigen Mann gelenkt, einen Holzpflug durch die überfluteten Felder zog; dichter Urwald, das Blattwerk bevölkert von seltenen Käfern, der dunkle Untergrund Heimat für Schlangen, die kräftigen Äste Rastplatz für kreischende Vögel und Spielplatz für Orang-Utans in ihrem zottigen roten Fell. Durch Annes Schilderungen und die Bilder konnte sich Max in eine Welt hineinträumen, mit der er bislang nicht in Berührung gekommen war und die ihm vermutlich für immer verborgen bleiben würde.

Annes Fotografien waren wohl auch deshalb so faszinierend, weil sie das Handwerk von der Pike auf gelernt hatte. Nach ihrer Ausbildung zur Fotografin hatte sie kurze Zeit in einem Fotostudio gearbeitet, sich dann auf Industriefotografie spezialisiert. In dieser Zeit hatte sie wohl auch ihren Mann auf einer Industriemesse in Hannover kennengelernt, als dieser dort seine Kontakte zu deutschen Firmen pflegte.

*

»Was schreibt sie denn, Max? Willst du den Brief nicht öffnen?«, fragte seine Mutter ungeduldig.

Der Brief lag ungeöffnet neben dem Teller mit einem Stück frisch gebackenen Johannisbeerkuchen. Sein Vater saß ihm an dem runden Tisch im Esszimmer gegenüber und gab sich unbeteiligt. Die Augen seiner Mutter ruhten erwartungsvoll auf ihm.

Warum sollte er den Brief nicht sofort öffnen? Trotz des sehr engen Verhältnisses, das sich zwischen Anne und ihm in den letzten Jahren entwickelt hatte, rechnete Max nicht damit, dass sie etwas aus ihren Gesprächen und von ihren gemeinsamen Unternehmungen berichten würde, was die schon bestehenden Verdachtsmomente seiner Mutter weiter erhärten würde.

Er riss den hellblauen Luftpost-Umschlag mit den farbigen Streifen auf und überflog die Zeilen. Leicht benommen reichte er seiner Mutter den

Brief. Sie las ihn sehr gründlich, hielt ihn dann ihrem Mann hin und schenkte ihm einen ihrer bedeutsamen Blicke.

Wie von Max erwartet, gab es im Brief keinerlei Hinweise auf seine Beziehung zu Anne. Doch ihm war klar, dass es bezüglich der Einschätzung dessen, was da an ihn herangetragen wurde, keine Einigung im familiären Kreis geben würde.

Anne fragte an, ob Max sich vorstellen könnte, ab Anfang Oktober dieses Jahres nach Medan zu kommen, um Alex und Lotte ein Jahr lang als Hauslehrer zu unterrichten. Nach dieser Zeit könnten die Kinder in Medan auf eine internationale Schule wechseln, die gerade gebaut wurde. Annes Idee war, mit den Kindern im Sommer wieder für zwei Monate nach Deutschland zu kommen und anschließend gemeinsam mit Max auf einem Schiff nach Asien zu reisen. Robert, ihr Mann, würde schon früher zurückfliegen, um seinen Geschäften nachgehen zu können.

»Der Vater ist auf dieser Reise gar nicht dabei«, resümierte seine Mutter und schüttelte ungläubig den Kopf. »Das heißt, du bist mit der attraktiven Frau Stoll vier Wochen lang allein auf dem Schiff!«

»Nicht allein, Mutter. Die Kinder sind auch dabei.«

»Die Kinder, die Kinder. Die sind doch noch viel zu klein. Die können da nichts verhindern.«

»Was sollen sie denn verhindern?«, fragte Max. »Ich mache meinen Unterricht, Anne beschäftigt sich mit sich selbst. Wo ist das Problem?«

Spätestens jetzt bereute er zutiefst, dass er den Brief am Tisch geöffnet hatte. Aber es war zu spät.

»Das mit dem Jahr in Medan geht gar nicht!«, sagte jetzt sein Vater energisch. »Ich weiß, was an einem Studium dranhängt, man unterbricht es nicht einfach. Nie! Vor allem nicht für einen ...«, er suchte nach Worten, »Hilfslehrer-Job zwischen Schlangen, Tigern und Orang-Utans.« Die Sache mit der Zweisamkeit auf dem Schiff sah er jedoch deutlich pragmatischer: »Hilde, lies doch. Frau Stoll schreibt unten: *Herzliche Grüße aus Medan, auch von meinem Mann.*«

»Das heißt doch gar nichts«, protestierte seine Frau. »Den Brief hat Anne allein geschrieben. Daraus wird nicht deutlich, was ihr Mann von diesem Vorhaben hält. Ich kann mir bei Gott nicht vorstellen, dass er diese Schiffsreise gut findet. Und ob er Max überhaupt bei sich im Haus haben will.«

Max musste sich eingestehen, dass seine Mutter wieder einmal eine gute Intuition bewies. Ihr Argument war nicht von der Hand zu weisen. Was war, wenn Robert Stoll genauso eifersüchtig war wie Hilde Berger?

Umso wichtiger war es, seine Mutter jetzt davon zu überzeugen, dass die Sache durch und durch harmlos war.

»Wir sind ja nicht allein«, wiederholte er. »Es ist noch eine komplette Schiffsbesatzung an Bord.«

»Du weißt ganz genau, was ich meine!«, sagte seine Mutter und ihr Ton war schärfer geworden. »Das ist doch wie in einem Hotel. Tür an Tür. Fast dreißig Nächte lang!«

Dass seine Mutter die Nächte zählte und nicht die Tage, sprach Bände über das, was ihr durch den Kopf ging. Für Max wurde es höchste Zeit, das elterliche Domizil zu verlassen. Er wollte sich seine Vorfreude nicht nehmen lassen und vor allem nicht tiefer in seine Beziehung zu Anne einsteigen. Die war für ihn selbst schon schwierig genug einzuordnen. Er wechselte deshalb schnell das Thema, erzählte etwas von wichtigen Prüfungen, auf die er sich noch vorbereiten müsse, und schaffte es, ohne weitere Diskussionen die Wohnung zu verlassen.

Das Angebot aus Indonesien hatte ihn elektrisiert und er würde keine Sekunde zögern, es anzunehmen. Die Vorstellung, mit Anne und ihren Kindern vier Wochen lang auf einem Schiff zu reisen, war unwiderstehlich.

Während der Rückfahrt öffnete Max das Dach seines VW Käfer Cabrios. Er entschied sich gegen die Autobahn und wählte die Strecke über die Landstraßen, vorbei an Obstbaumwiesen und intensiv bewirtschafteten Feldern, und durch kleine, verwinkelte Orte. Er spürte die kühle, feuchte Luft auf seinen Wangen, als er in einem Waldstück einen Bach überquerte. Tauchte für Momente in den warmen Geruch eines frischen Misthaufens vor einem kleinen Bauernhaus ein. Roch die erdige Luft entlang der Felder, die gerade für die Aussaat von Mais vorbereitet wurden. Auf der Hügelkette am Horizont erkannte er zwei Burgen, die häufig das Ziel sonntäglicher Wanderungen waren. Wie abwechslungsreich und gleichzeitig beruhigend die süddeutsche Landschaft war. Er würde sie vermissen. Im Moment fühlte er sich aber unendlich frei und genoss den lauen Fahrtwind.

Bis zur Abreise Anfang Oktober hatte er knapp fünf Monate Zeit, um sich auf die unerwartete Herausforderung vorzubereiten.

7

ALS MAX NACH dem Mittagessen wieder in seiner Kabine war, holte er den Karton mit den Schulbüchern aus dem Schrank, hob ihn auf den Couchtisch und öffnete ihn. Im Karton befand sich das Material, das er für den vierwöchigen Unterricht auf dem Schiff ausgewählt und das ihm ein süddeutscher Schulbuchverlag unentgeltlich zu Verfügung gestellt hatte. Den Rest hatte Robert Stoll auf seinem Rückflug nach Indonesien mitgenommen.

»Dass unsere Bücher eines Tages mit einem Privatlehrer und zwei Schulkindern mit einem Frachtschiff ans Ende der Welt reisen würden, wäre mir nie in den Sinn gekommen«, hatte der Verlagsmitarbeiter überrascht angemerkt, als Max die beiden großen Pakete in Empfang genommen hatte. »Ich wünsche Ihnen viel Erfolg. Unter solchen Bedingungen wäre ich auch gerne noch mal Schulkind.«

Jetzt holte Max fast feierlich einen fest gebundenen Band nach dem anderen aus dem Karton und fühlte sich wieder an seine eigene Kindheit erinnert.

»Deutsch für die Grundschule – Klasse 3«, las Max. Der Einband war sehr schlicht, glatt, hellblauer Grund. Mathematik war anders aufgemacht: wieder auf hellblauem Grund – offensichtlich die Farbe des Verlags – der Titel. Über die ganze Seite verteilt Zahlen und einfache Rechenoperationen wie Addition, Subtraktion und Brüche. Als ob sie jemand über das Buch ausgeschüttet hätte. Dann der großformatige Weltatlas. In der Mitte des Einbands der afrikanische Kontinent, den sie bald umfahren würden. Am rechten Buchrand das Ziel seiner Reise: Sumatra inmitten eines Archipels zahlloser Inseln.

Sein Blick fiel auf die Religionslehre. Mit diesem Band hatte es eine besondere Bewandtnis. Während der Unterrichtsvorbereitung im Sommer hatte ihm Anne erklärt, dass die gesamte Familie Stoll mit Kirche und allem, was damit zusammenhing, nichts zu tun habe und er sich den Religionsunterricht sparen könnte. Max selbst war zwar getauft und konfirmiert, stand jedoch der Kirche ebenfalls kritisch gegenüber. Trotzdem waren ihm Bedenken gekommen. Nach reiflicher Überlegung kam er zum Schluss, dass er als Lehrer die Verpflichtung hatte, Alex und Lotte an alle Themen heranzuführen, mit denen sie in ihrem Leben in irgendeiner Form in Berührung kommen würden. Also auch an Religion.

Jetzt lagen auf dem Boden des Kartons nur noch die dünnen, flexibel gebundenen Lehrerbegleithefte, die ihm der Herr vom Verlag besonders ans Herz gelegt hatte: »Sie sind Gold wert. Sie werden Ihnen helfen, den Unterricht zu gestalten. Und sie enthalten Prüfungsaufgaben und Musterlösungen.«

Max holte sie heraus und überflog die Titel. Sie deckten alle wichtigen Fächer ab, die er auf dem Schiff unterrichten wollte.

In diesem Moment klopfte es an der Kabinentür. Alex und Lotte stürmten herein. Sie waren aufgedreht, also platzierte Max sie nebeneinander auf der Couch, damit er sie gut im Blick hatte.

Die nächsten zwei Stunden besprachen sie die vier Wochen auf See. Max' Ziel war es, mit ihnen gemeinsam einen abwechslungsreichen Stundenplan zu basteln.

»Ich stelle mir vor, dass ihr an sechs Tagen in der Woche vormittags Unterricht habt. Also auch am Samstagmorgen.«

Die Geschwister schauten sich vielsagend an. Lotte kräuselte ihre Nase, beide hielten sich aber mit Kommentaren zurück.

»Und von Montag bis Freitag haben wir dann am Nachmittag noch Zeit für Hausaufgaben oder für die Vertiefung des Stoffes. Damit bleiben der Samstagnachmittag und der Sonntag für euch frei.«

Max musterte Alex und Lotte und war überrascht, dass kein Protest kam. Sollten sie sich tatsächlich auf den Unterricht und das Lernen freuen? An sechs Tagen in der Woche?

»Na, ihr zwei, wie geht es euch mit diesen Vorschlägen?«

»Ist schon okay, Hauslehrer«, meinte Alex weltmännisch.

»Und wir können den Stundenplan ja jederzeit wieder ändern«, schob Lotte nach. »Und du musst uns versprechen, dass du uns abends immer eine Gutenachtgeschichte erzählst.«

Damit hatte Max kein Problem. Die erste Hürde war genommen.

Vom Verlag hatte Max Vorlagen für Stundenpläne bekommen.

»Da tragen wir jetzt eure Fächer ein – immer zwei am Vormittag. An allen sechs Werktagen. Zwischen den beiden Fächern machen wir dann eine Kakaopause.«

Alex und Lotte waren mit Feuereifer bei der Sache und hatten beide rote Ohren. Max fragte sich, ob ihn als Kind das Thema Schule auch so begeistert hatte. Vielleicht ließen aber auch nur die Aufregung über das Schiffsabenteuer und der damit verbundene Adrenalinausstoß die beiden so euphorisch wirken. Bald würde er mehr wissen.

»Hauslehrer, wo findet die Schule denn statt?«, wollte Lotte jetzt wissen.

»Am einfachsten wird es sein, ihr kommt zum Unterricht in meine Kabine. Hausaufgaben macht ihr dann bei euch.«

In diesem Moment wurde Max klar, was das getroffene Arrangement in letzter Konsequenz für ihn selbst bedeutete: Da sie auch die Mahlzeiten gemeinsam einnehmen würden, würde er ab sofort von morgens acht Uhr bis zur Gutenachtgeschichte mindestens einen von ihnen oder auch beide ständig in seiner Nähe haben. Was war mit Nähe und Distanz? Mit zwei Kindern auf einem Frachtschiff? Die Mutter nicht zu vergessen.

Hatte er nicht immer allen Leuten erzählt, dass er ungebunden sein wollte? Dass er mit Kindern nichts am Hut hatte? Ihm seine Freiheit so überaus wichtig war? In Max wuchs der Verdacht, dass diese unverhoffte Reise manches infrage stellen würde, was er bis heute als gesetzt betrachtet hatte. Und dass sich sein neues Leben als Hauslehrer als Wundertüte herausstellen könnte: voller Überraschungen, mit denen er nicht gerechnet hätte.

Er sah auf die Uhr. Höchste Zeit. In knapp einer Stunde begann das Captain's Dinner. Und dieses Mal würde er Krawatte tragen!

8

ER MUSSTE VOM Sonnenlicht geweckt worden sein, das ihm direkt ins Gesicht schien. Vorsichtig öffnete er die Augen einen Spalt, um sich langsam an die Helligkeit zu gewöhnen. Von dem Futon in der Ecke seiner Studentenwohnung aus sah er schräg über seinen Schreibtisch hinweg durch das hohe Fenster auf den alten Apfelbaum. Seit einer Woche stand er wieder in voller Blüte. Eine weiß-rosa Pracht.

Mehrere Stapel Lehrbücher und zwei dicke Ordner auf dem Schreibtisch erinnerten Max an das, was auf ihn wartete. Er musste sich dringend auf eine wichtige Prüfung vorbereiten.

Auf dem Parkettboden vor dem Futon entdeckte er den winzigen roten Slip. Er kannte ihn nur zu gut. Dass kein dazu passender Büstenhalter in der Nähe lag, verwunderte Max nicht. Die Frau, die den Slip trug, brauchte keinen. Ihre Brüste waren klein und fest und ein BH wäre so etwas wie eine Beleidigung für sie gewesen.

Jetzt erst nahm er das gleichmäßige Atmen hinter seinem Rücken wahr. Vorsichtig wandte er den Kopf. Claudia schlief eingerollt auf der Seite. Sie hatte die Decke bis über die Nase hochgezogen. Ihre langen Wimpern berührten beinahe den schwarz glänzenden Bettüberzug. Schon bei ihrer ersten Begegnung vor knapp zwei Jahren hatten ihn ihre ungewöhnlich langen Wimpern fasziniert. Alles, was er im Moment sonst noch von ihr erkennen konnte, waren die kurz geschnittenen, dunkelbraunen Haare. Wären die Wimpern nicht gewesen, hätte man sie für einen Jungen halten können. Dazu trug sicher auch ihre gertenschlanke Figur bei.

Was Max jetzt beunruhigte, war die Tatsache, dass Claudia an diesem Morgen bei ihm im Bett lag. Das hatte nichts mit ihr als Person und nichts mit dem heutigen Datum zu tun, sondern mit einem Prinzip. Max war sehr stolz darauf, dass er sich schon früh im Leben bestimmte Grundsätze zurechtgelegt hatte und diese auch umsetzte. Im Verhältnis zu Frauen gehörte dazu, dass er selbst nie über Nacht bei einer Frau blieb. Auch wenn das Wetter noch so unwirtlich und es noch so spät war, Max wollte in seinem eigenen Bett aufwachen und seinen Tag ungestört allein beginnen. Dasselbe galt umgekehrt für seine Besucherinnen. Was immer in der Nacht passierte, wie angenehm die Begegnung sein mochte: Irgendwann war es für die Damen Zeit, zu gehen. Und zwar vor dem Frühstück. Max war überzeugt davon, dass diese Regelung beiden Seiten unnötige Diskussionen und vor allem Enttäuschungen ersparte.

Er versuchte sich zu erinnern, wie Claudia es letzte Nacht geschafft hatte, dieses bewährte Prinzip auszuhebeln. Sie kannte ihn gut genug, und sie hatten sich oft über das Thema »Nähe in Partnerschaften« ausgetauscht. Er hatte dabei den Eindruck gewonnen, dass sie mit seiner Position übereinstimmte.

Aber irgendetwas hatte sich in letzter Zeit in ihrer Beziehung verändert. Max fragte sich, ob es damit zu tun hatte, dass sie vor knapp einem Jahr von dem Vater ihrer heute dreijährigen Tochter Lilly verlassen worden war. Max und Claudia hatten auch schon vor dessen Abgang miteinander geschlafen. Dass sie oben im Dachgeschoss des Hauses wohnte, in dem Max die kleine Wohnung in der ersten Etage gemietet hatte, erleichterte ihre unregelmäßigen Treffen. Lillys Vater, ein Fußballprofi, der jetzt bei einem Verein in der italienischen Liga spielte, war für Claudia von Anfang an nicht der Mann ihrer Träume gewesen.

»Er war ein Unfall«, meinte sie, als Max sie kurz nach der Trennung nach dem Kindsvater fragte. »Ich werde ihn so schnell vergessen, wie er in mein Leben getreten ist.«

Nachdem Claudia wieder allein war, führten Max und sie ihre Beziehung unverändert weiter. Sie verabredeten sich, redeten stundenlang, hatten guten Sex, gingen auch mal eine Runde miteinander spazieren oder ins Kino. Ansonsten waren sie beide beschäftigt. Max musste für das Studium lernen. Sie arbeitete, oft mit Überstunden, in der Geschäftsstelle des lokalen Bundesligaclubs.

Ideal war, dass das Haus mit dem alten Apfelbaum im Vorgarten ihrer verwitweten Mutter gehörte. Diese kümmerte sich viel und gerne um ihre Enkeltochter, sodass Claudia vor allem an den Abenden für Max Zeit hatte. Und er bekam von der Dreijährigen fast gar nichts mit.

Während Max an diesem Morgen in die Blütenpracht vor dem Fenster starrte, tauchten nach und nach Erinnerungen auf. Am gestrigen Abend hatte Claudia darauf bestanden, für ihn zu kochen. Sie hatte alles mitgebracht, was sie dazu brauchte, und war in seiner Küche eifrig hin und her gerannt. Max hatte versucht, sie davon abzubringen. Wenn schon gekocht werden musste, dann würde er das selbst machen und seine Besucherin dazu einladen. Er spürte ein Unwohlsein aufkommen, als er sie mit Kochschürze hantieren sah, sagte aber nichts. Doch als sie nach dem Essen anfing, abzuräumen und bei ihrem Gang in die Küche gleich das heiße Wasser für den Abwasch aufdrehte, wurde es ihm zu viel. Er folgte ihr in die Küche und umfing sie von hinten, legte seine Hände auf ihre kleinen, festen Brüste und schmiegte sich eng an ihren Rücken. Seine Männlichkeit meldete sich. Das passierte ihm bei ihr immer erfreulich schnell.

»Lass bitte alles stehen«, sagte er.

Sie rührte sich nicht. Max löste seine Arme und drehte sie zu sich um. Ihr Gesichtsausdruck zeigte Enttäuschung. War ihr das Spülen so wichtig? Er umfasste ihren Nacken und küsste sie zart auf den Mund.

»Ich wüsste etwas Schöneres als Spülen und Aufräumen«, sagte Max und versuchte, seiner Stimme einen weichen Ausdruck zu geben.

Er wartete die Antwort nicht ab, nahm ihre Hand und zog sie zum Futon. Dort angekommen, hatte wohl auch Claudia die Küche abgehakt.

So weit war im Grunde alles in Ordnung. Aber das Drumherum stimmte schon länger nicht mehr. Und je konzentrierter Max an diesem Morgen auf den Apfelbaum blickte und die letzten Monate an sich vorbeiziehen ließ, desto klarer wurde ihm, dass er in etwas hineingezogen wurde, an dessen Ende der Verlust seiner Ungebundenheit und Freiheit stehen würde.

Begonnen hatte es im Grunde damit, dass Claudia vor einigen Monaten eines Abends mit dem Katalog eines Reisebüros ankam und ihn fragte, ob er nicht Lust hätte, mit ihr einen Kurzurlaub am Ammersee zu machen. Sie wollte sich eine Woche freinehmen und dort auch eine Schulfreundin besuchen. Max verschluckte sich fast an seinem Wein. Er konnte überzeugend darlegen, dass er angesichts mehrerer Prüfungen auf keinen Fall eine Woche verreisen könne. Aber ihr Anliegen hatte ihn erschreckt. Wie kam sie bloß darauf, dass er zu so etwas Lust haben könnte? Eine Woche lang auf engem Raum mit einer Frau? Noch erschrockener war er, als er etwas später durch Zufall erfuhr, dass sie geplant hatte, ihr Kind in den Urlaub mitzunehmen. Hatte er sich nicht klar genug ausgedrückt?

Richtig bedrohlich war es aber geworden, als Claudias Mutter vor vier Wochen ihren fünfzigsten Geburtstag feierte und Max dazu einlud. Es war ein lauer Frühlingstag und die nahe Verwandtschaft in voller Besetzung eingetroffen. Im Vorgarten, in dem die ersten Tulpen und Narzissen blühten, wurden Sekt und Häppchen gereicht. Später versammelte sich die Gesellschaft um den langen Tisch im Wohnzimmer. Die Terrassentüren standen offen, ein leichter Wind bewegte die bodenlangen Vorhänge, im Apfelbaum zwitscherten Singvögel.

Max war nicht entgangen, dass er von den Tanten und Onkels immer wieder unauffällig gemustert wurde. Ab und zu sprach ihn jemand freundlich an, und immer wieder wurde ihm bestätigt, wie froh man in der Familie sei, dass Claudia nach dem Fiasko mit diesem daher-, oder sollte man besser sagen: davongelaufenen Fußballer endlich wieder eine verlässliche männliche Schulter zum Anlehnen gefunden habe.

»Wir freuen uns alle so sehr für Claudia. Sie ist so ein guter Kerl«, erklärte ihm ihre Tante Amelie. »Aber natürlich freue ich mich auch für meine Schwester. Sie wissen sicher, dass sie schon in jungen Jahren ihren Mann verloren hat. Sie macht sich Sorgen um ihre Tochter und wünscht sich sehnlichst einen Vater für die arme, kleine Lilly.«

Das kam nicht überraschend. Claudias Mutter hatte von Beginn an keinen Zweifel aufkommen lassen, dass sie dem jungen Studenten Max sehr wohlwollend gegenüberstand.

Ganz anders seine Mutter Hilde: Sie hatte Claudia einmal bei einem Besuch in der Wohnung ihres Sohnes kennengelernt, fand sie als Mensch angenehm, resümierte die Begegnung mit der jungen Frau aber später mit den Worten: »Max! Sie ist ein sehr nettes Mädchen. Sehr nett! Aber sie hat eine kleine Tochter. Du musst wissen, es ist sehr schwierig für einen jungen Mann, wenn eine Frau ein Kind mit in die Beziehung bringt. Das geht nicht gut. Ein Mann will irgendwann eigene Kinder. Und wenn da schon … Du weißt, was ich meine!«

Max wusste es nicht und die Geschichte mit dem fremden Kind interessierte ihn auch nicht.

Beim Geburtstag von Claudias Mutter spielte Lilly dann am Ende doch noch eine zentrale Rolle und brachte letztlich den Stein ins Rollen, der Max konkret an Flucht denken ließ. Als die Geburtstagsgesellschaft am langen Tisch nach dem Kaffee mit Kirschlikör versorgt wurde und zum gemütlichen Teil überging, tauchte Lilly bei Max auf, legte eine mit Sahne beschmierte Patschhand auf seinen Schenkel und gab ihm zu verstehen, dass sie auf seinen Schoß kommen wollte. Er hob sie hoch.

»Was trinkst du da, Max?«

Wie sollte er dem Kind Kirschlikör erklären? Am liebsten hätte er ihr sein Likörglas angeboten, zügelte sich aber rechtzeitig. Stattdessen wunderte er sich über das Gewicht, das ein derart kleines Mädchen auf die Waage bringen konnte. Es musste dem Gewicht eines vollen Bierkastens sehr nahekommen.

Die Frage von Lilly stand noch unbeantwortet im Raum, da baute sich der glatzköpfige Onkel Leopold ihm gegenüber auf der anderen Seite des Tisches auf, zückte seine Pentax-Kamera mit aufgesetztem Blitzlicht, rief: »Was für ein schönes Bild!« und drückte auf den Auslöser. Max war von der Aktion so überrascht, dass er die Augen nicht mehr rechtzeitig schließen konnte. Für einen Moment war er geblendet. Was er danach als Erstes sah, war erneut Onkel Leopold. Die Pentax in einer Hand, die freie Hand in fuchtelnder Bewegung.

»Claudia, stell dich doch mal bitte nahe zu deinem Freund und deiner Tochter. Näher! Noch näher!«

Jetzt stand sie dicht hinter seinem Stuhl und legte ihre Hände auf seine Schultern. Ihre zarten Finger begannen, ihn leicht zu massieren. Max durchlief ein wohliger Schauer.

»Halte still, Lilly. Nicht zappeln, sonst wird das Bild unscharf.« Onkel Leopold klang genervt. »Claudia, lächeln! Herr Berger, Sie auch, bitte!«

Max versuchte zu grinsen, und genau in diesem Moment riss sein Film. Der Film seiner Beziehung zu Claudia. Mit dem Zuruf von Onkel Leopold hatten ihre Hände die zärtliche Massage eingestellt und griffen stattdessen fest in seine Schultern. Wie metallene Klammern. Gleichzeitig wurde Max das Gewicht des Kindes auf seinen Schenkeln bewusst. Wie schwer eine Bierkiste auf Dauer werden konnte!

Er sah die erwartungsvollen Blicke der Verwandtschaft auf sich gerichtet. Die erhitzten Gesichter kamen immer näher.

Dann das Blitzlicht.

Das Geräusch klatschender Hände.

Max schloss die Augen. Um ihn herum war alles weiß.

Über das Gemurmel der Geburtstagsgesellschaft hinweg konnte er deutlich die Melodie des Schubertliedes vom Schallplattenspieler hören: *Die Forelle.* Und er erinnerte sich daran, dass seine Mutter ihm erklärt hatte, dass der Text von Christian Schubart nicht vollständig von Franz Schubert vertont worden sei. Warum auch immer, die letzte Strophe war nie durch Schuberts Kunstlied geadelt worden.

Aber genau dort fand sich, in dem verquasten Deutsch von 1792, die Botschaft, die die traurige Geschichte der gefangenen Forelle für Max Berger bereithielt:

»Ihr, die ihr noch am Quelle
Der sichern Jugend weilt,
Denkt doch an die Forelle;
Seht ihr Gefahr, so eilt!«

Seht ihr Gefahr, so eilt! Max sah die Gefahr.

Er musste eilen.

9

DIE *HOLSATIA* MUSSTE sich nach Max' Berechnungen an diesem Abend etwa auf der Höhe von Brest bewegen. Im Verlauf der Nacht würde der Frachter den Ärmelkanal verlassen und sich nach Süden entlang einer gedachten Linie zwischen dem Atlantik und dem Golf von Biskaya bewegen. Der Wind und damit auch die unangenehmen Schiffsbewegungen hatten weiter abgenommen. Beim Blick durch das Kabinenfenster stellte Max erfreut fest, dass sich die tief hängenden Wolken gelichtet hatten. Von der Sonne war aber noch nichts zu sehen. Auf den unruhigen Wellen tanzten dicke weiße Schaumkronen.

Sein Magen hatte sich beruhigt. Vielleicht konnte er sich an den einen oder anderen Gang des abendlichen Menus wagen. Und an den Wein.

Die Wahl zwischen den beiden Krawatten fiel ihm nicht leicht. Diagonal gelb-grün gestreift oder knallrot? Max musste sich einmal mehr eingestehen, dass er sich mit Entscheidungen nicht immer leichttat. Die Entscheidung für den Hauslehrerjob hatte er jedoch sehr schnell gefasst. Da gab es offensichtlich nichts zu überlegen. Aber wie war das mit der Entscheidung für eine Frau? Viele seiner Studienkollegen trafen diese Entscheidung sehr klar und waren sich ihrer Sache sicher: »Das ist sie, die Frau, die zu mir passt. Die ich liebe. Die Frau fürs Leben.« Und ab dem Moment traten sie nur noch im Doppelpack auf.

Max schaffte es nicht, sich auf eine Frau festzulegen. Die Frauen, die er bis heute kennengelernt hatte, hatten doch alle ihren eigenen, unverwechselbaren Reiz. Wie konnte er da sagen: Nur die und keine andere?

»Max, du kommst mir manchmal vor wie ein Schmetterling«, hörte er seine Mutter sagen, wenn die Sprache auf die Bedeutung der Stetigkeit in der Beziehung zwischen Mann und Frau kam, und ihr Blick war in einem solchen Moment schwer einzuordnen: War es Missfallen an seinen offenen Beziehungen oder war es Wehmut über die eigenen verpassten Chancen?

Im Fall der beiden Krawatten kam zu all dem, was Max soeben durch den Kopf ging, noch etwas anderes hinzu: Sie boten im Grunde gar keine echte Alternative. Beide würden den wohlbekannten unangenehmen Druck auf seine Atemwege auslösen, sobald sie ordentlich gebunden waren. Nach kurzem Zögern entschied sich Max für Rot. Wer wollte, konnte mit einer roten Krawatte eine Botschaft verbinden.

Max studierte in einer politisch brisanten Zeit mit tiefgreifenden gesellschaftlichen Veränderungen. Die Farbe Rot war in den letzten Jahren geballt in den Hörsälen und in den Straßen Deutschlands aufgetaucht. Ob jemand in dem konservativen, noblen Ambiente des Salons den knallroten Farbtupfer überhaupt wahrnehmen würde? Und falls ja: Würde jemand die Verbindung herstellen können zu den gesellschaftlichen Diskussionen um die Notstandsgesetze, um die fragwürdige Sexualmoral der Kirchen und um die fehlende Aufarbeitung des Nationalsozialismus im Nachkriegsdeutschland? Das alles konnte doch an der Besatzung eines Frachtschiffes nicht spurlos vorübergehen. Und wie würde der Vietnamkrieg, der viele Studenten mit roten Fahnen auf die Straße trieb, hier auf dem Schiff beurteilt? Schließlich verkehrte der Frachter auf der Südostasienroute. Mussten da nicht in den großen Hafenstädten wie Singapur oder Hongkong Begegnungen mit amerikanischen Soldaten stattfinden, die turnusmäßig aus den Kampfgebieten ausgeflogen wurden und sich an den Hotelpools dieser Städte erholten?

Als Max im Salon ankam, war dort bereits eine Gruppe Menschen versammelt. Ein groß gewachsener, leicht gebeugt gehender älterer Herr im weißen Dinner-Jackett mit schwarzer Fliege half eben einer grauhaarigen Dame an Krücken an ihren Platz und setzte sich neben sie. Das musste das Ehepaar de Boer sein.

Leuthenbacher trug einen weißen Rollkragenpullover unter einem blauen Blazer. In der Brusttasche, die mit einem Wappen verziert war, steckte ein rot gemustertes Einstecktuch. Er versuchte, in Annes Nähe zu bleiben, doch sie schnappte sich Alex und Lotte und zog sie schnell auf die Plätze, auf denen sie schon beim Mittagessen gesessen hatten. Die Kinder winkten Max fuchtelnd herbei. Der Hauslehrer gehörte schließlich ihnen.

Kapitän Ahlers und der Erste Offizier Behrendt, die heute Abend beide in weißer Uniform erschienen, saßen sich an den Stirnseiten des Tisches gegenüber. Der Chefingenieur fehlte, doch mit dem Ehepaar de Boer waren die Passagiere des Frachters zum ersten Mal komplett bei einer Mahlzeit vertreten.

Alle drei Damen trugen lange Abendroben und bewiesen durch ihre Auswahl, dass sie genau wussten, was zu diesem Anlass erwartet wurde. Das Gold um Hals und Handgelenk der Gräfin schien Max echt zu sein, die Brillanten um den faltigen Hals von Frau de Boer wohl ebenso.

Max wusste, dass Anne teurer Schmuck und edle Klamotten so wenig bedeuteten wie ihm die Krawatten. Sie war der sportliche Typ, sie liebte legere Kleidung und sah nach Max' Einschätzung trotzdem immer verdammt gut aus – egal, was sie anhatte. Sie musste sich bei geschäftlichen Anlässen in Medan ab und zu einer Kleiderordnung beugen, aber sie hatte dabei ihre Natürlichkeit nicht verloren. In diesem Geist hatte sie auch ihre Kinder erzogen. Lotte und Alex waren verspielt, offen und neugierig.

Zu Beginn des Abendessens hieß der Kapitän noch einmal alle willkommen und stellte das Ehepaar de Boer vor. Die Anwesenden erfuhren, dass sich Julia de Boer vor Wochen einer Knieoperation unterziehen musste und noch immer auf Krücken angewiesen war. Zusammen mit ihrem Mann, Henk de Boer, war sie auf dem Weg nach Kuala Lumpur zu ihrem Sohn Kees. Sie würden das Schiff im Hafen von Port Swettenham verlassen.

Wie sie da bleich und eingefallen auf ihrem Stuhl saß, wirkte Julia de Boer auf Max verloren, fast fragil. Er hatte immer geglaubt, dass eine Knieoperation eine vergleichsweise harmlose Sache sei. Hatte sie Wochen nach der Operation noch immer Schmerzen?

Auf dem Tisch standen mehrere gefaltete Karten aus Büttenpapier mit dem heutigen Menu. Was hier serviert wurde, war außerhalb Max' bisherigen Vorstellungen. Als Student aß er fast täglich in der Mensa. Ansonsten kehrte er gerne in einfachen Wirtshäusern ein. Höhepunkt dieser Besuche war, soweit es die Finanzlage zuließ, ein schwäbischer Rostbraten mit Spätzle und Soße oder Maultaschen mit Kartoffelsalat.

Beim Blick auf die Speisekarte bedauerte Max, dass sein Magen heute noch nicht in der Lage war, angemessen auf dieses kulinarische Angebot zu reagieren. Er musste klug wählen. Die Hühnerbrühe mit Eierstich würde er sicher vertragen. Die Variation von der Entenstopfleber mit Apfel und Mandeln schloss er aus. Auf das Seezungenfilet in Rieslingsoße mit gedämpftem Reis hatte er Appetit. Für das Milchkalbsfilet mit schwarzem Trüffel aus dem Périgord war es dagegen ebenfalls noch zu früh. Die Entscheidung für die Käseauswahl vom Wagen konnte spontan fallen, wenn es so weit war. Das Dessert, eine Vanillecreme mit Cassissorbet, Butterstreuseln und Pekannüssen, hätte Max unter normalen Umständen mit Begeisterung verschlungen. Im Moment hatte er aber Sorge, ob ihm ein zu gut gefüllter Bauch angesichts der immer noch unruhigen See später nicht einen Streich spielen würde. Er hatte zwar vor dem Abendessen noch eine weitere Tablette genommen, wollte jedoch auf keinen Fall riskieren, wieder die halbe Nacht vor der Kloschüssel zu verbringen.

Julia de Boer saß Max direkt gegenüber, und so erfuhr er bald einiges über ihren Sohn: »Kees, unser einziges Kind, leitet die Niederlassung einer holländischen Firma, die Spezialglas herstellt. Ich weiß nicht viel über die technischen Details. Panzerglas ist aber wohl dabei. Sie wissen schon, für die gepanzerten Limousinen von Politikern und Wirtschaftsbossen.«

Max nickte. Er war etwas verwundert, dass sie ihn so schnell und direkt angesprochen hatte. Unter den Erwachsenen am Tisch war er mit Abstand der jüngste.

»Wie alt ist denn Ihr Sohn?«, fragte Max höflich.

»Vierzig. Er ist mit einer Schweizerin verheiratet. Sie arbeiten gemeinsam in der Firma und haben eine zwölfjährige Tochter.« Ihr Blick wurde traurig. »Ich habe meine Enkeltochter Vroni seit der Ausreise meines Sohnes vor zwei Jahren nicht gesehen. Und meinen Sohn auch nur einmal in Amsterdam. Ich hatte mir immer vorgestellt, im Alter mehrere Enkelkinder um mich herum zu haben. Und jetzt habe ich nur Vroni – und die ist nicht in meiner Nähe. Und der einzige Sohn auch nicht.«

»So ist das eben, wenn Söhne ganz nach ihren Vätern kommen«, sagte jetzt Henk de Boer. Seine Stimme hatte einen ironischen Unterton.

Max konnte nicht sagen, ob er ihnen von Anfang an zugehört oder bis jetzt mit jemand anderem am Tisch gesprochen hatte.

Julia de Boer schien der Ton ihres Mannes nicht zu gefallen, denn sie fragte ihn schnippisch: »Was soll das, Henk?« Dabei musterte sie ihn auf eine Weise, die Max ebenfalls nicht einordnen konnte. War es Überraschung? Ärger? Wurde er hier Zeuge des verbalen Zweikampfs eines älteren Ehepaares, wie er es ab und zu schon in seinem Umfeld beobachtet hatte? Selbst bei seinen Eltern, die im Großen und Ganzen recht liebevoll miteinander umgingen. Oder steckte bei den de Boers mehr dahinter?

Julia de Boers Blick signalisierte, dass sie keine Antwort von ihrem Mann erwartete. Sie ignorierte ihn und konzentrierte sich auf ihren Teller. Max nahm es als Zeichen, dass sie auch nicht mehr weiter mit ihm reden wollte.

Sein Blick wanderte über die Runde und er bekam mit, dass Alex und Lotte Kapitän Ahlers von ihrem Leben in Indonesien erzählten. Alex, der seine Worte gerne mit fuchtelnden Händen begleitete, erwischte genau in diesem Moment das Weißweinglas seiner Mutter und schleuderte es über den Tisch.

Die Gräfin warf Anne einen giftigen Blick zu. »Kann ihr Sohn nicht aufpassen?«, zischte sie. »Wir sind hier nicht am Schnellimbiss.«

Kapitän Ahlers kam Anne zuvor: »Ich bitte Sie, verehrte Gräfin. So was kann doch passieren. Wenn man so viel zu erzählen hat wie Alex.«

Ein kurzes Nicken in Richtung des behandschuhten Stewards reichte, und schon war das Weinglas ersetzt und ein neues gefüllt, waren die nassen Stellen des Tischtuchs mit Papierservietten abgetupft und mit weißen Leinenservietten kunstvoll abgedeckt.

Anne schüttelte ungläubig den Kopf. Ihre Augen blitzten. Sie war geladen. Max bedauerte, dass der Schwung von Alex nicht gereicht hatte, den Wein über das Kleid dieser eingebildeten Person zu kippen. Er war sich sicher: Kinder gehörten in der Welt der Gräfin überhaupt nicht an einen weiß gedeckten Tisch, geschweige denn an einen Kapitänstisch. Im gleichen Moment fühlte er sich ertappt. Noch vor wenigen Wochen hätte er sich mit der Gräfin leicht auf diese Position einigen können. Wie kam es, dass er heute schon so anders reagierte und sich durch ihre Bemerkung fast persönlich angegriffen fühlte?

Während die Stimmung am oberen Ende des Tisches jetzt gedämpfter war, ließ sich Leuthenbacher weiter unten davon nicht beeindrucken. Wie schon am Mittag aß er mit großem Appetit und ließ keinen Gang des reichhaltigen Menüs aus. Offensichtlich hatte er die Schiffsbewegungen während des Sturms problemlos überstanden. Max spürte Neid aufkommen bei dem Gedanken, dass dieser Mann das köstliche Essen in vollen Zügen genießen konnte, während er sich zurückhalten musste. Dabei war Leuthenbacher ja wirklich schon dick genug, und ihm selbst hätten ein paar Kilogramm mehr auf den Rippen gutgetan.

Als ob der Schriftsteller gespürt hätte, dass Max sich Gedanken über ihn machte, sprach er ihn in diesem Moment an: »Herr Berger. Sie kommen doch aus dem Süddeutschen, nicht wahr? Dann wissen Sie sicher, dass Sie als Hauslehrer berühmte Vorgänger haben, die ebenfalls aus ihrer Heimat stammen.«

Max bemühte sich um eine freundliche Miene. Das Letzte, was er jetzt brauchen konnte, war ein Geschichtsseminar. Geschichte war in der Schule nie sein Fach gewesen, und er war ehrlich genug, sich einzugestehen, dass das nicht am Lehrer, sondern an seinem mangelnden Interesse gelegen hatte.

Worauf wollte Leuthenbacher hinaus? Max versuchte sich krampfhaft zu erinnern, wo er schon einmal auf den Beruf des Hauslehrers gestoßen war. Alle Gespräche am Tisch waren verstummt und sämtliche Blicke erwartungsvoll auf ihn gerichtet.

»Sie meinen sicher Hölderlin«, brachte Max schließlich heraus. Er glaubte sich vage zu erinnern, dass der Dichter, dessen Werk er als nicht lesbar und lebensfern in Erinnerung hatte, als Hauslehrer tätig gewesen und zuletzt in geistiger Umnachtung versunken war. Er konnte nur hoffen, dass ihm selbst ein solches Ende erspart blieb.

»Nicht nur Hölderlin, mein lieber Berger, gehört zur Gruppe süddeutscher Dichter-Hauslehrer.« Leuthenbacher hatte jetzt sichtlich Oberwasser und ergriff die Gelegenheit, der Runde seine humanistische Bildung zu demonstrieren. »Die Dichterdichte war Ende des 18. und während des 19. Jahrhunderts in Württemberg hoch. Die Dichter, die oft eine fundierte Ausbildung in Theologie und Philosophie hatten, konnten selten von ihren Pfarrstellen oder von ihren literarischen Erzeugnissen leben und versuchten deshalb, sich als Hauslehrer etwas dazuzuverdienen. Neben Hölderlin wären da zum Beispiel noch Mörike, Hegel und Schelling zu nennen.«

Die Runde schwieg. Ob beeindruckt vom Wissen des Schriftstellers oder schon gelangweilt von seinen Ausführungen, war schwer zu sagen.

»Auf diese Ahnengalerie können Sie ja wirklich stolz sein, Herr Berger«, sagte Ahlers in die Stille. »Aber Spaß beiseite: Sie sollten keine Angst vor großen Namen haben. Erstens sind die Herrschaften schon lange tot. Und zweitens, und diese Frage geht an Sie, Herr Leuthenbacher: Trügt mich meine Erinnerung an meinen Deutschunterricht, dass sich gerade Hölderlin als Hauslehrer nicht mit Ruhm bekleckert hat? Wie war das mit dem Sohn der Majorsgattin Charlotte von Kalb im Thüringischen?«

Jetzt war Leuthenbacher überrascht und Max glücklich, aus der Schusslinie zu sein.

»Sie haben recht, Kapitän Ahlers. Hölderlin scheiterte dort mit seiner Erziehung an den Kindern. Wie auch schon der Hauslehrer vor ihm. Dafür gab es triftige Gründe, über die ich hier nicht sprechen will.« Ein bedeutungsvoller Blick wanderte über Alex und Lotte zu Anne.

»Und was führte dann Ihrer Meinung nach zum Scheitern von Hölderlins Hauslehrertätigkeit bei dem Bankier Gontard in Frankfurt?«

Kapitän Ahlers musste sich gründlich mit Hölderlin beschäftigt haben, aber Leuthenbacher ließ sich nicht überrumpeln.

»Das ist, wie Sie wissen, eine sehr delikate Frage«, sagte er, machte eine Kunstpause und ließ seinen Blick zwischen Anne und Max hin- und herwandern. Max hatte keine Ahnung, was jetzt kommen würde. Was wusste Anne über Hölderlin? Sie hatten in den vergangenen Jahren bei ihren Sommerbegegnungen viel über Musik gesprochen, hatten auch zusammen einige klassische Konzerte besucht. Aber Literatur war selten ein Thema zwischen ihnen gewesen.

Erst jetzt fiel Max auf, dass die rechte Hand des Schriftstellers zitterte. Wie um sie zu fixieren, hatte Leuthenbacher den Handballen auf den

Tisch gelegt, und seine Finger fest um den Stiel des Glases geschlossen. Trotzdem konnte er nicht vermeiden, dass das Glas vibrierte und sich feine Linien auf der Oberfläche des Weins bildeten. War der Mann nervös? Oder litt er an einer Krankheit?

Während Max noch überlegte, dozierte Leuthenbacher weiter: »Soweit wir wissen, verliebte sich der sechsundzwanzigjährige Hauslehrer Hölderlin in Frankfurt unsterblich in Susette Gontard, die Mutter der Kinder. Die Liebesbeziehung flog auf, nach einem Streit mit dem Ehemann musste Hölderlin abreisen. Die Historiker behaupten, dass es danach noch einige heimliche Treffen zwischen den beiden gegeben habe. Und es sind mehrere Briefe erhalten, die Susette an Hölderlin schrieb, aus denen hervorgeht, dass sie die Liebe seines Lebens war. Interessant ist noch, dass diese Liebesbeziehung der streng pietistischen Mutter Hölderlins, die in einer süddeutschen Kleinstadt mit hoher sozialer Kontrolle lebte, nicht verborgen blieb und dass dadurch das Verhältnis zwischen ihr und ihrem Sohn belastet wurde.«

Wieder war es ruhig am Tisch.

Kapitän Ahlers lachte in sich hinein. Es war genauso gekommen, wie er es sich in der stürmischen Nacht im Ärmelkanal hoch oben auf der Brücke erhofft hatte, als er in Gedanken die Passagierliste durchging und an Frau Stoll und den Hauslehrer dachte. Der Vorhang des Schiffstheaters hob sich für die Geschichten der Passagiere! Mit der Geschichte von Hölderlin und Susette als Prolog hätte der erste Akt kaum spannender beginnen können.

»Jetzt interessiert mich aber doch, was unsere beiden Hölderlin-Experten zu Madame Susette wissen«, sagte Anne. Sie hatte die Diskussion bis hierher gelassen verfolgt. »Sie hat Ihren Worten nach Hölderlin geliebt. Ihr Liebhaber wurde verjagt. Was ist mit ihr? Was dachte und fühlte sie? Eine Frau, die einen Mann liebt, lässt ihn doch nicht einfach gehen. Oder liebte sie etwa beide Männer und konnte sich nicht entscheiden?«

Ahlers und Leuthenbacher nickten sich gegenseitig zu, als ob sie dem jeweils anderen den Vortritt lassen wollten.

»Fangen wir mit Susette an«, begann Leuthenbacher. »Eines ist ganz sicher. Sie hat ihren Ehemann nicht geliebt. Die Ehe war zerrüttet. Das wissen wir aus zahlreichen Überlieferungen aus dem Umfeld der Familie. Ihre Liebe gehörte Hölderlin. Und bei ihm können wir mit Sicherheit davon ausgehen, dass Susette für ihn die große Liebe war. Also bleibt tatsächlich die Frage im Raum, die Sie gestellt haben, Frau Stoll: Warum ließ sie ihn gehen? Hätte sie mit ihm gehen können? Dagegen spricht sicher, dass sie finanziell abhängig war von ihrem sehr wohlhabenden Mann. Und, was die Sache schlimmer macht, Hölderlin war selbst arm wie eine Kirchenmaus.«

»Und er war psychisch labil«, ergänzte Kapitän Ahlers. »Eine Frau, die in jener Zeit ihren Mann verließ, wurde gesellschaftlich geächtet. Daher wäre es für sie besonders wichtig gewesen, in ihrer neuen Beziehung emotional einen guten Halt zu finden – und natürlich auch finanziell abgesichert zu sein. Beides konnte sie von Hölderlin nicht erwarten. Letztlich müssen wir davon ausgehen, dass es eher am fehlenden Mut und an der mangelnden Entschlossenheit Hölderlins lag, seine große Liebe zu bitten, mit ihm zu gehen. Stimmen Sie mir da zu, Herr Leuthenbacher?«

»Wenn es zum Schwur kommt, sind Männer immer feige.«

Alle am Tisch drehten überrascht ihre Köpfe zur Gräfin. Sie saß steif auf ihrem Platz. Ihr Gesichtsausdruck war ernst und verschlossen.

»Das hat sich doch seit der Zeit von Hölderlin nicht geändert. Psychisch labil, sagen Sie. Das mag stimmen. Aber es kann auch als Ausrede herhalten dafür, dass ein Mann den Weg des geringsten Widerstands geht, wenn eine Frau ihn bräuchte. Männer sind Feiglinge. Machen wir uns doch nichts vor.« Die Gräfin erhob sich, nahm die Schultern zurück und schob ihr Kinn nach vorne. »Schlafen Sie alle friedlich!« Damit drehte sie sich um und verschwand hoch erhobenen Hauptes durch die Bibliothek.

»Bravo«, sagte Anne laut in die entstandene Stille. Es klang halb ungläubig, halb bewundernd. »Auweia, schon fast zehn!«, rief sie dann. »Höchste Zeit für euch zwei. Schließlich müsst ihr morgen früh in die Schule.«

Die drei standen auf und wünschten allen Anwesenden eine gute Nacht. Anne nickte Max kurz zu und signalisierte ihm, dass sie sich um die beiden kümmern würde und er bleiben sollte.

Die Runde um den Tisch löste sich danach schnell auf. Max sah, wie

Julia de Boer die Hand ihres Mannes wegstieß, als ihr dieser beim Aufstehen helfen wollte. Max verabschiedete sich rasch und war froh, als er allein im Flur war. Auf dem Weg zu seiner Kabine beschloss er spontan, noch etwas frische Luft zu schnappen.

Der Wind drückte von außen auf die schwere Tür zum Promenadendeck und zerrte an seinen Haaren, als er an der Reling stand. Max' Blick wanderte über die hohen Ladebäume, die schwarz in die Nacht ragten. Das Schiff stampfte, der Bug hob und senkte sich gleichmäßig. Beim Eintauchen stiegen links und rechts weiße Schaumberge auf, das Salzwasser spritzte über das Vordeck.

Alex und Lotte lagen jetzt hoffentlich schon im Bett und schliefen tief und fest. Auf seine Gutenachtgeschichte hatten sie heute verzichten müssen.

Das Gespräch am Kapitänstisch über Hölderlin und Susette ließ Max nicht los. Er konnte sich nicht erinnern, diese Beziehung im Deutschunterricht behandelt zu haben. Aber das, was dem armen Hölderlin in Frankfurt passiert war, war nicht aus der Luft gegriffen. Die Fantasien, die er ab und zu gegenüber Anne entwickelte, gingen über eine rein freundschaftliche Beziehung hinaus. Er fand das angesichts der Attraktivität von Anne auch nicht ungewöhnlich. Bei seiner Mutter löste seine Beziehung zu der älteren verheirateten Frau offensichtlich Ängste aus. Sein Vater schien die Angelegenheit eher gelassen zu nehmen. Was aber dachte Annes Mann Robert? Er hatte über die Jahre von ihren Treffen etwas mitbekommen und Max mehrmals persönlich kurz getroffen. Wie ging es ihm mit Annes Wunsch, diesen jungen Mann für ein Jahr als Hauslehrer in das gemeinsame Heim nach Medan zu holen?

Max wunderte sich, dass Anne und er nie ernsthaft über diese Frage gesprochen hatten. Vielleicht gingen sie beide davon aus, dass zwischen ihnen nichts passieren würde, was eine Ehe gefährden könnte. Aber konnte er sich dessen sicher sein? War sich Anne sicher?

Er nahm sich fest vor, die Hölderlin-Diskussion zum Anlass zu nehmen, mit Anne möglichst bald über dieses Thema zu reden und mehr von ihr zu erfahren.

Max blickte in das aufgewühlte Wasser unterhalb der Bordwand. In dem Moment, in dem er den Oberkörper über die Reling beugte, spürte er den Druck am Hals.

Die rote Krawatte!

Niemand hatte sie wahrgenommen.

10

ALS MAX' WECKER am nächsten Morgen um sieben Uhr klingelte, war es in seiner Kabine dämmrig. In der Nacht davor hatte er entschieden, die schweren Vorhänge nicht zuzuziehen, weil er sich sonst eingesperrt fühlte. Er kletterte aus dem Bett. Der Blick durch das Fenster, über das Wasserbäche flossen, bestätigte die Voraussage des Ersten Offiziers vom gestrigen Abend: Das Wetter sollte auf der Höhe des Golfs von Biskaya und später entlang der portugiesischen Küste noch für zwei bis drei Tage schlecht bleiben. Offenbar hatte es nach seinem nächtlichen Besuch auf dem Promenadendeck wieder stark zu regnen begonnen.

Max sah sich in der Kabine um. Die Schulbücher lagen noch verstreut auf Tisch und Boden. Er wollte vor dem Frühstück Ordnung schaffen und das »Klassenzimmer« vorbereiten, aber zuerst brauchte er eine warme Dusche.

Kurz vor acht Uhr klopfte es mehrfach an die Tür, und dahinter waren zwei aufgeregte Stimmen zu hören. Die Schüler holten ihren Hauslehrer zum Frühstück ab! Was für eine verrückte Situation. Er musste laut lachen und öffnete die Tür.

»Guten Morgen, ihr zwei.«

»Guten Morgen, Hauslehrer«, sagten sie unisono.

Auf dem Weg zum Frühstück hatten Alex und Lotte schon wieder viel zu erzählen: Was der eine heute Morgen gemacht habe, was die andere aber gar nicht toll fand, und dass das alles ja ganz anders gewesen sei. Max brauchte dringend einen Kaffee, bevor er ernsthaft daran denken konnte, in diese wirren Geschichten einzutauchen.

Unter den Fenstern des Salons war das reichhaltige Frühstücksbüffet aufgebaut. In hölzernen Schalen lagen Schwarzbrot, Brötchen und Croissants. Butter, Honig sowie unterschiedlichen Sorten von Marmelade waren in kleine Porzellanschüsseln gefüllt. Daneben standen mehrere kunstvoll verzierte Silberplatten mit Wurstaufschnitt, kalten Fischspezialitäten sowie Schnitt- und Weichkäse. Darauf folgten Birchermüsli, Joghurt und Obst.

Kai, der Steward, erinnerte Max und die Kinder daran, dass Eierspeisen jeder Art – weiche oder pochierte Eier, Omelett, englisches Bacon and Eggs – bei ihm bestellt werden konnten. Auch die Bestellung für die Getränke würde er direkt entgegennehmen.

Max war froh, dass sie im Moment die einzigen Passagiere im Raum waren und er keine Konversation machen musste. Dafür beobachtete er mit zunehmender Erheiterung, mit welcher Selbstverständlichkeit sich Alex und Lotte am Büffet bedienten, ihren Kakao und gebratene Eier bestellten und es sich dann richtig schmecken ließen. Es beeindruckte sie offensichtlich nicht, dass sie hier wie in einem Grandhotel mit weißen Handschuhen bedient wurden.

Sie waren mit ihrem Frühstück fast fertig, als gegen halb neun Kapitän Ahlers und die Gräfin in den Salon kamen. Der Kapitän grüßte alle drei sehr freundlich, die Gräfin hingegen steuerte direkt auf das Büffet zu, raunzte Kai etwas wie »Kaffee, aber bitte stark« zu und pickte dann mit der bereitliegenden Gabel einige Scheiben Lachs auf ihren Teller. Es wurde höchste Zeit, zu verschwinden. Max nahm sich vor, morgens möglichst früh im Salon zu sein, um derartige Begegnungen zu vermeiden.

Beim Hinausgehen erinnerte Kai ihn daran, dass ab zehn Uhr Kaffee, Tee und Kuchen in der Bibliothek angeboten würden. Max hatte zwar eine Pause geplant, er konnte sich aber nicht vorstellen, dass jemand nach einem derart opulenten Frühstück in eineinhalb Stunden schon wieder einen Kuchen verdrücken konnte.

Um neun Uhr trafen Alex und Lotte mit den kleinen Rucksäcken, die ihnen Anne mit den wichtigsten Schulutensilien bestückt hatte, in seiner Kabine ein.

Der Stundenplan lag vor ihnen. Das erste Fach sollte Deutsch sein, gefolgt von Mathematik.

Um möglichst schnell herauszufinden, wo die beiden in Bezug auf Rechtschreibung und Zeichensetzung standen, hatte sich Max für ein Diktat entschieden und verwendete dafür einen Beispieltext aus dem Buch für die zweite Klasse. Die Kinder kramten in ihren Rucksäcken.

Lotte öffnete ihr Federmäppchen und legte dann Bleistift, Radiergummi und Spitzer gewissenhaft neben den Schreibblock. Alex zerrte am Reißverschluss des Etuis, worauf ein Teil des Inhalts auf den Boden fiel.

»Hoppla«, sagte er und verschwand unter den Tisch. Die Glasvase schwankte. Max stand auf und stellte sie auf den Schreibtisch.

Dann ging das Diktat los. Die Überschrift lautete: »Der Mann, der seinen Hut verlor«.

»So ein Depp«, merkte Alex trocken an. Wie konnte man seinen Hut verlieren! Max ließ sich nicht aus dem Konzept bringen und las die Geschichte des unglücklichen Mannes langsam und mit langen Pausen vor. Ab und zu wiederholte er einen Satz, wenn er sah, dass eines der Kinder hängen geblieben war. Nach fünfzehn Minuten brach Max die Geschichte ab.

Soweit er erkennen konnte, hatten sich bei beiden Kindern eine Reihe von Fehlern eingeschlichen. Alex hatte etwas flüssiger geschrieben, dafür war seine Schrift, im Gegensatz zu der von Lotte, kaum leserlich. Zu dritt besprachen sie die Texte.

Danach machte Max mit ihnen noch einige weitere Übungen zu Zeitformen, Konjugation und Grammatik und stellte fest: Im Fach Deutsch lag sehr viel Arbeit vor ihm.

Dann war Zeit für die Pause. Max schlug den Kindern vor, ohne ihn in die Bibliothek zu gehen oder sich die Zeit anderweitig zu vertreiben. Er wollte sich in Ruhe die kommende Mathematikstunde durch den Kopf gehen lassen. Als er schließlich allein war und in seinem Sessel saß, hielt er inne. Er hatte fast vergessen, dass er sich auf hoher See befand, und nahm das Auf und Ab und das Vibrieren des Schiffes nur wahr, wenn er sich bewusst darauf konzentrierte. Wo die *Holsatia* wohl gerade navigierte? Max erwartete sehnsüchtig schöneres Wetter, um einen freien Blick über das Meer zu haben und nicht in die grauen Wolken vor dem Fenster starren zu müssen.

Kurze Zeit später hörte er Alex und Lotte durch den Flur rennen. Die Tür flog auf, beide stoben mit erhitzten Gesichtern herein. Was hatten diese Kinder bloß für eine Energie. Er konnte nur hoffen, dass sie an Bord genug Gelegenheiten finden würden, um sich abzureagieren.

Auch die anstehende Mathematik-Stunde war für Max in erster Linie ein Test, um seine Schüler besser einschätzen zu können. Er stellte ihnen unterschiedliche Aufgaben in den Grundrechenarten, fragte nach Längen, Uhrzeiten und Maßeinheiten. Das Ergebnis war ähnlich wie in Deutsch. Es gab deutliche Lücken. Trotzdem fand er bewundernswert, was Anne mit ihrem Privatunterricht in Medan bis heute geleistet hatte. Und sie war so professionell gewesen, sich Unterstützung von außen zu organisieren, als sie selbst nicht mehr weiterkam.

Nach dem Mittagessen, das er mit einem Mokka abschloss, freute sich Max schon auf Alex und Lotte, die pünktlich um halb drei Uhr auftauchten. Als Fortführung des Faches Deutsch von heute Morgen sollten sie einen kleinen Aufsatz mit dem Thema »Mein tollstes Erlebnis in Sumatra« schreiben. Er stellte ihnen kurz den Aufbau eines Aufsatzes mit Überschrift, Einleitung, Hauptteil und Schluss vor und bat sie, sich daran zu halten. Vielleicht würde er durch die Texte auch noch etwas mehr über ihr bisheriges Leben erfahren.

Für die zweite Hälfte des Nachmittags hatte Max das Fach Erdkunde geplant. Der Lehrplan sah vor, dass sich Grundschüler im Alter von Alex und Lotte in erster Linie mit Deutschland beschäftigten, doch Max war klar, dass er hier improvisieren musste. Alex und Lotte hatten einen Großteil ihres Lebens in Südostasien verbracht. Sie wussten vermutlich mehr über den indonesischen Archipel und dessen Tier- und Pflanzenwelt als ein erwachsener Deutscher, aber eben wenig über die Nebenflüsse des Rheins. Aber waren sie nicht vor gerade mal zwei Tagen mit der Bahn an seinem Ufer entlanggefahren?

Max stellte ihnen also die Aufgabe, unter Zuhilfenahme des Atlas den Verlauf des Rheins von seinem Ursprung bis zu seiner Mündung auf einem Blatt Papier aufzumalen und einzuzeichnen, durch welche wichtigen Nebenflüsse er gespeist wurde und welche größeren Städte an seinem Ufer lagen.

Bevor Max die Geschwister zum Abendessen entließ, gab er ihnen noch eine persönliche Rückmeldung.

»Lotte und Max«, begann er. »Ich will euch drei Dinge sagen.«

Seine Schüler saßen brav nebeneinander auf der Couch und schauten ihn mit großen, erwartungsvollen Augen an.

»Erstens: Ihr seid klasse.«

Die beiden begannen zu strahlen.

»Zweitens: In den Fächern Mathematik und Deutsch habt ihr größere Lücken.« Das Strahlen auf den Gesichtern erlosch.

Max machte eine längere Pause.

»Und was ist drittens?«, fragte Alex ungeduldig.

Max grinste. »Drittens: Die Lücken schaffen wir im kommenden Jahr gemeinsam aus der Welt.«

11

HENK DE BOER wartete darauf, dass seine Frau ihn rief, um sie zu ihrem Hausarzt zu fahren. Es war bereits der vierte Termin seit ihrer Meniskusoperation am rechten Knie vor vier Wochen.

Henk saß an seinem Schreibtisch, der viel zu groß war für sein Arbeitszimmer, aber er hatte es nicht über das Herz gebracht, ihn zu entsorgen. Also war das schwere Möbelstück zu ihm nach Hause gezogen, als er vor zwei Jahren in Rente gegangen war und sich aus seiner Anwaltskanzlei in der Innenstadt zurückgezogen hatte.

Die Vorhänge am offenen Fenster bewegten sich leicht, aber kein Lufthauch drang in den warmen Raum. Es war ein strahlender Julitag, und die Sonne stand hoch am wolkenlosen Himmel über Amsterdam.

Der Schreibtisch hatte seinem Vater gehört. Er hatte ihn als junger Anwalt von seinen ersten Honoraren gekauft und in die neu eröffnete Kanzlei gestellt.

»Der Schreibtisch hat mir Glück gebracht, mein Junge«, hatte ihm sein Vater erzählt, als er in Rente ging. Ein Jahr später war sein Vater tot. Ein Schlaganfall. Der Schreibtisch war das wichtigste persönliche Erbstück, das Henk von seinem Vater hatte. Abgesehen von der Kanzlei selbst natürlich.

Wie gerne hätte er vor zwei Jahren die Kanzlei ebenfalls an seinen Sohn übergeben. Leider war ihm dieser Wunsch nicht erfüllt worden. Kees hatte zwar, wie von seinem Vater vorgeschlagen und gewünscht, ein Jurastudium aufgenommen, aber nach einem Jahr abgebrochen und eine Ausbildung als Industriekaufmann begonnen. In der Spezialglasfirma, die dem Vater eines Schulfreundes gehörte. Nach seiner Ausbildung hatte Kees sich schnell in der Firma hochgearbeitet und vor über zwei Jahren seine Laufbahn mit der Übernahme der Leitung einer Zweigniederlassung in Kuala Lumpur gekrönt. Henk freute sich für seinen Sohn, aber die Tatsache, dass er deshalb die Kanzlei in fremde Hände übergeben musste, schmerzte ihn immer noch.

Vom Schreibtisch aus konnte er direkt in den großen Hinterhof schauen, in dessen Mitte eine alte, knorrig gewachsene Eiche stand. Die Geräusche von der Straße auf der anderen Seite waren nur gedämpft zu hören. Auf dem Ast der Eiche, der seinem Zimmer am nächsten kam, saß auch heute wieder die Krähe. Sie waren über die Jahre Freunde geworden. Das nahm Henk zumindest an, denn der Vogel hatte keine Angst vor ihm und blieb auch dann sitzen, wenn Henk geräuschvoll die großen Fensterflügel öffnete und sich hinauslehnte. Den Austausch seines eigenen, kleineren Schreibtisches gegen den mächtigen seines Vaters hatte der Vogel ebenfalls mit Interesse verfolgt, und selbst die Bewegungen und Geräusche mehrerer Männer in blauen Arbeitsanzügen, die das schwere Möbelstück in die Wohnung schafften, hatten die Krähe nicht gestört.

Henk sah auf die Uhr. In spätestens zehn Minuten mussten sie los. Er war überrascht darüber, dass seine Frau nach der Knieoperation so häufig zu Kontrolluntersuchungen bei ihrem Hausarzt Dr. van Dijk kommen musste. Vor einigen Wochen hatte der Chefarzt der Orthopädie am städtischen Krankenhaus, der seine Frau am Knie operieren sollte, im Vorgespräch sehr sachlich und ruhig erklärt, dass es sich um eine unkomplizierte Sache handelte. Der Innenmeniskus sei zwar eingerissen, aber das klinge schlimmer, als es sei.

»Eine Routine«, hatte der Chefarzt gemeint, »da müssen Sie sich keinerlei Sorgen machen. Für Ihr Alter sieht Ihr Knie sehr gut aus. Glauben Sie mir, da sehe ich ganz andere. Wir glätten die eingerissene Stelle. Die Röntgenaufnahmen zeigen noch eine geringe Altersarthrose. Da können wir nichts machen. Aber auch da kann ich Sie beruhigen. Das wird Sie noch viele Jahre nicht groß beeinträchtigen.«

Auf Nachfrage von Henk, wie denn das weitere Vorgehen aussehe, erklärte ihm der Chirurg, dass seine Frau wenige Tag nach der Operation das Krankenhaus verlassen könne.

»Ihre Frau muss an Krücken gehen und sollte die ersten Tage nicht auftreten. Nach einer Woche kommt der Verband ab, und dann darf das Bein schon wieder kontrolliert belastet werden. Die meisten meiner Kniepatienten gehen nach vierzehn Tagen ohne Krücken. Wichtig ist der

Muskelaufbau. Am besten mithilfe eines Physiotherapeuten. Das kann man aber auch zu Hause hinbekommen, wenn man diszipliniert ist.«

»Für Ihr Alter« hatte der Chirurg zu Julia gesagt. Sie hatte bei diesem Satz unwirsch das Gesicht verzogen. Dieses »Für-Ihr-Alter«-Gerede konnte sie nicht ausstehen. Vor ihrer Knieoperation konnte sie in ihrer Yoga-Gruppe problemlos mit ihren zum Teil deutlich jüngeren Geschlechtsgenossinnen mithalten. Und ihr zwei Jahre älterer Mann joggte mit seinen achtundsechzig Jahren täglich eine mehrere Kilometer lange Strecke an den Grachten entlang.

Dr. Wilhelm van Dijk war nicht nur der Hausarzt der Familie de Boer, sondern auch ein langjähriger Freund. Julia und Wilhelm hatten sich vor Jahrzehnten in einer privaten Klinik am Stadtrand von Amsterdam kennengelernt. Damals war er Assistenzarzt, sie Krankenschwester. Als er Jahre später seine eigene Praxis als Allgemeinarzt mit internistischem Schwerpunkt eröffnet hatte, war es für Henk und Julia klar gewesen, dass Wilhelm, mit dem sie sich inzwischen angefreundet hatten, ihr Hausarzt werden würde. Wilhelm hatte Julia auch während der Schwangerschaft betreut, und bis zu seiner Abreise nach Kuala Lumpur war Kees ebenfalls Patient bei ihm gewesen.

Als Henk jetzt an die Arztpraxis dachte, zu der sie in wenigen Minuten fahren wollten, spürte er die Enttäuschung wieder hochkommen. Er konnte sich nicht erklären, warum er nicht mehr mit in das Sprechzimmer durfte. Bei den letzten beiden Besuchen hatte Julia seine entsprechende Bitte kategorisch abgelehnt, ohne eine Begründung abzugeben. Spätere Nachfragen blockte sie ebenfalls ab.

»Ich bin erwachsen, Henk, ich bin doch kein Kind, das von seinem Vater zum Arzt begleitet werden muss. Ich kann mit der harmlosen Kniegeschichte selbst umgehen. Und wir können Wilhelm vertrauen, dass er das Richtige tut. Oder bezweifelst du das?«

Mit dieser Frage machte sie ihn mundtot, denn selbstverständlich würde er nie die ärztliche Kompetenz seines Freundes infrage stellen. Aber das hatte in seinen Augen nichts damit zu tun, dass er nicht mit in den Behandlungsraum durfte. Und warum betonte sie ihm gegenüber so sehr, dass Wilhelm wisse, was »das Richtige« sei? Er hatte ihr die

Fäden gezogen, sie zum Physiotherapeuten geschickt und ihr ein leichtes Schmerzmittel verschrieben. Was konnte er darüber hinaus noch tun?

Noch mehr verunsicherte Henk der Umstand, dass Julia bei ihren letzten zwei Besuchen in der Arztpraxis verändert, fast verstört aus dem Sprechzimmer gekommen war.

Irgendetwas ging mit ihr vor, aber alle seine vorsichtigen Versuche, sie auf ihr verändertes Verhalten anzusprechen, scheiterten.

Nach dem letzten Arztbesuch war Julia böse geworden: »Henk, was soll das? Du bist kein Verhaltenstherapeut. Vielleicht sehe ich etwas müder aus als vor einer halben Stunde. Aber ich habe mich doch da drin bei Wilhelm nicht verändert! Komm, lass uns heimfahren.«

Henk seufzte. Wann war Julia endlich soweit? Die Krähe auf dem Ast reckte den Hals und betrachtete ihn aus ihren kugelrunden, schwarzen Knopfaugen.

Henk blickte sie müde an. »Du bist zwar mein Freund, aber in dieser Sache kannst du mir auch nicht helfen«, dachte er.

Sein Freund? Warum nahm er an, dass es immer dieselbe Krähe war, die vor seinem Fenster saß? Sahen sie nicht alle gleich aus? Vielleicht waren alle Krähen, die auf der Eiche landeten, genauso vertrauensvoll wie die, die ihn jetzt gerade mit leicht geneigtem Kopf fixierte.

»Können wir?«

Julia stand abfahrtsbereit im Flur. Sie trug eine hellblaue Wolljacke über dem braunen Rock und lehnte auf den Krücken. Er liebte diese Frau mit ihren seidigen grauen Haaren, die früher dicht und hellbraun gewesen waren. Er liebte sie nun schon seit vierzig Jahren und hätte sich keine bessere Partnerin vorstellen können. Aber jetzt veränderte sich alles. Nicht nur wegen Julias seltsamen Verhaltens. Sondern vor allem, weil er etwas wusste, was er besser nie erfahren hätte.

Das Wissen um diese Sache belastete ihn seit Monaten. Und seit Julia derart drängte, dass sie beide endlich den seit längerer Zeit angedachten Besuch bei Kees in Malaysia unternehmen sollten, wurde es für ihn noch viel schwieriger. Er konnte sich nicht vorstellen, wie er diese neue Situation meistern sollte.

In den letzten Wochen hatte er mit allen Mitteln versucht, Julia von dieser Reise abzubringen. Er hatte mit dem Knie argumentiert: »Willst du nicht warten, bis es verheilt ist?« Er hatte auf das ungünstige Reisewetter hingewiesen: »Wenn wir dort ankommen, ist November, und der hat die meisten Regentage, die geringsten Sonnenstunden und die höchste Luftfeuchtigkeit.« Aber sie ließ sich nicht beeinflussen. Er kannte den starken Willen seiner Frau nur zu gut, hatte ihn immer bewundert, aber jetzt wirkte sie auf ihn nicht willensstark, sondern besessen. Als ob es die letzte Gelegenheit wäre, diese Reise zu unternehmen.

Das Wartezimmer war fast leer. Sie setzten sich nebeneinander auf die unbequemen Besucherstühle und blätterten gelangweilt in den Zeitschriften.

»Frau de Boer, bitte! Dr. van Dijk hat jetzt Zeit für Sie.« Die Sprechstundenhilfe ging auf Julia zu. »Geht es allein?«, fragte sie, blieb aber stehen, als sie sah, dass Julia ohne Probleme aufstand.

»Soll ich nicht …?«, setzte Henk an.

»Nein.«

Julia und die Sprechstundenhilfe verschwanden hinter einer der weiß gestrichenen Türen.

*

Wilhelm wartete am Fenster, bis sie zu zweit waren, dann ging er langsam auf Julia zu, die mitten im Zimmer stehen geblieben war.

»Du läufst ja schon sehr gut«, meinte er. Er machte die letzten Schritte auf sie zu und zog sie an sich. Julia erwiderte die Umarmung, und musste dabei ihre Krücken hinter seinen Rücken führen. Für eine Weile standen sie eng umschlungen, dann half er ihr auf den Stuhl vor seinem weißen Schreibtisch.

»Ich nehme an, du bist nicht wegen deines Knies hier, Julia.«

Sie schüttelte den Kopf.

»Dann hast du dich entschieden.«

»Ja«, sagte sie mit fester Stimme, aber sie spürte den Kloß in ihrem Hals.

»Also, dass ich das richtig verstehe: Du willst keine Behandlung. Um genau zu sein: keine Bestrahlung, keine Chemotherapie. Aber Medikamente wirst du nehmen?«

Sie nickte wieder.

Wilhelm kannte Julia lange und gut genug, um zu wissen, dass sie eine einmal getroffene Entscheidung nicht revidieren würde.

»Wie lange lebe ich noch?«, hatte sie nur gefragt, als er ihr vor einigen Wochen den Befund mitgeteilt hatte. An dem Tag, als sie eigentlich nur zum Ziehen der Fäden kommen wollte. An dem Tag, an dem Henk glücklicherweise verhindert gewesen und sie mit dem Taxi zur Praxis gefahren war.

Der Pankreaskrebs war von den Ärzten im Krankenhaus eher zufällig bei der Analyse ihrer Blutwerte im Zusammenhang mit der Knieoperation diagnostiziert worden. Seitdem war Wilhelm ihr einziger Ansprechpartner gewesen. Er hatte ihr sofort geraten, alle derzeit zur Verfügung stehenden medizinischen Maßnahmen zu ergreifen, um den Krebs aufzuhalten. Aber sie wollte davon nichts hören.

»Vermutlich nicht mehr allzu lange«, hatte Wilhelm geantwortet. »Drei Monate? Sechs Monate? Ein Jahr? Länger wohl kaum. Schwer zu sagen. Gehe mal von sechs Monaten aus.«

Nach diesem Treffen hatte Julia für sich entschieden, wie sie mit dem verdammten Krebs umgehen wollte.

»Also nur Medikamente«, sagte Wilhelm jetzt. »Eine Zeit lang könnte das gut gehen.«

Sie schätzte an ihm, dass er immer die Ruhe bewahrte. Für sie war er mehr als nur der befreundete Mediziner. Er war aus ihrer Sicht ein perfekter Mann und Arzt. Warum hatte er nie eine Frau gefunden, mit der er glücklich werden konnte? Sie korrigierte sich sofort selbst. Die Frage war rein rhetorischer Natur. Sie kannte die Antwort nur zu gut.

»Du hältst aber nicht an deiner verrückten Idee fest, jetzt zu Kees nach Malaysia zu fahren?«, fragte Wilhelm. Als sie schwieg, lehnte er sich seufzend in seinen Stuhl zurück. »Du bist wahnsinnig, Julia.«

»Du hast selbst gesagt, dass ich noch sechs Monate zu leben habe. Das passt genau. Wir haben schon gebucht. Anfang Oktober geht es los. Wir nehmen für die Hinreise ein Schiff der Hapag-Lloyd von Rotterdam aus, bleiben zwei Wochen dort, und fliegen dann zurück. Ende November bin ich spätestens wieder da.«

»Und Henk hast du immer noch nichts erzählt, wie ich annehme.«

»Nein. Habe ich nicht. Er würde mich an der Reise hindern. Und ich muss meinen Sohn und meine Enkeltochter sehen, bevor ich sterbe.«

Wilhelm stand auf und öffnete das Fenster. In seinem weißen Mantel und mit den dichten, dunklen Haaren war er immer noch eine stattliche Erscheinung. Als junger Arzt war er ein begehrter Junggeselle gewesen und sie war damals nicht die einzige Krankenschwester auf seiner Station gewesen, die ihn bewunderte.

Der Straßenlärm strömte herein und füllte den Raum. Wilhelm zögerte kurz, dann schloss er das Fenster wieder und blieb mit dem Rücken zu ihr stehen.

»Bitte setz mich nicht unter Druck«, bat Julia. »Ich bin hier als deine langjährige Freundin, nicht als deine Patientin.«

Wie immer, wenn sie in seiner Praxis war, griff sie nach der kleinen grünen Porzellanschildkröte, die genau vor dem Besucherstuhl auf seinem Schreibtisch stand. Sie setzte sie vorsichtig in die Innenfläche ihrer linken Hand und deckte sie behutsam mit der rechten zu.

»Unser Glücksbringer«, sagte sie zärtlich.

Beide schwiegen. Julia betrachtete ihre Finger, die die Schildkröte umschlossen.

»Wirst du deinen Sohn Kees von mir grüßen?« Die Frage klang beiläufig, aber Julia wusste, dass sie für ihn wichtig war.

»Als was soll ich ihn von Dir grüßen?« Julia hatte die Frage leicht daherkommen lassen wollen, aber ausgesprochen klang sie ungewollt streitbar.

»Julia, bitte. Wir haben eine Abmachung. Du weißt genau, dass ich von Anfang an mit offenen Karten spielen wollte. Du hattest deine guten Gründe, das nicht zu wollen. Aber jetzt, wo deine Tage gezählt sind, wäre es da nicht an der Zeit, mit Henk und mit deinem Sohn Kees reinen Tisch zu machen? Oder willst du alles mit ins Grab nehmen?«

Julia blieb stumm und spielte zärtlich mit der Schildkröte. Dann stellte sie sie auf den Schreibtisch zurück.

»Pass mir gut auf meinen Wilhelm auf, wenn ich nicht da bin«, ermahnte sie das kleine Porzellantier.

Wilhelm ließ sich schwer in seinen Stuhl fallen, zog einen Rezeptblock zu sich heran und begann mit ernster Miene zu schreiben.

»Deine Medikamente. Ich verschreibe dir erneut ein leichtes Schmerzmittel für das Knie. Alles andere sind Krebsmedikamente. Du nimmst sie bitte absolut pünktlich und wie verschrieben ein. Ich gebe dir noch zwei weitere Rezepte mit, die du direkt vor der Abfahrt einlösen kannst, sodass du auf jeden Fall für die Reise und die Zeit in Malaysia versorgt bist. Du musst, wie ich dir bereits gesagt habe, mit Nebenwirkungen rechnen. Kreislaufprobleme, Müdigkeit, Unwohlsein, Erbrechen. Aber die Hapag-Lloyd hat mit Sicherheit einen Arzt an Bord, so gründlich wie die Deutschen sind.«

»Ganz sicher«, log Julia schnell. Sie wollte ihn nicht weiter belasten. Bei dem Schiff handelte es sich um einen Frachter. Und der Hinweis in den Buchungsunterlagen war unmissverständlich: *Unter zwölf Passagieren ist die Reederei nicht verpflichtet, einen Arzt an Bord zu haben.*

Beim Blick in das sorgenvolle Gesicht ihres Freundes musste Julia doch noch etwas loswerden: »Bitte vergiss nicht, Wilhelm. Ich bin Krankenschwester. Ich habe lange genug in einer internistischen Abteilung gearbeitet und kenne mich selbst sehr gut mit dem Krankheitsbild aus. Ich weiß, dass es etwas anderes ist, wenn man selbst betroffen ist. Aber ich werde nicht so hilflos sein wie ein Normalpatient, wenn es mir nicht gut geht.«

Wilhelm nickte und lächelte müde.

Bevor er wenig später die Tür des Sprechzimmers aufhielt, hatten sie sich noch einmal innig umarmt und Julia hatte danach ihre Tränen sorgfältig getrocknet.

Als beide in das Wartezimmer traten, stand Henk schnell auf und kam auf sie zu. Die Männer begrüßten sich schulterklopfend.

»Alles in Ordnung?« fragte Henk besorgt.

»Julia wird dir alles erzählen«, sagte Wilhelm. »Ich muss leider weitermachen. Wir sehen uns!«

»Wir können«, sagte Julia und humpelte Richtung Ausgang.

In der aufgesetzten Tasche ihrer Wolljacke lag die grüne Schildkröte.

»Es ist Zeit, dass sie zu dir zurückkehrt«, hatte Wilhelm gesagt, als er sie hineingleiten ließ. »Du brauchst den Glücksbringer jetzt dringlicher als ich.«

12

DIE PASSAGIERE DER *Holsatia* waren jetzt schon über vier Tage auf hoher See. Aus dem stürmischen Ärmelkanal kommend, hatte sie entlang der portugiesischen Westküste bis auf die Höhe der Meerenge von Gibraltar schlechtes Wetter begleitet. Die See war rau, aber es war nicht mehr so stürmisch wie zu Beginn der Reise.

Am Morgen des fünften Tages, auf der Höhe von Nordafrika, sah Max nach dem Aufwachen zum ersten Mal durch das Fenster seiner Kabine auf einen blauen Himmel. Er sprang aus dem Bett, blickte hinaus und war von dem Anblick gefesselt. Das Meer hatte seine Farbe gewechselt. Das schmutzige Braun war verschwunden und durch ein gläsernes Blaugrau ersetzt worden. Schmale helle Schaumlinien zeichneten ein lebhaftes Bild auf die Wasseroberfläche. Am Himmel standen vereinzelt weiße Wolkenhaufen. Das Schiff wiegte sich in weichen, lang gezogenen Bewegungen im Wasser. Max lächelte. Wenn die Vorhersagen stimmten, würde ihn ein ähnliches Bild in den kommenden Tagen noch häufiger am frühen Morgen erwarten.

*

Der Unterricht begann heute mit Erdkunde. Thema waren die Pfahlbauten am Bodensee. Danach war ein Besuch auf der Schiffsbrücke geplant.

Bevor sie dorthin aufbrachen, tranken Alex und Lotte noch eine heiße Schokolade in der Bibliothek. Dann stiegen sie über die engen Treppen die verbleibenden zwei Etagen hoch zur Brücke.

Behrendt, der Erste Offizier, entdeckte die Gruppe durch das seitliche Fenster und öffnete die Tür.

»Herzlich willkommen. Schön, dass es heute mit einem Besuch hier oben klappt.«

In dem Raum war ein dunkler Holzboden verlegt. Auf allen Seiten gaben große Fenster den Blick auf das Meer frei.

»Ihr befindet euch hier im Ruderhaus«, erklärte er. Dann zeigte er nach außen. »Die beiden Ausbuchtungen außerhalb des Brückendecks links und rechts von uns nennen wir die Brückennocke. Sie erlauben dem wachhabenden Offizier einen guten Ausblick über das Vorder- und Hinterdeck, aber auch direkt nach unten über die seitliche Bordwand. Das ist besonders beim An- und Ablegen des Schiffes hilfreich.«

Während Max noch die Aussicht über den Bug hinweg auf das offene Meer genoss, waren Alex und Lotte schon in ein Gespräch mit Behrendt vertieft. Er erklärte ihnen geduldig die Funktion des Ruders und der nautischen Instrumente. Besonders fasziniert waren die Kinder von dem Maschinentelegrafen in Form einer überdimensionalen Uhr auf einem massiven Messingfuß, der mit dicken, schwarzen Schrauben im Holzfußboden befestigt war.

»Kommt mit, ich zeige euch noch etwas anderes.«

Max und die Kinder folgten Behrendt in einen kleineren Raum im hinteren Teil des Ruderhauses. Dort stand ein Mann in weißem Hemd mit Schulterklappen über einen breiten Tisch gebeugt. Er richtete sich auf.

»Unseren Zweiten Offizier brauche ich euch wohl nicht mehr vorzustellen«; sagte Behrendt.

»Willkommen, ihr drei. Wir sind hier im Kartenraum«, erklärte Claasen. »Neben den Schränken und Regalen, die ihr an den Wänden seht und die zur Aufbewahrung meiner Instrumente, Bücher und Seekarten dienen, ist der erhöhte Tisch hier das wichtigste Möbelstück für mich. Im Moment arbeite ich mit der Seekarte des Nordatlantiks und war gerade dabei, unsere weitere Route zu bestimmen.«

Alex und Lotte mussten sich auf die Zehenspitzen stellen, um einen Blick auf die Seekarte zu ergattern.

»Und wo sind wir jetzt?«, fragte Lotte.

»Hier«, meinte Claasen lachend und tippte mitten auf die blaue Fläche des Atlantiks. »Und so geht's weiter.« Er zog mit der Fingerspitze einen großen Bogen über die Karte.

Behrendt sah auf seine Armbanduhr. »Wir sollten weiter. Ich will euch noch den Funkraum zeigen.«

Der kleine Raum war vollgepackt mit Regalen an der einen und Arbeitstischen auf der gegenüberliegenden Seite. Auf den Tischen standen Empfangs- und Sendegeräte sowie eine Schreibmaschine.

Alex und Lotte standen mit großen Augen vor den Geräten.

»Jetzt, wo die Tür offensteht, merkt ihr es vielleicht nicht. Dieser Raum ist schalldicht isoliert. Bei den Geräuschen an Bord, vor allem bei Sturm, könnten wir sonst den Funkverkehr nicht sicherstellen.« Behrendt warf erneut einen Blick auf seine Armbanduhr. »Ich befürchte, wir müssen hier für heute Schluss machen. Das Mittagessen wartet auf euch im Salon. Ich habe noch Wache, kann also nicht dabei sein. Aber bevor ich es vergesse: Ihr solltet euch vielleicht auch einmal die Ladeeinrichtungen und die Laderäume zeigen lassen. Ich werde den Bootsmann ansprechen. Er heißt Lars, und ihr erkennt ihn an seiner dicken Wollmütze, die er selbst bei strahlender Sonne nicht abnimmt. Und falls ihr am Maschinenraum interessiert seid, müsstet ihr einen Besuch dort mit Herrn Holtkamp, dem Chefingenieur, klären.«

Beim Mittagessen war Kapitän Ahlers schon informiert über den Besuch auf der Brücke. Er fragte Alex und Lotte nach ihren Eindrücken, und die beiden sprudelten begeistert los. Max war erstaunt, was sie sich alles gemerkt hatten. Geduldig beantwortete Ahlers alle ihre weiteren Fragen.

Im Verlauf des Gesprächs bestätigte sich Max' Vermutung, dass der Kapitän eigene Kinder hatte.

»Längst erwachsen«, sagte er und seufzte. »Für beide hatte ich aufgrund meines Berufs kaum Zeit, als sie jung waren. Sicher hat ihnen da was gefehlt.«

»Mein Sohn hatte es ebenfalls nicht leicht mit den vielen Umzügen«, meinte die Gräfin. »Und den damit verbundenen Schulwechseln. Über die Anwesenheit des Vaters will ich mich gar nicht auslassen.«

»Ist es nicht letztlich in allen Familien so, dass die Väter im Grunde nicht existent sind?«, fragte Anne. »Wenn es hoch kommt, tauchen sie am Abend noch schnell an den Betten der Kinder auf – nachdem diese abgespeist sind und jemand dafür gesorgt hat, dass der Hals gewaschen ist und die Zähne geputzt sind. Und wenn sie an einem Wochenende mal zwei Stunden mit ihnen gespielt haben, dann erzählen sie das beim nächsten Geschäftsessen mit Damenbegleitung garantiert stolz in der Runde und sammeln die wohlwollenden Blicke der Damen ein, die ihre Männer darauf hinweisen, wie toll der Kollege das doch mit seinen Kindern macht. Ergänzt um die Aufforderung: ›Nimm dir ein Beispiel an deinem Kollegen, Karl-Otto!‹«

Max schluckte. So aggressiv hatte er Anne noch nie reden hören. Zwar hatte sie ihm in Deutschland mehrfach erzählt, dass Robert sehr viel zu tun habe, ständig unterwegs oder auf Sitzungen sei. Aber es hatte nie bösartig geklungen. Eher enttäuscht. Manchmal sogar verständnisvoll.

Max begann, sich unwohl zu fühlen. Er mochte es nicht, wenn über Menschen hergezogen wurde. Und das war doch wohl hier der Fall. Er fragte sich, ob Anne ihren eigenen Mann von der Kritik ausgenommen und nur eine allgemein übliche Position über das mangelnde Verantwortungsbewusstsein von Männern gegenüber ihren Kindern – und ihren Frauen – vertreten hatte. Aber so erregt, wie sie war, ging er davon aus, dass hier jemand sprach, der direkt betroffen war.

Max schob seinen Nachtischteller von sich und erhob sich. »Ich muss noch etwas für den Unterricht vorbereiten«, sagte er und ging Richtung Ausgang.

»Wieder ein Mann, der dieser Diskussion ausweicht«, spottete die Gräfin, als er an ihr vorbeiging. Der Blick aus ihren faszinierenden graugrünen Augen war abwartend, nicht kalt wie sonst. Wollte sie ihn provozieren? Was auch immer, er hatte jetzt keine Zeit für sie.

In der Kabine angekommen bemühte sich Max, seine Gedanken zu sortieren. Heute war Donnerstag. Am Samstagmorgen stand zum ersten Mal Musik auf dem Stundenplan, und auf dieses Fach freute er sich besonders.

*

Er hatte mit acht Jahren von seinen Eltern eine Violine geschenkt bekommen und hatte ab diesem Zeitpunkt bis zu seinem Abitur wöchentlichen Unterricht bei Herrn Fodor genommen, der einen ungarischen Vater und eine schwäbische Mutter hatte. Der ungarische Teil ging ab und zu mit Fodor durch, was dazu führte, dass er eine halbe Stunde lang mit schmerzverzerrtem Gesicht sehnsuchtsvolle Melodien aus der Heimat seines Vaters spielte. Der eigentliche Unterricht ruhte in diesen Momenten. Trotzdem oder vielleicht gerade deshalb hatte es Fodor geschafft, Max für die Violine zu begeistern und ihm so viel beizubringen, dass er im Schulorchester spielen und als Student Mitglied eines Streichquartetts sein konnte.

Wenn Max an Musik dachte, kam ihm sofort auch Anne in den Sinn. Schon bei ihren ersten Urlaubsbegegnungen, als er noch Schüler gewesen war, hatten sie festgestellt, dass sie sich beide für klassische Musik begeisterten. Anne bedauerte sehr, dass sie selbst keine Gelegenheit bekommen hatte, ein Instrument zu lernen. Sie hatte aber schon als junges Mädchen jede Gelegenheit wahrgenommen, Konzerte zu besuchen, und früh begonnen, sich von ihrem Taschengeld Schallplatten zu kaufen. Max brachte ab und zu eine Schallplatte aus seiner eigenen Sammlung mit, wenn er abends bei ihr eingeladen war. Wenn er sich richtig erinnerte, hatten sie dann im Jahr seines Abiturs zum ersten Mal gemeinsam ein Konzert in der nahe gelegenen Großstadt besucht.

Da er zu diesem Zeitpunkt noch zu Hause gewohnt hatte, kam es zu einer nächtlichen Begegnung mit seiner Mutter, die auf ihn gewartet hatte. Als Klavierlehrerin wusste sie um die verbindende Kraft der Musik, und der erste Konzertabend ihres Sohnes mit der verheirateten Nachbarin trug in keiner Weise dazu bei, ihre massiven Bedenken gegenüber dieser Liaison zu zerstreuen. Und sie hatte einmal mehr das richtige Gespür bewiesen: Während Max inmitten des stimmungsvollen Konzertsaals dicht neben Anne gesessen hatte, dabei den betörenden Duft ihres Maiglöckchenparfüms einatmete und dem zarten Klang der Violine lauschte, fühlte er sich ihr näher als je zuvor. Er musste sich zurückhalten, seine Hand nicht auf ihren gebräunten Unterarm zu legen. Als das grelle Licht im Saal anging, brauchte er einige Sekunden, um wieder auf dem Boden der Tatsachen anzukommen.

*

Max schreckte in seiner Kabine aus den Gedanken hoch und zwang sich zur Konzentration auf die Unterrichtsvorbereitung.

Der Musikunterricht am Samstag war in trockenen Tüchern. Blieb nur noch die Frage, wie er das Fach Sport gestalten konnte, das im Stundenplan am Samstagnachmittag auftauchte. Spiele auf den offenen Flächen des Decks waren aus Sicherheitsgründen verboten.

Ein Lichtblick bot die Ankündigung von Kapitän Ahlers, dass die Crew in wenigen Tagen auf dem Achterdeck einen kleinen, mit Meerwasser gefüllten Pool aufbauen würde. Bis dahin blieb Max für die Sportstunde mit den Kindern nur eine Runde Gymnastik.

13

BEIM MITTAGESSEN SASS Julia de Boer neben der Gräfin Bettina Orsini-Burgstedt. Sie hatten bis heute kaum Gelegenheit gehabt, miteinander zu reden, aber Julia, der ehemaligen Krankenschwester, war nicht entgangen, dass die Gräfin seit der Abfahrt des Schiffes nach jedem Essen zwei Tabletten einnahm. Ihre lange Erfahrung mit Patienten in der Inneren Abteilung hatte Julia de Boer geschult, Menschen sehr genau anzuschauen und sich nicht blenden zu lassen. Ohne es belegen zu können, war sie sicher, dass die immer sehr gut gekleidete, auffallend streng wirkende Dame aus Hamburg entweder Sorgen hatte oder an einer Krankheit laborierte. Oder beides.

Im Moment zögerte sie, die Gräfin direkt darauf anzusprechen. Obwohl sie die deutlich Ältere war, stand ihr das ihrer Meinung nach nicht zu. Aber waren die Passagiere nicht letzten Endes auf die wenigen Mitreisenden angewiesen, wenn sie mit jemandem über etwas reden wollten, was sie beschäftigte? Zu Hause hatten sie, im besten Fall, alle ihre Familien, Partner oder Freunde. Und hier auf dem Schiff? Wenn man von den beiden Kindern absah, kamen für jeden Passagier nur fünf Erwachsene als potenzielle Gesprächspartner in Frage. Blieben noch die Offiziere. Der Kapitän zum Beispiel. Er war ein gebildeter und interessanter Mann. Aber eine vertrauliche Unterhaltung war am Kapitänstisch kaum möglich, da die Sitznachbarn alles mit anhörten. Darüber hinaus waren die Crew-Mitglieder rund um die Uhr beschäftigt und sicher froh, zwischen den Schichtdiensten überhaupt zur Ruhe zu kommen.

Wenn sie also die Gräfin etwas näher kennenlernen wollte, dann musste Julia es schaffen, vom Kapitänstisch wegzukommen und für sie beide einen ruhigeren Ort auf dem Schiff zu finden. Da blieb im Grunde nur eine Kabine oder das Promenadendeck – wobei es natürlich darauf ankam, wer sich gerade da oben im Liegestuhl sonnte oder ein Buch las.

Beim Gedanken an die Kabine war sie einmal mehr stolz darauf, sich gegen ihren Mann durchgesetzt zu haben. Sie hatte am Ende doch noch ihre eigene Kabine bekommen. Nachdem Henk irgendwann widerwillig ihrem Drängen nachgegeben hatte, die Reise nach Malaysia unverzüglich für Anfang Oktober zu buchen, hatte er vehement darauf bestanden, dass sie nur eine einzelne Kabine auf der *Holsatia* reservierten. Dabei hatte er auf die Ausschreibung der Reederei verwiesen, in der ausdrücklich vermerkt wurde, dass es sich um sehr großzügig dimensionierte Unterkünfte handelte und dass die Kabinen mit Kingsize-Betten ausgestattet seien. Also ausreichend Platz für ein Paar boten.

Julia musste sich im Gegenzug für seine Einwilligung in die Reise dazu verpflichten, den Aufpreis für die zweite Kabine selbst zu übernehmen. Henk war sauer und die Stimmung zwischen ihnen beiden danach auf dem Nullpunkt angekommen. Das hatte nicht viel zu sagen, denn seit sie von ihrer Krankheit erfahren hatte, war die Stimmung aus ihrer Sicht sowieso immer schlechter geworden.

Vielleicht hätte sie dem Rat von Wilhelm folgen und die Karten auf den Tisch legen sollen. Alle Karten. Nicht nur die Krebskarte. Aber es war zu spät.

Ein Geheimnis ist zu Beginn einfach zu hüten, dachte sie. Aber irgendwann ist es so, als würdest du mit einer Schaufel nassen Schnee vor dir herschieben. Am Anfang bewegst du den Schnee leicht, aber er baut sich zu einem Haufen auf, wird höher und höher, und irgendwann kannst du nicht mehr weiter. Du steckst mit der Schaufel fest.

Genauso fühlte sie sich heute. Sie steckte fest, konnte nicht mehr vor und zurück. Sie konnte die Schaufel nur noch loslassen, sich umdrehen und verschwinden. Dazu musste sie glücklicherweise selbst gar nichts tun. Ihr Verschwinden würde bald der Krebs besorgen. In drei, sechs oder neun Monaten.

»Frau de Boer?«

Julia schrak zusammen. »Wie bitte?«

»Wie geht es denn Ihrem Knie?«, fragte die Gräfin.

Julia hob entschuldigend ihre schmalen Schultern. »Entschuldigung. Ich war mit meinen Gedanken ganz woanders. Sehr weit weg.«

»Sie brauchen sich nicht zu entschuldigen. Ich bin in letzter Zeit auch oft geistesabwesend.«

Die Frauen musterten sich. Julia nahm erst jetzt die ungewöhnlich graugrünen Augen der Gräfin bewusst wahr.

Langsam erinnerte sie sich wieder, was sie gedacht hatte, bevor ihre Gedanken nach Amsterdam und zu den Tagen vor ihrer Abfahrt gewandert waren. Sie fasste sich ein Herz: »Hätten Sie Lust, den Mokka mit mir auf dem Promenadendeck zu genießen? Bei diesem herrlichen Wetter ist es doch eine Schande, hier unten im geschlossenen Raum zu sitzen.«

»Nur zu gerne!« Die Gräfin antwortete so schnell, als ob sie auf ein derartiges Angebot gewartet oder gar gehofft hätte. »Ich bitte Kai, uns den Kaffee nach oben zu bringen. Etwas Süßes dazu?«

»Nein, danke. Leider nein«, lehnte Julia de Boer ab.

Auf dem Weg auf das Deck bot die Gräfin ihre Hilfe an, aber Julia bestand darauf, die steile Treppe allein zu meistern.

»Ich kann im Grunde schon gut laufen. Die Krücken sind mehr zur Sicherheit. Und auf den glatten Stahlböden sind sie besonders hilfreich. Es reicht, wenn Sie hinter mir gehen. Falls ich ausrutsche.« Sie lachte ein glockenhelles Lachen.

»Stuhl oder Liegestuhl?«, fragte die Gräfin.

»Stuhl, bitte. Aus dem Liegestuhl komme ich auch schon ohne Krücken kaum mit Anstand heraus.« Wieder dieses offene Lachen.

Als Kai mit dem Kaffee kam, fand er die beiden weit hinten auf dem Promenadendeck.

»Stellen Sie das Tablett mit den Tassen einfach auf den Boden«, meinte die Gräfin, als sich Kai suchend umschaute.

»Ich wollte Sie etwas fragen«, sagte Julia, nachdem sie am Mokka genippt und eine Weile auf die spiegelnde See hinausgeschaut hatte. »Ich hoffe, ich trete Ihnen nicht zu nahe.«

»Fragen Sie.«

»Ich habe Sie bei den Mahlzeiten beobachtet. Nicht aus Neugierde, glauben Sie mir. So, wie man eben Menschen anschaut, wenn man täglich mit ihnen zu tun hat«, sagte sie und als sie den fragenden Blick der Gräfin bemerkte, ergänzte sie: »Ich bin Krankenschwester. Um genau zu sein: Ich war Krankenschwester.«

Die strengen Gesichtszüge der Gräfin zeigten jetzt zum ersten Mal einen Anflug von Lächeln. »Die Tabletten beim Essen?«

Julia nickte anerkennend. »Sie sind schnell.«

»Das war geraten. Aber irgendwie kann ich mir Sie gut als Krankenschwester vorstellen. Und zwar als eine, die von den Patienten sehr geschätzt wird.«

In das bleiche Gesicht von Julia kam Farbe.

»Sie erinnern mich sehr an eine Krankenschwester, die mich vor meiner Reise nach Asien in Hamburg betreut hat. Und der ich sehr viel verdanke. Nicht direkt mein Leben. Das verdanke ich, so wie es aussieht, den Ärzten am Bernhard-Nocht-Institut in Hamburg.«

»Wollen Sie darüber reden?«, fragte Julia und fügte schnell hinzu: »Bitte verstehen Sie mich richtig. Sie müssen nicht. Nicht jede Krankheitsgeschichte will ausgebreitet werden. Manchmal entschließen wir uns ja auch, sie ganz für uns zu behalten.«

Die Gräfin blickte Julia nachdenklich an. »Ja«, sagte sie gedehnt. »Ja, da haben Sie recht. Aber in diesem Fall rede ich gerne darüber. Ich weiß, dass ich in Ihnen eine verständnisvolle Zuhörerin finde.«

Sie griff nach ihrer Mokkatasse und nippte daran. »Wie Sie vielleicht wissen, bin ich schon in Hamburg an Bord der *Holsatia* gegangen und nicht erst in Rotterdam. Vor etwa zwei Monaten habe ich mich in Jakarta mit dem Dengue-Virus infiziert. Es ist vor allem in Indonesien sehr verbreitet und wird, wie Sie sicher wissen, durch Stechmücken übertragen. Die Tiere tragen die hübsche Bezeichnung ›Tigermücke‹, weil ihr Körper gestreift ist wie der eines Tigers. Aber ihre Wirkung ist keineswegs hübsch. Mir war furchtbar übel, ich hatte schreckliche Muskel- und Gelenkschmerzen, sehr hohes Fieber und bekam einen Hautausschlag. Gott sei Dank haben wir an der italienischen Botschaft in Jakarta einen erfahrenen Arzt, der sofort eine klinische Diagnose veranlasste und das Dengue-Virus bestätigte. Da meine Symptome auffallend gehäuft auftraten, riet er mir, nach Deutschland zu fliegen und mich am Bernhard-Nocht-Institut in meiner Heimatstadt untersuchen zu lassen, da die Ärzte dort über sehr große Erfahrungen auf dem Gebiet der Tropenkrankheiten verfügen.«

Die Gräfin stockte. Julia entging nicht, dass sie Tränen in den Augen hatte.

»Sie müssen nicht weiterreden, Gräfin. Sicher sitzt der Schreck über Ihre lebensbedrohliche Krankheit noch zu tief.«

»Es ist nicht die Krankheit«, sagte die Gräfin mit erstickter Stimme. »Es hat mit etwas anderem zu tun. Aber darüber kann ich nicht reden.« Sie zog ein weißes Taschentuch aus ihrer Umhängetasche, trocknete vorsichtig die Augen, putzte sich die Nase und atmete mehrmals tief durch. »Ich will Ihnen noch die Sache mit Hamburg zu Ende erzählen. Ich landete also im Tropeninstitut. Wie sich später herausstellte, war die Empfehlung des Arztes in Jakarta goldrichtig. Die Ärzte am Institut waren hervorragend und das Personal sehr zuvorkommend.«

Die Gräfin machte wieder eine Pause und holte tief Luft. Julia hatte sich in ihrem Stuhl aufgerichtet. Ihr Gesicht hatte einen angespannten Ausdruck angenommen.

»Ich kam offensichtlich gerade noch rechtzeitig in Hamburg an, um Schlimmeres zu verhindern. Kurz bevor mich eine Freundin im Tropenkrankenhaus ablieferte, bekam ich unerwartet einen massiven Temperaturabfall. Dic Ärzte erklärten mir später, dass das ein Symptom für einen kritischen Verlauf des Dengue-Fiebers sei, der häufig tödlich ausgehe. Ich lag eine Woche lang an Infusionen und musste sehr starke Medikamente einnehmen. Gott sei Dank wirkte die Behandlung. Am Ende der Woche gaben die Ärzte Entwarnung, nach einer weiteren Woche grünes Licht. Ich blieb nach meiner Entlassung noch zwei Wochen bei Freunden in Hamburg und habe dann die Rückreise angetreten. Auf diesem Schiff.«

»Ich kenne mich mit dem Dengue-Fieber nicht gut aus. Dauert die Genesung immer so lange?«

»Im Normalfall eher nicht. Die Ärzte hatten mich jedoch darauf hingewiesen, dass ich angesichts des schweren Verlaufs mit Tagen rechnen müsse, an denen mir mein Kreislauf einen Streich spielt. Das liegt vor allem an den starken Medikamenten, die ich immer noch einnehmen muss. Aber es sieht so aus, als ob ich das Schlimmste hinter mir habe.«

Nachdem die Gräfin ihre Schilderung beendet hatte, schwiegen sie lange. Die Nachmittagssonne hatte an Kraft verloren, ein leichter Wind war aufgekommen und kräuselte die Oberfläche des Meeres.

»Danke, dass Sie Ihre Geschichte mit mir geteilt haben«, sagte Julia schließlich. »Ich würde mich sehr freuen, wenn wir weiter Gelegenheiten fänden, uns zu treffen und uns auszutauschen.«

»Sehr, sehr gerne.« Jetzt lächelte die Gräfin.

»Ich heiße Julia.«

»Bettina«, sagte die Gräfin und ergriff Julias ausgestreckte Hand.

14

NACHDEM SICH JULIA verabschiedet hatte, um sich in ihrer Kabine etwas auszuruhen, blieb Bettina Gräfin Orsini-Burgstedt nachdenklich auf dem Korbstuhl auf dem Promenadendeck zurück. Sie wunderte sich, warum sie so schnell Vertrauen zu der ihr fremden Frau aus Holland gefasst hatte. Das war sonst nicht ihre Art. Aber Julia strahlte etwas derart Menschliches aus, dass man sich sofort angenommen fühlte.

Julia erinnerte Bettina an die Krankenschwester in der Tropenklinik. Äußerlich bestanden kaum Ähnlichkeiten zwischen den Frauen. Schwester Kathrin war klein, rundlich und schwarzhaarig gewesen, aber voller Empathie und Fürsorge für die ihr anvertrauten Menschen. Eben wie Julia.

Bettina konnte sich kaum an die erste Woche in der Klinik erinnern. Sie hatte nur geschlafen. Erst danach hatte sie Schritt für Schritt wahrgenommen, was um sie herum passierte. Die Besuche besorgter Ärzte am Bett. Schwestern mit Tabletts, die sie genauso leise wieder mitnahmen, wie sie sie gebracht hatten. Höchstens mal ein »Sie haben wieder fast nichts angerührt, Gräfin Orsini-Burgstedt, Sie müssen endlich wieder etwas Nahrung zu sich nehmen.« Oder die immer wiederkehrende Aufforderung: »Sie müssen viel mehr trinken. Es ist wichtig, dass ihr Flüssigkeitshaushalt in Ordnung kommt.«

Ihre Hamburger Jugendfreundin Nicole war rücksichtsvoll genug gewesen, bei ihren täglichen Besuchen die Ermahnungen der Ärzte und Schwestern nicht zu wiederholen, obwohl ihr klar gewesen sein musste, dass das Klinikpersonal recht hatte. Nicole hatte auch darauf verzichtet zu fragen, ob Bettinas Mutter Ulrike zu Besuch gekommen war – sie kannte die Familiengeschichte gut genug, um zu wissen, dass damit nicht zu rechnen war. Obwohl Ulrike nur eine Fahrtstunde von Hamburg entfernt lebte. Die Heirat mit dem Grafen Orsini hatte das bis dahin sehr gute Verhältnis zwischen Mutter und Tochter zerrüttet.

Die aus angesehenem Hamburger Elternhaus stammende, inzwischen politisch links stehende Abgeordnete des Hamburger Senats war von Anfang an gegen die Liaison ihrer Tochter Bettina mit Fabio Graf Orsini gewesen. Das Geld und der Adel spielten dabei nicht einmal die entscheidende Rolle: Die früh geschiedene Ulrike Burgstedt sah ihre einzige Tochter in die totale Abhängigkeit von deren Mann und seiner Familie abgleiten. Für sie als emanzipierte Frau ein Albtraum.

Bettina war kurze Zeit, nachdem sie den Grafen kennengelernt hatte, ungewollt schwanger geworden und entschied sich, ohne Rücksichtnahme auf ihre Mutter, auf das Anwesen ihres zukünftigen Mannes bei Alba zu ziehen. Ulrike vermutete in der Mutter des Grafen die treibende Kraft hinter diesem Umzug. Sie glaubte zu wissen, wie das italienische Familienmodell funktionierte.

»Ich wette mit dir«, hatte sie Bettina einmal voller Wut erklärt, »das verwöhnte Muttersöhnchen kommt nicht vom Busen seiner italienischen Mama weg, die ihm seine Unterhosen und Hemden wäscht und bügelt und ihn mit Pasta verwöhnt. Und du wirst nichts, absolut gar nichts, in der Familie zu sagen haben. Und dafür gibst du jetzt dein Kunststudium auf, Bettina. Was glaubst du denn, wie viel Eigenständigkeit du in Alba noch haben wirst?«

Hier oben, auf dem Promenadendeck der *Holsatia*, mit Blick über den weiten Atlantik, konnte Bettina die Stimme ihrer Mutter fast hören. Es tat ihr weh, dass der Kontakt abgebrochen war. Aber sie war zu stolz, um als Erste einzulenken. Ihre Mutter hatte sie mit ihrer Kritik an ihrem Geliebten zu tief verletzt.

Ihr Geliebter. Sie musste ihn geliebt haben, sonst wäre sie damals nicht Hals über Kopf mit ihm nach Alba gezogen. Bettina schüttelte den Kopf. Wenn sie daran dachte, dass sie in wenigen Wochen wieder mit diesem italienischen Macho unter einem Dach leben sollte, zog sich ihr Herz zusammen. Aber warum saß sie hier auf diesem Schiff? Warum war sie nicht in Deutschland geblieben? Dort hatte sie Freunde. Hätte sich der Kunst widmen, vielleicht sogar ihr Studium wieder aufnehmen können. Hätte vielleicht einen Partner gefunden, der nicht nur selbstverliebt auf sein Ego fixiert war, sondern zuhörte, Fragen stellte, sie liebevoll in den Arm nahm.

»Warum um alles in der Welt fährst du nach Jakarta zurück?«, hatte auch Nicole gefragt, als sie eine Woche vor ihrer Abreise einen der steilen Wege im Hamburger Treppenviertel zur Elbe hinunterliefen. Es war ein milder, sonniger Septembertag gewesen, ein leichter Wind wehte von der See her. In den liebevoll angelegten Vorgärten blühten Blumen zwischen den sauber geschnittenen Büschen. Immer wieder eröffnete sich zwischen den Häusern der Ausblick auf den Fluss, der wie ein glänzendes Band zu ihren Füßen lag.

Bettina konnte die Frage nicht beantworten. Sie war wie gelähmt.

»Was hindert dich denn daran, hier in Hamburg die Scheidung einzureichen und abzuwarten, bis alles geregelt ist?«, fragte Nicole weiter. »Wovor hast du Angst? Geht es um deine finanzielle Absicherung?«

Bettinas Gesicht nahm einen hilflosen Ausdruck an. Sie zuckte resigniert mit den Schultern. »Vielleicht hast du recht und ich mache das noch, bevor ich abreise«, sagte sie.

»Wenn du nicht weißt, wie das mit den Finanzen geregelt werden soll, dann sprich doch wenigstens mit einem Rechtsanwalt. Dann weißt du, woran du bist. Ich kann dir einen sehr guten Fachanwalt besorgen.«

Es war augenscheinlich, dass Nicole sich nicht erklären konnte, warum sie, Bettina, die immer tatkräftig und temperamentvoll gewesen war, auf einmal so ohnmächtig wirkte.

»Ich weiß, Bettina, dass du einiges durchgemacht hast. Aber das ist doch kein Grund, sich ohne Gegenwehr seinem eigenen Schicksal auszuliefern und wie ein geduldiges Schaf in eine lieblose und kalte Ehe zurückzukehren.«

Die beiden hatten jetzt den Fußweg entlang der Elbe erreicht und schauten suchend nach beiden Seiten.

»Lass uns Richtung Elbmündung gehen«, schlug Nicole vor. »Es ist nicht weit bis zum *Elbblick*. Das schaffst du sicher. Dort könnten wir eine gemütliche Tasse Kaffee trinken. Oder hättest du eher Lust auf etwas … Spritziges?«

Bettina lächelte. Der Gedanke an ein Glas Sekt mit Aussicht über das Alte Land munterte sie auf.

Die Freundinnen gingen das erste Stück des Wegs schweigend nebeneinanderher. Auf der Elbe war wenig Verkehr. Ein weiß glänzendes Passagierschiff bewegte sich mitten in der Fahrrinne in Richtung der Hafenanlagen, ein kleines Segelboot, auf dem zwei Personen erkennbar waren, schaffte es bei schwachem Wind gerade noch, vor dem mächtigen Bug des Schiffes hinüber zur Insel Neßland zu queren. Nicole brachte das Gespräch erneut auf die Beziehung.

»Bettina, ihr redet doch schon jahrelang nicht mehr vernünftig miteinander. Im Grunde seit dem Unfall.«

Bettina seufzte. »Das ist kein gutes Thema. Und du weißt das. Ich möchte nicht darüber sprechen.«

»Es geht mir nicht um den Unfall. Ich will über deine Beziehung zu deinem Mann sprechen. Du hast nur ein Leben. Und das vergeudest du offensichtlich an jemanden, der dich nicht liebt und dich nicht verdient. Dieser Idiot lässt dich links liegen, er setzt sich über dich hinweg, missachtet deine Bedürfnisse und Interessen. Und er betrügt dich!«

Als Bettina schwieg, fügte Nicole hinzu: »Betrogen hat er dich doch schon vom ersten Tag an.«

»Das stimmt so nicht! Woher willst du das denn wissen?«

»Von dir, meine Liebe«, konterte Nicole kühl. »Schon in der ersten Zeit in Alba, als ihr noch im Haus seiner Eltern gewohnt habt, gab es doch ständig Hinweise auf Affären. Und während seines Studiums in Mailand und seiner Ausbildung zum Diplomaten in Rom erst recht. Das hast du mir selbst geschrieben.« Als sie Bettinas zweifelnden Blick sah, fügte sie hinzu: »Die Briefe habe ich noch. Ich kann sie dir zeigen, wenn du willst.«

Bettina schossen die Tränen in den Augen. Sie wischte sich verstohlen über die Wangen. Nicole sah es und atmete tief ein und aus.

»Es tut mir leid, Bettina. Ich wollte dich nicht verletzen. Und ich sollte dich jetzt, wo es dir nicht gut geht, nicht so unter Druck setzen.« Sie legte den Arm um die Schulter ihrer Freundin. »Lass uns von etwas anderem reden.«

Dicht nebeneinander gingen sie weiter. Der Wind zerzauste ihre Haare, und für die Fußgänger, die ihnen entgegenkamen, mussten sie wie ein Liebespaar wirken.

»Du hast ja recht, Nicole. Alles, was du sagst, ist richtig! Aber ich bin einfach noch nicht so weit. Tief drin spüre ich, dass ich mein Leben in die Hand nehmen und eine Veränderung herbeiführen muss. Es braucht aber noch etwas. Ich weiß nicht was. Einen Auslöser.«

»Vielleicht einen Mann? Wie wäre es mit einem neuen Mann?«, frotzelte Nicole. »Vielleicht mit dem da?«

Sie zeigte auf den entgegenkommenden Jogger, dessen weißes T-Shirt über dem kräftigen Bauch spannte und auf der Brust völlig durchgeschwitzt war.

Bettina stieß Nicole spielerisch in die Seite. »Auf keinen Fall. Ich mag keine beleibten Männer. Und auch keine verschwitzten.«

Die beiden Frauen lachten.

*

Der kleine Ausflug entlang der Elbe lag jetzt gerade einmal zwei Wochen zurück, und beim Gedanken an Nicole wurde es Bettina wehmütig ums Herz. Sie liebte ihre Freundin für ihre Offenheit. Dafür, dass sie Dinge direkt und unverblümt ansprach. Vor allem aber auch dafür, dass es ihr immer wieder gelang, sie aufzuheitern, und dass sie ihr half, die Dinge im Leben in einem positiven Licht zu sehen.

Wenn sie nur mit ihr reden könnte! Die Gräfin stellte sich vor, Nicole säße jetzt neben ihr auf dem Promenadendeck der *Holsatia*.

»Na, wie läuft es denn für meine beste Freundin auf dem Schiff? Ist bei den Passagieren einer dabei, den du nicht von der Bettkante stoßen würdest?«

Und Bettina würde ihr schildern, welche Auswahl an Männern ihr auf dem Schiff zur Verfügung stand: *»Ein Schriftsteller. Liebesromane! Alter passend. Gebildet. Aber für meinen Geschmack zu dick und zu behäbig. Und er scheint, wie ich, gesundheitlich nicht auf der Höhe zu sein. Das kann ich jetzt nicht brauchen. Weiterhin ein verheirateter Holländer. Mitte sechzig. Getrennte Kabine mit seiner Frau. Ehe wohl unglücklich, trotzdem keine Alternative für eine Affäre. Ein junger Mann. Hauslehrer. Hübscher Kerl mit dunklen Augen und längeren schwarzen Haaren. Durchaus mein Typ. Scheint aber eher auf die Mutter der Kinder, die er unterrichtet, scharf zu sein. Ob er zu jung für mich ist? Spielt das Alter bei einer Affäre eine so große*

Rolle? Mit ihm ins Bett? Schwer zu sagen. Er könnte mein Sohn sein. Aber stört mich das?«

»Für diese Auswahl brauchst du wirklich keine lange Bettkante«, hörte sie Nicole lachen.

In ihrem Zwiegespräch gab es eine kleine Pause.

»Was ist mit den Besatzungsmitgliedern?«, hakte Nicole nach. *»Da müssen doch einige schicke Offiziere dabei sein. Ganz zu schweigen von den durchtrainierten und braun gebrannten jungen Matrosen.«*

»Benimm dich, Nicole! Wo ist deine katholische Erziehung geblieben?«

Nicole blieb die Antwort auf diese Frage schuldig.

Die Gräfin erhob sich aus dem Stuhl und machte einige Schritte in Richtung des Treppenabgangs. Sie spürte, wie ihr schwindlig wurde, und griff schnell nach der Reling. Der hölzerne Handlauf war warm von der Sonne und fühlte sich samtig an.

Für eine Weile verharrte sie in dieser Position und atmete tief durch. Das Schwindelgefühl ebbte langsam ab. Ihr Blick ging über die glänzende Fläche des Meeres bis an den Horizont. Irgendwo da hinten lag Jakarta. Was wartete dort auf sie?

Noch etwas unsicher lief sie zur Tür, stemmte sie auf und stieg bedächtig die steile Treppe nach unten. Als sie sich in ihrer Kabine auf das Sofa setzte, erfasste sie eine tiefe Wehmut. Sie fühlte sich allein. Verloren in der Welt. Tränen traten ihr in die Augen. Nicole hatte recht. Sie musste endlich mit jemandem über den Unfall reden.

Musste bereit sein, Fragen zu beantworten.

In der Hoffnung, das Unfassbare ein Stück weit fassbarer zu machen.

15

ALS MAX AM Sonntagmorgen aufwachte, brauchte er etwas Zeit, um zu sich zu kommen. Das Schlafzimmer war lichtdurchflutet, das Schiff lag völlig ruhig, nur das leise Brummen der Maschine wies auf eine Fahrbewegung hin. Er sah auf seine Armbanduhr, die auf dem Nachttisch lag, und stöhnte leise. Es war kurz nach neun und der Wecker hatte nicht geläutet. Dann dämmerte es ihm. Er hatte den Wecker bewusst nicht gestellt. Er hatte zum ersten Mal seit Beginn der Reise schulfrei. Bei dem Gedanken musste er lachen und streckte sich noch einen Moment.

Vom Bett aus konnte er durch das Fenster den zartblauen Himmel sehen. Vermutlich war es draußen schon angenehm warm. Beim gestrigen Dinner hatte Kapitän Ahlers die Passagiere darauf hingewiesen, dass die *Holsatia* bald den Äquator überqueren würde und sie in diesen Breiten tagsüber mit Außentemperaturen von über dreißig Grad rechnen könnten.

Max wollte jetzt nicht länger liegen bleiben. Das Frühstücksbüffet wurde nur bis zehn Uhr angeboten und er durfte es auf keinen Fall versäumen. Er sprang unter die Dusche, wählte ein Kurzarmhemd und eine leichte lange Hose und machte sich auf den Weg. Direkt vor ihm kam die Gräfin im Salon an und blieb unschlüssig stehen. Max wollte sich an ihr vorbeischieben, aber beim Blick in den Salon erschrak er: Es waren nur noch zwei Plätze frei. Alex und Lotte hatten sich aus unerklärlichen Gründen dafür entschieden, nebeneinander zwischen Kapitän Ahlers und Anne zu sitzen, und konnten ihren Hauslehrer nicht wie gewohnt in die Mitte nehmen. Die Gräfin und er würden also nebeneinander am Ende des Tisches Platz nehmen müssen.

Max' Strategie, zuerst ausgiebig das Büffet zu studieren, dann in aller Ruhe den Teller zu füllen und damit Zeit zu gewinnen, scheiterte an der Taktik der Gräfin, die genau dasselbe vorzuhaben schien. Am Ende standen sie dicht nebeneinander vor dem fein geräucherten Lachs, wo Max ihr schweren Herzens den Vortritt ließ.

Die Frage des Stewards nach Kaffee oder Tee beantwortete die Gräfin wieder in dem Befehlston, den Max als unhöflich empfand. Aber in ihrer Welt war das vermutlich völlig normal.

Sie waren fast zeitgleich mit ihrer Auswahl am Büffet fertig und nahmen nahezu synchron nebeneinander am Tisch Platz. Die Stunde der Wahrheit war gekommen. Während Max das frische Brötchen aufschnitt, eine Seite mit Butter bestrich und mit dem Lachs belegte, prüfte er die ihm zur Verfügung stehenden Verhaltensoptionen.

Er könnte das gesamte Frühstück über nichts mit ihr reden. Aber das war wohl unhöflich.

Eine andere Option war, von seiner Seite aus gezielt ein Gespräch anzufangen. Die Frage war jedoch, ob sie überhaupt ein Gespräch wollte und welche Themen für sie von Interesse wären. Seine Beziehung zu Anne? Als beim Captains Dinner die Sprache auf Hölderlins heimliche Liebesbeziehung zu Susette Gontard gekommen war, hatte Max eine Veränderung an der Gräfin wahrgenommen: Ihr Oberkörper hatte sich gestrafft, dann war ihr prüfender Blick einen Moment zwischen Anne und ihm hin und her gewandert, bevor ihr Gesicht wieder den schon bekannten abweisenden Ausdruck angenommen hatte.

Beim zweiten Bissen in sein Lachsbrötchen hatte Max die Erleuchtung: War sie nicht älter als er? Und eine Frau? Musste sie da nicht das Gespräch beginnen? Er stellte sich vor, diese Frage seiner lebenserfahrenen Mutter zu stellen. Die Antwort kam postwendend: »Max, was machst du dir wieder für unnötige Gedanken? Und was soll die Frage, wer das Gespräch anfängt? Wir leben doch nicht im Mittelalter. Natürlich kannst du als junger Mann ein Gespräch mit einer älteren Frau anfangen. Solange du höflich bist!«

Danke, Mutter! Das half ihm jetzt nicht weiter. Er nahm einen Schluck von dem starken Kaffee und biss wieder in sein Lachsbrötchen.

»Ich habe das doch richtig verstanden?«, sagte eine Stimme halblaut an seinem linken Ohr. »Sie sind der Privatlehrer der Kinder von Frau Stoll?«

Er drehte den Kopf. Zwei graugrüne Augen blickten ihn erwartungsvoll an.

»Ja«, brachte er schließlich heraus. »Ich bin der Hauslehrer von Alex und Lotte.«

»Aber Sie sind in Wirklichkeit kein Lehrer, erzählte mir der Erste Offizier.«

Interessant, was alles auf dem Schiff geredet wurde. Hatte Behrendt die Information von sich aus weitergegeben oder hatte sie danach gefragt? Aus ihrer Reaktion während der Schilderung von Hölderlins Verhältnis zu Susette zu schließen, hatte sie sich dann sicher auch erkundigt, in welcher Beziehung Frau Stoll zu dem jugendlichen Privatlehrer stand. Für eine Diplomatengattin war das doch Stoff für einen intimen Kaffeeklatsch in der Bibliothek. Vielleicht mit Frau de Boer? Oder mit dem Schriftsteller?

»Sie sind noch sehr jung«, sagte die Gräfin jetzt. »Und Sie sind kein Pädagoge. Dann kann ich nur bewundern, wie gut Sie mit den Kindern umgehen. Die beiden scheinen sehr an Ihnen zu hängen.«

Jetzt war Max perplex. Die Frau hatte ihn und die Kinder wohl genauer beobachtet, als er ihr zugetraut hatte.

Nach dieser Eröffnung wurde ihre Unterhaltung persönlicher. Die Gräfin interessierte sich für das, was er vorhatte. Sie äußerte sich beeindruckt über seinen Mut, das Studium für ein Jahr zu unterbrechen und eine Aufgabe zu übernehmen, für die er zumindest formal nicht qualifiziert war. Und sie ließ mehrfach anklingen, wie hilfreich es für Alex und Lotte sein müsste, einen Menschen täglich um sich herum zu haben, mit dem sie nicht nur lernen konnten, sondern der wie ein älterer Bruder für sie da war.

Während sie sprachen, lösten sich ihre strengen Züge, von Zeit zu Zeit huschte sogar ein Lächeln über ihr Gesicht.

Max hatte die zweite Tasse Kaffee fast geleert, als er endlich die Gelegenheit ergriff, auch sie etwas zu fragen.

»Ich weiß bis jetzt nur, dass Sie in Hamburg geboren wurden, dass Sie nach Jakarta reisen und dass Ihr Mann dort italienischer Botschafter ist. Wie lange leben Sie schon dort?«

Ihre Augen wurden ernst, ihr Gesicht verschloss sich wieder und sie presste die Lippen leicht aufeinander. »Lassen Sie uns darüber an anderer

Stelle einmal sprechen«, sagte sie und fügte nach einer Pause leise hinzu: »Falls Sie dazu Zeit und Lust haben.«

»Das habe ich«, sagte Max schnell und wunderte sich, dass seine Antwort absolut ehrlich gemeint war.

Die letzten Minuten des Frühstücks vergingen damit, dass Herr de Boer die Gräfin in ein Gespräch verwickelte. Er schien die ganze Zeit darauf gewartet zu haben, endlich einige Worte mit ihr zu wechseln, um nicht mit seiner Ehefrau reden zu müssen.

Max blieb noch etwas sitzen und verlor sich in Gedanken über das Gespräch. Ihn beunruhigte, dass er sich vielleicht zu sehr von seinen Vorurteilen hatte leiten lassen. Wenn er die Bekanntschaft von Menschen machte, entschied er gerne aus dem Bauch heraus, ob ihm die Person passte oder nicht. Glücklicherweise konnte er sich gut auf sein Bauchgefühl verlassen. Aber eben nicht immer. Und in solchen Fällen lief er Gefahr, Menschen in eine Schublade zu stecken und ihnen unrecht zu tun. Wie war das in diesem Fall?

Max wurde abrupt in die Realität zurückgeholt, als Lotte und Alex neben seinem Stuhl auftauchten.

»Hauslehrer, was machst du heute?«, fragte Alex laut und erntete dafür einen strafenden Blick seiner Mutter schräg über den Tisch.

»Hallo ihr zwei, lasst Max in Ruhe«, sagte sie. »Heute ist Sonntag und er will sicher auch mal ohne euch sein.«

Die Kinder schauten ihn fragend an, und Max überlegte, ob das wirklich stimmte. Irgendwie waren sie ihm jetzt schon ans Herz gewachsen. Die Entscheidung fiel aber, als Anne erklärte, dass sie heute gerne Zeit mit ihren Kindern verbringen wollte. Max entschloss sich, eines der Bücher zu lesen, die er auf die Seereise mitgenommen hatte.

Gegen halb elf Uhr zog er einen der geflochtenen Korbstühle mit dem rot-weiß gestreiften Sitzkissen über das Promenadendeck an die Reling, machte es sich darauf bequem und legte die Füße hoch. Der Atlantik war spiegelglatt und verschmolz am Horizont mit dem zartblauen Himmel. Er atmete tief durch, klappte sein Buch auf und begann zu lesen.

Nach wenigen Minuten hörte er Rufe, dann ein Klopfen und ein Geräusch, als würde etwas Schweres über das Deck unter ihm gezogen. Mit der Ruhe war es vorbei. Er stand auf und ging an die hintere Reling des Promenadendecks. Auf dem Achterdeck unter ihm hatten einige Matrosen soeben begonnen, den Pool aufzubauen. Mit wenigen Handgriffen errichteten sie aus kräftigen Holzbohlen ein rechteckiges Gestell, kleideten es mit einer kräftigen Persenning aus und befestigten zwei metallene Leitern für den Ein- und Ausstieg. Dann begannen sie, mithilfe einer Dieselpumpe über einen dicken Schlauch Meerwasser einzufüllen.

Max freute sich darauf, ab und zu ins Wasser springen zu können. Und Alex und Lotte würden sich in dem Becken gefahrlos austoben können.

Zurück auf seinem Stuhl versuchte Max, wieder zu lesen, aber er war nicht konzentriert und legte das Buch nach wenigen Seiten weg.

*

Er musste eingeschlafen sein und schreckte hoch, als er eine leichte Berührung an seiner Schulter wahrnahm.

»Müde?«, fragte die Stimme vom Frühstück. »Ich bin auf dem Weg zum Mittagessen und war mir nicht sicher, ob Sie vielleicht mitkommen wollen.«

Die Gräfin stand an die Reling gelehnt. Der Fahrtwind bewegte ihr schulterlanges Haar. Sie trug eine ärmellose weiße Bluse und einen weiten, knöchellangen Rock, der mit dezenten Farbmustern bedruckt war.

Wie alt sie wohl war? Er schätzte sie auf Anfang vierzig. Aber ihre Figur hätte die einer deutlich jüngeren Frau sein können.

»Danke, dass Sie mich geweckt haben«, brachte er heraus und versuchte, aus dem Stuhl nach oben zu kommen.

»Dann sehen wir uns gleich«, lächelte sie, drehte sich um und ging, während er sich noch hochmühte, auf die schwere Eisentür zu.

Was sollte er von dieser Frau halten? Seit ihrem Gespräch beim Frühstück tanzten vor seinem geistigen Auge widersprüchliche Bilder der Gräfin, die sich nicht zu einem Ganzen zusammenfügen ließen. Einiges an ihr störte ihn sehr. Aber irgendetwas an der Frau zog ihn in ihren Bann. Und es waren nicht nur ihre unglaublichen Augen. Die Frage war, warum er sich überhaupt so stark mit ihr auseinandersetzen sollte. Sie ging ihn doch im Grunde gar nichts an.

Beim Mittagessen saß Max weit weg von der Gräfin und führte ein eher belangloses Gespräch mit Herrn de Boer, während sie sich angeregt mit dem Schriftsteller Leuthenbacher unterhielt.

Am Ende des Mittagessens verkündete Behrendt, dass es auf dem Frachter üblich sei, das Füllen des Schwimmbads gemeinsam zu feiern. Max fand das ungewöhnlich, aber Schiffsbesatzungen hatten ja wohl ihre eigenen Riten.

»Bitte kommen Sie pünktlich um halb sechs in Badekleidung an den Pool. Vergessen Sie nicht, ihren Bademantel und ein großes Handtuch aus ihrer Kabine mitzubringen.«

»Was ist denn mit dem Abendessen geschehen?«, fragte der ewig hungrige Leuthenbacher. Er hatte seine linke Hand fest auf die rechte gelegt, wie um diese auf dem Tischtuch festzuhalten.

»Keine Sorge! Das Dinner wird heute etwas später serviert«, sagte Behrendt.

*

Als Max gegen halb sechs Uhr an den Pool kam, war er mit Wasser gefüllt, der dicke Schlauch lag auf dem Deck. Weit hinten auf dem Achterdeck arbeiteten einige Matrosen, die Distanz war aber zu groß, sodass er nicht erkennen konnte, womit sie beschäftigt waren.

Alle anderen Passagiere waren schon anwesend und saßen neben dem Pool auf Stühlen. Max nahm zwischen Alex und Lotte Platz.

»Was wird das, Hauslehrer?«, fragte Lotte. »Warum sind wir hier?«

»Keine Ahnung. Aber sicher wird es gleich losgehen.«

Die Sonne schob sich am Horizont als rote Kugel in das Meer. Innerhalb von Minuten war es dunkel. Das Schiffshorn ertönte. Zwischen den Mastbäumen tauchte eine Person in einem schwarzen Overall auf, lief auf die Passagiere zu und schrie: »Ich bin Triton, der Bote Neptuns! Steht auf und begrüßt den Herrscher der Meere und seinen Hofstaat!«

Eine Gruppe bewegte sich auf die Passagiere zu. Vorneweg schritt Neptun, der in seinem klatschnassen Ölzeug eben dem Meer entstiegen sein musste. Die Gestalten, die hinter ihm erschienen, wurden jeweils einzeln von dem schwarzen Overall laut angekündigt: Neptuns Frau Thetis, der Pastor, der Arzt und der Friseur.

Lotte griff nach Max' Hand. Er hielt sie fest. »Keine Sorge, Lotte! Die spielen nur Theater.«

Neptun legte einen Stapel Papiere, die den Aufstieg aus dem Meer erstaunlicherweise trocken überstanden hatten, auf den Holztisch.

Die Passagiere durften sich jetzt wieder setzen. Der triefende Neptun erklärte mit feierlicher Stimme, dass es an Bord dieses Schiffes einige Geschöpfe gebe, die noch nicht getauft und dass diese vor dem Eintritt in die südliche Hemisphäre auf das Gründlichste zu reinigen seien.

Danach kündigte der Pastor an, dass er nun die Zeremonie durchführen würde, rief Max als Ersten zu dem freien Stuhl vor Neptun und forderte ihn auf, den Bademantel auszuziehen. Er folgte der Anweisung und bevor er sich versah, hatte einer der Matrosen den Schlauch in der Hand. Ein dicker Wasserstrahl traf Max' Kopf, gefolgt von einer klebrigen Masse, die der Friseur blitzschnell über Haare und Gesicht verteilte. Dann wieder ein kräftiger Schwall Salzwasser. Max schnappte nach Luft.

»Empfange meinen Segen!«, rief der Pastor. »Du bist jetzt rein genug, um die südliche Halbkugel zu betreten.«

Mit diesen Worten schickte er Max auf seinen Stuhl zurück. Als Nächstes waren die Kinder und das Ehepaar de Boer an der Reihe. Wie sich herausstellte, hatten Leuthenbacher, die Gräfin und Anne schon eine Äquatortaufe hinter sich, was ihnen die Prozedur heute ersparte.

Neptun studierte aufmerksam die Papiere, die vor ihm auf dem Tisch lagen.

»Mir ist aufgefallen, dass es noch Matrosen an Bord gibt, die nicht getauft und deshalb zu reinigen sind«, erklärte er mit strenger Stimme.

Gleich darauf tauchte aus der Dunkelheit eine Gruppe von Männern auf, drei von ihnen wurden von den anderen vor sich her gestoßen.

»Kniet nieder!«, schrie Neptun.

Den drei Crew-Mitgliedern erging es deutlich schlechter als den Passagieren, denn das Einschäumen des Kopfes geschah jetzt nicht mit den

Händen, sondern recht grob mit einer Quaste. Und der kräftige Wasserschwall zur Entfernung des Shampoos wollte gar kein Ende nehmen.

Neptun und sein Hofstaat erhoben sich. »Ich muss zurück ins Meer«, erklärte der Meeresgott salbungsvoll. »Ich habe den Kapitän autorisiert, euch eure Taufzeugnisse auszuhändigen. Sie sind von mir persönlich unterschrieben.«

Die Fackelträger waren zur Stelle. Neptun und sein Hofstaat bewegten sich gemessenen Schrittes in Richtung Heck, vorbei an den Masten und Kränen, die in der Dunkelheit wie schwarze Finger in den Nachthimmel ragten. Alex und Lotte schauten ihnen mit offenen Mündern nach.

Das Schiffshorn ertönte und die Fackeln erloschen. Max nahm an, dass Neptun und sein Gefolge erfolgreich in die Fluten des Atlantiks abgetaucht waren.

*

Bis zum Abendessen um zwanzig Uhr hatten es die getauften Passagiere geschafft, die Haare trocken zu föhnen und sie wieder in Form zu bringen.

Nach dem Erlebnis der Äquatortaufe herrschte eine gute Stimmung in der Tischrunde. Lotte und Alex waren noch ganz aufgedreht von dem Erlebnis und schütteten sich vor Lachen aus, als sie sich gegenseitig den Anblick der shampoonierten Passagiere beschrieben.

Die Speisekarte auf Büttenpapier verzeichnete zu Beginn eine Stracciatella sizilianischer Art, gefolgt von einem Shrimps-Cocktail mit Avocadostücken. Beim Hauptgang konnte zwischen einer Forelle blau und einer geschmorten Lammkeule im Rotweinsud mit Rosmarin gewählt werden. Dazu wurden wieder ausgesuchte Weiß- und Rotweine serviert.

Nach dem Hauptgang stand Kapitän Ahlers auf und klopfte mit seinem Dessertlöffel dezent an sein Weinglas.

»Wie Sie wissen, hat Neptun mich beauftragt, Ihnen die Taufurkunden auszuhändigen. Bitte nehmen Sie diese in Zukunft auf jede Seereise, die über den Äquator führt, mit. Ich komme jetzt zur Verleihung der Urkunden.«

Nacheinander rief der Kapitän die Passagiere auf. Max war als Letzter an der Reihe. »Max Berger, Sie sind jetzt reingewaschen und können die Südhalbkugel befahren. Sie sind von Neptun auf den Namen ›Atlantischer Flugfisch‹ getauft worden.«

Als er Max' fragenden Blick sah, fügte er hinzu: »Besser bekannt ist der Fisch unter dem Namen ›Fliegender Fisch‹. Wenn Sie Glück haben, werden Sie ihn in den nächsten Tagen beobachten können. Der südliche Atlantik ist Teil seines Verbreitungsgebietes.«

Max konnte sich nicht vorstellen, wie es einem Fisch gelingen könnte, sich in die Luft zu erheben und tatsächlich zu fliegen. Er nahm sich vor, in den nächsten Tagen die Besatzungsmitglieder nach der ungewöhnlichen Kreatur zu fragen.

16

TAGSÜBER HERRSCHTE AUF dem Vor- und Hinterdeck der *Holsatia* immer Hochbetrieb. Da der Frachter wochenlang ununterbrochen auf See unterwegs war und im Hafen aufgrund der kurzen Liegezeiten und der zusätzlichen Ladetätigkeiten kaum Zeit blieb, mussten die Wartungsarbeiten am Schiff während der Fahrt durchgeführt werden.

Im Moment arbeitete ein Teil der Mannschaft an den Ladegeschirren. Die Matrosen fetteten die beweglichen Teile ein, um sie vor Salzwasser zu schützen. Ein anderer Teil war seit Tagen damit beschäftigt, das Deck und die Deckel der Ladeluken mit Hämmern zu entrosten, sie mit Stahlbürsten zu säubern und mit Rostschutzfarbe zu bestreichen.

Die Aufsicht hatte wie üblich Lars. Der Bootsmann war untersetzt und muskulös, seine Haut von der Sonne gegerbt. Unter der Wollmütze quoll dickes schwarzes Haar hervor. Er trug ölgefleckte Arbeitshandschuhe, eine kurze braune Hose aus sehr festem Stoff und ein ärmelloses Shirt, dessen Aufdruck auf der Vorderseite bis zur Unlesbarkeit verwaschen war. Seine Füße steckten in dicken Wollsocken, und diese verschwanden in schweren, ledernen Arbeitsschuhen.

Es war kurz nach zehn Uhr und der Erdkundeunterricht fast zu Ende, als es an die Kabinentür von Max klopfte und Kai eintrat.

»Ihr könnt einen Fliegenden Fisch sehen«, sagte der Steward. »Kommt schnell auf das Vordeck!«

Max konnte kaum glauben, dass die Vorhersage so rasch in Erfüllung gehen sollte. Der Fliegende Fisch war nach Kais Aussage mittschiffs gelandet. Einer der Matrosen hatte ihn entdeckt.

Bevor Max etwas sagen konnte, waren Alex und Lotte schon durch die Kabinentür verschwunden. Max rannte hinterher. Der Fliegende Fisch lag keine zwei Meter von der Reling entfernt auf dem Stahlboden. Über ihn gebeugt standen Alex, Lotte und ein kräftiger Mann, der sich als Lars vorstellte.

Der etwa vierzig Zentimeter lange Fisch schien benommen und

schlug langsam mit seinen großen, hoch am Körper angesetzten Brustflossen. Die Schwanzflosse war auffallend gespalten. Die silbrig glänzenden Schuppen erinnerten Max an einen Hering. Das Maul öffnete und schloss sich. Das war also das Tier, nach dem er getauft worden war!

Max' erste Reaktion war, den Fisch sofort wieder ins Meer zurückzuwerfen. Er würde außerhalb des Salzwassers sicher nur noch wenige Minuten überleben.

»Habt ihr schon mal ein Tier ausgestopft?«, fragte Lars die Kinder. »Dafür böte sich der Fliegende Fisch wunderbar an. Danach wird er getrocknet und mit Klarlack überzogen und ihr könnt ihn am Ende der Reise als Erinnerung mit nach Hause nehmen.«

»Toll«, rief Alex. »Womit stopfen wir ihn aus?«

»Dafür ist Pfeifentabak ideal. Er ist weich, saugt die Feuchtigkeit aus der Haut des Fisches und unterstützt das Trocknen.«

Lotte war still geworden. Ihr ungläubiger Blick wanderte von Lars zu Max. Dann begann sie zu weinen und rannte davon.

»Lotte, wo willst du denn hin?«, rief Max.

»Lass doch die alte Heulsuse, Hauslehrer. Komm, wir stopfen das Viech aus.«

Lars sah Max fragend an. Dieser musste Lotte recht geben. Warum sollten sie das Tier töten? Wenn er den Fisch retten wollte, musste er schnell eine Entscheidung treffen.

In diesem Moment hörte er Annes wütende Stimme von der Reling des Promenadendecks: »Seid ihr denn verrückt geworden, ihr drei da unten? Wie könnt ihr das arme Tier auf dem heißen Deck liegen und sterben lassen? Werft ihn sofort wieder zurück ins Meer.«

Wie eine zürnende Rachegöttin stand Anne im roten Bikini drei Stockwerke über ihnen vor dem leuchtend blauen Himmel. Lotte dicht neben ihr.

»Der Hauslehrer ist schuld!«, schrie jetzt die Tochter der Rachegöttin mit tränenerstickter Stimme. »Es war seine Idee, den Fisch auszustopfen.«

Max wollte protestieren. Wie kam dieses kleine Miststück dazu, so etwas zu behaupten? Er riss sich zusammen. Im Moment konnte er die Sache nicht klären. Er würde mit Mutter und Tochter reden müssen.

Lars reagierte als Erster auf das Geschrei von Anne. Er nahm den Fisch, der immer noch leicht zuckte, vorsichtig an der Schwanzflosse auf, ging mit schnellen Schritten zur Reling und warf ihn über Bord. Ob er senkrecht nach unten gefallen oder noch ein Stück weit geflogen war, konnte Max nicht ausmachen.

»Das war's dann wohl«, knurrte Lars und wandte sich wieder seiner Arbeit zu.

Alex trat betreten von einem Fuß auf den anderen, fing sich aber schnell. »Diese blöde Pute. Mit der kann man auch gar nichts anfangen.«

Max seufzte innerlich. Die Erdkundestunde konnte er abhaken. Im Moment stand die Pause an und das war gut so. Alle brauchten jetzt vermutlich etwas Zeit, um sich zu beruhigen.

»Komm, Alex. Der Kakao wartet auf dich«, sagte Max und legte dem Jungen die Hand auf die Schulter. »Das wird schon alles wieder.«

Der weitere Tag verlief störungsfrei. Lotte tauchte nach der Pause wieder zum Unterricht auf. Anne ließ sich beim Mittagessen nichts anmerken, und Max überlegte, ob er die ganze Sache nicht auf sich beruhen lassen sollte.

*

Das Abendessen hielt eine Überraschung für ihn bereit. Als er in den Salon kam und wie gewohnt in Richtung von Alex und Lotte gehen wollte, winkte ihn Leuthenbacher zu sich heran.

»Hallo Herr Berger, macht es Ihnen etwas aus, sich zu mir zu setzen? Wir zwei hatten bislang bedauernswerter Weise keine Gelegenheit, uns persönlich näher kennenzulernen. Urs Leuthenbacher.«

Die Hand, die er Max reichte, war erstaunlich schmal für einen Mann seiner Körperfülle. Sie war weich und schien sich unter dem Druck von Max Hand zusammenzuschieben.

»Max Berger, der Hauslehrer von Alex und Lotte. Das wissen Sie spätestens seit der Diskussion über Hölderlin.«

Leuthenbachers linkes Auge begann zu zucken. Er strich sich mit der

Hand mehrfach darüber und bewegte dabei leicht den Kopf, als ob er etwas abschütteln wollte. Das Zucken verschwand.

»Wie Sie wissen, bin ich Schriftsteller. Schweizer. Ich habe als junger Mann in Zürich als Journalist gearbeitet. Das Schiff ist im Moment meine Schreibstube, wenn Sie so wollen.«

Das Augenlid begann wieder zu zucken. Ging es dem Mann gut? Max zögerte, ihn zu fragen, was genau er denn schrieb, aber offenbar hatte Leuthenbacher die Frage erwartet, denn er schob die Information sofort nach: »Lachen Sie jetzt bitte nicht! Ich schreibe Liebesromane.«

Max lachte nicht, denn er hatte schon seit Jahren eine Schwäche für Liebesfilme und gab das jetzt offen zu: »Ich liebe es, im Kino zu sitzen und zu verfolgen, wie ein Mann und eine Frau, von denen nach spätestens zehn Minuten klar ist, dass sie füreinander geschaffen sind, für die nächsten siebzig Minuten von schicksalshaften Kräften voneinander ferngehalten werden. Meist in Form böser und intriganter Familienmitglieder, die aber nicht verhindern können, dass die Liebenden in den verbleibenden zehn Minuten endlich zueinander finden.«

Leuthenbacher schaute ihn prüfend an, als wollte er sichergehen, dass Max ihn nicht auf den Arm nahm.

»*Frühstück bei Tiffany* mit Audrey Hepburn fand ich super«, schwärmte Max. »Und natürlich *Doktor Schiwago* mit Julie Christie und Omar Sharif.«

Leuthenbacher nickte. »Sie haben also eine Schwäche für Liebesfilme. Dann haben Sie vielleicht schon die Verfilmung meines Romans *Du hast nur dieses eine Leben* gesehen?«

Als er Max' nachdenklichen Gesichtsausdruck sah, fügte er schnell hinzu: »Der Film ist schon einige Jahre alt. Und Sie sind noch recht jung. Es ist also nicht verwunderlich, wenn Sie ihn nicht gesehen haben.«

»Ich kann mit dem Titel tatsächlich gerade nichts anfangen.«

»Kein Problem. Gar kein Problem, mein lieber Berger!«, beruhigte ihn Leuthenbacher. »Ich habe meinen zuletzt abgeschlossenen Roman dabei und werde Ihnen das Buch leihen, wenn Sie interessiert sind!«

Max nickte, obwohl er Liebesgeschichten lieber in Farbe und bevorzugt vor einer Traumkulisse im Kino sah. Aber er war hier auf einem Frachtschiff und ein Buch war immer noch besser als gar nichts.

Max hatte sich noch nie mit einem Schriftsteller unterhalten. Deshalb war er froh, jetzt eine Frage stellen zu können, die ihn schon lange beschäftigte: »Müssen Sie als Autor einschlägige eigene Erfahrungen haben, um über etwas schreiben zu können? Oder reicht die Fantasie?«

»Erfahrungen sind auf jeden Fall sehr hilfreich und fließen fast automatisch in das ein, was ich schreibe.«

»Und was meinen Sie: Sollte ein Autor von erfolgreichen Liebesromanen selbst ein glücklicher Mensch sein?«, fragte Max.

Jetzt ging eine Veränderung mit Leuthenbacher vor. Das linke Auge begann wieder zu zucken, das Lid flatterte. Die Hand, die gerade noch den Stiel des Weinglases gedreht hatte, begann zu zittern.

»Nein. Muss er nicht«, sagte er dann nachdenklich. »Aber vielleicht ist es hilfreich, dass der Autor an die Liebe glaubt. Meine Romane sollen Zeugen dafür sein, dass es die wahre Liebe geben kann.« Er rutschte unruhig auf seinem Stuhl hin und her.

Der Nachtisch kam in Form einer Eisbombe. Beide Männer bestellten einen Mokka.

»Haben Sie denn in Ihrem Leben die wahre Liebe gefunden?«, fragte Max vorsichtig.

»Gefunden ja. Und wieder verloren.«

Max hätte gerne weiter nachgefragt, zögerte aber. Er wollte Leuthenbacher nicht zu nahetreten. Die Frage nach dem Glück in einer Beziehung ließ ihn jedoch nicht los.

»Haben Sie in ihrem Leben denn schon Paare getroffen, die wirklich glücklich miteinander waren, sich wirklich liebten?«, fragte er. »Und das nicht nur für einen kurzen, überschaubaren Zeitraum?«

Jetzt zögerte Leuthenbacher. »Um ehrlich zu sein: nein.« Er dachte kurz nach. »Ich habe bis heute nicht verstanden, warum es wunderbaren und tüchtigen Menschen so selten gelingt, das Glück mit einem Partner zu finden und es festzuhalten.« Er beugte sich etwas näher zu Max und senkte die Stimme. »Ich habe über die wahre Liebe auch schon mit unserer reizenden Mitreisenden, der Gräfin Orsini-Burgstedt, gesprochen. Sie hat leider den Glauben an das Glück und an die Liebe verloren. Das tut mir sehr leid. Sie ist eine gebildete und wirklich außergewöhnliche Frau. Und nicht nur das …« Er senkte die Stimme noch mehr und lenkte Max' Blick zum anderen Ende der Tafel, wo die Gräfin saß. »Sie sieht auch sehr gut aus. Finden Sie nicht?«

Max nickte. War das der Grund, warum der von der wahren Liebe überzeugte Schriftsteller seit der Abreise kaum übersehbar die Nähe zu dieser Frau suchte? Max konnte ihm das nicht verdenken, entdeckte er doch bei sich selbst seit Kurzem einen ganz ähnlichen Wunsch.

Leuthenbacher schwieg und knetete mit den Fingern nervös seine Serviette. Vielleicht fragte er sich, ob er seinem Sitznachbarn zu viel anvertraut hatte. Um ihn zu beruhigen, lenkte Max das Gespräch in eine andere Richtung: »Sie reisen, soweit ich mich erinnere, bis Singapur?«

»Das stimmt. Ich habe dort einen sehr guten Freund, der allein lebt und mich schon vor längerer Zeit eingeladen hat. Ich werde einen Monat bei ihm wohnen und meinen neuen Roman fertigstellen. Vor Weihnachten ist Abgabetermin beim Verlag.«

Sein Gesicht verdunkelte sich. Zwischen seinen dünnen Augenbrauen entstand eine Falte. Das Flattern des Lids verstärkte sich.

»Der Termin wurde schon zweimal verlängert. Und jetzt wird es sehr, sehr eng. Ich hatte erwartet, auf dem Schiff ungestört arbeiten zu können. Aber irgendwie läuft im Moment gar nichts.« Mit einer fahrigen Handbewegung wischte er eine imaginäre Krume vom weißen Tischtuch.

Max wollte gerade fragen, was ihn denn am Schreiben hinderte, als Leuthenbacher hektisch auf seine Armbanduhr sah.

»Ich glaube, es ist höchste Zeit für mich. Ich bringe Ihnen meinen Roman morgen früh zum Frühstück mit. Schlafen Sie gut!«

Er erhob sich, blieb mit dem Fuß am Stuhl hängen und stieß ihn um. Er bückte sich hastig, stellte den Stuhl auf, verabschiedete sich in die Runde und verließ den Salon.

Jetzt erst bemerkte Max, dass Anne und die Kinder schon gegangen waren, ohne sich von ihm zu verabschieden. Das Ehepaar de Boer war heute gar nicht zum Dinner aufgetaucht. Die Gräfin saß neben dem

Schiffsingenieur Holtkamp und schien sich angeregt mit ihm zu unterhalten.

*

Obwohl es bereits halb elf war, verspürte Max keinerlei Müdigkeit und entschied, auf das Promenadendeck zu gehen und für kurze Zeit die milde Tropennacht zu genießen.

Er setzte sich in einen der Korbstühle und legte die Füße auf die Reling. Der Mond erzeugte einen weißen, gefiederten Streifen auf der dunklen Wasseroberfläche. Die *Holsatia* wiegte sich kaum merklich von einer Seite zur anderen.

Über ihm wölbte sich ein Sternenhimmel, wie er ihn vor dieser Reise noch nie erlebt hatte. Er versuchte, in dem glitzernden Teppich von Lichtern einzelne Bilder zu erkennen. Wo waren der Große Wagen und der Große Bär? Er erinnerte sich an den Physikunterricht bei seinem Vater und daran, dass die Sternbilder der nördlichen Hemisphäre auf der Südhalbkugel gar nicht zu sehen waren. Hier müssten also andere Sternbilder auftauchen. Aber welche? An einen Namen konnte er sich wieder erinnern: Das Kreuz des Südens.

Max starrte nach oben, in der Hoffnung, dass mehrere Sterne hell aufleuchten und ihm signalisieren würden: *»Hier sind wir! Wir sind das Kreuz des Südens.«* Leider geschah nichts dergleichen, stattdessen hörte er leise Schritte hinter ihm. Eine Hand legte sich auf seine Schulter.

»So spät noch wach, Max?«, fragte Anne. Sie zog einen der Korbstühle heran und setzte sich neben ihn. »Ist das nicht eine wundervolle Nacht?«

Er war noch so überwältigt, dass er gar nicht antworten konnte.

»Derart eindrucksvolle Sternenhimmel wirst du in Sumatra häufiger sehen«, sagte sie. »Dazu musst du aber Medan verlassen und in die Berge im Hinterland fahren, denn die große Stadt produziert selbst nachts viel zu viel Staub und vor allem Helligkeit, und das verhindert einen freien Blick auf den Sternenhimmel.«

»Kannst du mir das Kreuz des Südens zeigen?«, fragte Max.

»Hier«, meinte Anne und zeigte nach oben. »Schau mal in diese Richtung. Siehst du die vier hellen Sterne, die sich mit zwei Linien zu einem Kreuz verbinden lassen? Es ist eines der kleineren Sternbilder, aber trotzdem sind die vier Hauptsterne mit bloßem Auge sehr gut zu sehen. Der Stern an der Spitze des Kreuzes ist, wie du siehst, deutlich intensiver als die drei anderen.«

Tatsächlich waren die vier Sterne, sobald Max sie identifiziert hatte, völlig klar zu sehen.

»Wie geht es mit den Kindern?«, fragte Anne, nachdem sie eine Weile schweigend nebeneinandergesessen hatten. »Lotte war heute ziemlich sauer auf dich. Sie konnte nicht verstehen, dass du ein Tier leiden lassen würdest. Und sie meint, dass du immer gemeinsame Sache mit Alex machst.«

»Das mit dem Fisch lief blöd. Ich wollte ihn auch zurück ins Wasser werfen, dachte aber, dass beide Kinder Interesse daran haben könnten, den Fisch auszustopfen und dabei mehr über ihn zu erfahren. Eine Art Biologieunterricht, sozusagen.«

»Und die Männerkumpanei?«

»Das ist weit hergeholt. Ich versuche immer, beide gleich zu behandeln. Aber Lotte steht mir wohl etwas kritischer gegenüber als Alex. Inzwischen habe ich fast den Eindruck, sie sieht mich als Eindringling.«

»Was soll das denn heißen?«

»Dass ich ihren Vater verdränge, nehme ich an. Und dich ihr wegnehme.«

Anne schwieg einen Moment betroffen. »Wie kommst du darauf?«

»Alex erzählte mir heute Morgen nach dem Theater mit dem Fisch, dass Lotte gestern Abend nach deiner Gutenachtgeschichte anfing zu weinen und ihm erzählt hat, dass du mich mehr lieben würdest als ihren Papa. Und dass sie ihren Papa nicht verlieren wollte.«

»Das ist ja verrückt«, sagte Anne leise. »Ich muss unbedingt mit ihr sprechen, bevor sich dieses Hirngespinst bei ihr festsetzt. Bitte sage du erst mal nichts. Lass mich das machen.«

Sie saßen eine Weile still nebeneinander und hingen ihren Gedanken nach.

»Da ist noch etwas anderes, worüber ich gerne mit dir reden wollte«, sagte Anne nach einer Weile.

»Ja?«

»Du findest sie gar nicht so schlimm, wie du am Anfang immer behauptet hast. Habe ich recht?«

Max wusste sofort, von wem Anne sprach. Seine Wangen begannen zu glühen. Er hoffte, dass die Veränderung seiner Gesichtsfarbe für Anne in der Dunkelheit an Deck nicht zu erkennen war.

Seine Mutter kam ihm in den Sinn: *»Weiber«,* hörte er sie sagen. *»Max, pass auf!«*

In Anbetracht der Warnung ließ er sich mit der Antwort Zeit. Was genau wollte Anne wissen? Und, was noch wichtiger war: Was wusste sie?

Klar schien, dass ihr das Gespräch zwischen der Gräfin und ihm am Kapitänstisch nicht entgangen war. Und wenn seine Mutter recht hatte, dann hatten Frauen ein ausgeprägtes Gespür dafür, was in ihrer Umgebung emotional vor sich ging.

»Wie meinst du das?« Max hatte beschlossen, sich dumm zu stellen.

»Komm, tu nicht so«, lachte Anne. »Das sieht doch ein Blinder mit dem Krückstock, dass dich die Frau antörnt.«

Das war unmissverständlich. Max musste seine Strategie ändern, wenn er glaubhaft bleiben wollte.

»Okay«, sagte er. »Sie sieht nicht schlecht aus. Und ja, man kann sich ganz gut mit ihr unterhalten. Da habe ich mich tatsächlich etwas in ihr getäuscht.«

»Sieht nicht schlecht aus?« Anne kam in Fahrt. »Sieht nicht schlecht aus? Max, die Frau sieht spitze aus! Und hast du sie mal genau angesehen, als sie die ausgeschnittene weiße Bluse zum Mittagessen anhatte? Die hat Brüste wie eine junge Frau!«

Max hatte das Gefühl, als ob der glitzernde Sternenhimmel langsam auf ihn herabsinken würde.

»Die Bluse ist mir gar nicht aufgefallen«, behauptete er und versuchte, seine Stimme unbeteiligt klingen zu lassen. Dann stand er auf und fügte fast trotzig hinzu: »Und das, was in der Bluse drin ist, auch nicht.«

Mit wenigen Schritten war er an der Tür, kam auf der steilen Treppe fast ins Rutschen und bog schnell in den Flur ab, der zu seiner Kabine führte.

»Weiber«, sagte eine seiner inneren Stimmen abfällig.

»Weiber«, sagte er laut vor sich hin und blickte sich schnell um, ob er wirklich allein auf dem Flur war.

17

ALS URS LEUTHENBACHER am frühen Nachmittag auf dem Promenadendeck ankam, entdeckte er Frau de Boer und die Gräfin im hintersten Winkel nahe der Reling. Sie unterhielten sich und nahmen keine Notiz von ihm. Er suchte sich einen Liegestuhl auf der gegenüberliegenden Seite des Schiffes und legte sich so, dass die beiden nicht in seinem direkten Blickfeld waren.

Er wollte mit niemandem reden. Er brauchte dringend Ruhe.

Seit seiner letzten Lesung in Zürich, zwei Wochen vor Abfahrt der *Holsatia*, ging ihm dieser Abend nicht mehr aus dem Kopf. Als ob er nicht schon genug Stress gehabt hätte. Im Juli und dann noch einmal im August musste er seinen Verleger bitten, den Abgabetermin seines neuen Romans zu verschieben. Der Verlag hatte fest damit gerechnet, das Buch in sein Frühjahrsprogramm für das kommende Jahr aufnehmen zu können. Dafür hätte das Manuskript spätestens Ende September abgeschlossen sein müssen. Anfang September war Leuthenbacher klar geworden, dass sich auch dieser Termin nicht einhalten ließ. Er kam mit dem Schreiben diesmal nicht weiter.

Auch der Tod seines Vaters vor einem halben Jahr ließ ihn nicht los. Obwohl er mit Ankündigung gekommen war. Ein Jahr, hatten die Ärzte gesagt. Vielleicht sogar mehr. Dann war es doch sehr schnell gegangen und der Anruf seiner Mutter hatte ihn wie ein Keulenschlag getroffen.

Um nach Monaten einer ihm bislang unbekannten Blockade endlich wieder in seinen gewohnt dynamischen Schreibfluss zu kommen, war er auf die Idee mit der Seereise zu einem Freund nach Singapur gekommen. Ein Schiff schien ihm der ideale Ort zu sein, um die Ruhe zu finden, die ihm in der letzten Zeit so sehr gefehlt hatte. Natürlich durfte es kein Passagierschiff sein. Die Ablenkung wäre viel zu groß gewesen. Deshalb kam ihm das Angebot der Hapag-Lloyd gerade recht. Die Reederei bot einer Handvoll Passagiere Mitfahrgelegenheit auf einem ihrer Frachtschiffe an. Wobei Unterbringung und Verpflegung auf dem Niveau eines 5-Sterne-Hotels garantiert wurden.

Dass Leuthenbacher Anfang Oktober reisen wollte und deshalb eine neue Abgabefrist einforderte, verärgerte seinen Lektor. Er hatte die Verzögerungen gegenüber der Geschäftsführung zu vertreten. Die Gespräche zwischen Leuthenbacher und seinem Verlag waren zum ersten Mal hitzig und unerfreulich. Die Geschäftsleitung drohte ihm eine Vertragsstrafe an, falls er nicht bis zum Jahresende lieferte. Dass sein geplanter Roman nicht aus dem Verlagsprogramm geworfen wurde, lag wohl nur daran, dass Leuthenbacher als Autor eine gewisse Reputation hatte und der Verlag die Gans, die bislang goldene Eier gelegt hatte, nicht voreilig schlachten wollte.

Leuthenbacher liebte seine Lesungen. Sie bedeuteten ihm unendlich viel. Aber der Termin so kurz vor der Abfahrt nach Singapur hatte ihm überhaupt nicht gepasst. Angesichts der Differenzen mit dem Verlag war jedoch nicht daran zu denken gewesen, ihn abzusagen.

Wie immer, wenn er in Zürich las, fühlte er sich an seine Zeit als Volontär und Journalist in der örtlichen Redaktion der *Neuen Zürcher Zeitung* zurückversetzt. Er arbeitete damals thematisch breit, aber seine journalistische Leidenschaft gehörte dem Theater, vor allem dem *Volkstheater am Pfauen*. Schon in den letzten Jahren vor dem Zweiten Weltkrieg hatte das Schauspielhaus Zürich vom Zuzug deutscher Schauspieler und Regisseure profitiert, die in die Schweiz emigrierten. Im Weltkrieg war das Theater dann eine der wenigen, wenn nicht die einzige freie Bühne im deutschsprachigen Raum.

Leuthenbacher war bei Kriegsausbruch dreißig Jahre alt. Die Interviews mit den Emigrantinnen und Emigranten, von denen sich viele in der Schweiz schon einen Namen gemacht hatten oder in Zürich schnell Bedeutung erlangten, gehörten zu den kostbarsten Erfahrungen seines jungen Berufslebens.

Ein Interview, das ihm bis heute nicht aus dem Kopf ging, war ein Gespräch, das er 1946 mit einer jungen, bis dahin wenig bekannten Schauspielerin am Zürcher Schauspielhaus geführt hatte. Ihr Name war Regula Wyss, und Leuthenbacher würde ihre verrückte, unkonventionelle Art und ihre leuchtenden roten Haare niemals vergessen. Er verliebte sich Hals über Kopf in sie. Sie war die Frau, auf die er immer gewartet hatte. Er wollte keinen Moment mehr ohne sie sein. Sie sagte ihm, dass sie ihn ebenfalls liebe.

Er schrieb einen langen Artikel über sie für die NZZ. Durch ihn wurden Regisseure auf sie aufmerksam. Sie spielte in kurzer Zeit mehrere große Rollen an der Seite bekannter Schauspieler.

1947 bekam sie die Einladung an das Neue Theater in der Scala in Wien und war sofort von dem Experiment einer linken, revolutionären Bühne begeistert. Sie reiste nach Wien und entschloss sich, dortzubleiben. Von ihrem Entschluss erfuhr er später über Bekannte. Er traf sie nie wieder.

Leuthenbacher erinnerte sich sehr genau an die Monate, in denen er wie in Trance lebte und arbeitete und gleichzeitig wie ein Detektiv versuchte, ihren Weg in Wien über die Presse zu verfolgen. Mitte 1948 stieß er auf einen groß aufgemachten Artikel in einem österreichischen Kulturmagazin. Er starrte auf die Überschrift. Sein Herz zog sich zusammen. *Schauspielerin Regula Wyss verheiratet*! Die dazugehörige Bilderstrecke zeigte ein glamouröses Paar. Regulas stark gewölbter Bauch war nicht zu übersehen. Das Kind musste bald kommen.

Dann der nächste Schock. Den Mann an ihrer Seite kannte er nur zu gut. Es war ein ehemaliger Kollege bei der NZZ, der kurz nach dem Weggang von Regula ohne Angabe von Gründen in der Redaktion gekündigt hatte und verschwunden war, ohne eine Adresse zu hinterlassen.

All das war jetzt über zwanzig Jahre her. Leuthenbacher hatte sich inzwischen damit abgefunden, dass er seine große Liebe verloren hatte.

Seinen Beruf als Journalist übte er noch einige Jahre aus, dann begann er, Kurzgeschichten zu schreiben. Der Wechsel in die Schriftstellerei beflügelte ihn. Liebesromane wurden seine neue Leidenschaft.

Tief in dem gestreiften Liegestuhl liegend richtete Leuthenbacher seinen Blick in den blauen Himmel über sich. Seine Hoffnung, auf dem Schiff Ruhe zu finden, hatte sich nicht erfüllt. Theoretisch hatte er viele Stunden am Tag Zeit zu schreiben, er musste nur zu den Mahlzeiten im Salon kleinere Unterhaltungen führen, die ihn manchmal sogar für kurze Zeit von seinen Sorgen ablenkten. Produziert hatte er aber auch hier an

Bord nur wenige Seiten. Der Papierkorb in der Kabine quoll von halb vollen Blättern über.

Die depressive Stimmung, die ihn schon vor seiner Abreise immer wieder ergriffen hatte, holte ihn auf der *Holsatia* schnell ein. Die Tabletten halfen zwar gegen die dunklen Momente, aber sie machten ihn gleichzeitig müde und antriebslos. Sein Kopf steckte im Nebel, er konnte keine konkreten Gedanken fassen, geschweige denn sie zu Papier bringen.

*

Die letzte Lesung vor seiner Abreise sollte an einem Freitagabend im Schweizerhof in Zürich stattfinden. Er kannte das Hotel von früheren Veranstaltungen. Es lag sehr günstig, genau gegenüber dem Hauptbahnhof. Seine Zuhörer, soweit sie nicht direkt aus der Stadt kamen, konnten bequem mit dem Zug anreisen.

»Grüezi, Herr Leuthenbacher! Wir freuen uns, dass Sie wieder bei uns absteigen«, begrüßte ihn der ältere Herr am Empfang wie einen alten Bekannten. »Ich brauche Ihnen ja nichts zu erklären. Sie finden alles wie gewohnt. Samuel, helfen Sie bitte unserem Gast mit seinem Gepäck in die 312.«

Leuthenbacher kam zu seinen Buchvorstellungen immer einige Stunden vor dem eigentlichen Termin ins Hotel. Er hatte es sich zur Angewohnheit gemacht, den Raum, in dem er lesen sollte, in Ruhe zu inspizieren. Oft gab es, trotz der hervorragenden Vorarbeit des Hotels, doch noch kleine Veränderungen vorzunehmen. Das Leselicht, der Blumenschmuck, die Position seines Tisches.

Er fuhr mit dem Lift in seine Junior Suite, gab dem Bagagisten in Livree ein ordentliches Trinkgeld und ging dann unverzüglich in den Salon auf dem Mezzaningeschoss. Dieser hatte sich in der Vergangenheit sehr bewährt und gerade die richtige Größe, um etwa sechzig bis achtzig Personen in gediegenem Ambiente Platz zu bieten. Leuthenbacher fand alles zu seiner vollsten Zufriedenheit und konnte den Raum nach zehn Minuten schon wieder verlassen.

Jetzt hatte er genug Zeit, um im Restaurant eine Kleinigkeit zu essen, sich in seiner Suite frisch zu machen und sich mental vorzubereiten.

*

Ein Geräusch ließ Leuthenbacher aufblicken. Er hatte über seine Reise in die Vergangenheit fast vergessen, dass er auf dem Promenadendeck eines Frachtschiffs im Liegestuhl lag. Er drehte den Kopf und sah, wie Frau de Boer versuchte, trotz ihrer Beeinträchtigung durch die Krücken die schwere Tür zum Treppenabgang aufzuziehen. Er wollte aufspringen und ihr helfen, aber in diesem Moment hatte sie es geschafft und verschwand durch die Tür, die sich automatisch hinter ihr schloss.

Wo war die Gräfin? Er richtete sich auf. Sie saß mit dem Rücken zu ihm auf ihrem Korbstuhl, ihre goldblonden Haare bewegten sich leicht im Fahrtwind. Er wünschte sich, einen Zugang zu ihr zu finden. Bislang hatten sie nur am Kapitänstisch miteinander reden können, aber das war nicht der richtige Ort, um etwas Persönliches zu erfahren. Sie hatte angedeutet, dass sie Sorgen hatte und dass sie sich nach einer Behandlung in Hamburg immer noch nicht gut fühlte, aber er hatte nicht weiter nachfragen können.

Sollte er sie jetzt einfach ansprechen? Er zögerte und ihm wurde schmerzhaft bewusst, dass er heute nicht in der Lage war, ein Gespräch zu führen. Seine Erinnerungen belasteten ihn im Moment zu stark.

Leuthenbacher rutschte noch tiefer in seinen Liegestuhl und versank wieder in der Vergangenheit.

*

Die Lesung wurde ein voller Erfolg, der Salon war bis auf den letzten Platz gefüllt. Das Publikum lauschte wohlwollend und stellte so viele Fragen, dass er die Zeit überziehen musste. Er tat es gerne. Er liebte seine Leserinnen und Leser. Sie gaben ihm so viel zurück.

Nachdem die letzte Frage beantwortet war, fühlte er sich glücklich, aber ausgelaugt. Ihm wurde alles zu viel. Er musste sich jetzt nur noch für das Signieren der Bücher zusammenreißen. Gute Miene machen. Jedem, der an seinen Tisch trat, ein gewinnendes Lächeln schenken. *»Ihr Name, gnädige Frau? Ach, Sie wollen das Buch Ihrer Tochter widmen? Etwa so: Für meine geliebte Tochter Friederike von Urs Leuthenbacher? Aber gerne.«*

An diesem Abend war die Reihe derer, die ein Buch signiert haben wollten, besonders lang. Schließlich stand noch eine Person vor dem Tisch. Im Sitzen sah er auf einen geblümten Rock und einen schwarzen Gürtel mit großer Schnalle. Er drehte sich zur Seite, um ein Exemplar seines Buches von dem Stapel auf dem kleinen Beistelltisch zu holen. Dann hob er den Kopf. Das Deckenlicht des Salons blendete seine übermüdeten Augen.

*

Leuthenbacher schreckte aus seinen Erinnerungen hoch. Ein lautes metallenes Geräusch hatte ihn in die Realität zurückgeholt. Die Tür zur Treppe war zugefallen. Sein Blick schweifte über das Promenadendeck.

Der Korbstuhl, auf dem die Gräfin gesessen hatte, war leer.

18

SEIT DER NÄCHTLICHEN Unterhaltung mit Anne auf dem Promenadendeck ging Max die Gräfin nicht mehr aus dem Kopf. Die Frau, die ihm zu Beginn der Reise so unsympathisch gewesen war und die sich mittlerweile in seinen Gedanken einnistete.

Anne hatte recht. Er fühlte sich von der Gräfin angezogen. Aber warum? Er war noch nicht einmal zwei Wochen unterwegs und konnte wohl kaum schon unter den Frühfolgen sexueller Enthaltsamkeit leiden. Irgendetwas an der Frau faszinierte ihn. War es, dass sie älter und sicher sehr viel lebenserfahrener war als er? War es ihre unterschiedliche Sozialisation? Die Gräfin kam, als Gattin eines adligen Botschafters, aus einer Welt, die ihm fremd war. War es also reine Neugier auf das Unbekannte, das sie umgab? Seit gestern Abend stellte er sich auch die Frage, was Leuthenbacher am Kapitänstisch gemeint haben könnte, als er sagte: »Sie hat den Glauben an das Glück und an die Liebe verloren.«

Max schob die Gedanken weg. Es war halb neun und er musste sich auf den Unterricht vorbereiten. Heute wollte er mit Alex und Lotte über die Weltreligionen sprechen. Das Schulbuch bot hierfür eine sehr gute Grundlage. Es stellte das Judentum, das Christentum und den Islam gut verständlich dar, erläuterte ihre Gemeinsamkeiten und ihre Unterschiede. Einfach gehaltene Zeichnungen erweckten die unterschiedlichen Gebetshäuser und die Symbole der drei Religionen zum Leben.

Einige der Fragen, die als kleine Tests eingestreut waren, konnte Max nicht beantworten. Im Grunde war er selbst wieder Schüler und er genoss diese Augenblicke. Alex und Lotte schienen sich darüber zu freuen, wenn ihr Hauslehrer zugeben musste, dass er etwas nicht wusste.

Nach dem Religionsunterricht ging es in die kleine Bibliothek, wo sie Kai erwartete und den Kindern ihren obligatorischen Morgenkakao servierte.

Sie saßen keine fünf Minuten, als Herr Hielscher, der Dritte Offizier, in die Bibliothek kam und sagte: »Der Kapitän fragt, ob ihr auf die Brücke kommen wollt. Es gibt etwas zu sehen. Ich versuche jetzt noch, die anderen Passagiere zu informieren.«

Max und die Geschwister liefen nach oben. Im Ruderhaus stand Kapitän Ahlers vor einem der geöffneten Frontfenster und schaute konzentriert durch ein Fernglas.

»Sie sind da!«, sagte er geheimnisvoll, ohne das Fernglas abzusetzen.

»Wer ist da?«, fragte Lotte.

»Die Buckelwale. Ich habe heute Morgen kurz nach Sonnenaufgang schon mehrere zu Gesicht bekommen. Sie müssen hier in der Gegend sein. Da liegen noch zwei weitere Ferngläser, bedient euch! Ich vermute die Wale im Augenblick vor uns in Fahrtrichtung.«

Lotte und Alex schnappten sich die Ferngläser, Max kniff seine Augen zusammen, konnte aber nichts erkennen. In diesem Moment trat Anne durch die Tür.

»Was erwartet uns denn hier oben?«, fragte sie gut gelaunt.

»Buckelwale, Frau Stoll«, sagte Ahlers. »Wir bewegen uns im Moment vor der Küste von Angola. Im September und Oktober wandern die Buckelwale über Tausende von Kilometern von ihren Sommerquartieren im Südpolarmeer zur Fortpflanzung hierher in ihr Winterquartier. Deshalb sind unsere Chancen im Moment besonders gut, sie zu sehen.«

Er suchte wieder konzentriert mit seinem Fernglas das Meer ab. Inzwischen waren sowohl der leicht verschwitzte Schriftsteller als auch die Gräfin in kurzer weißer Tennishose und einem leuchtend gelben T-Shirt angekommen. Aus dem Augenwinkel sah Max, dass sich ihre Brustwarzen unter dem T-Shirt abzeichneten. Sie hatte sich den BH gespart und konnte sich das auch leisten. Sein Blick kreuzte sich mit dem von Anne. Sie schob das Kinn leicht nach vorne in Richtung der Gräfin und ihr triumphierender Blick signalisierte ihm, dass sie mit ihrer Beobachtung über die Brüste ihrer Geschlechtsgenossin richtig gelegen hatte.

»So ein Buckelwal wird bis zu fünfzehn Meter lang und dreißig Tonnen schwer«, sagte jetzt Ahlers.

»Warum heißen sie eigentlich Buckelwale?«, wollte Alex wissen.

»Gute Frage«, sagte Ahlers. »Es hat wohl damit zu tun, dass sie vor dem Wiedereintauchen in das Wasser einen ausgeprägten Buckel machen.«

Auf der Brücke war es erwartungsvoll still. Die Ferngläser wurden weitergereicht. Unten auf dem Vordeck war die Crew wie gewohnt mit ihren Wartungs- und Reparaturarbeiten beschäftigt.

»Alex und Lotte. Könnt ihr singen?«, fragte Ahlers.

»Lotte schon, Alex ist eher unmusikalisch«, sagte Anne.

»Quatsch«, widersprach Alex und warf seiner Mutter einen beleidigten Blick zu.

»Die Buckelwale sind nämlich fantastische Sänger«, meinte Ahlers. »Es sind vor allem die männlichen Tiere, die unter Wasser in immenser Lautstärke sehr abwechslungsreiche Laute produzieren.«

»Das wird wohl heute nichts mehr«, schnaufte Leuthenbacher ungeduldig und sah auf seine Armbanduhr. »Ich glaube, ich gehe …«

»Da ist einer«, sagte Ahlers sehr ruhig. »Eine Handbreit Backbord, also links von unserem Bug, etwa zweihundert Meter voraus.«

Max konnte den dunklen Rücken des Wals mit bloßem Auge erkennen. Das Tier schwamm schräg zur Fahrtrichtung der *Holsatia*. Jählings tauchte sein vorderer Teil ab. Die Schwanzflosse blieb für einen Moment unbeweglich steil in der Luft stehen und schlug dann mit voller Wucht auf die Wasseroberfläche. Gischt stieg auf.

»Er wird bald wieder auftauchen«, murmelte Ahlers. Für ihn schien diese Begegnung fast Routine.

Ganz anders für Alex und Lotte. Sie hüpften auf und ab und suchten mit ihren Ferngläsern fahrig den Horizont ab.

»Vielleicht haben wir Glück und er zeigt uns noch ein Kunststück«, sagte Ahlers. »Wir sind mitten in der Paarungszeit der Buckelwale, und wenn die Männchen sexuell erregt sind, vollbringen sie nach Aussage der Meeresbiologen artistische Höchstleistungen.«

»Was heißt sexuell erregt?«, fragte Lotte.

Es entstand ein Schweigen im Ruderhaus.

Die Gräfin reagierte als Erste: »Das kann dir später dein Hauslehrer ganz prima erklären«, sagte sie gespielt fürsorglich.

Anne runzelte die Stirn, sagte aber nichts.

Max sah zu der Adeligen im gelben T-Shirt hinüber. Sie blickte unverwandt zurück, und er glaubte, ein feines Lächeln auf ihrem Gesicht zu erkennen.

Einige Minuten lang blieb die Wasseroberfläche spiegelglatt. Max fragte sich, ob die *Holsatia* aufgrund ihrer hohen Geschwindigkeit an dem Tier vorbeigefahren sein könnte, doch da tauchten unerwartet zwei Buckelwale seitlich des Frachters auf. Die Distanz war noch geringer als bei ihrem ersten Auftritt. Beim Auftauchen produzierte das größere Tier eine meterhohe Fontäne. Für etwa eine Minute bewegten sie sich parallel zum Schiff, als ob sie es begleiten wollten. Dann machte der erste Wal einen Buckel und tauchte mit hoch erhobener Schwanzflosse ab. Der zweite blieb noch einige Sekunden neben dem Schiff, vollführte dann ohne ersichtlichen Anlass einen halben Salto rückwärts, klatschte mit einem lauten Knall, der wie ein Kanonenschuss klang, auf den Rücken und verschwand in einer Wolke aus Gischt. Als sie sich aufgelöst hatte, lag das Meer so ruhig da wie zuvor.

Keiner der Passagiere sprach ein Wort.

Während Alex und Lotte immer noch mit den großen Ferngläsern den Horizont absuchten, verständigten sich die Erwachsenen wortlos, von der Brücke zu gehen und dem Kapitän seinen Arbeitsplatz zu überlassen.

Als Max durch die Tür ging, hörte er, wie Alex zu seiner Schwester sagte: »Du, Lotte, hast du sie singen gehört? Ich nicht! Ich glaube, die Viecher können gar nicht singen!«

19

HENK DE BOER hatte die Füße auf den niedrigen Couchtisch gelegt. Auf seinem Schoß lag eines der quadratischen Sofakissen, darauf sein aufgeklapptes Buch. Der Trick mit dem Kissen war notwendig geworden, weil er in letzter Zeit immer größere Schwierigkeiten hatte, ein Buch über längere Zeit frei zu halten. Seine Arme begannen dann zu schmerzen.

Vor dem Lesen hatte er lange am Fenster seiner Kabine gestanden. Das Bild, das sich ihm eröffnete, hätte ihn aufmuntern müssen: Der Himmel wölbte sich wie eine blaue Kuppel über dem Meer. Einige wenige Schönwetterwolken plusterten sich vor dem Blau auf und spiegelten sich in der glatten Wasseroberfläche. Doch der prachtvolle Anblick hatte an seiner bedrückten Stimmung nichts ändern können.

Auch ein kühler Gin Tonic und das Buch halfen ihm heute nicht weiter. Er war an einem Punkt angekommen, an dem er nicht mehr weiterwusste. Es brauchte eine Entscheidung. Die Geheimniskrämerei musste ein Ende haben. Das war er seinem Sohn Kees, aber auch Julia, die er liebte und die sich jetzt in der Kabine nebenan ausruhte, schuldig. Und sich selbst auch.

Wie verrückt musste man sein, gemeinsam eine vierwöchige Seereise zu unternehmen und dann getrennte Kabinen zu bewohnen? Aber Julia hatte darauf bestanden. Mit einer Vehemenz, wie er sie selten zuvor bei ihr erlebt hatte, als wäre es in der Frage der Kabinenwahl um Leben und Tod gegangen. Und am Ende hatte sie den Aufpreis für die Doppelbuchung selbst bezahlt.

*

Aber es war nicht nur die Entscheidung über die Kabine gewesen, die ihn in der Annahme bestärkte, dass seine Frau etwas vor ihm zu verbergen hatte. Die häufigen Besuche bei Wilhelm. Ihre Weigerung, ihn mit in das Sprechzimmer zu nehmen. Und nicht zuletzt die Veränderung, die er vor der Abreise zufällig in ihrem gemeinsamen Badezimmer festgestellt hatte. Sie hatten von Beginn ihrer Ehe an die Regelung, dass jeder seine persönlichen Badeutensilien in einem eigenen Schrank verstauen konnte. Henk war zu keinem Zeitpunkt auf die Idee gekommen, seinen Schrank abzuschließen, und Julia tat es offensichtlich auch nicht. Als er vor zwei Monaten zufällig an Julias Schrank stieß und sich kurz an ihm festhalten musste, fiel ihm auf, dass der kleine Schlüssel nicht steckte. Er versuchte, die Tür aufzuziehen. Sie war abgeschlossen.

Seine spontane Reaktion war gewesen, Julia zu fragen, doch er hielt sich dann doch zurück. Irgendetwas hatte begonnen, sich zwischen sie beide zu schieben. Und langsam war daraus eine Wand geworden. So wie die Wand, die seit fast zwei Wochen ihre Schiffskabinen voneinander trennte.

Er musste mit ihr reden, bevor es zu spät war. Bevor sie ihren Fuß in das Haus ihres Sohnes in Kuala Lumpur setzten. Kees hatte ein Recht darauf, alles zu wissen, was seine Eltern betraf.

Vor diesem Moment fürchtete er sich schon geraume Zeit. Genauer gesagt: Seit er das Schreiben vom holländischen Roten Kreuz auf seinem Schreibtisch gefunden hatte. Das musste ein paar Wochen vor der Meniskusoperation von Julia gewesen sein.

»Der große braune Umschlag ist für Kees«, hatte Julia beiläufig angemerkt, als sie ihm den Poststapel hingelegt hatte. »Schickst du es ihm weiter?« Sie beugte sich über ihn und küsste ihn auf die Stirn. »Damit es dir nicht langweilig wird, mein geliebter Rentner.«

»Ich kümmere mich, mein Schatz. Wie versprochen.«

»Kannst du bitte meine gesamte Post öffnen, Papa«, hatte Kees gebeten, bevor er mit Frau und Tochter vor über zwei Jahren nach Kuala Lumpur ausgereist war. »Ich werde dir alle notwendigen Vollmachten geben, die du brauchst. Schau dir an, was mit der Post kommt, und entscheide selbst, was du damit tust. Du kannst alles aufmachen, auch private Briefe.«

»Soll ich das wirklich, Kees? Was ist, wenn etwas drinsteht, was ich nicht sehen sollte?«

»Da wird nichts sein, was du nicht sehen kannst, Papa. Ich habe keine

Geheimnisse vor dir. Du machst das schon.« Als er den unsicheren Blick seines Vaters sah, fügte er hinzu: »Die Liebesbriefe meiner Geliebten solltest du nicht unbedingt Mama zeigen. Und sie mir besser auch nicht nach Malaysia nachschicken.«

Henk hatte damals gelacht und sich gefreut über das Vertrauen, das Kees ihm entgegenbrachte. Und er war stolz gewesen auf seinen einzigen Sohn, obwohl dieser seine Anwaltspraxis nicht übernommen hatte, wie er es sich als Vater ursprünglich gewünscht hatte. Der Junge ging seinen eigenen Weg, und inzwischen war Henk überzeugt davon, dass er die richtige Entscheidung getroffen hatte.

Bevor er den großen Umschlag für Kees öffnete, erledigte Henk die restliche Post. Eine Werbesendung wanderte ungeöffnet in den Papierkorb. Die anderen Schreiben sortierte er auf vorhandene Stapel auf seinem Schreibtisch. Als Jurist hatte er gelernt, gewissenhaft mit Dokumenten umzugehen, und er konnte es selbst im Ruhestand nicht lassen, alle Papiere nach vorgegebenen Kriterien zu ordnen.

Genau genommen war er ja nicht im Ruhestand. Seit dem Verkauf seiner Kanzlei hatte Henk immer wieder kleinere Aufträge angenommen, vor allem von langjährigen Klienten, die nach wie vor seinen Rat suchten. Handelte es sich um umfangreichere oder komplexere Rechtsfälle, bestand er jedoch darauf, dass sich seine Klienten an seinen Nachfolger wandten oder sich einen anderen Rechtsanwalt suchten. Henk hätte sich nicht vorstellen können, seinen Beruf gänzlich aufzugeben. Und die Nachfragen nach juristischer Beratung in seinem Sachgebiet, dem Familienrecht, würden wohl auch nie versiegen. Familienzwiste schienen zum Leben zu gehören wie das Wasser zum Meer.

Und jetzt war er mitten auf dem Meer auf dem Weg zu seinem Sohn. Und er fand sich selbst verstrickt in eine familiäre Gruppendynamik, deren Ende er nicht voraussagen konnte. Aber je länger er wartete, desto schwieriger würde es werden, ohne größere Verletzungen aus der Sache herauszukommen. Wenn es nicht schon zu spät war.

Als Henk alle Briefe geöffnet und auf seinem Schreibtisch abgelegt hatte, nahm er den braunen Umschlag, der an seinen Sohn adressiert war. Mit dem Zusatz: *c/o Henk de Boer* und der dazugehörigen Adresse in Amsterdam.

Auf dem ersten Dokument, das er aus dem Umschlag zog, prangte links oben das Logo des Roten Kreuzes. Der Absender war die Organisationseinheit, die für die Blutspenden zuständig war.

Henk und Julia waren immer stolz darauf gewesen, dass sich Kees ehrenamtlich engagierte. Er war aktiv bei der Freiwilligen Feuerwehr und überzeugter Blutspender. Kurz vor seiner Abreise nach Asien war er noch, soweit sich Henk erinnern konnte, für seine hundertste Blutspende ausgezeichnet worden.

In dem Anschreiben, das Henk jetzt vor sich liegen hatte, dankte das Rote Kreuz Kees noch einmal für sein langjähriges Engagement als Blutspender. Dann wurde ihm mitgeteilt, dass sich die Organisation angesichts seines Auslandsaufenthalts entschieden habe, ihm die persönlichen Unterlagen zurückzusenden. Henk schob das Anschreiben zur Seite und entdeckte zwei DIN-A4-Seiten mit den Daten seines Sohnes. Zuerst die persönlichen Angaben, dann die lange Liste seiner Blutspenden mit Datum, Ort, Uhrzeit, gespendeter Blutmenge. Jede Spende war mit einem persönlichen Kürzel versehen, vermutlich das der Krankenschwester oder des Arztes.

Henk stand auf und ging die wenigen Schritte zu dem raumhohen Regal an der Wand hinter dem Schreibtisch. Die linke Hälfte des Regals war mit Aktenordnern belegt, die Henk beim Ausstieg aus der Kanzlei mit nach Hause genommen hatte. Die rechte Hälfte umfasste persönliche Dokumente und zahlreiche Fachbücher.

Henk fand den Ordner *KEES IV* auf Anhieb und heftete die Unterlagen des Roten Kreuzes in der Unterabteilung *PRIVAT* ab. In dem Moment, in dem er den Ordner zuklappen wollte, fiel sein Blick auf ein schwarz umrahmtes Feld am rechten oberen Rand des Anschreibens. *Blutgruppe: AB minus.* Er klappte den Ordner zu und stellte ihn zurück.

Musste er Kees über die Ankunft der Unterlagen informieren? Vermutlich nicht. Sein Sohn brauchte in dieser Sache im Moment nicht aktiv zu werden.

Unvermittelt fragte er sich, ob er denn seine eigene Blutgruppe kannte.

Darüber hatte er sich schon lange keine Gedanken mehr gemacht. Er konnte sich auch nicht erinnern, wann er das letzte Mal nach seiner Blutgruppe gefragt worden war. Ob Wilhelm sie bei Routineuntersuchungen irgendwann mitbestimmt hatte? Machte ein Arzt das ohne konkreten Anlass? Wohl eher nicht.

Hatte es sonst einen Anlass in seinem Leben dafür gegeben? Vermutlich während des Krieges. Noch zu Beginn des Jahres 1940 hatte die niederländische Regierung gehofft, dem Deutschen Reich gegenüber ihre Neutralität wahren zu können. Es gab aber Anzeichen dafür, dass diese Strategie nicht aufgehen würde. Die Regierung begann, Soldaten zu rekrutieren, und Henk war einer von ihnen. Sein Glück war, dass er nicht zum Einsatz kam, da es im Mai 1940 nur an einigen Orten zu zeitlich sehr begrenzten Kriegshandlungen kam.

Was Henk von dieser Zeit geblieben war, war sein Wehrpass, den er über die Jahrzehnte in einer Schatulle aufbewahrt hatte. Er ging zur anderen Seite des Zimmers und zog eine Schublade des Sideboards auf. Er entnahm ihr die Schatulle, stellte sie auf den Schreibtisch und hob den Deckel.

Zwischen einer alten Armbanduhr, einem metallenen Spielzeugauto und einem Stapel leicht welliger, vergilbter Fotos fand er schließlich den Pass. Stockfleckiges Grau. Etwa die doppelte Größe einer Scheckkarte. Henk betrachtete das Dokument in seiner Hand. Sein jüngeres Selbst in Uniform, mit zwei kleinen Ösen aus Messing auf dem Karton befestigt. Er war damals siebenunddreißig gewesen. Darunter Familienname, Vorname, Geburtstag. Dienstgrad. Militärische Einheit. Aber keine Blutgruppe. Henk stutzte. Er war sicher, dass er eine Eingangsuntersuchung durchlaufen hatte und die Blutgruppe bestimmt worden war. Falls er im Krieg verletzt würde.

Er drehte das Papier um. Körpergröße. Augenfarbe. Dann, als letzte Rubrik, dick gedruckt: *Blutgruppe 0 plus.*

*

»Kommst du zum Essen, Henk?«

Er schreckte aus seinem Sessel hoch. Das Buch rutschte von dem Kissen auf seinem Schoß auf den weichen Teppich der Schiffskabine. Die Stimme kam von draußen. Vom Flur.

Es klopfte. »Henk, kommst du mit in den Salon? Wir sollten den Kapitän nicht warten lassen.«

»Ich komme, Julia. Gehe ruhig schon mal vor.«

Henk erhob sich schwer. Er ließ das Buch am Boden liegen und ging zur Tür. Er musste mit Julia reden, bevor sie in Port Swettenham anlegten.

20

AM FREITAGABEND LÖSTE sich die Dinner-Gesellschaft früher auf als gewohnt, denn bereits um neun entschuldigten sich Ahlers und Behrendt. Sie müssten sich noch um einiges kümmern, bevor die *Holsatia* morgen gegen Mittag ihren Ankerplatz auf Reede vor Kapstadt erreichen würde. Anne meinte darauf, es sei höchste Zeit für die Kinder, und entschied, gegen den Protest der beiden, dass es auch zu spät sei für eine Geschichte vom Hauslehrer.

Die Gräfin stand ebenfalls auf, grüßte in die sich auflösende Runde und verschwand. Max hatte gehofft, einen Blick mit ihr tauschen zu können, doch sie ignorierte ihn.

»Hatten Sie denn schon Zeit für meinen Roman?«, fragte Leuthenbacher, der noch sitzen geblieben war.

Max verneinte. »Ich bin leider noch nicht dazu gekommen. Da mir der Stoff für den Unterricht oft fremd ist, muss ich deutlich mehr Zeit in die Vorbereitung stecken, als ich ursprünglich gedacht hatte.«

Leuthenbacher kam ihm heute noch nervöser vor als die Tage zuvor. Max hatte während des Essens beobachtet, wie der Schriftsteller immer wieder fahrig seine Hände knetete, dann mit einer kurzen Bewegung die Position seines Tellers veränderte, nur um ihn sofort wieder dorthin zu rücken, wo er gerade gestanden hatte. Unter seinen Augen hatten sich dunkle Ringe gebildet, und seine Pupillen bewegten sich unstet hin und her, als ob sie etwas suchten, aber keinen Punkt fanden, an dem sie zur Ruhe kommen könnten.

»Ist alles in Ordnung, Herr Leuthenbacher?«

»Ja, klar! Alles in Ordnung.«

Max sah ihn prüfend an.

»Ich komme prima voran. Ganz prima!«

Max war sich sicher, dass irgendetwas nicht stimmte. Aber was? Hatte er das Recht, sein Gegenüber zu bedrängen? Wenn dieser gerade unmissverständlich bestätigt hatte, dass alles in Ordnung sei?

»Wie viel Prozent Ihres neuen Romans haben Sie denn schon fertig?«, fragte er.

»Das lässt sich in Prozent nicht ausdrücken. Und fertig ist man als Autor sowieso nie. Das verstehen die eingebildeten Lektoren natürlich nicht. Die versuchen dauernd, die Termine noch enger zu machen. Haben doch selbst keine Ahnung. Sollen doch erst mal selbst einen Roman schreiben!«

Leuthenbacher redete sich in Rage, und Max wurde das Gespräch unangenehm. Glücklicherweise beendete der Autor das Gespräch jetzt selbst. Er stand auf.

»Ich will noch einige Sätze zu Papier bringen«, sagte er. »Gute Nacht.«

Max brauchte frische Luft. Er stieg nach oben auf das Promenadendeck und nahm seinen Stammplatz an der Reling ein. Auf die prachtvolle Sternenkuppel musste er heute verzichten, denn im Laufe des Nachmittags hatten sich Wolken gebildet.

Einige Zeit saß er reglos auf dem Korbstuhl. Sein Kopf war wie leer. Er spürte, wie es langsam kühl wurde. Die *Holsatia* war jetzt schon so weit südlich, dass die Nachttemperaturen kaum noch zwanzig Grad erreichten und der Fahrtwind unangenehm frisch werden konnte.

In diesem Moment verspürte Max große Lust auf einen Whisky. Er entschloss sich, den zugigen Platz im Freien gegen die wohlige Bibliothek zu tauschen.

Er ließ sich von Kai, der Spätdienst hatte, einen Johnnie Walker, Black Label, mit Eis servieren, lehnte sich in seinem Sessel zurück und spürte, wie das weiche Leder zuerst am Gesäß, dann am Rücken dem Druck nachgab.

Vorsichtig schwenkte er das Glas und nahm einen Schluck, spürte konzentriert dem rauen, holzigen Geschmack in seiner Kehle nach. Er nahm noch einen zweiten, tieferen Schluck. Jetzt ging es ihm wieder besser.

Mit halb geschlossenen Augen beobachtete er durch das Fenster, wie die Wolkendecke ab und zu aufriss und kurz den Blick auf einige Sterne freigab. Als hätte jemand das Licht eingeschaltet.

Seine Gedanken wanderten. Diesmal nicht zu der Gräfin, denn sie konnte ihm gestohlen bleiben. Er kam auf die Frage zurück, die ihn beschäftigte, seit er Alex und Lotte als Hauslehrer unterrichtete. Wie erlebten Acht- oder Neunjährige die Welt? Was prägt sie für ihr späteres Leben?

Max nahm einen weiteren Schluck. Kai hatte ihm sehr großzügig eingeschenkt. Er schloss die Augen und lehnte sich noch weiter zurück. Woran erinnerte er sich eigentlich noch?

*

Max' Grundschule war ein lang gestreckter, dreistöckiger Bau aus rotbraunen Ziegeln und lag direkt neben der alten Stadtkirche und dem Friedhof. An der Stirnseite führten einige Steinstufen zu einer massiven, dunklen Flügeltür mit schwerem, geschmiedetem Griff.

Der Fußboden im Erdgeschoss war aus Stein und fast hundert Jahre alt. Er hatte den ungewöhnlichen Namen Terrazzo, den Max sich damals nicht merken konnte, der aber später in den Erzählungen seiner Mutter auftauchte. Dass sie in den Jahren danach überhaupt noch von dieser Zeit sprach, hatte einen guten Grund: Sie konnte sich auch heute noch darüber aufregen, dass ihr geliebter Max an der Grundschule von weiblicher Seite eine Behandlung erfahren hatte, die ihren pädagogischen Vorstellungen zutiefst widersprach.

Max konnte in der Schule sehr gut mithalten, sein Verhalten ließ jedoch zu wünschen übrig. Vor allem neigte er zu schauspielerischen Einlagen, die die Klassenkameraden beeindruckend, die Lehrer jedoch nicht lustig fanden.

Max' sehr strenger Lehrer in der ersten Klasse, ein Mann mit Spitzbart und ständig durchgedrücktem Rücken, sah den Schüler Max als ungezogenen Störenfried, und so gab es häufiger Tatzen mit einem dünnen Rohrstock. Das wäre für Max persönlich in Ordnung gewesen, wenn der Spitzbart Pütz nicht noch zusätzlich Strafarbeiten verhängt hätte. Diese wiederum mussten zu Hause von einem Erziehungsberechtigten unterschrieben werden, und seine Mutter hatte schon sehr früh klargestellt, dass sie sich als solchen sah, weil sie seinen Vater für zu gutmütig hielt.

In der zweiten Klasse änderte sich dann das Bild zu Gunsten von Max. Nicht weil er sein Verhalten geändert hätte, sondern weil die Rahmenbedingungen andere waren. Statt dem Spitzbart unterrichtete ihn nun eine Frau. Genauer gesagt: ein Fräulein. Fräulein Lena Schmid. Und da erfuhr Max zum ersten Mal, was es als männliches Wesen heißt, von einer Frau wirklich geliebt zu werden. Nicht dass ihn seine Mutter nicht geliebt hätte, daran gab es nicht den geringsten Zweifel. Aber sie war eben seine Mutter und wollte ihn ständig in ihrem Sinn zu einem anständigen Menschen erziehen.

Lena Schmid dagegen schien ihn selbstlos zu lieben. Sie nannte ihn Mäxle und drückte ihn sehr fest an ihren großen, weichen Busen, wenn er wieder etwas angestellt hatte. Und während sein Kopf zwischen ihren Brüsten verschwand, sagte sie liebevoll: »Ach, mein Mäxle.«

Seine Mutter musste geahnt haben, dass irgendetwas in der Schule nicht so lief, wie sie es sich vorstellte, weil keine Strafarbeiten mehr zu unterschreiben waren. Klug wie sie war, machte sie sich selbst auf den Weg und wollte sich mit der Lehrerin treffen, lief aber unter der schweren Holztür dem alten Spitzbart in die Hände. Der war zwar nicht mehr Max' Klassenlehrer, hatte aber seine Ohren überall und war auf die junge Lehrerin nicht gut zu sprechen, weil er der Meinung war, dass Frauen nichts im Schuldienst zu suchen hatten.

Vom Spitzbart ausreichend informiert über das, was Max in den letzten Monaten angestellt hatte, lief seine Mutter dann bei Lena Schmid ein, konnte aber gegen die junge Frau keinen Punkt machen, da diese von »ihrem« Mäxle begeistert war und immer wieder bekräftigte: »Frau Berger, Sie haben einen feinen Sohn. Ein echter Sonnenschein. Und er würde nie etwas anstellen.«

Die Bitte, doch strenger mit ihrem Sohn zu sein, damit aus ihm mal etwas Ordentliches werde, beschied die Lehrerin mit der Antwort, dass das beim Mäxle nun wirklich nicht notwendig sei. Ganz im Gegensatz zu anderen Kindern, die eine gewisse Strenge tatsächlich bräuchten. Hilde Berger musste unverrichteter Dinge abziehen.

Bei dem Gedanken an diese Geschichte lachte Max in der Bibliothek laut auf. Lena Schmid blieb ihm die verbleibenden drei Jahre in der Grundschule als Lehrerin erhalten, und er wurde von ihr nicht nur häufig gedrückt, sondern auch bestens auf das Gymnasium vorbereitet.

Während Max mit geschlossenen Augen im Ledersessel etwas tiefer rutschte, spürte er wieder das Gefühl des weichen Busens auf seinem Gesicht. Unbewusst hielt er für einen Moment den Atem an, so wie damals, als sein Gesicht zwischen den Brüsten der Lehrerin verschwunden war.

Lena Schmid war, abgesehen von seiner Mutter natürlich, die erste Frau, die bei Max einen tiefen Eindruck hinterließ.

Abgelöst wurde sie am Ende der Grundschule von Frau Dr. Storch, die Max ebenfalls in bleibender Erinnerung blieb, obwohl sie mit Lena Schmid so gut wie gar nichts gemein hatte. Sie war der Gegenentwurf zu der jungen Lehrerin.

Frau Dr. Storch war promovierte Germanistin, Lehrerin am Gymnasium und damit eine Kollegin seines Vaters. Diese berufliche Verbindung brachte sie in den Dunstkreis seiner Familie. Die Tatsache, dass sie überzeugte Feministin war, hätte Letzteres wohl eher verhindert als befördert.

Dass Frau Dr. Storch sich mit seiner Mutter sehr gut verstand, lag auf keinen Fall an einer Übereinstimmung der politischen Ansichten, sondern ließ sich dadurch erklären, dass Frau Dr. Storch eine professionelle Gesangsausbildung als Sopranistin hinter sich hatte und sie in Hilde Berger eine hervorragende Pianistin fand, die sie am Klavier begleiten konnte.

Die Gesangsabende fanden im Hause Berger statt. Hilde bot zu Beginn des Konzertes einige Häppchen an, dann zog sich sein Vater auffällig schnell in sein Arbeitszimmer zurück, Max blieb in der Ecke im Sessel sitzen und beobachtete das Geschehen.

Er sah diesen Abenden mit gemischten Gefühlen entgegen. Was die musikalische Darbietung anging, erinnerte ihn der Gesang von Frau Dr. Storch stark an seine frühen Versuche auf der Violine. Er fand ihren Sopran schrill und eine Zumutung für seine Ohren. Trotzdem wollte er keines der Hauskonzerte missen, da Frau Dr. Storch eine große Faszination auf ihn ausübte.

Zu dieser Zeit war sie die einzige Frau in seiner Umgebung, die sehr stark geschminkt war und sehr kurze Röcke trug. Ihre Beine steckten meist in transparenten Seidenstrümpfen mit einer schwarzen Naht auf der Rückseite. Und das Ganze wurde oben durch eine pechschwarze

Haarmähne und unten durch hochhackige Schuhe abgeschlossen, deren Absätze so dünn waren, dass Max sich fragte, wie man darauf stehen oder gar gehen konnte. Wenn Frau Dr. Storch bei schwierigen Passagen ihre Schultern zurücknahm, den Bauch einzog, ihren vollen Busen weit nach vorne schob und mit ihrer Stimme zum Sprung auf einen besonders hohen Ton ansetzte, entstand für Max ein Bild, das ihn noch bis in den Schlaf verfolgte.

Die Krönung des Abends kam, wenn sich die Sängerin sichtlich erschöpft und etwas verschwitzt zum Gehen fertig machte und Max mit einem fast zärtlichen »Gute Nacht, Mäxle« an ihren Sopranbusen drückte. Da war es wieder! Max genoss das aufkommende Erstickungsgefühl, seine Nase tief zwischen den weichen Hügeln, und nahm diese Form des Abschieds als Beweis dafür, dass ihn Frau Dr. Storch liebte.

*

»Können Sie auch nicht schlafen?«

Max fuhr aus seinen Gedanken hoch. Die Stimme war ihm nur zu gut bekannt.

»Ich konnte heute einfach nicht einschlafen. Sicher kennen Sie das, wenn einem viele Dinge gleichzeitig durch den Kopf gehen. Darf ich mich zu Ihnen setzen?«

»Ja, sehr gerne«, brachte Max krächzend heraus.

Er sah die Gräfin an und war beeindruckt. Sie machte in allem, was sie anhatte, eine gute Figur. Jetzt trug sie einen hellgrünen Trainingsanzug, der hervorragend zu ihren graugrünen Augen passte. Ihre Füße steckten barfuß in weißen Turnschuhen. Max nahm zum ersten Mal bewusst ihre zarten Fesseln wahr.

Die Gräfin machte es sich in dem Ledersessel ihm gegenüber bequem und atmete hörbar aus. »Es tut gut, nicht allein zu sein, wenn sich die Gedanken im Kreis drehen.« Sie sah Max direkt in die Augen und fügte mit einem Lächeln hinzu: »Aber keine Sorge! Ich will damit nicht sagen, dass man dann unbedingt miteinander reden muss.«

Was sollte Max darauf erwidern? Freute er sich, dass sie da war? Dass sie nicht kühl und arrogant wirkte, sondern ziemlich sympathisch? Oder störte sie seine romantischen Erinnerungen an seine Kindheit?

Er versuchte, ihrem Blick standzuhalten, spürte aber eine zunehmende Verunsicherung und hatte die Sorge, wieder rot anzulaufen.

»Wollen Sie etwas trinken?«, fragte er schnell.

»Was trinken Sie denn, Herr Berger?«

»Whisky.«

»Ich hätte nicht gedacht, dass Sie Whiskytrinker sind.« Sie lächelte wieder ihr feines Lächeln.

»Das bin ich auch nur in Ausnahmefällen.«

»Dann haben wir also heute Nacht einen Ausnahmefall, oder?«

Verdammt. Sie war so schnell und so direkt. Max entschied sich deshalb, in die Offensive zu gehen. Und sich auch nicht weiter darum zu kümmern, ob sie nun etwas zu trinken hatte oder nicht. Sie war eine erwachsene Frau und sie wusste, wo der Klingelknopf für den Steward zu finden war.

»Ich würde es nicht direkt einen Ausnahmefall nennen. Aber vielleicht einen besonderen Fall.«

Ihre Augen ruhten aufmerksam auf ihm.

Max nahm einen tiefen Schluck aus seinem Glas. »Es hat mit Alex und Lotte zu tun. Ich versuche, mich in die beiden hineinzuversetzen, seit ich mit ihnen auf dem Schiff bin. Ganz konkret frage ich mich: Welchen Einfluss wird die Zeit hier auf der *Holsatia* auf die beiden haben? Was bleibt hängen von dem, was wir im Unterricht machen? Was wird sie prägen und in welcher Weise?«

»Und zu welchem Schluss sind Sie gekommen?«

»Bisher zu keinem. Im Moment führt mich die Suche nach einer Antwort direkt zu mir selbst. Bevor Sie kamen, habe ich über meine Zeit als Schuljunge nachgedacht und erstaunlicherweise etwas gefunden, was mich, soweit ich sehe, bis heute geprägt hat.«

»Und das wäre?«, fragte sie und hob sofort beide Hände. »Tut mir leid, ich will mich nicht in Ihr Leben einmischen. Das geht mich nun wirklich nichts an. Entschuldigen Sie.«

»Sie müssen sich nicht entschuldigen. Im Gegenteil. Ich finde es schön, dass Sie nachfragen. Wozu sollten wir uns unterhalten, wenn wir nicht auch über uns selbst reden?«

Sie schien erleichtert und lehnte sich wieder in ihren bequemen Sessel zurück. »Wenn es so ist, dann darf ich meine Frage noch einmal stellen: Was haben Sie aus ihrer Zeit als Junge gefunden, was Ihnen heute eine Erkenntnis über sich selbst verschafft?«

Max überlegte. Was genau konnte und wollte er mit ihr teilen? Die Antwort war im Grunde einfach. Er würde mit dieser Frau nur noch zwei Wochen auf diesem Schiff sein und sie danach nie wieder sehen. Was hinderte ihn daran, ganz offen zu sprechen?

»Es ging bei meinen Gedanken um mein frühes Verhältnis zum weiblichen Geschlecht.«

Sie lachte laut auf. »Entschuldigung! Aber ich stelle mir gerade den zehnjährigen Max im Verhältnis zum weiblichen Geschlecht vor.«

»Zugegeben, es klingt vielleicht etwas lächerlich. Aber es geht darum, dass ich offensichtlich als Junge so etwas wie Mamas Liebling war. Aber nicht nur der Liebling meiner Mutter, sondern auch der anderer weiblicher Personen, die mit mir in dieser Zeit zu tun hatten.«

»Da habe ich so eine Ahnung«, meinte sie und lachte jetzt herzhaft.

Max wollte sich nicht aufhalten lassen. Er spürte, dass er an einem Punkt war, den er schon lange einmal für sich selbst klar aussprechen wollte. »Ich scheine als Junge bei Frauen etwas ausgelöst zu haben, was sie dazu brachte, mir mit großem Wohlwollen zu begegnen und mich bei jeder passenden oder unpassenden Gelegenheit an sich zu drücken.«

Die Gräfin schwieg.

»Ich erlebe die Nähe einer Frau heute immer noch als eine besonders sinnliche Erfahrung«, fuhr Max fort. »So wie ich im Grunde den weiblichen Körper als ein Meisterwerk beschreiben würde. Wer auch immer für dessen Erschaffung verantwortlich sein mag.«

Jetzt war alles gesagt. Max war es gleichgültig, was die Gräfin damit anfangen würde. Noch zwei Wochen, und sie gingen für immer getrennte Wege.

»Das haben Sie wunderschön gesagt«, sagte sie leise, schloss die Augen und schwieg.

Max fragte sich schon, ob sie eingeschlafen war, da fügte sie hinzu: »Mich würde sehr interessieren, wie es Ihnen als Junge nach der Grundschule erging. Hatten Sie Freunde? Welche Rolle spielten Ihre Eltern? Aber vielleicht erzählen Sie mir das ein anderes Mal. Ich bin gesundheitlich noch nicht ganz hergestellt und jetzt reif für mein Bett. Ich gehe allerdings davon aus, dass ich nach dieser wundervollen Liebeserklärung an das Weibliche hervorragend schlafen werde. Als Frau darf ich das, was Sie sagten, doch auch auf mich beziehen, nicht wahr?«

Sie schien nicht ernsthaft an einer Antwort interessiert zu sein, sondern erhob sich schnell.

»Schlafen Sie gut, Herr Berger. Und träumen Sie was Schönes«, sagte sie ernst und verließ die Bibliothek.

21

AM SAMSTAGMORGEN TAUCHTEN Alex und Lotte allein beim Frühstück auf und berichteten Max aufgeregt, dass sie am Morgen schon auf dem Promenadendeck gewesen seien und mit dem Fernglas ihrer Mutter am Horizont die Westküste von Südafrika entdeckt hätten. Max wusste, was das bedeutete: In etwa vier Stunden würde die *Holsatia* vor Kapstadt auf der Reede vor Anker gehen. Bis das Postboot kam, wollte er unbedingt einen Brief an seine Eltern schreiben. Außerdem hatte er sich vorgenommen, heute Morgen noch den Musikunterricht durchzuziehen und den Kindern danach freizugeben. Aber wo war Anne?

»Wo ist denn eure Mutter?«

»Die hat irgendwas«, sagte Lotte. »Am Rücken.«

»Am Rücken? Seit wann denn das?«, fragte Max.

»Schon seit gestern Abend. Als sie uns ins Bett gebracht hat.«

In diesem Moment tauchte Anne auf, einen Schritt vorsichtig vor den anderen setzend und leicht gekrümmt. »Ich glaube, ich habe mir mal wieder einen Nerv eingeklemmt«, sagte sie.

»Kommt mir irgendwie bekannt vor«, meinte Max.

Aber Anne war nicht zu Späßen aufgelegt: »Tut echt weh. Statt zu reden, könntest du mir lieber helfen. Was ist? Du hast es doch schon mal hingebracht.«

Max wusste, wovon sie sprach. Der Abend nach dem Turnier. Als sie bei ihr zu Hause gewesen waren und er ihr den Rücken massiert hatte. Das Bild, wie sie ihm damals in ihrem Schlafzimmer den Rücken zudrehte und ihn bat, den Reißverschluss ihres kurzen Tenniskleides zu öffnen und danach nur mit einem weißen Slip begleitet auf dem Bauch vor ihm lag, war ihm bis heute nicht aus dem Kopf gegangen.

»Gleich hier?«, fragte Max.

»Natürlich nicht, du Spinner. Aber ich wäre dir dankbar, wenn du nach dem Frühstück in meine Kabine kommen könntest. Die Sportsalbe habe ich glücklicherweise dabei.«

»Dann haben wir frei?« Alex erkannte sofort die einmalige Chance, doch Max musste ihn enttäuschen.

»Nein. Ich werde euch Aufgaben geben, die ihr in eurer Kabine erledigen könnt. Aber jetzt sollten wir erst mal essen.«

Nach dem Frühstück gingen alle vier gemeinsam den Flur entlang.

»Du kommst gleich, Max? Ich mache mich schon mal fertig.«

»In zehn Minuten bin ich da, Anne.«

Max begleitete Alex und Lotte in ihre Kabine und versorgte sie mit Rechenaufgaben. »Ich bin bald wieder zurück, ihr zwei. Viel Glück mit den Aufgaben.«

Alex seufzte tief und verdrehte die Augen.

»Was machst du mit Mama in der Kabine?«, fragte Lotte.

»Ich massiere ihr den Rücken. Sie hat eine tolle Salbe. Die muss in die Haut gerieben werden und dann geht der Schmerz weg. Wie die Salbe, die dir deine Mama auf die Brust schmiert, wenn du Husten hast.«

»Die so gut riecht?«

»Genau. Nur dass deine Salbe besser riecht als die von deiner Mama.«

*

»Komm rein, Max«, rief Anne von innen, als Max an ihre Kabinentür klopfte.

Er trat ein und schloss die Tür hinter sich. Das Bild in seinem Kopf! Da war es wieder!

Anne lag bäuchlings auf dem Leintuch ihres Bettes. Sie trug lediglich einen knappen weißen Slip, der in hartem Kontrast zu ihrem gebräunten Körper stand. Der BH hatte helle Streifen auf ihrer Haut hinterlassen. Sie hatte die Arme nach oben genommen und die Hände unter die Stirn gelegt. Ein Teil ihrer Brust lag seitlich frei.

Max blieb stehen und schluckte. Die Frau war einfach hinreißend.

»Max! Du wartest jetzt aber nicht eine halbe Stunde, bis du anfängst? Was ist los, genierst du dich? Du hast mich doch schon so gesehen. Die Salbe liegt hier auf dem Nachttisch.«

»Welche Stelle ist es denn?«

»Über der linken Pobacke.«

Max holte tief Luft und setzte sich neben sie auf das Bett. »Dann muss ich aber noch etwas Platz machen«, sagte er und zog den Slip vorsichtig nach unten. Dann schraubte er die Salbe auf, drückte einen dicken Strang auf ihre seidige Haut und begann die Stelle mit leichtem Druck kreisförmig zu massieren. Seine Handinnenflächen wurden warm und begannen bald zu brennen, Annes Haut rötete sich.

Max fand bald seinen Rhythmus. Er vergrößerte langsam seinen Radius, massierte an der linken Körperseite nach oben, beugte sich weit über sie, um den Schulterbereich zu erreichen, massierte auf der rechten Seite wieder zurück bis zum Po.

»Das tut gut«, flüsterte Anne.

Auch Max überkam ein wohliges Gefühl. Als er sich mehrfach weit über ihren nackten Rücken gebeugt hatte, konnte er die aufkommende Erektion nicht mehr unterdrücken. Aber wozu auch? Anne konnte sie nicht sehen, die Qualität seiner Massage wurde nicht beeinträchtigt. Wenn er ehrlich war, genoss er jetzt beides: den Hautkontakt mit Anne und den angenehmen Druck in seiner Hose. Er hielt die Augen geschlossen. Sein Atem und der Rhythmus seiner Hände wurden eins.

»Ist das nicht anstrengend, Max? Kannst du denn noch?«

»Für dich immer.«

»Schmeichler! Für mich könnte es tatsächlich immer so weitergehen. Einfach herrlich!«

Max wusste nicht, wie lange er massiert hatte, als Anne sagte: »Ich glaube, es reicht für heute. Ich muss mal sehen, wie frei ich mich jetzt bewegen kann.«

Er hielt in seiner Bewegung inne und schob sich vom Bett. Anne setzte sich vorsichtig auf.

»Scheint zu gehen«, meinte sie und erhob sich in Zeitlupe.

Max hatte alle Zeit der Welt, ihren Körper zu bewundern.

»Mensch, Max. Es geht!« Sie bewegte ihre Hüfte langsam vor und zurück. »Zieht noch leicht, aber ich kann wieder aufrecht stehen! Lass dich drücken!«

Sie machte zwei vorsichtige Schritte auf ihn zu und schloss behutsam ihre Arme um ihn. Max blieb fast die Luft weg, als er ihren nackten Oberkörper spürte.

Die Tür ging auf und Lotte stand mit weit geöffneten Augen vor ihnen.

»Mama, was macht ihr da?«, fragte sie.

Anne ließ Max vorsichtig los und wandte sich ihrer Tochter zu. »Das weißt du doch, Lotte. Max hat mir den Rücken massiert. Und kannst du bitte die Tür hinter dir zumachen?«

Lotte schloss die Tür und lief zu ihrer Mutter. Anne strich ihr zärtlich über das Haar.

»Max macht das sehr gut. Wenn du mal Rückenschmerzen hast, kann er dich auch massieren.«

»Ich will nicht von Max massiert werden.«

Anne und Max warfen sich einen kurzen Blick zu.

»Ich glaube, ich schaue mal, was Alex macht. Ist er noch in eurer Kabine, Lotte?«

»Schau doch selbst nach«, sagte Lotte und schmiegte sich an ihre Mutter. »Ich bleibe bei Mama. Ich will keine Rechenaufgaben mehr machen.«

»Ist ja gut, Lotte«, sagte Max. »Wir sehen uns alle sicher später an Deck, wenn wir Kapstadt erreicht haben.«

Das Bild, das ihn aus dem Raum hinausbegleitete, würde jenes ersetzen, das er sich seit seiner Massage in Annes Schlafzimmer in Deutschland bewahrt hatte. Statt einer aufregenden, leicht bekleideten Frau auf dem Bett sah er jetzt eine erschrocken dreinschauende Frau im Slip, deren kleine Tochter fast schützend ihre zarten Ärmchen um die nackte Taille ihrer Mutter gelegt hatte.

Auf dem Flur verfluchte sich Max, dass er nach Betreten der Kabine die Tür nicht abgeschlossen hatte. Jetzt begann sich ein Riss in seiner neuen Kleinfamilie abzuzeichnen. Lotte hatte ein Problem mit ihm. Und er mit ihr.

Als Max zu Alex in die Kabine kam, war dieser brav am Rechnen.

»Wo ist Lotte?«, fragte Alex. »Sie ist vorhin wortlos verschwunden.«

»Sie ist zu uns in die Kabine gekommen, als ich deiner Mutter den Rücken massiert habe.« Max zögerte. Es war nicht die ganze Wahrheit. Das, was Lotte gesehen hatte, hatte mit einer Massage nur begrenzt zu tun.

Sollte er Axel alles erzählen? Max entschloss sich dazu. Schließlich hatten er und Anne nichts zu verbergen.

»Wir waren schon fertig und haben uns gerade umarmt, als Lotte hereinkam.«

»Und? Hauslehrer, das habt ihr doch in Deutschland auch schon gemacht.« Axel war wie immer der Pragmatische. Für Max war seine Antwort erfrischend und irgendwie tröstlich.

»Deine Mutter war halb nackt und das war für Lotte vielleicht etwas zu viel.«

»Wie kannst du Mama denn am Rücken massieren, wenn sie angezogen ist?«, fragte Alex und schien sich mal wieder über seine kleine Schwester zu wundern. »Die soll sich doch nicht so haben.«

In diesem Moment ging die Tür auf und Anne und Lotte kamen herein.

»Da ist jemand, der noch am Musikunterricht teilnehmen will«, sagte Anne und schob Lotte ein wenig weiter in die Kabine.

Der Musikunterricht! Max hatte ihn vergessen.

»Prima. Dann sind wir wieder komplett«, sagte er schnell und ergriff die Gelegenheit, die unglückliche Begegnung von eben zu überspielen.

»Dann kommt ihr zwei gleich mit zu mir. Wir haben noch eine gute Stunde Zeit. Danach könnt ihr an Deck gehen und die Ankunft auf der Reede beobachten.«

Lotte sagte kein Wort und vermied es, ihn direkt anzuschauen, während er sprach.

Für den Musikunterricht in seiner Kabine hatte Max Instrumentenkunde vorbereitet. Lotte und Alex setzten sich auf die Couch, Max saß gegenüber. Er griff nach dem Schulbuch und schlug die Seite mit den Streichinstrumenten auf.

»Warum sind da zwei Geigen abgebildet?«, fragte Lotte und zeigte auf eine Violine und eine Viola.

»Das Ding da rechts ist doch keine Geige, du Doofi«, stöhnte Alex.

»Selber Doofi«, gab Lotte ärgerlich zurück und streckte ihm die Zunge heraus.

Verdammt. Max konnte jetzt keinen Streit brauchen. Aber es war zu spät. Lottes Gesicht lief rot an, ihre Augen wurden feucht. Dann schluchzte sie los.

»Das … das ist so ungerecht!« Sie konnte nur stockend reden, die Tränen liefen ihr über das Gesicht. »Alex ärgert mich ständig. Immer weiß er alles besser und immer muss er vorne dran sein.« Wieder kam ein langer Schluchzer. »Und ihr helft immer ihm und nie mir!«

Max war sofort klar: Das »ihr« galt auch ihm. Und wem noch?

»Wer hilft dir denn nie, Lotte?«, fragte er und versuchte, ruhig zu klingen.

»Du! Und Mama auch! Und der Kapitän auch!« Lotte hatte aufgehört zu schluchzen, aber sie presste jetzt ihre Fäuste auf ihre Schenkel und saß mit gesenktem Kopf auf der Couch.

Max überlegte kurz. Lotte hatte nicht unrecht. Alex war ihr oft voraus, nahm alles sehr leicht, konnte sich wie ein Aal um alle Hindernisse herumbewegen, hatte am Ende die Nase vorn und ließ das Lotte auch gerne spüren. Alex schien durch die Leichtigkeit in seinem Verhalten auch mehr Sympathie von Dritten zu bekommen als seine jüngere Schwester.

Dieses Muster war Max schon am Kapitänstisch aufgefallen: Ahlers fragte die Geschwister nach ihren Tageserlebnissen, und der lebendige Alex fing sofort an zu erzählen und hatte die Zuhörer auf seiner Seite. Bis Lotte zu Wort kam, hatte Alex schon die interessantesten Details der Geschichten zum Besten gegeben und sonnte sich in der wohlwollenden Reaktion der Zuhörer. Selbst wenn Alex dabei vor lauter Eifer noch ein Glas umwarf, wurde ihm das von niemandem übel genommen.

Und er selbst, was hatte er damit zu tun? Soweit er sich erinnern konnte, hatte er in den letzten zwei Wochen immer versucht, die beiden gleich zu behandeln. Wenn er wahrgenommen hatte, dass Alex Lotte unnötig kritisierte, sie ungerecht behandelte oder sie bei der gemeinsamen Arbeit an einem schulischen Problem unnötig unter Druck setzte, hatte er eingegriffen. Aber vielleicht nicht genug? Und wie war es mit der Sympathie? Konnte es sein, dass auch er der Unbekümmertheit von Alex erlag und damit, ohne es selbst zu merken, auf ihn anders reagierte als auf seine Schwester? Max konnte das nicht von der Hand weisen. Lotte war in gewisser Weise anstrengender zu unterrichten. Es brauchte mehr Zeit und Geduld, ihr etwas begreiflich zu machen. Aber Max hatte bislang an keiner Stelle das Gefühl gehabt, die Geschwister unterschiedlich zu behandeln.

Doch was heute in Annes Kabine passiert war, würde seine Position bei Lotte wohl kaum stärken.

»Es tut mir sehr leid, Lotte, wenn ich dich an irgendeiner Stelle benachteiligt habe oder dir, wie du sagst, nicht zu Hilfe gekommen bin. Das habe ich auf jeden Fall nie gewollt. Du bist mir, genauso wie Alex, schon jetzt sehr ans Herz gewachsen und ich unterrichte dich genauso gern wie ihn. Aber ich brauche jetzt deine Unterstützung, damit ich mich in Zukunft so verhalten kann, wie es dir guttut. Wie wäre es, wenn du mich ab sofort immer gleich ansprichst, wenn du das Gefühl hast, dass ich nicht gerecht oder aufmerksam genug dir gegenüber bin? Und dasselbe könntest du auch bei deinem Bruder machen. Du bist offensichtlich schon seit geraumer Zeit unglücklich, und solch ein Gefühl sollte man nie mit sich herumtragen. Und ich selbst werde ab sofort besser aufpassen.«

Lotte hatte sich etwas beruhigt, ihre Fäuste waren wieder geöffnet. Max bot ihr ein Papiertaschentuch an. Sie wischte sich die Wangen ab und schnäuzte sich kräftig.

»Alex, willst du auch was dazu sagen?«, fragte Max.

Alex gab ein undefinierbares Brummen von sich. »Mensch, Lotte. Sag doch einfach ›Stopp‹, wenn dich was stört.«

Das war zwar nicht genau das, was Max erhofft hatte, aber besser als nichts. Er spürte, dass der weitere Unterricht heute keinen Sinn mehr ergeben würde.

»Wisst ihr was, ihr zwei, wir machen jetzt einfach Schluss. In der Bibliothek wartet sicher schon Kakao auf euch.«

Alex sprang auf und rannte zur Tür. Lotte ging langsam hinter ihm her. Sie warf Max einen unsicheren Blick zu, sagte aber nichts.

Max wartete, bis ihre Schritte auf dem Flur verklungen waren. Dann atmete er tief durch, setzte sich an seinen Schreibtisch, öffnete die schmale Schublade und entnahm ihr einige Blätter Briefpapier.

Er begann zu schreiben. Mit Rücksicht auf die hellseherischen Fähigkeiten seiner Mutter tauchte im Brief weder die Gräfin auf, noch spielte

Anne eine größere Rolle. Es sollte alles natürlich aussehen: Max war als Hauslehrer voll ausgelastet und glücklich mit seiner neuen Aufgabe, die Kinder machten fleißig mit, er selbst kam mit allen Menschen an Bord prima zurecht. Mit lieben Grüßen aus Kapstadt.

Max steckte den Brief in einen Umschlag und klebte ihn zu. Er hatte es so verstanden, dass der Brief mit dem nächsten Hapag-Lloyd-Schiff, das aus Asien kommend in Kapstadt Station machte, nach Deutschland befördert würde.

Er dachte noch einmal an seine Eltern. Vor einem halben Jahr hatte er sich spontan dafür entschieden, das Angebot von Anne anzunehmen. Hatte er sich dabei ernsthaft gefragt, was das für seine Eltern bedeuten würde? Max musste sich eingestehen, dass sie bei seiner Entscheidung keine Rolle gespielt hatten.

*

Auf einmal sah er wieder die Abschiedsszene auf dem Hauptbahnhof vor sich, als Anne, die Kinder und er in den Zug gestiegen waren, der sie nach Rotterdam zum Schiff bringen sollte. Ein Studienfreund hatte ihn an diesem frühen Samstagmorgen gegen sechs Uhr an den Bahnhof gefahren. Anne und die Kinder waren von Annes Schwester Ellen mit dem Auto gebracht worden. Seine Eltern kamen direkt mit der Regionalbahn von zu Hause angereist.

Die Gruppe traf sich am Bahnsteig 14. Der D-Zug stand schon bereit, die Abfahrt war aber erst in zwanzig Minuten vorgesehen. Um der Abschiedsstimmung zu entgehen, fragte Max Alex und Lotte, ob sie ihm dabei helfen könnten, ihr Abteil zu finden und dort das Gepäck zu verstauen. Die beiden willigten sofort ein. Das Erste-Klasse-Abteil war vom Gang durch eine Schiebetür getrennt und hatte sechs Sitzplätze. Wie sich später herausstellte, hatte Anne mit einem Preisaufschlag das gesamte Abteil gebucht, um ausreichend Platz für die zahlreichen Koffer und Taschen zu haben.

Zurück auf dem Bahnsteig bot sich ein trauriges Bild. Ellen hatte Tränen in den Augen. Sie hing sehr an ihrer Schwester, aber vielleicht noch mehr an den Kindern. Julius Berger wirkte in sich gekehrt. Abgesehen von der Trennung ging ihm sicher nach, dass er zusehen musste, wie sein Sohn entgegen seinem ausdrücklichen Rat sein Studium riskierte.

Die Einzige der Zurückbleibenden, die vergleichsweise entspannt wirkte, war Hilde Berger. Die immer positiv Denkende blieb auch jetzt ihrer Linie treu, lächelte Max an, hatte für jeden ein freundliches Wort und erkundigte sich, wann die Reisegruppe wo umsteigen musste, um wie viel Uhr die Ankunft in Rotterdam geplant sei und wann das Schiff in Rotterdam ablegen würde.

Die große runde Bahnhofsuhr über ihnen tickte unerbittlich, die letzten Fahrgäste auf dem Bahnsteig beschleunigten ihre Schritte. Ein Beamter in Uniform sah erst nach oben, dann auf seine Armbanduhr und danach auf die kleine rotumrandete runde Tafel in seiner Hand. Dann blickte er auf die Gruppe und rief: »Bitte einsteigen!« Es war so weit.

Max umarmte erst Annes Schwester, dann seine Mutter und als Letzten seinen Vater. Dessen Blick gab ihm einen Stich ins Herz. Machte er gerade einen großen Fehler? Hatte er sich leichtfertig in ein unnötiges Abenteuer gestürzt? Musste er nicht Rücksicht auf seine Eltern nehmen, die ihm so viel im Leben gegeben hatten und ihn vielleicht gebraucht hätten? Max hatte einen dicken Kloß im Hals und spürte die Tränen kommen.

Die vier Reisenden drängten die Stufen hoch, Max zerrte die schwere Waggontür hinter sich zu und folgte dann den anderen durch den schmalen Gang. Nach wenigen Schritten zog er das nächstgelegene Schiebefenster nach unten. Es ließ sich schwer bewegen und nur unter Einsatz seines Körpergewichts ganz öffnen. Anne und er beugten sich durch die Öffnung, Alex und Lotte drückten ihre Nasen am unteren Teil des Fensters platt. Alle vier winkten wie verrückt, als sich der D-Zug mit einem Ruck langsam in Bewegung setzte, Fahrt aufnahm und den Kopfbahnhof Richtung Norden verließ.

Zurück blieben drei immer kleiner werdende Gestalten, die schnell zu einem winzigen schwarzen Punkt verschmolzen.

22

BEIM MITTAGESSEN IM Salon fehlten heute alle Offiziere. Sie waren mit den Vorbereitungen für die Ankunft in Kapstadt beschäftigt. Die Gräfin hatte nur ein angedeutetes Lächeln für Max übrig und unterhielt sich während des Essens lebhaft mit Frau de Boer.

Max und die Kinder beeilten sich mit dem Mittagessen, um möglichst schnell wieder auf das Promenadendeck zu kommen.

»Zieht euch ordentlich an«, riet Anne. »Es kann um diese Jahreszeit recht kühl werden.«

Gegen dreizehn Uhr standen alle vier an der Reling und verfolgten gespannt, wie sich das Schiff der Küste näherte. Max war froh um seine Windjacke. Der Himmel war stark bedeckt, und frische Böen zerrten an ihren Haaren. Die See war unruhig, hier und da zeigten sich dicke weiße Schaumkronen.

In wenigen Kilometern Entfernung konnte Max jetzt mit bloßem Auge die Kontur des Ufers ausmachen. Kapstadt selbst war nur in Form eines hellen Strichs unter der dunklen Wand der dahinter liegenden Bergkette zu sehen.

Schwarze Vögel mit auffallend roten Schnäbeln segelten um das Schiff und verständigten sich mit schrillen Krächzlauten. Max konnte nicht ausmachen, um welche Art Vogel es sich handelte.

Die *Holsatia* hatte ihre Geschwindigkeit gedrosselt und schob sich jetzt nur noch ganz langsam auf die Stadt zu. Lotte entdeckte mithilfe des Fernglases als Erste das Lotsenboot, das sich mit hoch aufgerichtetem Bug schnell näherte. Als es die Bordwand der *Holsatia* erreicht hatte, wurde die Strickleiter nach unten gelassen. Ein Mann in schwarzer Jacke kletterte hoch und verschwand im Deckshaus.

Die Silhouette Kapstadts war jetzt trotz des diesigen Wetters immer besser zu erkennen. Anne erklärte Max und den Kindern den Gebirgszug, der die Uferstadt gegen das Hinterland abschirmte. Am äußersten linken Rand der Stadt befand sich die Spitze des Devil's Peak. Danach der lang gezogene Bergrücken, dessen obere Kante wie mit dem Lineal gezogen aussah. Der berühmte Tafelberg. Danach eine tiefe Senke, direkt gefolgt von dem spitzen Kegel des Lion's Head.

Der Blick auf die Stadt weckte in Max sehnsuchtsvolle Gefühle. Er hätte sich gewünscht, an Land gehen zu dürfen, und wenn es nur für wenige Stunden gewesen wäre. Einfach durch die Stadt zu schlendern, am Hafen in einem Café zu sitzen und die Menschen zu beobachten. Oder sogar mit der Schwebebahn auf den Tafelberg hochzufahren und von dort auf Kapstadt und das Meer hinunterzuschauen.

Die schweren Metallglieder der Ankerkette machten einen Höllenlärm, als sie mit hoher Geschwindigkeit durch die Ankerklüse rasselten. Das gesamte Schiff vibrierte. Danach war Stille. Die *Holsatia* lag fest und wiegte sich in den Wellen.

Die Zahl der rotschnäbeligen Vögel nahm ständig zu. Sie bevölkerten die Ladebäume und Masten. Dort lieferten sie sich Kämpfe mit weißschwarzen Möwen, die kreischend versuchten, ihre schwarzgefiederten Kollegen von den besten Plätzen zu verdrängen.

Zwei Hochseefischerboote tuckerten dicht hintereinander an ihnen vorbei in Richtung Hafen.

Der Wind frischte weiter auf. Max wurde es kühl. Er wollte gerade ins Innere des Bootshauses verschwinden, als zwei mächtige, tief im Wasser liegende Boote die *Holsatia* ansteuerten.

Ein breiter Lastkahn, der fast bis auf die Höhe der Brücke mit Kisten und Säcken beladen war, legte mittschiffs an, wo die Crew bereits einen der massiven Lukendeckel geöffnet und damit den Zugang zu den Lager- und den Kühlräumen freigelegt hatte. Mehrere Personen kletterten aus dem Lastkahn über die Strickleiter an Bord der *Holsatia* und unterstützten die Decksmannschaft, den Proviant für die nächsten zwei Wochen mithilfe eines Mastbaums aus dem Bauch des Lastkahns zu hieven und ihn in den Tiefen der Laderäume zu versenken.

Die Vögel in dem Mastbaum über der Luke protestierten mit wildem Geschrei und Flügelflattern gegen die Störung und zogen sich auf die nächstliegenden Ladebäume zurück.

Zeitgleich mit dem Proviantboot hatte am Heck des Frachters ein

Bunkerboot festgemacht, das mit großen Tanks ausgestattet war und die *Holsatia* mit Schweröl und Diesel versorgen sollte. Mithilfe eines Ladebaums wurde ein schwerer Schlauch auf das Deck gehievt und mit einem armdicken, metallenen Stutzen am Boden des Decks verbunden. Kaum war der Schlauch befestigt, knatterte auf dem Boot eine Pumpe los, um den Treibstoff in die Tanks tief unten im Kielraum des Frachters zu befördern.

Max sah auf die Uhr. Schon nach fünfzehn Uhr. Ihm war kalt, seine Nase lief. Er brauchte jetzt dringend einen Kaffee.

»Alex und Lotte, kommt ihr mit nach unten? Ich kann euch nicht allein hier oben lassen. Wie wäre es mit einem heißen Kakao?«

*

»Haben Sie Ihre Post schon abgegeben?«, fragte Kai, als er Max kurz darauf den Kaffee servierte. »Das Postboot müsste jeden Moment kommen.«

»Oje, den Brief hätte ich fast vergessen. Ich hole ihn schnell aus meiner Kabine«, sagte Max und stand auf.

Als er in die Bibliothek zurückkam, saßen die Gräfin und Anne ebenfalls dort. Die Gräfin warf einen Blick auf den einsamen Brief in seiner Hand und fragte: »Nur einer?«

Max war so perplex, dass er ohne weiteres Nachdenken den Empfänger verriet: »An meine Eltern.«

Sie schenkte ihm wieder ihr feines Lächeln. »Ihre Eltern«, sagte sie gedehnt. »Da wird sich Ihre Mutter ganz besonders freuen.«

Jetzt wurde Anne aufmerksam. Max sah, dass sich ihr Körper in dem weichen Ledersessel straffte. Sicher fragte sie sich, was hier vor sich ging. Was wusste die Gräfin von der Mutter des Hauslehrers?

»Mütter haben doch immer ein ganz besonderes Verhältnis zu ihren Söhnen, meinen Sie nicht?«, fragte die Gräfin an ihre Sitznachbarin gewandt.

Anne richtete sich auf. »Nun, das kommt doch sehr stark auf den Sohn an, wie sich die Beziehung zwischen ihm und seiner Mutter gestaltet.«

Max hatte keine Lust, zwischen die Fronten der Frauen zu geraten.

Außerdem stand er wie bestellt und nicht abgeholt mitten in der Bibliothek und hatte immer noch den Umschlag in der Hand.

»Mein Brief!«, sagte er schnell und ging in Richtung Tür. »Ich muss ihn abgeben, sonst kommt er nicht mehr rechtzeitig von Bord.« Als er schon auf dem Flur war, hörte er Anne noch sagen: »Wenn ich mich recht erinnere, haben Sie doch auch einen Sohn. Dann haben Sie ja sicher sehr viel Erfahrung in der Gestaltung einer allen Seiten gerecht werdenden Mutter-Sohn-Beziehung.«

Max war froh, dieser Unterhaltung entkommen zu sein. Nachdem er den Brief abgegeben hatte, ging er direkt zu seiner Kabine.

Gegen siebzehn Uhr klopfte Kai an seine Tür und informierte ihn, dass das Abendessen heute als Büffet serviert würde und die Passagiere jederzeit zum Essen kommen könnten. Max entschloss sich, sofort in den Salon zu gehen, um später genug Zeit zu haben, die Abfahrt des Frachters beobachten zu können.

Außer ihm hatte sich scheinbar nur Leuthenbacher für ein frühes Nachtessen entschieden. Sie saßen sich schweigend gegenüber. Der Schweizer sah auch heute wieder bleich und mitgenommen aus. Was war mit dem Mann los?

Unvermittelt unterbrach er ihr Schweigen: »Haben Sie die Gräfin heute schon gesehen, Herr Berger?«

»Sie war heute Nachmittag kurz in der Bibliothek. Warum fragen Sie?«

»Ich mache mir Sorgen. Sie wirkte in den letzten Tagen so ernst. Als würde sie etwas mit sich herumtragen.«

In diesem Moment betrat die Gräfin den Salon. Leuthenbacher erhob sich, ging ihr entgegen und begrüßte sie erleichtert: »Schön, dass Sie zum Essen kommen. Ich war schon beunruhigt«, sagte er unter einer leichten Verbeugung. »Wollen Sie sich nicht zu mir setzen?«

Die Gräfin zögerte und nickte Max beiläufig zu. »Gerne«, sagte sie dann. »Ich bediene mich nur kurz am Buffet.«

Als sie neben Leuthenbacher saß und sich mit ihm unterhielt, spürte Max den dringenden Wunsch, ihr nächtliches Gespräch unter vier Augen fortzusetzen und sie wieder herzhaft lachen zu hören. Er musste eine Gelegenheit finden, sie allein zu treffen. Dazu boten sich im Grunde nur die späten Abendstunden an, wenn alle Passagiere im Bett waren.

»Wenn Sie das Ablegen erleben wollen, wäre jetzt der richtige Zeitpunkt«, rief Claasen von außen in den Salon.

Max nahm schnell noch einen Bissen von seinem Schinkenbrot, schnappte seine Jacke und lief nach oben. Als er die Tür öffnete, ergriff ihn ein kräftiger Windstoß.

Nach und nach versammelten sich alle Passagiere an der Reling. Einige waren in Jacken eingepackt, andere in Wolldecken aus den Kabinen eingehüllt. Anne trug einen dicken Strickpullover und hatte einen breiten Schal um Kopf und Schultern gelegt.

Das Vordeck wurde von grellen Scheinwerfern fast taghell ausgeleuchtet. Matrosen waren damit beschäftigt, alle beweglichen Teile auf Deck festzuzurren. Der Motor der Ankerwinde sprang an, gefolgt von dem unangenehmen metallenen Geräusch der schweren Glieder der Ankerkette auf ihrem Weg nach oben.

Wenige Minuten später wurde das Brummen der Maschine lauter, das Max inzwischen wohl vertraute Vibrieren setzte ein, und mit einem lauten Signalton aus dem Schiffshorn nahm die *Holsatia* Fahrt auf. Der Bug drehte sich langsam in Richtung Süden, und der Frachter verließ volle Kraft voraus seinen Platz auf der Reede.

Max blickte zurück auf Kapstadt. Die Lichter der Stadt glitzerten und bildeten einen langen Silberstreifen vor der schwarzen Kulisse der Berge, die geduckt unter der grauen Wolkendecke lagen.

Die Vögel in den Mastbäumen kreischten. Max überlegte sich, wie weit sie wohl den kostenlosen Transport in Anspruch nehmen wollten. Ihre Heimat war Südafrika, ewig konnten sie nicht auf der *Holsatia* bleiben.

Er musste sich die Antwort nicht selbst geben, denn schlagartig kam Bewegung in das gefiederte Volk. Wie auf einen Befehl hin verließen die Vögel das Schiff. Sie hatten eine neue Mitfahrgelegenheit entdeckt. Ein hell beleuchtetes Passagierschiff war vor dem Frachter aufgetaucht und zog fast zum Greifen nahe an der *Holsatia* vorbei Richtung Hafen. Der Wind trug in Stößen Tanzmusik zu der vermummten Gruppe auf dem

Promenadendeck herüber. Max glaubte sogar, einzelne Wortfetzen zu hören.

Bei ihnen auf dem Promenadendeck war es dagegen still. Alle schienen ihren eigenen Gedanken nachzuhängen.

Max empfand Wehmut. Es fühlte sich wie Abschiedsschmerz an. Aber Abschied wovon? Von Kapstadt, das er nur von Weitem gesehen hatte? Abschied von Afrika? Kaum. Der Kontinent hatte ihre Fahrt zwar viele Tage begleitet, aber Max hatte ihn bis kurz vor Kapstadt nie zu Gesicht bekommen. Oder war es der Abschied von der Reede? Von einem Ort, an dem die *Holsatia* zum ersten Mal nach zwei Wochen Fahrt stillgestanden, die Schiffsmaschine geschwiegen und sich das Schiff ohne eigene Kraft in den Wellen gewiegt hatte?

Nun lagen noch zwei weitere Wochen vor ihm. Dann würde er das Ziel seiner Reise erreicht haben.

Die Gräfin hatte die ganze Zeit etwas entfernt von Max an der Reling gestanden. Jetzt ging sie auf dem Weg zur Treppe dicht an ihm vorbei, legte ihre Hand auf seinen Arm und sagte leise: »Bis bald.«

Dann war sie verschwunden.

23

DIE AUSFAHRT DER *Holsatia* aus der Reede vor Kapstadt hatte Anne nachdenklich zurückgelassen. Die Kinder schliefen in ihrer Kabine, Max hatte ihnen noch eine Gutenachtgeschichte erzählt. Fürs Bett war sie nicht müde genug, obwohl es schon 23 Uhr war. Auf das Deck hochzugehen war keine Alternative. Es war zu unwirtlich da oben.

Sie hatte sich stattdessen einen Gin Tonic gemischt und sich, in eine Decke gewickelt, auf die Couch gelegt. Sie waren jetzt vierzehn Tage unterwegs, in weiteren vierzehn Tagen würden sie in Singapur ankommen. Robert würde sie abholen und mit ihnen noch zwei Tage in der Stadt verbringen. Sie kannte Singapur recht gut von den Zwischenstopps früherer Reisen. Wenn sie nach ihrem jährlichen Sommerurlaub in Deutschland ausnahmsweise allein mit den Kindern zurück nach Asien geflogen war, dann wählte sie der Einfachheit halber in Singapur die direkte Flugverbindung nach Medan. War jedoch Robert am Ende ihres Urlaubs auch in Deutschland, bestand er darauf, auf dem Rückweg in der eindrucksvollen Hafenmetropole für ein oder zwei Nächte Station zu machen. Er nutzte diese Gelegenheit immer auch für berufliche Treffen, trotzdem blieb Zeit für gemeinsame Unternehmungen. Die Kinder genossen diese Stunden, da ihr Vater in Medan selten Gelegenheit fand, sich ausgiebiger mit ihnen zu beschäftigen.

Dass Robert so selten Zeit für sie und die Kinder haben würde, konnte sie damals in Hannover nicht ahnen, als sie ihn zum ersten Mal traf. Die Hannover Messe! Den Aufenthalt auf der Messe verdankte sie dem süddeutschen Maschinenbaubetrieb, bei dem sie seit Sommer 1956 als Industriefotografin angestellt war. Ihre Ausbildung zur Fotografin hatte sie schon im Frühjahr 1955 abgeschlossen, danach noch ein Jahr im Ruhrgebiet in einer Agentur für Industriefotografie gelernt und gearbeitet. Schon als junges Mädchen entwickelte sie eine große Affinität zu technischen Geräten und Maschinen – und zur Fotografie. In der Industriefotografie konnte sie diese Begeisterung ausleben. Sie war stolz, so schnell einen gut bezahlten Job bei einer renommierten Firma gefunden zu haben. Und ihr Vorgesetzter hatte ihr schon mehrfach zu verstehen gegeben, dass er sehr zufrieden mit ihr war.

»Haben Sie Lust, mit auf die Hannover Messe zu kommen?« Die Frage des grauhaarigen Seniorchefs, der in dritter Generation den Familienbetrieb leitete, kam im Frühjahr 1958 ohne Vorwarnung. Noch bevor sie sich von ihrer Überraschung erholt hatte, fügte er hinzu: »Sie dürfen aber nicht erwarten, dass Sie da als Fotografin viel zu tun haben werden. Vor allem könnten wir Sie beim Aufbau unseres Standes gut gebrauchen. Und es wäre natürlich hilfreich, Sie würden die eindrucksvollen Aufnahmen, die Sie von unseren Maschinen gemacht haben, selbst werbeträchtig platzieren. Aber darüber hinaus wären Sie einfach Mädchen für alles. Das heißt, Sie müssten den Stand in Ordnung halten und sich um unsere Besucher kümmern. Kaffee kochen, Schnittchen vorbereiten, dafür sorgen, dass im Kühlschrank Wasser, Saft und Cola bereitstehen. Und die Aschenbecher leeren. Fast alle unseren Kunden rauchen wie die Schlote. Fragen Sie mich nicht, warum.«

Anne strahlte. Was für eine Gelegenheit! Sie hatte von den Industriemessen bislang nur gelesen und gehört. Sie sagte sofort zu.

»Die Messe dauert mehrere Tage«, sagte der Seniorchef. »Wir kommen natürlich für die Bahnfahrt und für Unterkunft und Verpflegung auf. Vielleicht noch eine Vorwarnung: Messen sind sehr anstrengend. Es geht dort von morgens bis in die Nacht. Frühmorgens bereiten wir vor und nachts ist Kundenpflege angesagt. Wir laden unsere Vertreter und Kunden gerne noch in Restaurants ein, oder werden selbst eingeladen. Diese Begegnungen sind für den Verkaufserfolg unserer Produkte sehr wichtig. Ich hätte Sie auch da gerne dabei. Wissen Sie, der Maschinenbau ist eine durch und durch männliche Domäne. Und es wäre einfach schön, eine Frau dabei zu haben. Das tut Männerrunden erfahrungsgemäß sehr gut.«

Auf den skeptischen Blick von Anne hin fühlte er sich veranlasst, hinzuzufügen: »Verstehen Sie mich nicht falsch. Da passiert gar nichts. Aber die Männer benehmen sich in Anwesenheit einer Frau tatsächlich besser. Sie erzählen weniger schlechte Witze und sie saufen nicht so viel. Sie sehen: Die Firma spart durch Ihre Anwesenheit sogar noch.« Dann ließ er sie fröhlich lachend stehen.

Robert Stoll tauchte am zweiten Tag der Messe auf. Der Seniorchef hatte ihn angekündigt und Anne gebeten, sich um den Exportkaufmann, der in Medan die Maschinen der Firma als Agent vermarktete, zu kümmern.

»Er will gegen 15 Uhr kommen, ich werde da wahrscheinlich noch in einer Sitzung mit Kunden sein. Ich bemühe mich aber, Sie schnell zu erlösen«, versprach ihr Chef.

Eine Erlösung brauchte Anne gar nicht, denn Robert Stoll erwies sich als ein äußerst angenehmer Zeitgenosse. Zurückhaltend und mit gutem Benehmen. Und als sie in der kleinen Besucherecke an dem niederen runden Tisch bei einer Tasse Kaffee saßen, stellte sich heraus, dass sie den Aschenbecher umsonst blitzblank gereinigt hatte. Stoll rauchte nicht!

Da sich Anne als Ersatzgastgeberin verantwortlich für ihn fühlte, und er von sich aus kaum ein Wort sprach, begann sie ihn vorsichtig auszufragen und erfuhr so, dass er als Sohn eines deutschen Vaters und einer indonesischen Mutter in Indonesien geboren wurde, dort zur Schule gegangen war und ein technisches Studium absolviert hatte, bevor er vor einem Jahr in die Handelsfirma seines Vaters in Medan eingestiegen war. Seit einigen Jahren kam er regelmäßig mindestens einmal im Jahr nach Deutschland, um die Kontakte zu den Firmen, die er vertrat, zu pflegen.

Als Annes Chef auftauchte und Stoll sehr herzlich wie einen alten Bekannten begrüßte, war sie regelrecht enttäuscht, den Besucher abtreten zu müssen.

Noch völlig in Gedanken an Hannover beugte sich Anne in ihrer Kabine von der Couch zum Mahagonitisch und nahm einen tiefen Schluck aus ihrem Glas. Was für eine Begegnung! Sie hatte ihr Leben verändert. Geradezu auf den Kopf gestellt.

Sie hätte sich zum Zeitpunkt ihres ersten Treffens selbst nicht vorstellen können, dass sie schon zwei Jahre später, wieder bei einem Besuch Robert Stolls in Deutschland, diesen Mann in einer schlichten standesamtlichen Zeremonie im kleinsten Kreis heiraten und mit ihm nach Indonesien ausreisen würde. Zum großen Schrecken ihrer Familie und dem Großteil ihrer Freunde und Bekannten.

Am schwierigsten war für sie der Abschied von ihrer Mutter Dagmar und ihrer älteren Schwester Ellen. Dagmar war Witwe, ihr Mann schon im zweiten Kriegsjahr gefallen. Die beiden Töchter waren ihr ein und alles.

»Kind, das ist nichts für dich! Gar nichts. Es geht mir nicht um mich, glaube mir. Aber Indonesien ist nichts für dich.« Dagmar kam mit der Entscheidung Annes nicht klar. Es hatte wohl nichts mit Robert zu tun, sondern mit den Umständen.

»Ich kenne deinen Robert kaum. Er macht einen netten Eindruck. Ein sehr ruhiger und ausgeglichener Mann. Genau das, was du brauchst. Du bist so furchtbar lebhaft, hast ständig Hummeln im Hintern und Flausen im Kopf und willst auf allen Hochzeiten tanzen. Aber dazu musst du nicht nach Indonesien ziehen. So einen wie Robert findest du hier auch.«

Inzwischen war ihre Mutter gestorben. Drei Jahre, nachdem sie Deutschland verlassen hatte. Alex war da gerade ein Jahr alt und sie war mit Lotte hochschwanger. Der Anruf kam von Ellen. Mitten in der Nacht. Die Mutter war am Abend zuhause plötzlich zusammengebrochen. Der Arzt konnte nicht mehr helfen. Die Zeitverschiebung von acht Stunden brachte es mit sich, dass Anne nachts um drei völlig verschlafen, aber sofort mit einer bösen Vorahnung, zum Telefonhörer neben ihrem Bett griff. Robert schreckte kurz hoch, murmelte etwas, drehte sich um und schlief sofort weiter. Nachdem sie aufgelegt hatte, lag Anne noch längere Zeit wach, Tränen liefen ihr über die Wangen.

Zur Beerdigung konnte sie nicht nach Deutschland fliegen. Die Fluggesellschaft weigerte sich, sie angesichts ihres Zustands zu befördern.

Anne erhob sich von der Couch und ging zum Kühlschrank, um sich einen weiteren Gin Tonic zuzubereiten. War es damals ein Fehler gewesen, so spontan zu entscheiden, Deutschland zu verlassen und mit diesem Mann in sein Heimatland am anderen Ende der Welt zu ziehen? Gegen den ausdrücklichen Wunsch ihrer Mutter?

Während sie gedankenverloren mit ihrem gefüllten Glas mitten in ihrer Schiffskabine stand, kam ihr etwas in den Sinn. Ihr Tagebuch! Sie hatte es mit dreizehn Jahren mit Beginn ihrer Mitgliedschaft bei den Pfadfinderinnen angelegt. Der Krieg war da gerade drei Jahre vorbei. Anne ging zum Wandschrank, öffnete den kleinen Safe und entnahm ihm das Buch im A5-Format. Ihre Hand strich liebevoll über den Einband aus bräunlichem rauem Stoff, der schon an den Ecken ausgefranst war.

Sie machte es sich wieder auf dem Sofa bequem und schlug das Tagebuch auf. Obwohl sie über die Jahre nur sehr unregelmäßig Einträge gemacht hatte, fanden sich sowohl für den Sommer, in dem sie heiratete und nach Indonesien ausreiste, als auch für die Zeit nach dem Tod ihrer Mutter längere Ausführungen. Sie las die entsprechenden Passagen, wunderte sich über ihre krakelige Schrift. So schrieb heute Alex! Was sie las, weckte in ihr das Gefühl, das sie bis heute immer wieder überkam: ein schlechtes Gewissen. Vor allem ihrer Mutter gegenüber. Es war schrecklich, aber sie würde damit leben müssen.

Sie klappte das Tagebuch zu und legte es auf den Couchtisch. Sie brauchte es nicht, um für sich zu rekapitulieren, was mit ihr nach der Abreise aus Deutschland passiert war. Wenn sie ehrlich zu sich war, musste sie sich eingestehen: Sie war am Ende nicht wirklich glücklich geworden in der neuen Heimat. Und zum Teil lag es, anders als ihre Mutter eingeschätzt hatte, doch ein Stück weit auch an der Person Roberts.

Robert war zehn Jahre älter als sie. Sie hatte sich immer gegen die Einschätzung ihrer älteren Schwester gewehrt, Robert schlicht als Ersatz für den früh verstorbenen Vater zu sehen. Aber etwas Väterliches konnte sie ihrem Mann nicht absprechen. Die Ruhe und Gelassenheit, das Unaufgeregte, das gründliche Abwägen von Situationen, bevor eine Entscheidung zu fällen war. Das alles tat ihr zu Beginn ihrer Beziehung sehr gut. Sie fühlte sich bei ihm gut aufgehoben.

Darüber hinaus hatte sie der Gedanke gereizt, ins Ausland zu gehen. Eine fremde Kultur kennenzulernen. Etwas Außergewöhnliches zu erleben. Und ungewöhnliche Motive vor die Kamera zu bekommen.

Doch beides, die Erwartungen an Robert als auch an das neue Umfeld, erwies sich als trügerisch.

Der väterliche Anteil in Roberts Persönlichkeit bereitete ihr Probleme. Das geschützte Nest, das er ihr bot, erwies sich als zu eng, schränkte sie zu sehr ein. Sicher kam erschwerend dazu, dass sie sehr schnell mit Alex schwanger geworden war. In kurzem Abstand nach dessen Geburt meldete sich dann schon Lotte an. Robert war viel unterwegs, sie war mit den Kindern und dem Hauspersonal allein. Freunde, wie sie sie aus Deutschland kannte, waren in Medan nicht zu finden. Ihr fehlte ihr Beruf, ihre Selbstständigkeit. In den letzten Jahren hatte sie sich mit dem beholfen, was für viele Frauen, die durch die Berufe ihrer Männer ins Ausland verschlagen wurden, übrig blieb: soziales Engagement. Anne fand es im Waisenhaus in Medan.

Schmerzhaft erinnerte sie sich an die Zeit ihrer Ausbildung und an die frühen Berufsjahre, wo sie mit Freundinnen abends oder am Wochenende spontan und unbeschwert loszog. Ab und zu war auch ein Mann dabei, aber sie hatte kein ernsthaftes Interesse an Männern. Einem Flirt war sie nicht abgeneigt. Einen begehrlichen Blick hakte sie als Kompliment ab. Am Ende blieben die jungen Männer für sie gute Kameraden.

In Medan angekommen stellte sie überrascht fest, dass sich ihr Verhältnis zu Robert sehr schnell ebenfalls in Richtung Kameradschaft entwickelte. Er sorgte finanziell sehr gut für seine Familie. Er war, wenn er Zeit hatte, ein guter Vater und Spielkamerad für die Kinder. Und für sie war er ein geduldiger und verlässlicher Partner. Ihr gemeinsames Leben organisierten sie als gut funktionierendes Team.

Da sie zu Beginn beide keine Erfahrung mit Sex hatten, mussten sie sich diesen Bereich erst erschließen. Und auch da traf ihr sehr unterschiedliches Naturell unglücklich aufeinander. Robert eher abwartend und zurückhaltend, sie neugierig und unternehmungslustig. Es dauerte Monate, bis er ihr endlich gestehen konnte, dass er Schwierigkeiten hatte, mit ihr intim zu werden, weil sie im Schambereich unrasiert war. Im Rahmen seiner Sozialisierung hatte er gelernt, dass eine Frau in den Tropen aus hygienischen Gründen rasiert zu sein hatte.

Heute konnte Anne bei dem Gedanken an diese Geschichte lächeln. Aber damals stand sie letztlich symptomatisch für das, was ihre Beziehung am stärksten beeinträchtigte: Probleme in ihrer Kommunikation. Für Annes Bedürfnisse redete Robert zu wenig mit ihr, gab zu wenig von sich selbst preis, interessierte sich nicht ausreichend für ihre Gefühle und Bedürfnisse und konnte nicht mit ihnen umgehen, wenn Anne sie zeigte oder aussprach. In solchen Momenten zog sich Annes Herz zusammen. Enttäuschung und Wehmut überkamen sie und lösten Tränen aus, denen sie, solange sie unbeobachtet war, freien Lauf ließ.

»Gefühle!«, sagte Anne leise zu sich selbst und griff erneut nach ihrem Gin Tonic. »Wie lebt ein Mensch, wenn er sich mit dem Partner nicht über Gefühle austauschen kann? Sie nicht zeigen darf, ohne den anderen zu erschrecken oder eine abwehrende Haltung hervorzurufen?«

Robert konnte nur sehr schwer über Gefühle reden. Weder über seine eigenen, noch über die seiner Partnerin. Daran hatte sich auch nach heute elf Jahren Ehe nichts geändert. Trotz ihrer wiederholten liebevollen Bemühungen, ihn an das Thema heranzuführen. Inzwischen hatte sie es aufgegeben. Ihr war bewusst geworden, dass sie Robert nicht ändern konnte. Ihr blieb die Wahl, damit zu leben oder Konsequenzen zu ziehen.

Bei Max war vieles anders. Er war fähig, selbst sehr persönliche Dinge unbeschwert auszusprechen und sich mit ihr darüber auszutauschen. Er war überhaupt ein ungewöhnlich sensibler und gefühlsbetonter Mann. Vermutlich war das die Erklärung dafür, dass sie sich so schnell und sehr bewusst mit ihm in Deutschland angefreundet hatte. Dabei war er über zehn Jahre jünger als sie, seine Mutter machte sich sichtlich Sorgen und die schwäbischen Nachbarn zerrissen sich das Maul, wenn er wieder einmal bis Mitternacht bei ihr geblieben war. Aber das alles interessierte sie nicht. Seine jugendliche Unbekümmertheit, seine Leichtigkeit, die mit ihr geteilte Liebe zur klassischen Musik, ihre zum Teil spontanen Unternehmungen. All das tat ihr gut und führte sie wieder zurück in ihre Jugend. Aber das Schönste an ihrer Beziehung war der offene Austausch über das, was sie beide erlebten, fühlten und was sie bewegte.

Darüber hinaus war Max ein zärtlicher Mann. Sie genoss seine körperliche Nähe, seine Berührungen, hier und da eine enge Umarmung. Und, wenn sie in sich hinein hörte, sogar seine männlichen Blicke, unter denen sie sich wieder als Frau begehrt fühlte. Dabei war für sie immer klar, dass er nur ein guter Freund sein konnte. Und das auch bleiben musste. Sie konnte sich nicht vorstellen, ihm gegenüber einen Schritt weiter zu gehen. Sie war verheiratet, und auch wenn in ihrer Beziehung zu Robert nicht alles perfekt war, so hatte sie bis heute noch nie mit dem Gedanken gespielt, sich von Robert zu trennen. Immerhin waren da auch noch Alex und Lotte, ihre wunderbaren Kinder, an denen sie beide hingen und die ihnen sehr viel bedeuteten.

Ob Max ebenfalls klar war, dass es in ihrer Beziehung eine Grenze gab? Sie kannte die Antwort nicht. Was ihr auffiel, war, dass sich sein Verhalten seit ihrer Abreise verändert hatte. Ob es durch das Erscheinen der Gräfin hervorgerufen worden war, konnte sie nicht beurteilen. Die Frau sah verdammt gut aus und Anne konnte nachvollziehen, dass Max sich von ihr angezogen fühlte. Grundsätzlich gönnte sie Max die Erfahrung mit einer reifen Frau. Trotzdem war sie unglücklich über die Beziehung der beiden. Ihre große Sorge war, dass Max von der Gräfin verletzt werden würde. Die Frau erschien ihr eingebildet, unglücklich und aggressiv. Aus Annes Sicht keine guten Voraussetzungen für eine unbeschwerte Beziehung zu einem jungen Mann, dem seine Freiheit so viel wert war.

Sie trank ihr Glas leer und ging erneut zum Kühlschrank, um für Ersatz zu sorgen. Auf dem Weg zurück zum Sofa lief sie etwas unsicher. Der Alkohol zeigte Wirkung. Sie holte ihr Tagebuch wieder zu sich auf die Couch. Sie schlug es ganz vorne auf und stieß auf Einträge der dreizehnjährigen Anne aus ihrer Zeit bei den Pfadfinderinnen.

Es war die Zeit, in der Anne, so oft es ging, in der freien Natur war, wanderte, am Rand von plätschernden Bächen saß oder Kieselsteine über die glatte Oberfläche von Weihern springen ließ. Und sie suchte die Gemeinschaft von Gleichgesinnten für ihre Unternehmungen und Ideen. Da boten sich die Pfadfinderinnen als geradezu ideal an. Die Vereinigung war überkonfessionell und auch das passte gut zu ihrer Familie, die aus der Kirche ausgetreten war.

Anne blätterte in dem kleinen Buch, stieß auf eine Zeichnung. Sie zeigte eine Waldlichtung, angedeutete Tannen bildeten den Hintergrund. Davor, mit wenigen Strichen skizziert, kleine Zelte. Rauch stieg von einem Lagerfeuer auf. Aber wo waren die Menschen? Sie lächelte. Hatte sie sich die Mühe gespart, Personen zeichnen zu müssen?

Sie schlug die Seite um und begann den Eintrag zu lesen. »Mein Gott«, sagte sie erschrocken zu sich selbst. »Die Geschichte mit Paula.«

Obwohl sie allein in der Kabine war, war sie fast peinlich berührt von dem, was sie las. Wurde sie jetzt gar rot? Sie schüttelte energisch den Kopf. Was war daran denn peinlich? Sie hatten das getan, was Millionen junge Mädchen auf der ganzen Welt in diesem Alter machten! Machen mussten. Wie sollten sie denn sonst ihren Körper kennenlernen? Und sie hatte es gemeinsam mit ihrer besten Freundin getan – und nicht mit einem geilen Nachbarn oder Onkel.

Je länger sie las, desto ruhiger wurde Anne. Sie spürte die Szene plötzlich wieder hautnah. Und es fühlte sich richtig und gut an. Wie sie und ihre beste Freundin Paula im Schutz ihres engen Zweierzelts und unter einer Decke, die aus einem aufgeklappten Schlafsack bestand, mit ihren Taschenlampen erstmals in aller Ruhe ihre Schambereiche einer genaueren Prüfung unterzogen hatten. Und dabei hoch erfreut feststellten, dass sich bei ihnen beiden der erste Flaum zeigte. Die weitere Inspektion ihrer Körper ergab, dass sich bei Paula schon deutlich die Konturen einer weiblichen Brust abzuzeichnen begannen, während es bei Anne noch recht knabenhaft aussah.

»Stell dir vor, wenn wir mal richtig viele Haare da unten haben und einen großen Busen, dann sind wir echte Frauen. So wie meine Mama«, hatte Paula damals im Brustton der Überzeugung gesagt und beide hatten gekichert.

Im Tagebuch hatte Anne diese Episode noch ergänzt um den Eintrag: *Paula ist meine beste Freundin. Ich werde sie nie verlassen.*

Anne lehnte sich auf der Couch zurück. Wo war Paula heute? Sie wusste es nicht. Der Kontakt war, nachdem sie mit sechzehn aus der Gruppe ausgetreten war, verloren gegangen.

Anne beugte sich wieder nach vorne und nahm einen Schluck von ihrem Gin Tonic. Sie blätterte weiter. Da war der Eintrag über den Streit ihrer Mutter mit der Nachbarin! Bis heute konnte sich Anne das Gekeife der beiden Frauen unten auf der Straße vergegenwärtigen. Und sie hatte nie ganz verstanden, um was es wirklich gegangen war. Den Krieg? Hitler und die Nazis? Ihren Vater?

Sie hatte an diesem Tag über ihren Hausaufgaben gesessen und die erregten Stimmen vor ihrem Fenster im ersten Stock gehört. Als sie das

Fenster vorsichtig einen Spalt öffnete, sah sie unten an dem hölzernen Gartentor ihre Mutter in ihrer geblümten Kittelschürze stehen. Dicht vor ihr stand die Nachbarin im eng geschnittenen Kostüm mit hoch geschlossener Bluse, auf dem Kopf wie immer die perfekte Dauerwelle.

Jetzt hörte sie ihre Mutter schreien: »Mein Mann ist nicht für Hitler gestorben. Er hat sein Leben dem deutschen Vaterland geopfert!«

Gleich darauf die schrille Stimme der Nachbarin: »Das stimmt nicht! Und das wissen Sie ganz genau! Ihr Mann ist mit Begeisterung für Hitler in den Krieg gezogen. Für diesen Scheißkerl, der so großes Unheil über uns alle gebracht hat.«

»Es war nicht alles schlecht, was Hitler gemacht hat.« Das war wieder ihre Mutter. »Und gerade Sie sollten Ihr Lästermaul nicht so aufreißen. Die gesamte Straße weiß, dass sich ihr feiner Gatte, der Oberkommunist, vor dem Kriegsdienst gedrückt hat. Und heute spuckt er die großen Töne im Gemeinderat.«

Danach flogen noch einige persönliche Beleidigungen zwischen den Nachbarinnen hin und her und gleich darauf hörte sie die Haustür schlagen und ihre Mutter die Treppe in das Obergeschoss hochstampfen. Anne hatte sich nicht getraut, ihre Mutter jemals nach der Ursache und dem Sinn dieses Wortwechsels zu fragen. Unmissverständlich war dagegen die Anweisung der Mutter an ihre beiden Töchter gewesen, dass das Miststück von nebenan, wie auch der Oberkommunist, ab sofort nicht mehr zu grüßen seien.

Langsam spürte Anne die Müdigkeit kommen. Ihr Blick auf die Uhr verriet, dass es schon weit nach Mitternacht war.

Sie wollte sich gerade erheben, als ihr völlig unerwartet das Gespräch über Susette und Hölderlin in den Sinn kam, das vor Kurzem am Kapitänstisch geführt worden war. Gab es da zu ihr und Max eine Parallele?

Was ihr eigenes Verhältnis zu Max betraf, war sie sich ihrer Sache sicher. Sie war keine Susette. Wo Max stand, konnte sie zwar nicht beurteilen, aber zu einem erotischen Verhältnis gehörten schließlich zwei. Sie hatte es also selbst in der Hand. Was aber war mit dem Dritten im Bund? Susettes Mann, oder konkret in ihrem Fall: Robert?

Bislang hatte sie vermieden, Max die volle Wahrheit darüber zu erzählen, wie es zu der Entscheidung gekommen war, ihn als Hauslehrer nach Medan zu holen. Natürlich stand im Vordergrund, dass sie mit dem Unterricht für Alex und Lotte überfordert war und sich ernsthafte Sorgen um die Schulausbildung der beiden machte. Diese Einschätzung teilte auch Robert. Er erinnerte Anne jedoch in einem am Ende recht heftig geführten Gespräch in Medan daran, dass es nur noch ein Jahr dauern würde, bis die Internationale Schule eröffnete.

»Willst du wegen eines Jahres das Risiko eingehen, einen fremden Mann zu uns ins Haus zu holen?«

»Max ist nicht fremd«, widersprach sie. »Ich kenne ihn gut genug, um zu wissen, dass er genau der Richtige für diesen Job ist.«

»Ich kenne ihn aber nicht. Und ich lebe schließlich auch in diesem Haus!«

»Robert, was soll das? Bist du eifersüchtig?«

Robert lachte bitter. »Wie könnte ich eifersüchtig sein? Du sagst doch immer, dass ich nicht zu Gefühlen fähig bin.«

»Das stimmt doch so nicht! Natürlich bist du zu Gefühlen fähig. Was ich sage, ist, dass du nicht fähig bist, mit mir über deine Gefühle zu sprechen.«

»Das läuft doch auf dasselbe hinaus. Ich sehe auf jeden Fall nicht ein, dass ich fast ein Jahr lang mein Haus mit einem Fremden teilen soll.«

Robert stand von seinem Sessel in dem terrassenartigen Vorbau ihres Hauses in Medan auf. »Ich muss morgen wieder sehr früh ins Büro und brauche meinen Schlaf. Du machst am Ende sowieso, was du willst.« Mit diesen Worten verschwand er in den Flur, der zu ihrem Schlafzimmer führte.

Anne blieb betreten in ihrem Korbsessel sitzen. Durch die offenen Fenster, die mit einem Drahtgeflecht ausgerüstet waren, um die Moskitos fernzuhalten, drangen vereinzelte Laute von Zikaden. Die feuchte Luft, die durch die Fenster drückte, war selbst zu dieser späten Stunde noch unangenehm heiß.

Jetzt, über ein Jahr nach dieser Begegnung und unterwegs mit dem Hauslehrer ihrer Kinder, gestand sich Anne zum ersten Mal ehrlich ein, dass es bei dem Gespräch mit Robert tatsächlich nicht nur um die Schule gegangen war. Angesichts der Sprachlosigkeit von Robert war der Gedanke, Max ein Jahr lang nahe bei sich zu haben, ausgesprochen reizvoll. Und sie schämte sich dafür in keiner Weise und sah das weder als Verrat an Robert, noch als einen Betrug an Max an. Sie hatte bei dieser Entscheidung sehr bewusst und ohne sich, wie sie es sonst gerne tat, gleich selbst wieder zurückzunehmen, auf ihre Bedürfnisse gehört und ihnen nachgegeben. Und sie war sich sicher, dass die Zeit mit Max eine sehr gute werden würde. Für sie selbst, für ihn, und für ihre Kinder. Robert würde sich, wie so oft, am Ende mit der Lösung arrangieren.

Anne kippte den Rest des Gin Tonic hinunter, zog sich aus und kroch unter die Bettdecke. Die Idee, nach längerer Zeit wieder einmal etwas in ihr Tagebuch zu schreiben, nahm sie mit in einen tiefen Schlaf, der sie innerhalb weniger Minuten ereilte.

24

FÜR DEN SONNTAGMORGEN hatte Max seinen Wecker bewusst nicht gestellt. Er wollte ausschlafen. Als er aufwachte, schien die Sonne in seine Kabine. Beim Blick auf die Uhr erschrak er: Es war schon fast zehn. Mit dem Frühstück im Salon würde es heute nichts mehr werden.

Max freute sich auf eine ausgiebige Dusche. Danach war auf Deck Gelegenheit, Leuthenbachers Liebesroman weiterzulesen oder aber einfach nur im Liegestuhl zu liegen und sich die Sonne auf die Haut scheinen zu lassen. Dazu würden dann eine Tasse Kaffee und, als Ersatz für das ausgefallene Frühstück, ein frisches Croissant passen.

Max hatte gerade seine Haare eingeseift, als es an die Kabinentür klopfte.

»Hauslehrer!« Es war Alex' Stimme.

»Die Tür ist offen«, rief Max laut. »Ich bin unter der Dusche.«

Max wusch sich den Schaum aus den Haaren, schob den Duschvorhang zur Seite und bückte sich nach dem Handtuch. »Was ist denn los, Alex?«

»Du sollst schnell zu Mama kommen. Sie kann sich kaum bewegen. Wohl wieder der Rücken.«

Max zog sich an und folgte Alex durch den engen Flur.

Anne saß in einem hellblauen Jogginganzug auf der Couch, den Oberkörper schräg nach vorne gebeugt und die Hand zwischen Hüfte und Pobacke gedrückt. Lotte malte am Schreibtisch.

»Als ich vom Frühstück zurück war, habe ich meine Sportsachen angezogen und mich dann gebückt, um meinen Tennisschuh zu binden. Da fuhr mir der Schmerz rein. Wieder dieselbe Stelle. Und es tut jetzt richtig weh.« Sie sah ihn bittend an. »Kannst du noch mal massieren?«

»Anne, das würde ich gerne tun, aber ich bezweifle, dass die Sportsalbe und meine Massage jetzt weiterhelfen.«

»Aber was dann?«

»Was ist mit Claasen? Ich bin sicher, er hat solche Fälle häufiger an Bord. Hieß es nicht, er habe eine Ausbildung als Physiotherapeut? Er müsste in der Krankenstation Medikamente haben. Er könnte dich sicher besser behandeln als ich. Und er sieht gut aus.«

»Max, du Quatschkopf! Tu was!«

»Ich bin ja schon weg und schaue, wo ich ihn finde.«

Max entschloss sich, zuerst auf der Brücke nachzusehen.

»Was führt Sie zu uns, Herr Berger?«, fragte Behrendt, der Erste Offizier, als Max nach kurzem Klopfen in das Ruderhaus trat.

»Ich suche Herrn Claasen.«

»Er ist hinten im Kartenraum. Gibt's ein Problem?«

»Frau Stoll hat wieder einen Hexenschuss. Das vermute ich zumindest.«

Claasen, der gerade die weitere Route durch den Indischen Ozean berechnete, entschloss sich, sofort nach Anne zu sehen.

»Kommen Sie!«, sagt er zu Max. »Wir gehen gleich an der Krankenstation vorbei. Ich will ein Schmerzmittel holen.«

Claasen war einen halben Kopf größer als Max und athletisch gebaut. Typ Zehnkämpfer, dachte Max.

Anne saß immer noch unverändert auf dem Sofa, als sie beide zurückkamen. Ihr Gesicht war schmerzverzerrt. »Tut mir leid, Herr Claasen, dass ich Sie am Sonntag stören muss.«

»Spielt keine Rolle. Wir sind sieben Tage die Woche im Einsatz. Und im Moment passt es mir gut.« Er wandte sich um. »Herr Berger, könnten Sie uns allein lassen? Und nehmen Sie bitte Alex und Lotte gleich mit. Danke.«

Als alle drei draußen war, setzte sich Claasen Anne gegenüber und lächelte sie an. Die runden Brillengläser mit dem dünnen metallenen Rand unterstrichen seine ausdrucksvollen dunklen Augen. Er fragte nach der Vorgeschichte der Schmerzen und hörte ihren Ausführungen aufmerksam zu.

»Sie sagen, Sie spielen häufig Tennis. Das heißt, Ihre Rückenmuskulatur müsste gut entwickelt sein. Das ist schon mal ein Vorteil.«

Er ließ sich bestätigen, dass die Schmerzen nicht in das Bein ausstrahlten und dass keine Taubheitsgefühle aufgetreten waren.

»Dann dürfte die Sache nicht weiter schlimm sein. So, wie Sie es beschrieben haben, klingt es nach einem Hexenschuss. Abrupte Rumpfdrehung, die Beugung nach unten. Kann sehr wehtun, ist aber harmlos und der Spuk ist normalerweise bald wieder vorbei.«

»Was empfehlen Sie?«, fragte Anne.

»Ich gebe Ihnen ein leichtes Schmerzmittel. Das nehmen Sie bitte sofort. Es verhindert, dass Sie in Schonhaltung gehen. Wichtig ist, dass Sie in Bewegung bleiben und nicht zu viel oder zu lange in einer Position sitzen. Leichte Gymnastik hilft. Wärme tut gut. Massage auch. Ich kann Ihnen anbieten, dass Sie zu mir in die Krankenstation kommen. Dort habe ich eine verstellbare Liege.«

Anne nickte.

»Darf ich Ihnen ein Glas Wasser holen?«, bot Claasen an. »Dann können Sie sitzen bleiben und die erste Tablette gleich nehmen.«

»Gerne«, sagte Anne. »Holen Sie das Wasser direkt aus dem Hahn im Bad. Sie kennen sich in den Kabinen der *Holsatia* aus, nehme ich an.«

Claasen holte ein Wasserglas aus dem Sideboard und ging ins Bad. Ein mit zarter Spitze besetzter weißer BH und ein passender Minislip lagen auf dem Stuhl neben dem Waschbecken. Er wollte nicht neugierig sein, aber sein Blick blieb an den beiden Teilen hängen. Die Frau hatte Geschmack und machte etwas aus sich. Er stellte sich Anne Stoll in den Dessous vor und war sich sicher, dass sie darin noch begehrenswerter aussah.

Er füllte schnell das Glas und ging zu ihr zurück.

Anne beobachtete ihn und es kam ihr in den Sinn, dass sie Unterwäsche im Bad liegen gelassen hatte. Claasen musste sie entdeckt haben. War deshalb ein leicht verschämtes Lächeln auf seinem Gesicht?

Er reichte ihr das Wasser. Was für wundervolle blaue Augen sie hatte. Ob sie dasselbe dachte wie er?

Während Anne die Tablette mit einem Schluck Wasser einnahm, überlegte sie, ob es passend wäre, Claasen noch auf einen Drink einzuladen. Sie hatte große Lust, sich noch mit ihm zu unterhalten. Die Gespräche während der Mahlzeiten im Salon waren interessant, boten aber keine Chance für ungestörte Dialoge. Hinzu kam, dass sie unter den Passagieren, Max natürlich ausgenommen, bis heute niemand sah, mit dem sie sich ein ehrliches und offenes Zwiegespräch vorstellen konnte. Und jetzt saß Claasen vor ihr und plötzlich hatte sie, ohne es begründen zu können, den Wunsch, mit diesem Mann zu reden.

»Frau Stoll? Haben Sie Schmerzen?«, fragte Claasen.

»Nein. Alles ist gut. Die Schmerztablette beginnt zu wirken. Aber bevor ich es vergesse: Was bin ich Ihnen für das Medikament schuldig? Und für die fachkundige Beratung?« fragte sie.

Claasen grinste. »Sie scherzen, Frau Stoll. Das geht aufs Haus. Oder besser gesagt: aufs Schiff. Spaß beiseite. Sie zahlen schon genug für diese Überfahrt. Da ist ein einfacher medizinischer Service selbstverständlich im Preis enthalten.«

»Aber dann wenigstens ein Drink?«, fragte Anne lächelnd.

»Kein Alkohol. Im Moment ist es auf der Brücke zwar relativ ruhig, aber ich bin im Dienst. Deshalb nur ein Wasser. Bleiben Sie bitte sitzen, ich helfe mir selbst.« Er ging erneut in das Bad und kam mit einem Glas Wasser zurück.

»Ruhige Momente sind wohl eher die Ausnahme in Ihrem Beruf, oder?«, fragte Anne.

»Ja. Wenn meine Arbeit immer so entspannt wäre wie im Moment, dann könnte ich nicht klagen. Leider sieht es meist ganz anders aus. Vor allem, wenn wir auf einer Reise in mehreren Häfen anlegen und jedes Mal die komplette Ladung umschlagen müssen.«

Er setzte sich mit seinem Glas in den Sessel. »Auf schnelle Genesung, Frau Stoll.«

»Können Sie denn wenigstens zu Hause in Deutschland ausruhen?« Anne hätte sich auf die Zunge beißen können. Sie musste auf ihn wie eine neugierige Nachbarin wirken.

»Ja, grundsätzlich schon.« Claasen zögerte. »Ich habe eine kleine Wohnung im Haus meiner Schwester. Sie ist alleinstehend wie ich. Ich bin aber eher selten dort. Meine Aufenthalte in Deutschland sind zeitlich begrenzt.«

Anne hatte ihn interessiert beobachtet. Ihr gefiel die Gelassenheit, die er ausstrahlte. Die kleinen Falten um seine Augen ließen darauf schließen, dass er gerne lachte. Besonders auffallend fand sie seine Hände mit den langen, wohlgeformten Fingern.

»›Frau Stoll‹ und ›Herr Claasen‹ finde ich so förmlich«, meinte Anne. »Können wir uns nicht duzen?«

»Von mir aus sehr gerne. Nur der Kapitän wäre davon nicht begeistert. Da folgt er den konservativen Prinzipien der Reederei: Keine Verbrüderung zwischen Schiffsbesatzung und Passagieren.«

Anne lachte. »Also dann«, sie machte bewusst eine Pause, »Herr Claasen, dann habe ich eine Frage an Sie, die mich schon länger beschäftigt.«

»Und die wäre?«

»Sie ist recht persönlich und ich hoffe, dass ich Ihnen nicht zu nahe trete.«

»Tun Sie sicher nicht!«

»Wenn ein Mann zur See fährt und zu Hause keine Frau auf ihn wartet und er monatelang unterwegs ist, wie entstehen dann zwischenmenschliche Beziehungen? Und vor allem: Wie lassen sie sich pflegen?«

Claasen zuckte mit den Schultern. »Ich werde das häufiger gefragt. Wenn mir Männer diese Frage stellen, dann zielt sie meist direkt auf die Frage nach dem Sex. Darauf ist die Antwort relativ einfach. In den Häfen haben wir Landgang. Im Kern läuft es dort, wenn man das will, auf kurzfristig angelegte sexuelle Begegnungen hinaus. Das klingt für eine Frau wie Sie, die wohl eher eine monogame, langfristige Beziehung sucht, vermutlich äußerst befremdlich.«

»Nein, tut es nicht. Unverbindliche sexuelle Beziehungen können doch auch Vorteile haben, oder? Wie so oft im Leben gibt es in diesem Fall sicher nicht nur Schwarz und Weiß. Aber noch einmal: Wie stehen die Chancen in Ihrem Beruf auf eine tiefer gehende Beziehung? Wenn man nicht das Glück hat wie Kapitän Ahlers, der sich schon als Gymnasiast in seine Frau verliebte. Und diese junge Liebe scheint, nach allem, was ich bislang gehört habe, bis heute gehalten zu haben.«

»Ahlers ist da wohl ein Glücksfall. Seit ich auf Schiffen unterwegs bin, gab es tatsächlich keine Begegnung mit einer Frau, aus der sich eine echte Beziehung entwickelt hätte. Oder besser gesagt: Aus der sich angesichts der Umstände eine echte Beziehung hätte entwickeln können.«

Anne kam Kapitän Ahlers wieder in den Sinn. »Dazu hat sicher auch die Vorgabe Ihres Kapitäns beigetragen, sich nicht mit den Passagieren zu verbrüdern«, sagte sie.

Claasen griff nach seinem Glas. »Stimmt«, sagte er. Er nahm einen Schluck und blickte sie nachdenklich an. »Jetzt, wo Sie das sagen. Aber es ist nicht nur die Anweisung des Kapitäns, die uns einschränkt. Es ist auch die Wahl des Schiffes, auf dem wir fahren. Mir geht es ähnlich wie Kapitän Ahlers. Ich bin sehr gerne auf einem Kombischiff. Aber da ist angesichts der begrenzten Zahl an Passagieren die Chance sehr gering, die passende Lebenspartnerin zu finden. Vielleicht hätte ich schon früher auf ein großes Passagierschiff wechseln sollen?«

»Dann wären wir uns nicht begegnet«, sagte Anne spontan.

»Ja, das hätte ich bedauert.«

Claasen fragte sich, ob seine Antwort nur ein Reflex oder ehrlich gemeint war. Sie waren jetzt zwei Wochen miteinander auf diesem Schiff unterwegs und waren sich fast nur bei den Mahlzeiten am Kapitänstisch begegnet. Schon bald nach ihrer Abreise in Rotterdam hatte er versucht, in ihrer Nähe zu sitzen. Er liebte ihre natürliche, offene Art. Sie war, ganz im Gegensatz zu der Gräfin, warmherzig und sie hatte viel Humor. Er bewunderte, wie souverän sie mit ihren Kindern umging, sie zu bescheidenen, aber selbstbewussten Wesen erzog. Und er war beeindruckt, wie klar sie in den Diskussionen ihre Meinung vertrat. Hatte er nicht immer von einer solchen Frau geträumt?

Jetzt hatte er sie zum ersten Mal ganz für sich allein. Aufgrund seiner Position und der Vorschriften der Reederei hatte er es vermieden, sich ihr in irgendeiner Weise zu nähern. Heute war sie es gewesen, die ihn angesprochen und ihm persönliche Fragen gestellt hatte.

Mit dieser Situation umzugehen stellte andere Ansprüche, als in den Häfen der Welt eine Frau für eine Nacht zu finden. Die Frauen in den Bars und Restaurants, in denen er verkehrte, warteten auf ihre Klientel und wussten, dass nach ein paar Stunden alles vorbei war. Wie näherte man sich aber als Mann einer Frau, von der man sich wünschte, dass es nicht bei ein paar Stunden bleiben würde? Claasen erschrak über sich selbst. Frau Stoll war verheiratet, hatte Kinder. Da gab es keinen Platz für ihn. Aber musste er sich deshalb präventiv einschränken? Durfte er nicht seinen Gefühlen Raum geben? Und war es nicht an ihr, ihm die Grenzen aufzuzeigen?

Er nippte an seinem Glas, um Zeit zu gewinnen. Im Moment wusste er nicht, wie er mit der Situation umgehen sollte. Er hatte es offensichtlich verlernt, ein derartiges Gespräch mit einer reifen und selbstbewussten Frau zu führen.

Er entschloss sich, es für heute dabei zu belassen, bevor er einen Fehler machte. Ahlers' Direktive hin oder her: Er durfte die verbleibenden zwei Wochen nicht ungenutzt verstreichen zu lassen. Er hatte Interesse, das Gespräch mit Anne Stoll fortzusetzen. Und zwar nicht nur am Kapitänstisch.

»Ich glaube, ich muss auf die Brücke zurück«, sagte er.

»Schade«, sagte Anne. »Aber wenn die Pflicht ruft …«

»Nochmals gute Besserung, Frau Stoll. Und danke für das Gespräch.«

Er stand auf und streckte Anne über den Tisch hinweg die Hand entgegen. Sie hielt sie ein paar Sekunden länger fest als nötig.

Als Claasen in weit ausgreifenden Schritten über den Flur ging, schüttelte er unwillkürlich den Kopf. Was war da eben mit ihm passiert?

Behrendt erwartete ihn schon auf der Brücke. »Etwas Schlimmes?«, fragte er. »Es hat recht lange gedauert.«

»Nein, nichts Schlimmes. Nur kompliziert«, sagte Claasen und entging dem fragenden Blick seines Kollegen, indem er sich schnell in den Kartenraum zurückzog. Dort beugte er sich über die Meereskarte und brauchte einige Minuten, bevor er sich wieder voll auf die Route der *Holsatia* konzentrieren konnte.

Nachdem Claasen gegangen war, blieb Anne unbewegt sitzen und musste an Max' Bemerkung denken: »Und er sieht gut aus.«

Max hatte recht. Aber es war mehr als das. Der Zweite Offizier Claasen war tatsächlich genau ihr Typ.

25

AUF DEM FLUR fragte sich Max, warum Claasen ihn und die Kinder weggeschickt hatte. Gut, ein Arzt würde das sicher auch so machen. Wollte er Anne untersuchen? Musste sie sich dafür ausziehen? Dann würde Claasen sie genauso sehen, wie er sie gesehen hatte. Halbnackt.

Max versuchte, das aufkommende Eifersuchtsgefühl zu unterdrücken. Es ging um Annes Gesundheit. Und es war zu hoffen, dass Claasen ihr helfen konnte.

Alex und Lotte waren ebenfalls enttäuscht, dass sie nicht bleiben durften. Besonders Lotte hatte ein Problem damit, dass wieder ein Mann mit ihrer Mutter allein im Zimmer war.

»Was macht der Mann mit Mama?«, fragte sie.

»Dasselbe, was ich auch gemacht habe, Lotte. Er behandelt ihren Rücken.«

Sie gab sich diesmal sofort mit der Antwort zufrieden. Vielleicht, so mutmaßte Max, weil sie wusste, dass Claasen danach nicht ein Jahr lang bei ihnen zu Hause wohnen würde.

Er schlug Alex und Lotte vor, allein an den Pool zu gehen. Sie rannten in ihre Kabine, um sich umzuziehen. Max verzog sich nach oben auf das Promenadendeck. An der Reling machte er kurz halt und ließ seinen Blick über die Weite des Ozeans gleiten. Der blaue Himmel und die graugrüne Wasseroberfläche schienen am Horizont ineinander überzugehen. Max genoss die Aussicht und die salzige Seeluft. Mit jedem Atemzug schien sich sein gesamter Körper zu weiten.

Eine Weile stand er unbewegt und machte es sich dann in einem der rot-weiß gestreiften Liegestühle bequem.

Er schloss die Augen. Der milde Fahrtwind strich über sein Gesicht.

»Wir haben uns länger nicht gesprochen, Herr Berger. Hätten Sie heute Nachmittag Lust, zu mir zum Kaffee zu kommen?«

Max schreckte hoch. Die Gräfin stand direkt vor seinem Liegestuhl.

Die Sonne blendete ihn, er konnte die Erscheinung in dem knapp geschnittenen blauen Badeanzug nur mit zusammengekniffenen Augen betrachten.

Bevor er reagieren konnte, sagte sie schon: »Der Steward meinte, dass heute Nachmittag Pflaumenkuchen und Schwarzwälder Kirschtorte angeboten würden. Worauf hätten Sie Lust? Ich bestelle uns dann alles direkt auf meine Kabine.«

Max musste schlucken. Die Frau wusste, was sie wollte, und sie redete nicht lange um die Sache herum. Natürlich hatte er Lust! Was für eine Frage! Aber er wollte es ihr jetzt nicht zu einfach machen. Sie sollte merken, dass sie einen souveränen, erfahrenen Mann vor sich hatte, der nicht so einfach mit Aussicht auf Kaffee und Kuchen in die Kabine einer Frau gelockt werden konnte. Statt eine Antwort zu geben, legte Max deshalb eine Kunstpause ein und schaute die Gräfin prüfend an.

»Sie können sich nicht zwischen Kuchen und Torte entscheiden, Herr Berger?«

»Was, nein, ich …«

»Das ist es doch, oder? Machen Sie sich keine Gedanken. Ich bestelle einfach beides.«

Verdammt, es stand wieder einmal eins zu null für sie.

Die ganze Zeit hatte Max krampfhaft versucht, aus seiner horizontalen Lage hochzukommen. Jetzt hatte er es endlich geschafft. Aber da hatte die Gräfin schon einige Schritte von ihm weggemacht und ihre bunt bedruckte Tasche auf den Holzplanken des Promenadendecks abgestellt.

»Lassen Sie mich wissen, ob Sie Zeit und Lust haben«, rief sie ihm zu und glitt elegant in einen Liegestuhl.

*

Max konnte den Nachmittag kaum erwarten. Sie hatten sich für halb vier Uhr verabredet. Die Herausforderung bestand darin, um diese Zeit unbemerkt in ihre Kabine zu kommen. Die Gefahr ging dabei nicht nur von Anne aus. Auch die Kinder konnten jederzeit im Flur auftauchen oder aber den sehnlichen Wunsch verspüren, ihren Hauslehrer in seiner Kabine aufzusuchen, weil sie mit ihm in den Pool springen wollten.

Die Sache klärte sich beim Mittagessen. Anne machte mit Lotte und Alex aus, gegen drei Uhr eine Runde Tischtennis zu spielen. Die Gefahr, als vierte Person gebraucht zu werden, bestand nicht, denn Offizier Claasen bot sich bereitwillig als Mitspieler an.

Während des Mittagessens zeigte die Gräfin keine Reaktion, wenn sich ihre Augen begegneten. Es war fast so, als ob sie sich nicht kannten. Ideale Voraussetzungen, um bei Anne keinen Verdacht zu wecken. Nach dem Essen stieg Max unter die Dusche und schlüpfte danach in seine Jeans und ein weißes Poloshirt. Dann öffnete er die Kabinentür einen Spalt. Die Luft war rein.

Die Tür zur Kabine der Gräfin war nur angelehnt. Er klopfte trotzdem.

»Kommen Sie herein!«, rief sie.

Die Einrichtung ihrer Kabine war identisch mit seiner. Durch das weit geöffnete Fenster strömte laue Seeluft.

Die Gräfin erhob sich aus dem Sessel und lächelte ihn an. Sie hatte eine hautenge, hellblaue Jeans an, das leuchtend gelbe Oberteil steckte locker im Hosenbund. Ihre Haare glänzten seidig und fielen locker bis fast auf die Schultern. Das Oliv ihres Lidschattens unterstrich ihre graugrünen Augen.

Sie musste seinen bewundernden Blick bemerkt haben, denn zum ersten Mal sah er für einen Moment etwas wie Unsicherheit in ihren Augen.

»Ist etwas?«, fragte sie.

Max zögerte, ihr die Wahrheit zu sagen. Aber warum eigentlich nicht?

»Sie sehen umwerfend aus«, sagte er und versuchte, seiner Stimme trotz der Aufregung einen festen Klang zu geben.

»Für Ihr Alter sind Sie schon ein recht gewiefter Schmeichler.« Sie lachte und schaute ihn gespielt streng an. »Wollen Sie jetzt für den Rest Ihres Besuchs an der Tür stehen bleiben? Und darf ich mich auch mal wieder setzen?«

Sie bot Max die Couch an und schenkte Kaffee ein.

Max hatte gerade einen Schluck getrunken, da fragte die Gräfin: »Machen Sie Frau Stoll auch derartige Komplimente wie mir? Ich finde, Ihr

Kompliment über mein Aussehen würde auch sehr gut auf sie zutreffen. Denken Sie nicht?«

Max gelang es im letzten Moment, die Tasse abzusetzen, bevor er etwas verschüttete.

»Stimmt«, gab er zu.

»Zwischen Frau Stoll und Ihnen scheint eine fast innige Beziehung zu bestehen.« Die Gräfin lächelte. »Jetzt schauen Sie doch nicht so erschrocken. Ich finde das wunderbar. Sie können dankbar sein, dass Sie sich derart gut mit ihr verstehen. Sie werden schließlich noch ein Jahr mit ihr unter einem Dach leben. Und mit ihrem Mann.«

Er nickte.

»Und mit den Kindern natürlich«, setzte sie schnell hinzu.

Max war sich nicht sicher, was ihm die Gräfin damit sagen wollte. Es war besser, das Thema zu wechseln.

»Ist der Kuchen hier zum Anschauen oder zum Essen?«, fragte er und zeigte auf den Tisch.

»Entschuldigung. Ich hatte Sie zu Kaffee und Kuchen eingeladen. Sie kommen doch aus Süddeutschland. Da müssten Ihnen die Torte und der Kuchen sehr bekannt vorkommen.«

»Bekannt schon, aber ich mag keine Schwarzwälder Kirschtorte. Mir sind Torten zu cremig. Aber Zwetschgenkuchen liebe ich. Meine Mutter machte den mit Butterstreuseln.«

»Was sind denn Butterstreusel? Die kenne ich gar nicht.«

»Butterstreusel bestehen aus einer Mischung aus Butter, Zucker und Mehl, die geknetet wird. Der Teig wird dann zwischen den Händen zu kleinen Krümeln verrieben und die werden auf dem Kuchen verteilt. Schmeckt auch gut auf Apfelkuchen.«

»Was Sie alles wissen. Erzählen Sie mir jetzt bloß noch, dass sie selbst backen.«

»Ab und zu, ja. An Weihnachten backe ich auf jeden Fall Plätzchen.«

Sie schüttelte ungläubig den Kopf. »Dann sind Sie ja eine richtig gute Partie für eine Frau, Herr Berger!«

Max zog die Augenbrauen hoch.

»Verstehen Sie mich bitte nicht falsch. Es war als Kompliment gedacht.

Schauen Sie, Sie machen das prima mit den beiden Kindern. Sie sind ein guter Gesprächspartner. Und, ich denke, ich darf das sagen, nachdem Sie auch so offen waren: Sie sind ein interessanter Mann. Ich mag Sie gerne.«

Max spürte die Röte ins Gesicht steigen.

»Wollen Sie noch eine Tasse Kaffee?«

Während sie ihm einschenkte, versuchte sich Max daran erinnern, wann er das letzte Mal so direkt ein Kompliment von einer Frau bekommen hatte. Frau Dr. Petersen! Die Kustodin im Museum. Unverheiratet. Eine Frau, die nur Sex wollte. Die die erotischen Begegnungen genoss und ihm danach klar machte, dass sie jetzt wieder Abstand brauche und sich bei Bedarf melden würde. Die aber immer ein Kompliment für ihn bereithielt. Aus seiner Sicht eine ideale Beziehung. Der Gegenentwurf zu Claudia aus dem Dachgeschoss, derentwegen er seine Fluchtgedanken entwickelt hatte.

»Woran denken Sie gerade?« Der Blick der Gräfin ruhte wieder auf ihm.

»Ich musste gerade an eine gute Bekannte denken. Eine sehr selbstbewusste Frau. Mit der ungewöhnlichen Eigenschaft, dass sie Nähe nur beim Sex suchte, ansonsten aber ihre absolute Unabhängigkeit einforderte.«

»War das schlimm für Sie?«

Jetzt musste Max laut lachen. »Nein, im Gegenteil. Es war großartig.«

»Ich gehe sicher recht in der Annahme, dass die Dame ein gutes Stück älter war als Sie?«

Worauf wollte sie hinaus? Hatte sie denn alles, was sie brauchte? Hatte sie den Mann, mit dem sie glücklich war? Der ihr Nähe bot und trotzdem die Distanz zuließ, die sie brauchte?

»Sie haben meine Frage nach dem Alter der Dame noch nicht beantwortet. Oder gehe ich jetzt zu weit?«

An ihrem interessierten Gesichtsausdruck sah Max, dass die Frage nicht rhetorisch gemeint war.

»Sie haben gut geraten. Die Dame war älter.«

»Jünger als ich? Etwa gleich alt?«

»Wenn Sie es schon so genau wissen wollen, dann verraten Sie mir erst, wie alt Sie sind.«

»Dreiundvierzig.«

»Okay, die Dame, von der ich sprach, dürfte etwa so alt gewesen sein wie Sie.«

»Schön«, meinte sie. »Eine bewundernswerte Frau, Ihre Bekannte. Und beneidenswert.«

»Warum das denn?«

»Weil sie in Ihnen einen Mann gefunden hatte, der ihr Spiel von Nähe und Distanz mitspielte. Das machen nicht alle Männer.«

Max nickte. Er hätte ewig so mit ihr sitzen und reden können. Irgendwann stand sie auf und ging an das offene Fenster.

»Was für ein wunderbarer Tag«, sagte sie versonnen.

Die Sonne musste schon weit in Richtung Horizont gesunken sein, denn in der Kabine war es dämmrig geworden. Max hatte die Zeit vergessen. Wie sie mit dem Rücken zu ihm stand, konnte er sie in Ruhe betrachten.

Seine Augen blieben an ihrem wohlgeformten Po in der hautengen Hose hängen, und im selben Moment spürte er einen Druck in seiner Jeans. Er erschrak, aber die körperliche Veränderung ließ sich nicht unterdrücken. Sie war da und signalisierte ihm, dass er anfing, Fantasien zu entwickeln.

Die Gräfin drehte sich langsam um. Er war sich in diesem Moment sicher, dass sie ahnte, wohin er geschaut hatte und was bei ihm los war. Sie kam einige Schritte auf ihn zu.

»Herr Berger, ich hatte Sie eingeladen, weil ich Ihnen etwas erzählen wollte, was mich sehr beschäftigt. Ich schaffe es aber nicht, es Ihnen heute zu erzählen.«

Täuschte er sich oder hatte sie Tränen in den Augen?

Sie sah auf ihre zarte goldene Armbanduhr. »Mein Gott, es ist schon halb sechs. Wir haben über zwei Stunden geredet und müssen bald zum Dinner. Danke, dass Sie meiner Einladung gefolgt sind.«

Sie ging zur Tür und öffnete sie. Als er an ihr vorbeiging, legte sie ihre Hand leicht auf seine Schulter und küsste ihn auf die Wange. Der zarte Druck ihrer weichen Lippen schickte einen wohligen Schauer durch seinen Körper.

*

Max lief wie betäubt den Flur entlang und wollte gerade um die Ecke biegen, als ihm Anne entgegenkam.

»Ich soll mich viel bewegen«, erklärte sie. »Von meinem Hexenschuss spüre ich im Moment gar nichts mehr. Das Medikament von Herrn Claasen hat Wunder bewirkt.«

»Das freut mich zu hören.«

»Aber wo kommst du denn her, Max? Du wirkst etwas abwesend. Ist alles in Ordnung bei dir?«

Max spürte, wie er rot wurde.

»Darf ich raten?«, fragte Anne.

»Du musst nicht raten. Ich war zum Kaffee bei der Gräfin eingeladen.«

»Schön für dich, Max. Gab es wenigstens auch Kuchen?«

»Den gab es. Und wir haben uns glänzend unterhalten.«

»Daran habe ich nicht den geringsten Zweifel. Sie ist eine faszinierende Frau. Gerade für einen jungen Mann. Und Gespräche können einen ja auch ziemlich durcheinanderbringen, oder?«

Damit wandte sie sich ab und ging etwas steif den Flur hinab in die Richtung, aus der Max soeben gekommen war.

26

DER UNTERRICHT IN der dritten Reisewoche fügte sich nahtlos in die Routine der vorangegangenen vierzehn Tage ein. Alex, Lotte und ihr Hauslehrer waren um acht Uhr die Ersten beim Frühstück, und jeden Morgen freute sich Max über das reichhaltige Büffet und eine Tasse frisch gebrühten Kaffee.

Danach überlegten sie gemeinsam, wie sie den Unterricht am Vormittag gestalten wollten. Generell versuchte Max, Themen zu finden, die einen Bezug zu ihrer Schiffsreise hatte.

Zu Namibia, das sie am Tag vor der Ankunft in Kapstadt im Unterricht besprochen hatten, bot das Schulbuch Bilder der riesigen Dünen von Sossusvlei am Rande der Wüste Namib und der Robbenkolonie nahe der Walvis Bay an. Spannend wurde es für Lotte und Alex beim Thema Wasser. In ihrer tropischen Heimat Indonesien erzeugten die hohen Niederschläge dichte Wälder und wasserreiche Flüsse. Die meisten Gewässer Namibias dagegen fielen in die Kategorie der Trockenflüsse, die nur einmal im Jahr für kurze Zeit oder sogar nur alle paar Jahre Wasser über die dann komplett ausgetrockneten Flächen führten.

In Südafrika stellte sich die Situation etwas anders dar: Auf der Suche nach großen, permanent wasserführenden Flüssen entdeckten Alex und Lotte auf der Landkarte den Grenzfluss zwischen Namibia und Südafrika, den Oranje, und konnten seinen Lauf vom Hochland von Lesotho durch die Drakensberge Richtung Westen bis zum Atlantik verfolgen.

»Stellt euch mal vor«, sagte Max. »Der Oranje hat für Millionen Jahre Diamanten über Hunderte von Kilometern mit sich geführt, die sich bis heute in den Dünen an der Westküste Namibias finden lassen.«

»Da möchte ich mal hin und graben«, sagte Alex.

»Sind das die Steine in der Halskette von Frau de Boer?«, fragte Lotte.

»Genau«, sagte Max. »Rohdiamanten müssen allerdings erst geschliffen werden, bevor man sie als Schmuck tragen kann.«

Die großen Säugetiere des südlichen Afrikas, Elefanten, Büffel, Giraffen, Löwen und Zebras, brachten Leben in den Biologieunterricht. In einer dieser Stunden konnte Lotte sogar gegenüber ihrem älteren Bruder punkten, der ihr nicht glauben wollte, dass kein Zebrafell mit einem zweiten identisch ist.

»Das kann nicht sein«, sagte Alex. »Da müssen doch mal zwei Gleiche dabei sein.«

Aber Lotte war klug genug gewesen, den Abschnitt über die Zebras in einem der Schulbücher vorab zu lesen, und so zeigte sie jetzt gelassen auf die entsprechende Stelle.

»Dann lies das doch mal selbst, du Doofmann«, sagte sie und konnte ihren Triumph nur schwer verbergen. »Die Streifenmuster sind wie unsere Fingerabdrücke. Die gibt's auch nur einmal.«

Was Max und die Kinder bis heute nicht gewusst hatten, erfuhren sie aus dem Tieratlas. Nämlich die erstaunliche Tatsache, dass die schwarz-weißen Streifen der Zebras eine Luftzirkulation erzeugten und damit die Haut der Tiere kühlten. Und dass die Streifen sowohl die Tsetse-Fliege als auch die Löwen irritierten. Bei der Tsetse-Fliege war der Schutz offenbar perfekt, die Facettenaugen der Stechmücke kamen mit dem Durcheinander der Streifen einfach nicht zurecht. Zebras wurden deshalb von diesen Plagegeistern nicht gestochen. Die Löwen wiederum hatten Schwierigkeiten, ein rennendes Zebra wegen der sich ständig ändernden Streifenmuster scharf zu erkennen. Natürlich gelang es ihnen trotzdem häufig, eines zu erwischen.

Die Religionsstunde am ersten Reisetag nach Kapstadt gestaltete Max anders als in der Woche davor. Diesmal wollte er auch auf ein Anliegen der Geschwister eingehen, die häufiger fragten, wie er denn als Junge die Schule erlebt habe.

Diese Frage konnte Max in Bezug auf das Fach Religion nicht eindeutig beantworten. Dass er evangelisch getauft wurde, wusste er, eine Erinnerung an dieses Ereignis gab es aber nicht. Wahrscheinlich hatte er bei der Taufe wie am Spieß geschrien, weil er kaltes Wasser hasste. Und die Taufkirche war genau die, die keine fünfzig Meter neben der Grundschule lag, in die er sechs Jahre nach der Taufe einziehen sollte und in der er während der ersten Klasse unter dem stockschwingenden Spitzbart Pütz zu leiden hatte.

Dass es einen Gott gab, der ab und zu bei den Menschen nach dem Rechten sah, wurde Max klar, als dieser ihm nach Pütz das wunderbare Fräulein Lena Schmid als Lehrerin schickte, an deren Brust er sich drei Jahre lang vom Spitzbart erholen durfte.

»Wir sind beide nicht getauft«, stellte Alex fest.

»Ich weiß«, sagte Max, der noch die Diskussion mit Anne in Erinnerung hatte, ob das Fach Religion überhaupt Teil seines Unterrichts sein sollte.

»Warum sind wir nicht getauft, Alex?«, fragte Lotte.

»Keine Ahnung. Da musst du Mama fragen.«

»Sicher hat sie euch das schon mal erklärt und ihr habt es nur vergessen«, sagte Max.

Als Max erzählte, dass er und seine Mitschüler in der Grundschule zu Beginn der ersten Stunde immer aufstehen und gemeinsam beten mussten, machten Lotte und Alex große Augen. Für sie war das fremd. Und Max konnte sich bedauerlicherweise nicht daran erinnern, wie er die Schulgebete als Junge empfunden hatte.

Besser erinnerte sich Max an seine Konfirmation, denn die war mit Geschenken verbunden. Um sie zu bekommen, mussten die Konfirmanden jedoch davor fast ein Jahr lang wöchentlich zu einem Vorbereitungsunterricht beim Stadtpfarrer antreten. Von diesen Treffen war Max in Erinnerung geblieben, dass er die Geschichten, die da aus der Bibel vorgelesen und dann gemeinsam besprochen wurden, zum großen Teil nicht verstand. Dazu trug sicher auch die Ausdrucksweise in der Heiligen Schrift bei, die ihm wie eine Fremdsprache vorgekommen war und die auch durch die gut gemeinten Übersetzungshilfen des Stadtpfarrers nicht viel verständlicher wurde.

Alle Konfirmanden hielten tapfer durch und waren am Ende so weit, dass sie zur Feier der Segenshandlung in die Stadtkirche einziehen konnten.

»Und die Geschenke?«, fragte Lotte und brachte damit Max' Darlegungen wieder auf den zentralen Punkt.

»Innerhalb der engeren Familie durften sich die Konfirmanden etwas wünschen«, sagte Max. »Und ganz oben auf meiner Liste stand eine Armbanduhr. Aber keine gewöhnliche. Mein Modell sollte eine integrierte Stoppuhr haben.«

Max konnte bis heute nicht sagen, wozu er diese gebraucht hatte, denn er war mit seinen vierzehn Jahren weder Fußballschiedsrichter noch Leistungssportler gewesen.

Seine Eltern lehnten den Wunsch kategorisch ab, aber erstaunlicherweise fand er bei seiner sehr gläubigen Tante Gehör. Die Uhr lag am frühen Morgen des Konfirmationstages vor dem Kirchgang auf dem Tisch, und er durfte sie sofort anziehen. Sie war golden und hatte die wichtigen beiden Druckknöpfe an der rechten Seite.

Max vermutete, dass seine fromme Tante schnell bereute, ihm diese Uhr geschenkt, oder zumindest aber, sie ihm vor dem Gottesdienst übergeben zu haben. Als sich nämlich alle Familien draußen vor der Kirche versammelten, viele noch sichtlich beeindruckt von der Botschaft des Herrn, verkündete Max für die Umgebung durchaus hörbar, dass der Herr Pfarrer heute genau sechzehn Minuten und dreiundvierzig Sekunden gepredigt habe. Diese Information auf dem Kirchenvorplatz war zwar mathematisch korrekt, aber definitiv keine gute Idee. Aber es brachte ihn, angesichts der sichtlich großen Enttäuschung seiner Lieblingstante, später dazu, über die Frage nachzudenken, ob Gott den Menschen verzeiht. Und falls ja, was.

Heute wusste Max: Seine Tante hatte ihm verziehen. Beim Stadtpfarrer und bei Gott war er sich nicht sicher.

»Hast du die Uhr noch, Hauslehrer?«, fragte Alex. Er dachte praktisch. Irgendwie musste die Sache mit der Konfirmation doch für etwas gut gewesen sein.

»Ja«, sagte Max. »Sie liegt in Deutschland in der Schublade. Ich hatte Angst, sie auf der Reise zu verlieren.«

27

ZUM MITTAGESSEN AM Mittwoch tauchte Leuthenbacher nicht auf, und Max registrierte erst jetzt, dass der Schriftsteller in letzter Zeit unregelmäßig zu den Mahlzeiten erschienen war.

»Herr Leuthenbacher fühlt sich nicht wohl«, ließ Behrendt die Tischrunde wissen. »Ich hoffe aber, dass es ihm bis zum Abend wieder besser geht. Wir haben übrigens heute Morgen gegen sechs Uhr die Südküste von Mauritius passiert, der Abstand war aber zu groß, um die Insel mit dem Fernglas erkennen zu können.«

»Wie weit kann man denn auf dem Meer sehen?«, fragte Frau de Boer.

»Von der Brücke unseres Frachters bei guter Sicht etwa zehn Kilometer weit. In einer klaren Nacht und beim Vorhandensein einer starken Lichtquelle, wie sie etwa eine große Hafenstadt darstellt, können wir das Licht am Horizont vielleicht auch noch über fünfzehn Kilometer wahrnehmen. Aber spätestens danach macht uns die Erdkrümmung einen Strich durch die Rechnung. Aber diese Rechenexempel erübrigen sich für uns bald. Wenn wir nämlich heute Nacht das Eiland Rodrigues passiert haben, sind wir für etwa sechstausend Kilometer praktisch allein auf dem Indischen Ozean.« Er verbesserte sich: »Na ja, nicht direkt allein. Es gibt noch einige wenige, sehr kleine Inseln und natürlich sind auf dieser Route auch noch andere Schiffe unterwegs.«

Das brachte Max zu einer Frage, die er schon lange stellen wollte: »Wie oft begegnen wir denn anderen Schiffen?«

»Das kann ich schwer sagen«, meinte Behrendt. »Wir sind ja immer nur für einige Stunden zur Wache auf der Brücke eingeteilt. Oft sehe ich innerhalb einer Wache kein einziges Schiff. Und was ich über die begrenzte Sichtweite gesagt habe, gilt auch hier: Wenn ein Schiff in einem Abstand von mehr als zehn Kilometern an uns vorbeifährt, bekommen wir es nicht mit. Und zehn Kilometer sind angesichts der Weite des Meeres natürlich gar nichts.«

Bei dieser Beschreibung wurde Max erst richtig klar, dass er sich in einer winzigen Nussschale auf einem riesigen Ozean bewegte. Ein seltsames Gefühl beschlich ihn. Wer würde zu Hilfe kommen können, wenn sie ein Problem an Bord hätten? Was wäre, wenn jemand ernsthaft krank würde?

Nach dem Mittagessen nahm Max Kai beiseite und erkundigte sich nach Leuthenbacher.

»Ich versorge ihn im Moment mit Essen und Getränken«, sagte Kai. »Er sitzt meist an seinem Schreibtisch, wenn ich komme, oder er steht vor dem Fenster und schaut hinaus. Er wirkt auf mich unruhig und zerstreut. Er fragt innerhalb von wenigen Minuten mehrfach nach, wann ich das Geschirr wieder abholen würde. Und wie es mir ginge.«

»Schreibt er denn?«

»Das kann ich nicht beurteilen. In der Schreibmaschine steckt fast immer ein Blatt und der Papierkorb ist jeden Tag voll mit zerknülltem Papier. Mir ist aber aufgefallen, dass die Blätter nur zum Teil beschrieben sind, manchmal sogar nur mit wenigen Zeilen. Das klingt, als ob ich Herrn Leuthenbacher hinterherspioniere, aber wenn man den Papierkorb leert, dann lässt sich ein Blick darauf gar nicht vermeiden.«

»Ich weiß schon, Kai.«

Zum Abendessen waren alle Passagiere anwesend. Auch Leuthenbacher war wieder erschienen. Max erschrak über sein Aussehen. Das Gesicht war sehr bleich, die Ringe unter den Augen noch dunkler als vor wenigen Tagen. Fand der Autor nicht genug Schlaf? Oder hatte er Sorgen? Ob es Anne auch auffiel? Max sah zu ihr hinüber, aber sie sprach mit Claasen, der neben ihr Platz genommen hatte.

Jetzt wurde Max von Lotte und Alex mit Beschlag belegt, die ihm von ihren Wasserschlachten im Pool erzählen wollten. Er hörte ihnen zu und bekam von den anderen Gesprächen am Tisch kaum etwas mit, bis ihn Kapitän Ahlers direkt ansprach: »Herr Berger? Herr de Boer und ich sind eben auf ein Thema gestoßen, zu dem Sie uns vielleicht weiterhelfen können. Dürfen wir Sie kurz unterbrechen?«

»Aber sicher«, sagte Max etwas überrascht.

»Wenn ich es richtig verstanden habe, sind Sie Student. Herr de Boer und ich haben uns eben über das Verhalten der heutigen Studenten unterhalten. Wir waren uns einig, dass wir das, was da passiert, nicht gutheißen können und dass der Staat endlich härter durchgreifen sollte. Für uns ist es eine Schande, dass Vorlesungen gesprengt und Professoren am Unterrichten gehindert werden und dass man sich gewalttätige Straßenschlachten mit der Polizei liefert.«

Einen Moment lang war Max sprachlos. Ihm war zwar von Anfang an klar gewesen, dass der Kapitänstisch, an dem es innerhalb der Offiziere eine klare Hierarchie gab und Stewards mit weißen Handschuhen bedienten, eher der Welt wohlhabender, konservativer Hamburger Kaufleute zuzuordnen war. Aber bislang war beim Essen noch nie ernsthaft über Politik diskutiert worden.

»Was ist falsch daran, dass sich die junge Generation gegen Verkrustungen in der Gesellschaft wehrt?«, fragte Max. »Wir stellen als Studenten fest, dass wir heute noch von Professoren unterrichtet werden, die nationalsozialistisches Gedankengut vertreten, und keinen der Verantwortlichen an der Universität scheint das zu stören. Und wir halten die Sexualmoral, die uns von Kirche und Staat vorgeschrieben wird, für verlogen. Und nicht zuletzt glauben wir, dass wir zu dem, was die Amerikaner in Vietnam anstellen, nicht einfach schweigen sollten. Und das sind noch nicht alle Themen, die uns als Studenten derzeit sehr beschäftigen.«

Die laut vorgetragene Frage des Kapitäns und die Antwort von Max hatten alle am Tisch aufmerksam werden lassen. Max vermutete, dass er in ein Wespennetz gestochen hatte. Von Diskussionen mit Anne wusste er, dass sie ebenfalls ein großes Problem mit den demonstrierenden Studenten hatte, die sie alle mehr oder weniger in die linksradikale Ecke stellte. Sie akzeptierte nicht, dass die Demonstrationen mit Gewalt gegen Sachen und Personen einhergingen, und machte sich Sorgen, dass die gut gehütete Ordnung in Deutschland infrage gestellt würde. Und danach kam für sie direkt die Anarchie.

Am Kapitänstisch war es still geworden. Alle schauten sich fragend an. Leuthenbacher war der Erste, der sich zu Wort meldete.

»Als ehemaliger Journalist und als Schriftsteller muss ich sagen, dass ich die Anliegen der Studenten vor allem im Bildungsbereich und in Bezug auf die Pressefreiheit sehr gut nachvollziehen kann. So halte ich es für unabdingbar, dass der Zugang zu Bildung erleichtert und gerechter gestaltet wird. Schon zu meiner Zeit als Journalist in Zürich stellte sich mir die Frage einer Demokratisierung der Hochschule. Ob man dazu Vorlesungen in der Form sprengen muss, wie es gewisse linke Studentengruppierungen tun, wage ich zu bezweifeln. Und die Form der Auseinandersetzung mit dem Springer-Verlag in Deutschland kann ich auch nicht ganz nachvollziehen. Es führt nicht weiter, die Scheiben der Verlagsgebäude einzuwerfen. Fast kindisch ist für mich die Forderung nach Enteignung des Verlags. Mit der Einschränkung der Pressefreiheit würden wir einen großen Schritt zurückmachen, auch wenn mir persönlich der journalistische Stil einiger Blätter des Hauses Springer zuwider ist.«

Als niemand reagierte, fuhr er fort: »Was die breitere politische Diskussion um die Demokratisierung der bundesdeutschen Gesellschaft angeht, verfolge ich mit Interesse die Auseinandersetzungen der Autoren der Gruppe 47, wenn es etwa um die Emanzipation der Frauen, die Notstandsgesetze, die antiautoritäre Erziehung oder den Vietnamkrieg geht. Wobei ich da als Autor von Liebesromanen gar nicht mitreden darf, da meine Werke aus Sicht dieser Herrschaften nicht als Literatur gelten.« Er lachte etwas verlegen und wandte sich dann an die Gräfin: »Was meinen Sie, gnädige Frau, zu den angesprochenen Themen?«

Max war sehr gespannt, wie sich die Gräfin aus der Affäre ziehen würde.

Die Gräfin saß aufrecht und blickte selbstbewusst, ja fast kämpferisch, in die Runde. »Ich liege bei einigen der angesprochenen Themen nicht nur mit meinem Mann im Clinch, sondern auch mit einem Großteil der diplomatischen Gesellschaft, in der ich mich seit vielen Jahren zwangsweise bewege. In dieser Gesellschaft gelten nach wie vor Gesetze und Werte, die ich als erzkonservativ und als frauenfeindlich bezeichnen würde. Unter den Anzügen der Diplomaten gibt es, um im Jargon der Studenten zu bleiben, sicher genauso viel Muff wie unter den Talaren der Professoren.« Sie schien die erschrockenen Mienen um sich herum zu genießen.

Max beobachtete Anne und sah, wie sich ihr Gesichtsausdruck von Ungläubigkeit in Erstaunen verwandelte.

Die Gräfin fuhr ungerührt fort: »Selbstverständlich verurteile ich, wie Sie wohl alle, Gewalt. Aber das gilt für beide Seiten, also auch für den

Einsatz staatlicher Organe wie der Polizei. Ich denke da vor allem an das Verhalten der Polizei bei der Demonstration gegen den Schah in Berlin. Die Gewalt ging dort eindeutig von den pro-iranischen Schlägertrupps aus. Und die Polizei hat tatenlos zugesehen, wie die studentischen Demonstranten zusammengeschlagen wurden. Ich freue mich jedoch, ehrlich gesagt, am meisten darüber, dass endlich offener und freier über Sexualität und in diesem Zusammenhang auch über die Rolle der Frau gesprochen wird. Wir leben nicht mehr im 19. Jahrhundert. Ich möchte als Frau über mich und meinen Körper selbst bestimmen. Da brauche ich keinen Mann, der mir sagt, was ich zu tun und zu lassen habe. Und vor allem brauche ich dazu nicht die Kirche, die für mich wahrlich die allerletzte Instanz ist, die sich zu Fragen der Sexualität kompetent äußern kann.«

Keiner am Tisch rührte sich. Kapitän Ahlers hatte sich als Erster wieder gefangen.

»Da habe ich wohl mit meiner Frage an Herrn Berger etwas ausgelöst«, lachte er. »Ich freue mich aber immer, wenn es am Kapitänstisch lebhaft zugeht. Was meine Haltung zu den Anliegen der Studentenbewegung angeht, bin ich sehr geprägt durch meine Erziehung. In meiner Familie fuhren fast alle Männer als Offiziere zur See. Entweder im militärischen oder im zivilen Bereich. Ich selbst wurde im Zweiten Weltkrieg gezwungen, von der Handelsmarine zur Kriegsmarine zu wechseln. Nach dem Krieg wurde in unserer Familie, aber auch in den meisten anderen Familien, die ich kenne, über die Nazizeit nicht gesprochen. Wir schienen alle nur froh zu sein, dass es vorbei war. Dadurch unterblieb leider eine kritische Auseinandersetzung mit unserer Geschichte. Meinen Kindern versuchte ich mitzugeben, dass sie dankbar sein konnten, dass sie in einer Demokratie aufwachsen durften. Und dass diese Demokratie deshalb so gut funktioniert, weil sie in eine freiheitliche Verfassung eingebettet und die Gewaltenteilung klar geregelt worden ist. Deshalb braucht es meiner Meinung nach auch keine außerparlamentarische Opposition, und vor allem keine Gewalt. Für die gewalttätigen studentischen Demonstrationen vor drei Jahren in Berlin gegen den Schah von Persien und dann direkt vor unserer Haustür in Hamburg bei der Anti-Springer-Kampagne habe ich überhaupt kein Verständnis und ich begrüße das harte Vorgehen der Polizei. Ich muss gestehen, dass ich manchmal einfach froh bin, auf einem Schiff auf den Weltmeeren unterwegs zu sein und nicht ständig mit den politischen Auseinandersetzungen in Deutschland konfrontiert zu werden.«

»Ich kann Ihre Position sehr gut nachvollziehen, Kapitän Ahlers«, sagte jetzt Henk de Boer, der das Gespräch aufmerksam verfolgt hatte. »Und was Sie über die Demokratie der Nachkriegszeit in Deutschland sagen, unterstütze ich voll. Als Holländer habe ich den Terror der Nationalsozialisten erlebt, auch wenn ich gottlob von direkten Kampfhandlungen verschont blieb. Sie werden mir sicher nicht übel nehmen, wenn ich sage, dass ich lange Zeit kein Freund der Deutschen gewesen bin. Was mich aber inzwischen wirklich beeindruckt, ist das Demokratieverständnis, das sich in Deutschland entwickelt hat. Es ist mir klar, dass die Demokratie in Deutschland noch eine zarte Pflanze ist und dass Ihrer Generation, Herr Berger, manches viel zu langsam geht oder dass Sie sogar Rückschritte wahrnehmen. Aber, und auch da stimme ich Kapitän Ahlers zu, Gewalt ist nicht die Alternative. Und gegenüber der Kirche sollten Sie, verehrte Gräfin, vielleicht nicht ganz so streng sein.«

Es entstand eine längere Pause. Die Gräfin zeigte keinerlei Reaktion auf die Anmerkung von de Boer. Max war überrascht über die Offenheit und die Lebhaftigkeit der Diskussion. Ihr Verlauf bestätigte ihn in seiner persönlichen Philosophie, dass es ab und zu einer Provokation bedurfte, um etwas in Gang zu bringen.

Max war gespannt, ob Anne sich äußern würde. Sie nahm seinen auffordernden Blick auf, schob die Schultern zurück und wandte sich an die Gräfin.

»Gräfin Orsini-Burgstedt, ich muss eingestehen, dass Sie mich überraschen. Ich finde ihre Positionen mutig. Um es vorwegzunehmen: Ihrer Kritik an der Kirche stimme ich uneingeschränkt zu. Ihre Einschätzung zur staatlichen Gewalt kann ich jedoch nicht teilen. Soweit ich das von Indonesien aus beurteilen kann, ist es doch so, dass die Gewalt in Deutschland in den letzten Jahren vor allem von linken Gruppierungen ausging. Gruppierungen, die es darauf angelegt haben, die Polizei zu provozieren.«

Anne fixierte die Gräfin, als ob sie eine direkte Reaktion erwarten würde. Als diese nicht kam, fuhr sie fort: »Was Sie zur Sexualität und zur Rolle von uns Frauen sagen, kann ich jedoch sehr gut nachvollziehen. Ich frage mich nur, wie das, was Sie fordern, in den derzeitigen gesellschaftlichen Strukturen umgesetzt werden soll. Sie selbst leben wie ich überwiegend im Ausland, und da sind wir im Grunde nur Gäste und haben kaum Einfluss auf die Gestaltung der Politik.«

»Es würde doch schon reichen, die Gleichberechtigung in unseren eigenen Beziehungen und in unserem persönlichen Umfeld endlich mal anzugehen«, sagte die Gräfin. »In beherzten und konsequenten Schritten. Das ließe sich in Medan genauso machen wie in Jakarta, Hamburg oder Amsterdam.«

Die Runde diskutierte noch eine Zeit lang an den Themen weiter, um im Verlauf des Abends wieder zu bilateralen Gesprächen zurückkehren.

Irgendwann stand Ahlers auf und erklärte, dass er zurück auf die Brücke müsse.

Anne, die sich in der letzten halben Stunde vertraut mit Claasen unterhalten hatte, ergriff die Gelegenheit, mit den Kindern ebenfalls zu gehen. Die Gutenachtgeschichte wollte sie heute selbst erzählen. Sie bewegte sich wieder ohne Einschränkung und schien beschwerdefrei.

Max sah zur Gräfin hinüber, doch sie ließ keine Reaktion erkennen. Angesichts der Vehemenz ihrer Argumente zum Thema Gleichberechtigung und zur Rolle der Frauen vermutete Max, dass ihr Ehemann, der italienische Botschafter Graf Orsini, einer dieser konservativen Männer war, die die Gräfin im Visier hatte.

28

AUF DEM WEG zurück in seine Kabine war Max noch immer aufgedreht von der Diskussion über die heutige Studentengeneration. Zum ersten Mal seit der Abfahrt hatten sich alle am Kapitänstisch gemeinsam einem Thema gewidmet. Und bis heute war keine der Diskussionen so engagiert geführt worden.

In seiner Kabine angekommen, legte er sich auf die Couch und überlegte, ob er sich noch einen Drink genehmigen sollte. In diesem Moment läutete das Telefon. Er fuhr zusammen. Wer rief um diese Zeit an? Sein Herz schlug schneller.

»Max, es ist schon spät. Aber ich bin überhaupt nicht müde und an Schlaf ist nicht zu denken. Ich habe beschlossen, jetzt nach oben zu gehen und noch etwas die milde Nachtluft zu genießen. Ich werde mir ein Glas Champagner auf das Promenadendeck bestellen. Und für Sie einen doppelten Whisky?« Das klang zwar wie eine Frage, war aber eine Feststellung. Die Gräfin war sich absolut sicher, dass er kommen würde. Sie kannte ihn inzwischen wohl gut genug.

Als er eine Viertelstunde später auf dem Promenadendeck ankam, stand die Gräfin an der Reling und hatte ihr Champagnerglas in der Hand. Ihre blonden Haare hatte sie hochgesteckt.

»Na, Sie Revoluzzer!«, meinte sie lachend. »Ist Ihnen teurer Whisky überhaupt erlaubt? Müssten Sie nicht das Bier einer sozialistischen Brauereigenossenschaft trinken? Ihr Luxusgetränk steht neben dem Liegestuhl da drüben.«

Max holte sein Glas und berührte damit leicht ihren Sektkelch.

»Auf die gesellschaftlichen Veränderungen«, sagte sie ernst. »Max, Sie und die Studenten haben sehr berechtigte Anliegen. Es muss sich in vielen Bereichen etwas verändern. Viele meiner Generation, aber mehr noch die Älteren haben aber Angst, etwas zu verlieren, was ihnen wichtig ist oder was sie schlichtweg lieb gewonnen haben, weil es bequem für sie ist: Privilegien, Einfluss, Macht. Ich hatte die Diskussionen schon oft mit meinem Mann, der älter ist und deutlich konservativere Positionen bezieht als ich. Inzwischen habe ich diese Gespräche aufgegeben.«

Sie legte den Kopf in den Nacken und atmete tief ein und aus. »Aber jetzt sollten wir die Politik mal vergessen und uns auf diese Nacht konzentrieren. Und auf uns zwei.« Sie streckte ihm erneut ihr Glas hin. »Auf uns, Max«, sagte sie mit einer weichen Stimme, die für ihn sehr verführerisch klang.

»Auf uns«, wiederholte er und nahm einen tiefen Schluck aus seinem Whiskyglas.

»Kommen Sie«, sagte die Gräfin. »Es gibt bequemere Plätze als die Reling.«

Sie zeigte auf zwei Liegestühle, die dicht nebeneinanderstanden und in denen zusammengefaltete Wolldecken lagen. Noch brauchten sie sie nicht, er schätzte die Nachttemperatur auf mindestens fünfundzwanzig Grad.

Für einige Minuten lagen sie still da und schauten in den Sternenhimmel, der sich wie eine glitzernde Zirkuskuppel über ihnen wölbte. Max bemerkte, dass sich die Stimmung der Gräfin verändert hatte, denn ihr Gesicht war jetzt wieder ernst.

»Ich wollte Ihnen schon seit einiger Zeit etwas erzählen, was mich seit Langem beschäftigt und worüber ich bis heute kaum gesprochen habe«, sagte sie schließlich. »Sie sind ein guter Zuhörer und ich fühle mich sehr wohl und sicher in Ihrer Gegenwart.«

Max spürte, wie er nervös wurde. Wollte er überhaupt in ihre Geheimnisse eingeweiht werden? Würde das nicht zunehmend eine größere Nähe zwischen ihnen herstellen?

»Wenn ich Sie und die beiden Geschwister sehe, erinnert mich das immer an meinen Sohn Lorenzo. Zum einen war er früher ein genauso fröhlicher Junge, wie es Alex heute ist. Auf der anderen Seite wäre er heute, wenn ich Ihr Alter richtig eingeschätzt habe, etwa so alt wie Sie.«

Max rührte sich nicht.

»Mein Sohn ist seit acht Jahren tot. Lorenzo ist bei einem Flugzeugabsturz ums Leben gekommen.«

Die Nachricht versetzte Max einen Stich ins Herz. Vor acht Jahren? Das hieß, dass Lorenzo etwa vierzehn gewesen sein musste, als er starb.

Er wollte etwas sagen, fand aber einfach nicht die richtigen Worte. »Es tut mir leid« hätte zwar gestimmt, aber es klang so banal angesichts dessen, was passiert war. Max entschloss sich zu schweigen. Wieder lagen sie eine Weile still in ihren Liegestühlen, der lauwarme Fahrtwind wehte sanft über ihre Gesichter, das Sternengewölbe flirrte über ihnen. *Die Holsatia* lag ruhig auf dem Wasser und schien zu schweben.

Nach einer Weile überkam ihn die Sorge, dass die Gräfin ihren Mut verlieren würde, ihm die Geschichte zu erzählen, und er entschloss sich, nachzufragen: »Was ist denn damals passiert?«

»Mein Mann war von 1960 bis 1963 Wirtschaftsattaché an der Italienischen Botschaft in Warschau. Lorenzo war zwölf Jahre alt, als wir dorthin umziehen mussten. Zu dieser Zeit gab es keine internationale Schule in Warschau und der Unterricht an einer lokalen Schule fand in Polnisch statt. Da der Vertrag meines Mannes ursprünglich nur für zwei Jahre gedacht war, hielt er es nicht für sinnvoll, unseren Sohn dort in die Schule zu schicken. Ich wollte Lorenzo unbedingt bei mir haben, gab aber dem Drängen meines Mannes nach. Sein Bruder, der in Brüssel arbeitete, bot an, Lorenzo bei sich aufzunehmen. Schweren Herzens stimmte ich dem Angebot zu.«

»War Ihr Sohn denn gut bei Ihrem Schwager aufgehoben?«

»Ja, das war er. Die Familie meines Schwagers war sehr gastfreundlich und hat alles getan, damit sich Lorenzo bei ihnen und auch in der Schule wohlfühlte.«

Das leise Klimpern von Eis war das Einzige, was für Momente zu hören war.

»Es war kurz vor Weihnachten 1962«, sagte sie dann. »Mein Mann und ich hatten geplant, über die Feiertage zu Lorenzo nach Brüssel zu fliegen. Dann übernahm mein Mann trotz meiner Einwände den Dienst für einen erkrankten Kollegen an der Botschaft. Er stornierte unsere Tickets und buchte stattdessen einen Flug für Lorenzo von Brüssel nach Warschau. Ich hätte der Änderung der Pläne niemals zustimmen dürfen, ich hätte einfach allein nach Brüssel fliegen sollen.«

In Max stieg ein Verdacht auf. Hatte die Umbuchung der Flüge den Sohn das Leben gekostet? Die Gräfin suchte in der Tasche ihrer Hose. »Haben Sie zufällig ein Taschentuch für mich?«, fragte sie mit erstickter Stimme.

Er nickte, zog ein unbenutztes, aber leicht zerknautschtes Papiertaschentuch aus seiner Jeans und reichte es ihr.

»Entschuldigen Sie«, sagte sie und schnäuzte sich leise. »Die Flugverbindungen von und nach Warschau waren damals nicht sehr gut«, fuhr sie fort. »Aber es gab tatsächlich eine Verbindung der polnischen Fluggesellschaft LOT kurz vor Weihnachten. Lorenzo konnte am 19. Dezember fliegen und sollte bis Neujahr bei uns bleiben. Wir waren rechtzeitig am Flughafen. An jenem Tag war es sehr kalt und die Wolken hingen tief. Ich bestand darauf, dass mein Mann trotz der Kälte mit mir auf die kleine Aussichtsplattform am Flughafengebäude stieg. Das Flugzeug kam tatsächlich zehn Minuten früher als erwartet. Alles schien perfekt, die Maschine tauchte sehr spät aus den Wolken auf, setzte auf der Landebahn auf, startete dann aber überraschend mit einem Aufheulen der Motoren durch. Mir blieb kurz das Herz stehen, aber mein Mann beruhigte mich sofort und erklärte mir, dass das ein normaler Vorgang sei. Dass die Maschine einen Kreis fliegen und dann erneut landen würde. Etwa fünf Minuten lang hörten wir das Flugzeug nicht, dann kam das vertraute Motorengeräusch wieder aus der Richtung, aus der die Maschine ursprünglich gekommen war. Doch bevor wir die Nase der Maschine aus den Wolken auftauchen sahen, wurde es totenstill. Wenige Minuten später rasten drei Feuerwehrautos über die Rollbahn in die Richtung der Einflugschneise.« Sie benutzte erneut sein Taschentuch.

Max bewegte sich nicht. Was für eine schreckliche Geschichte! Langsam wurde ihm klar, warum sie immer so ernst war. Der Verlust des geliebten einzigen Kindes musste furchtbar sein, und Max hatte keine Vorstellung, ob der Schmerz, der damit verbunden war, überhaupt jemals aufhören würde.

»Ich will Sie mit meiner Geschichte nicht belasten, aber Sie sollten das Ende auch noch hören. Bei dem Absturz starben alle achtundzwanzig Fluggäste und die fünfköpfige Besatzung. Bis heute ist die Absturzursache nicht bekannt. Ich mache mir ständig Vorwürfe, dass ich zugelassen habe, dass mein Mann unsere Pläne für den Weihnachtsurlaub geändert und Lorenzo deshalb die Unglücksmaschine bestiegen hat. Und ich kann meinem Mann nicht verzeihen. Ich weiß, dass das nicht richtig ist, aber ich kann nicht anders. Wir leben seither mehr oder weniger nebeneinander her und wahren nach außen die Fassade. Ich habe schon mehrmals daran gedacht, mich scheiden zu lassen, weil ich diesen Zustand nicht mehr aushalte und es auch nicht fair finde, ihm durch mein Verhalten ständig ein schlechtes Gewissen zu verschaffen. Er ist ja, genau wie ich, durch den Tod unseres Sohnes genug gestraft.« Die Gräfin sah auf ihre zu Fäusten geballten Hände und wiederholte leise: »Aber ich kann nicht anders.« Sie griff nach ihrem Glas und leerte es in einem Zug, dann breitete sie die Wolldecke über sich aus und wickelte sich darin ein, als ob sie darunter verschwinden wollte.

Auch Max fühlte jetzt, dass es kühler geworden war, und deckte sich ebenfalls zu. Sein Whiskyglas war leer. Er musste es während ihrer Erzählung ausgetrunken haben, ohne es zu bemerken. Vorsichtig legte er seine Hand auf die Stelle der Wolldecke, unter der er ihren Arm vermutete, und ließ sie dort liegen. Sie reagierte nicht.

In dieser Position fand sie wenig später Anne, die offensichtlich nicht schlafen konnte.

»Hallo«, sagte sie überrascht. »Ich will nicht stören. Ich wollte nur etwas frische Luft schnappen.«

Sofort bog sie wieder um die Ecke und war verschwunden, bevor die Gräfin oder Max etwas sagen konnte.

Max war klar, dass diese Begegnung nicht ohne Folgen bleiben würde. Was Anne gesehen hatte, würde ihr keine Ruhe lassen.

29

KAPITÄN AHLERS KONNTE nicht genau sagen, wann er angefangen hatte, sich darüber Gedanken zu machen, was passieren würde, wenn ihm auf seinen Reisen etwas zustoßen sollte. Noch fühlte er sich mit seinen fünfundfünfzig Jahren gesund und fit und vom Tod weit entfernt. Was aber, wenn er mit seinem Schiff in Schwierigkeiten geriet? Er vertraute der Technik, die *Holsatia* war eines der modernsten Frachtschiffe der Reederei. Aber auch sie war nicht unverwundbar. Das Meer war unberechenbar. Die Geschichten von Orkanen und Eisbergen, die selbst größere Schiffe zum Untergang gebracht hatten, waren Legende.

Als erfahrener Kapitän hätte er die Frage, ob er auf See Angst um sein Leben habe, sofort verneint. Es ging ihm nicht um sich selbst. Er fürchtete den Seemannstod nicht. Seine Sorge galt seiner Familie. Hatte er alles getan, um sie abzusichern? Vor allem aber, hatte er alles so klar geregelt, dass Konflikte zwischen den Familienmitgliedern verhindert wurden? Erst bei seinem letzten Aufenthalt in Hamburg war er Zeuge geworden, wie in der Familie von langjährigen Nachbarn ein für ihn unvorstellbarer Zwist ausbrach, als der Vater überraschend an einem Schlaganfall starb. Auch dort gab es, wie bei ihm, zwei erwachsene Kinder. Und bis zum Tod des Vaters schien dort der Familienfrieden intakt. Ahlers konnte bis heute nicht verstehen, was dazu beigetragen hatte, dass sich die Familienangehörigen vor Gericht wiederfanden, um bis aufs Blut über das Erbe zu streiten.

Ihm kam ein Sprichwort seiner Mutter in den Sinn: *Wenn Gott mit dem Tode kommt, dann kommt der Teufel mit den Erben*. Er war sich nicht sicher, ob ihre Behauptung stimmte, dass es von seiner schwedischen Großmutter stammte. Aber seit der Sache mit den Nachbarn glaubte er durchaus, dass der Satz seine Berechtigung hatte. Er musste etwas unternehmen.

Als er in Hamburg auf der Passagierliste hinter dem Namen Henk de Boer die Berufsbezeichnung *Rechtsanwalt* gelesen hatte, war ihm sofort die Idee gekommen, ihn um Rat zu fragen.

Die Tischrunden waren dafür sicher nicht die richtige Gelegenheit, aber warum lud er de Boer nicht einfach abends zu sich in seine Kabine zu einem Drink ein? Bis zum heutigen Tag hatte Ahlers dieses Vorhaben immer wieder vor sich hergeschoben, doch jetzt war die Zeit gekommen. Denn seit sich die *Holsatia* im Indischen Ozean bewegte und der nächste Hafen erst in zehn Tagen auf sie wartete, waren die Arbeitstage für ihn und seine Crew etwas ruhiger geworden.

Beim nächsten Mittagessen ergriff Ahlers die Gelegenheit: »Herr de Boer, hätten Sie irgendwann mal eine Stunde für mich. Ganz persönlich?«

De Boer blickte überrascht von seiner Suppe auf. »Aber selbstverständlich. Um was geht es denn?«

Ahlers zögerte. Keiner am Tisch schien ihnen Aufmerksamkeit zu schenken, aber er wollte vermeiden, dass ein Passagier oder ein Crewmitglied sein Anliegen mitbekam.

»Ich verstehe«, sagte de Boer schnell. Als erfahrener Anwalt begriff er sofort, dass es hier um eine vertrauliche Sache ging.

»Wäre es Ihnen möglich, heute Abend zu mir in meine Kabine zu kommen?«, fragte Ahlers.

»Gerne. Welche Uhrzeit?«

»Nach dem Abendessen? Zwanzig Uhr? Sie wissen, wo Sie mich finden?«

»Nein.«

Ahlers beschrieb de Boer den Weg. Dann nickten sich die beiden fast verschwörerisch zu und konzentrierten sich wieder auf ihre Teller.

*

Als de Boer am Abend in die Kabine des Kapitäns eintrat, war er überrascht, wie geräumig sie war. Warum hatte er angenommen, dass sie kleiner wäre als die der Passagiere? Die Sitzgruppe war identisch mit der in seiner Kabine, der Arbeitsbereich mit Schreibtisch und Aktenschrank jedoch deutlich größer.

»Setzen Sie sich doch«, sagte Ahlers. »Etwas zu trinken?«

»Gerne ein Bier«, sagte de Boer und machte es sich auf der Couch bequem.

Sie stießen an.

»Herr de Boer, danke, dass Sie gekommen sind. Ich will gleich zur Sache kommen. Ich habe meinen Unterlagen entnommen, dass Sie Rechtsanwalt sind.«

»Richtig, ich hatte bis vor zwei Jahren meine eigene Kanzlei in Amsterdam. Familienrecht. Ich habe sie verkauft. Mein Sohn wollte sie nicht übernehmen.«

»Und jetzt? Sie haben doch ihren Beruf nicht von heute auf morgen aufgegeben?«

»Nein. Nicht ganz. Ich arbeite von zu Hause aus mit einem überschaubaren Stamm an Klienten. Ganz aufzuhören hätte ich mir tatsächlich nicht vorstellen können.«

»Sie sagten Familienrecht. Das ging aus meinen Unterlagen nicht hervor«, sagte Ahlers. »Aber es passt wunderbar. Es geht um mein Testament.«

»Sie haben schon eines?«

»Nein. Und genau das lässt mir keine Ruhe mehr. Ich frage mich, ob ich nicht eines brauche.«

Auf die Bitte des Anwalts hin erklärte Ahlers seine Familiensituation. De Boer hörte aufmerksam zu, fragte ab und zu nach. Dann erläuterte er dem Kapitän alles Wichtige zu dem Thema.

»Und jetzt zurück zu Ihrer Frage, ob sie ein Testament brauchen«, sagte de Boer. »Erstens ist ein solches Dokument nicht nur etwas für ältere Generationen. Es kann immer etwas Unvorhergesehenes passieren. Also bitte nicht auf die lange Bank schieben! Zweitens, und das wird oft übersehen, hilft es auch, Streit zu vermeiden – genau das, was in Ihrem Fall wohl bei Ihren Nachbarn passiert ist.«

»Ich brauche also keinen Notar oder Rechtsanwalt, um mein Testament zu erstellen?«

»Im Grundsatz, nein. Aber ich rate dringend dazu. Sie könnten Ihr Testament heute noch von Hand schreiben, wenn Sie wollten. Aber Sie müssen unbedingt eine vom Gesetz definierte Form einhalten. Der kleinste formale Fehler kann das ganze Testament unwirksam machen. Und bevor ich es vergesse: Sie können neben Ihren Familienangehörigen auch wohltätige Organisationen bedenken. Etwa eine Stiftung, die Hinterbliebene von verunglückten Seeleuten unterstützt. Und Sie können jemanden enterben. Dieser Person bleibt dann nur ein Pflichtteil. Ich hoffe aber sehr, dass das in Ihrem Fall keine Option ist.«

Ahlers hatte die Stirne gerunzelt und blickte nachdenklich drein. Er stand auf und kam mit zwei weiteren Bierflaschen zurück.

»Vielen Dank, Herr de Boer. Ich denke, das reicht mir für den Moment. Es ist komplizierter, als ich dachte. Ich werde, wenn ich zurück in Hamburg bin, zusammen mit meiner Frau zu einem Rechtsanwalt gehen. Sie soll Klarheit darüber haben, wie sich unsere Vermögenslage darstellt, und sie soll mit darüber entscheiden können, was nach meinem Tod passieren soll. Ich kenne meine Frau seit Schultagen und ich liebe sie und meine Kinder. Wir haben bis heute immer versucht, offen und ehrlich miteinander umzugehen.«

Sie stießen erneut miteinander an.

»Klarheit«, wiederholte de Boer sehr leise. »Offen und ehrlich.«

»Was meinten Sie?«, fragte Ahlers.

De Boer spürte einen Kloß im Hals. Seit Monaten trug er das Geheimnis mit sich herum. Er hatte es nicht geschafft, Julia in den Arm zu nehmen und ihr alles zu sagen, was er wusste. Warum hatte er das nicht sofort getan? Kees war ein wundervoller Sohn. Und er liebte Julia über alles. Er hätte sie gegen keine Frau der Welt eingetauscht.

»Ist Ihnen nicht gut, Herr de Boer?« Ahlers sah ihn besorgt an.

Henk de Boer leerte sein Glas ohne abzusetzen.

»Kapitän Ahlers, ich möchte jetzt ganz offen mit Ihnen reden. Sie sind der erste Mensch, dem ich das anvertraue. Aber ich schätze Sie als jemand ein, der Stillschweigen bewahren kann.«

»Das kann ich sehr gut. Sie können sich auf mich verlassen. Aber warten Sie. Bevor Sie anfangen zu erzählen, hole ich uns sicherheitshalber noch ein Bier.«

Ahlers reichte de Boer eine Flasche über den Tisch und ließ sich in seinen Sessel fallen.

Er lachte zufrieden in sich hinein. Die Hoffnungen, die er sich in der rauen Nacht im Ärmelkanal hoch oben auf der Brücke beim Studium der Passagierliste gemacht hatte, schienen sich zu erfüllen. Der Vorhang des Schiffstheaters öffnete sich heute Abend für einen weiteren Akt.

30

FÜR FREITAGNACHMITTAG HATTEN Alex, Lotte und Max statt Unterricht eine Art »Wandertag« geplant. Als Ausflugsziele standen der Maschinenraum, der Laderaum und das Hauptdeck des Frachters mit seinen Ladeeinrichtungen auf dem Plan.

Für Alex hatten der Maschinen- und der Laderaum höchste Priorität, Lotte freute sich auf ein Picknick vorne am Bug und auf den Proviant aus den kleinen Rucksäcken, die Anne ihnen gepackt hatte.

Max wäre an allem interessiert gewesen, bekam aber schon bei dem Gedanken Beklemmungen, zwei Stockwerke tief in den Bauch der *Holsatia* zu klettern und es dort unten einige Zeit aushalten zu müssen.

Am Ende des Vormittagsunterrichts erklärte er deshalb Alex und Lotte, dass er nicht mit ihnen nach unten kommen könnte.

»Hauslehrer, was ist los?«, fragte Alex. »Warum willst du nicht mit uns da runter? Hast du Angst?«

»Ich habe keine Angst, Alex. Ich bin klaustrophobisch.«

»Was ist denn das?« Lotte bekam große, runde Augen.

»Ich fühle mich sehr unwohl, wenn ich in einem geschlossenen Raum bin und nicht jederzeit wieder raus kann. Wie etwa in einem Aufzug. Ganz schlimm ist es aber, wenn es da drin warm oder die Luft schlecht ist. Ich bekomme Herzrasen und meine, ohnmächtig zu werden. Ein blödes Gefühl.«

»Und seit wann hast du das?«, fragte Alex.

»Seit etwa zwei Jahren.«

Max wusste, woher dieses Engegefühl in geschlossenen Räumen kam. Der Grund dafür hieß Hans Meier, war ein groß gewachsener, sportlicher Blondschopf und ein Kommilitone von ihm. Meier trieb all das, was eine Unfallversicherung am liebsten nicht versichert hätte. Dazu gehörte die Erkundung überhängender Felsen und tiefer, möglichst wenig erforschter Höhlen. Von beidem gab es auf der Schwäbischen Alb genug. Einmal hatte Meier es geschafft, Max trotz dessen großer Bedenken zu überreden, am

Wochenende mit ihm loszuziehen. Nur mit Taschenlampen ausgestattet krochen sie in eine Höhle. Sie waren schon einige hundert Meter weit gekommen, als sich die Höhle zu einer kleinen Halle erweiterte, in der sie stehen konnten. Die absolute Dunkelheit um ihn herum machte Max zunehmend Angst, der Lichtstrahl seiner Taschenlampe konnte immer nur einen schmalen Streifen aus dem Schwarz schneiden. Er musste dringend zurück an die frische Luft, aber der übermütige Meier wollte weiter, und als Max nicht mitzog, verschwand er wortlos in einem engen Seitengang. Danach war es totenstill. Max blieb schier das Herz stehen. Er schrie. Keine Antwort. Max konnte nicht sagen, wie lange der Kommilitone verschwunden blieb. Meier behauptete später, es seien keine fünf Minuten gewesen, Max war es wie Stunden vorgekommen. Als sie wieder ans Tageslicht kamen, war für Max klar, dass Meier aus seinem Leben verschwinden musste. Das tat er auch. Dafür war aber etwas Neues in Max' Leben getreten, was er bislang nicht gekannt hatte: klaustrophobische Gefühle. Max bemerkte sie zum ersten Mal, als sie ihn wenige Wochen nach dem Höhlenerlebnis unvorhergesehen in einem Aufzug überfielen.

»Das war aber gemein«, sagte Alex entrüstet, als Max mit seiner Geschichte fertig war. Und Lotte ergänzte: »Richtig fies von dem!«

Schließlich beschlossen sie, dass Alex mit dem Chefingenieur in den Maschinenraum steigen würde. Lotte und Max würden in dieser Zeit Tischtennis spielen. Sobald Alex zurück war, würden sie zu dritt auf der Bugspitze der *Holsatia* ein Picknick machen.

Nach dem Mittagessen wurden sie von Chefingenieur Holtkamp erwartet. Er wirkte erstaunt, als er von der Klaustrophobie hörte, enthielt sich aber eines Kommentars und verschwand mit Alex hinter der schweren Stahltür. Lotte und Max rannten zur Tischtennisplatte, die in dem Durchgang seitlich am Deckshaus aufgebaut worden war.

Lotte hatte großen Spaß am Spiel, sie war sehr flink und freute sich über jeden Ball, den sie auf die Seite von Max zurückbrachte, gleichgültig, ob er auf der Platte landete oder daneben. Max ging immer noch ihre emotionale Reaktion auf die Umarmung in Annes Kabine durch den Kopf. Wie sollte das werden, wenn sie alle unter einem Dach wohnten? Durfte er dann Anne überhaupt nicht mehr berühren?

»Hallo, pass doch auf! Den hättest du kriegen können.« Lotte zog einen Flunsch, weil Max schon wieder nicht retourniert hatte.

»Mein Papa holt mich in Singapur ab«, sagte sie dann, während sie einen Ball aufhob. »Fährst du dann wieder nach Deutschland zurück?«

»Wie kommst du denn darauf?«, fragte Max erstaunt. »Ich komme mit euch nach Medan.«

»Aber da ist doch schon mein Papa. Und ich möchte auch nicht aus meinem Zimmer.«

»Was heißt das denn?«

»Mama hat gesagt, dass ich mein Zimmer für dich räumen muss. Und dann soll ich zu Alex ziehen. Und der versteckt immer meine Spielsachen oder macht sie kaputt.«

Von der Zimmerproblematik hatte Max bis heute nichts gehört. Jetzt war er überfordert. Er hatte keine Ahnung, wie er mit einer Achtjährigen in dieser Situation umgehen sollte.

Er entschloss sich, gelassen zu bleiben, und sagte nur: »Wir kriegen das alles prima hin, Lotte. Mach dir keine Sorgen.« Dann spielte er ihr den nächsten Ball zu.

Nach fast einer Stunde tauchten Alex und Holtkamp wieder auf. Alex hatte glühende Wangen und Ohren.

»Mensch, Hauslehrer, das war klasse. Da hättest du dabei sein sollen. Der Maschinenraum ist höher als unser Haus in Medan. Da drin kannst du dich zwischen den Maschinen und Rohrleitungen verirren. Und es ist ein Höllenlärm. Du verstehst dein eigenes Wort nicht.«

Die neuen Eindrücke sprudelten nur so aus ihm heraus.

Holtkamp lachte. »Freut mich, dass es dir gefallen hat, Alex. Ich muss jetzt leider wieder nach unten.«

»Danke«, rief Alex ihm nach.

»Weißt du was?«, sagte Max. »Du erzählst uns alles gleich beim Picknick.«

Kapitän Ahlers hatte das Picknick mit den Kindern unter der Bedingung erlaubt, dass sie das Hauptdeck nur in Begleitung eines Crewmitglieds überquerten. Max gelang es, Bootsmann Lars auf sich aufmerksam zu machen, der daraufhin breitbeinig auf sie zu kam.

»Was habt ihr denn heute vor?«, fragte er mit Blick auf die Rucksäcke. »Schulausflug?«

»Genau«, sagte Alex. »Und wir brauchen dich als Führer. Du musst uns helfen, zum Bug zu kommen.«

Lars grinste. Zweifellos hielt er Max und die Kinder für ziemlich verrückt. Aber er spielte mit. »Dann geht mal direkt hinter mir. Und bitte nicht zu nahe an die Bordwand, ihr zwei Feger!«

Diese Bemerkung erinnerte Max wieder einmal daran, wie wenig das Schiff im Grunde auf die Beförderung von Kindern ausgelegt war. Auf der gesamten Länge entlang des Vorder- und Hinterdecks bestand die Reling aus hüfthohen Stahlstangen, die im Abstand von mehreren Metern aufgestellt und mit einem etwa unterarmdicken Handlauf verbunden waren. Darunter verliefen zwei waagrecht verspannte Trossen, die Platz genug boten, ein Kind durchschlüpfen zu lassen.

Wie auf einer Schnur aufgereiht bewegten sich jetzt alle vier zwischen Luken, Kränen, Drahtseilen und Winschen Richtung Bug. Vorweg der athletische Bootsmann mit Wollmütze, dahinter zwei kleine, hüpfende Kinder mit Rucksäcken und als Nachhut der schlaksige Hauslehrer.

Die Bugplattform des Schiffes lag einige Meter erhöht über dem Vordeck und war nur durch eine senkrecht mit der Wand verschweißte Eisenleiter zu erreichen. Max und die Kinder kletterten hinter Lars hoch und erreichten eine dreieckig geschnittene Plattform, die durch eine brusthohe Reling, diesmal aus massivem Stahl, geschützt war. Der Fahrtwind, der auf Deck kaum zu spüren gewesen war, zerzauste sofort ihre Haare.

Max konnte auf der weiten, glänzenden Wasseroberfläche bis zum Horizont keinen einzigen Punkt ausmachen, der auf ein anderes Schiff hingewiesen hätte.

Er machte mit Lars aus, dass er sie in etwa einer halben Stunde wieder abholen sollte.

»Das müsste passen«, meinte Lars gutmütig, tippte an seine Wollmütze und kletterte die Leiter nach unten.

Zuerst standen die drei lange dicht nebeneinander an der Reling. Die Wasseroberfläche lag tief unter ihnen. Max wurde fast schwindlig, als er eine Weile lang senkrecht nach unten in die links und rechts vom Bug hochgetürmten Wellen blickte. Welche Kräfte wurden gebraucht, um dieses große Frachtschiff durch das Wasser zu bewegen!

Max drehte sich um und genoss das Bild durch die Masten und Kräne hindurch auf die schneeweißen Aufbauten des Deckshauses bis hinauf zur Brücke. Er sah eine Person in einem weißen Hemd hinter der Scheibe, konnte aber nicht erkennen, wer im Moment Dienst hatte.

Nachdem sie die Aussicht ausgiebig genossen hatten, erinnerten sie sich an den mitgebrachten Proviant und machten sich über die Sandwiches her, die Anne eingepackt hatte. Nach einer halben Stunde, die wie im Flug verging, packten sie alles zusammen und machten sich über die Leiter auf den Weg nach unten, wo Lars ihnen bereits entgegenkam.

»Ich zeige euch jetzt mein Reich«, sagte er. »Fangen wir doch gleich mal hier vorne an. Unter den Bugaufbauten gibt es zwei Vorratsräume. Die brauchen wir, um Farben und Pinsel, Werkzeug und Reinigungsmittel zu lagern.« Er deutete zur Reling. »Hier vorne seht ihr auf beiden Seiten die niedrigen, gekrümmten Kräne, unter denen je ein Rettungsboot hängt. Die beiden Boote reichen aus, um im Notfall die Besatzung und die Passagiere aufzunehmen.« Dann wies er nach oben zu den haushohen Schiffsmasten, die weit in den zartblauen Himmel ragten. »Die etwas schlankeren Masten werden für das Laden und Löschen von leichterem Stückgut gebraucht. Die beiden massiven, in V-Form angeordneten Schwergutbäume sind für das Anheben von besonders schweren Ladungen ausgelegt, wie etwa Lokomotiven oder sogar Panzer.«

»Was? Lokomotiven und Panzer?«, fragte Alex.

»Ja, das hatten wir alles schon an Bord. Da kannst du nur hoffen, dass du nicht in einen Orkan gerätst. Wenn diese schweren Dinger verrutschen, dann hängt dein Schiff schief und kann sogar untergehen.«

Lotte griff nach Max' Hand.

Von oben kamen metallene Klopfgeräusche. Max und die Geschwister sahen hoch und entdeckten mitten im Gewirr von Seilen und Drähten einen Matrosen, der am Gürtel gesichert war und Rost von einem der mächtigen Ladebäume hämmerte.

»Die Arbeit hört für uns während der gesamten Fahrt nie auf«, sagte

Lars. »Zurzeit sind wir auch dabei, die Außenwand des Schiffes zu streichen.«

»Wie geht das denn?« fragte Alex. »Während der Fahrt?«

»Klar, wann denn sonst? Da, siehst du die vier Seile da drüben? Und den leeren Korb, der außen an der Bordwand an den Seilen hängt? Den können wir an jede Stelle der Schiffswand steuern. Da passen zwei Matrosen rein und die haben, wie Bauarbeiter auf einem Baugerüst, ihre Farbtöpfe, Pinsel und Rosthämmer dabei und bearbeiten das Metall. Eine tolle Sache, bei voller Fahrt in dem Korb zu stehen und wie ein Vogel frei über dem Meer zu schweben.«

Auf dem Weg zurück verkündete Lotte, dass sie ihre Mutter suchen wollte. Alex musste dringend auf die Toilette, und Max entschied sich, in seine Kabine zu gehen. Dort angekommen, öffnete er das Fenster und setzte sich in den Sessel. Er war froh, dass alles gut gegangen war. Wie wohl alle Lehrer fühlte auch er eine Verantwortung für die Kinder. Er mochte sich gar nicht vorstellen, dass einem der beiden etwas zustoßen könnte, solange er ihr Hauslehrer war.

In diesem Moment dröhnte eine laute Stimme durch ein Megafon über das Schiff: »Verdammt noch mal, kann jemand sofort den Jungen aus dem Korb rausholen? Seid ihr denn alle verrückt geworden? Lars, ich will Sie sofort auf der Brücke sehen!«

Max blieb fast das Herz stehen. Verdammt noch mal! Der Korb an der Schiffswand! Alex war doch nicht etwa da reingeklettert?

Aber genau so war es. Als Max nach einem Sprint über die Treppen das Hauptdeck erreichte, kam ihm ein Matrose entgegen, der Alex am Oberarm festhielt.

Alex' Gesicht war tränenüberströmt. »Ich wollte nur kurz in den Korb kriechen und über dem Wasser segeln! Ich wäre auch gleich wieder rausgekommen. Aber da hat mich der Kapitän gesehen.«

Noch bevor Max ihn beruhigen konnte, stürzte Anne aus der Tür. »Das darf doch nicht wahr sein!«, rief sie. »Kann man euch Idioten denn keinen Moment allein lassen? Wie kommst du denn auf diese verrückte Idee, Alex? Wir hatten ausgemacht, dass ihr Kinder von der Reling wegbleibt.«

Und an Max gewandt: »Kannst du nicht auf die beiden aufpassen? Wozu bist du denn ihr Hauslehrer?«

Max stand wie angewurzelt. Das ging zu weit! Wollte Anne ihm die Schuld in die Schuhe schieben?

»Anne …«

»Ich will jetzt nichts hören!«, fauchte sie ihn an. »Alex, du kommst sofort mit. Ab in deine Kabine. Du hast Stubenarrest! Und wir zwei, Max, sehen uns jetzt gleich auf dem Promenadendeck.«

Sie schnappte ihren Sohn am Arm und zerrte ihn durch die Tür.

Max stand immer noch wie versteinert. So hatte er Anne noch nie erlebt. Von der Brücke drangen laute Stimmen zu ihm herunter. Die erregte Stimme des Kapitäns, dazwischen Lars, der ebenfalls laut, aber in einem ruhigen Tonfall antwortete. Leider konnte Max nicht verstehen, was geredet wurde.

Am Fuß der letzten Treppe zum Promenadendeck stieß er mit Anne zusammen. Sie warf ihm einen wütenden Blick zu und schoss vor ihm nach oben.

»Was hast du dir bloß dabei gedacht?«, zischte sie ihm zu und tigerte an der Reling auf und ab. »Wie kannst du Alex allein auf dem Deck lassen. Er hätte ins Meer stürzen können.«

»Jetzt mach mal einen Punkt, Anne. Ich kann deine Angst nachvollziehen, aber ich bin kein Kindermädchen. Dass es hier an Bord für Kinder gefährlich werden könnte, wusstest du, als du die Schiffsreise gebucht hast. Aber die Geschwister haben sich bis heute vorbildlich verhalten. Alex musste auf die Toilette. Und hatte danach nichts Besseres zu tun, als sofort aufs Vorderdeck zu laufen und in den Korb zu klettern. Erwartest du, dass ich mit ihm aufs Klo gehe?«

»Du warst mit ihnen unterwegs auf Klassenausflug. Und da hast du eine gewisse Aufsichtspflicht.«

»Stimmt. Und die habe ich auch wahrgenommen. Bis zum Ende unseres Ausflugs. Wenn dein Sohn danach allein auf seine Kabine zum Pinkeln geht, dann ist für mich der Ausflug beendet.«

Max spürte, wie er sauer wurde. Seine Erregung hatte nur noch zum Teil mit dem zu tun, was gerade passiert war. Was jetzt hochkam, war der seit Tagen angestaute Ärger, dass Anne zunehmend die Rolle seiner Mutter übernahm. Auf ihn aufpasste. Kontrollierte, wann und wo er mit der bösen Gräfin sprach.

»Anne, ich denke, wir müssen hier etwas grundsätzlich klären. Es geht mir nicht mehr nur um die Verantwortung für deine Kinder. Sondern auch darum, wie du mir gegenübertrittst.«

»Was soll das, Max? Das ist jetzt nicht das Thema.«

»Doch. Für mich ist es das Thema.« Er spürte seine Wut hochkommen. »Ich weiß nicht, was du mit meiner Mutter besprochen hast, bevor wir abgefahren sind. Aber ich kenne meine Mutter sehr gut. Ich höre sie regelrecht mit dir reden. Darüber hinaus hast du vielleicht auch noch ein schlechtes Gewissen, weil du weißt, wie sehr mein Vater gegen die Reise nach Indonesien war. Aber ich bin erwachsen. Ich lebe seit Beginn des Studiums mein eigenes Leben. Ich bin unabhängig und frei. Und das soll so bleiben. Dazu gehört auch, dass ich selbst entscheide, mit wem ich welche Art von Beziehung habe.«

»Aha, mal wieder unsere Gräfin«, sagte Anne spöttisch.

»Genau die. Ich brauche keine Aufpasserin, die mich vor dieser gefährlichen Frau schützt. Bis jetzt hat sie mich noch nicht in ihre Kabine gezerrt und versucht, mich zu verführen.«

»Dafür hat sie ja auch noch einige Tage Zeit.«

»Anne, zum Verführen gehören zwei. Die Entscheidung liegt nicht bei ihr allein.«

»Aber in ihre Kabine hat sie dich ja schon gelockt. Mit Kaffee und Kuchen. Dass ich nicht lache! Und ich habe euch schließlich mitten in der Nacht auf dem Promenadendeck überrascht.«

»Anne, mach dich nicht lächerlich. Wir haben uns unterhalten. Und du magst sie zwar nicht mögen, aber die Frau hat wirklich ein schweres Schicksal.«

»Schweres Schicksal. Das kann ich mir vorstellen. Damit kann man einen sensiblen Mann wie dich natürlich verführen. Ich kann sie mir richtig in Aktion vorstellen: ›Ach, Max, mir geht es gar nicht gut, ich muss so leiden. Aber jetzt, wo Sie da sind. Sie sind so ein wundervoller

Mann.‹ Und dann den obersten Knopf der Bluse wie zufällig offenlassen und den Knackarsch in eine enge Hose zwängen. Ich sage nur: Schlange!«

Jetzt war Max überzeugt, dass es hier nicht mehr nur um eine mütterliche Ersatzhandlung ging. Das war Eifersucht! Aber wie sollte er dieser begegnen? Für einen Moment bekam er regelrecht Panik.

»Wo ist denn bitte der Unterschied, Anne?«, fragte er. »Du und die Gräfin seid beide verheiratet. Ihr seid etwa gleich alt und damit beide deutlich älter als ich. Wie oft sind wir beide nachts beieinandergesessen und haben diskutiert? Wir sind zusammen zu Konzerten gefahren und einmal haben wir im Anschluss sogar in deinem Auto übernachtet, weil wir zu viel getrunken hatten. Warum sollte die Gräfin, genau wie du es doch auch tust, interessante Gespräche mit einem Mann nicht schätzen? Du reagierst genau wie meine Mutter, die in jener Nacht, in der ich sehr spät von dir nach Hause kam, davon überzeugt war, dass wir beide ein Verhältnis miteinander hätten.«

Max legte bewusst eine kleine Kunstpause ein. »Und? Haben wir?«

»Max, ich kann mir nicht vorstellen, dass du den Unterschied nicht sehen kannst. Die Frau will dich verführen! Es geht ihr nicht um gute Gespräche!«

»Woher willst du das wissen? Du unterstellst ihr etwas, wofür du keine Beweise hast. Und es geht dich tatsächlich auch nichts an.«

Das wirkte. Anne schwieg. Sie lehnte sich zurück und drehte den Kopf zur Seite. Ihre Haare spielten im Fahrtwind.

Max spürte, wie sehr sie ihm in den letzten Jahren ans Herz gewachsen war. Am liebsten hätte er sie jetzt einfach in den Arm genommen. Es tat ihm fast leid, dass er sie so provoziert hatte. Aber es war höchste Zeit gewesen, Position zu beziehen.

Einige Minuten standen sie schweigend nebeneinander.

»Max, ich kann dir nichts vorschreiben. Ich denke, ich habe klar genug ausgedrückt, was ich von der Dame halte. Ich werde mich jetzt bemühen, mich für die restlichen Tage bis Singapur aus deinem Leben herauszuhalten. Auch wenn es mir im Fall der Gräfin wirklich schwerfällt.« Sie stand auf, lächelte ihn verlegen an. »Ich muss mich bei dir entschuldigen, Max. Nicht wegen der Gräfin. Wegen Alex. Ich habe überreagiert. Ich hatte urplötzlich eine derartige Angst um mein Kind. Die Vorstellung, dass er hätte ins Meer stürzen und sterben können, hat mich vollkommen überwältigt. Tut mir leid.«

»Ist gut, Anne. Du musst dich wegen Alex nicht entschuldigen. Mir blieb auch schier das Herz stehen, als mir klar wurde, dass er in den Korb geklettert war.«

»Jetzt bin ich gespannt, ob sich der Kapitän schon wieder beruhigt hat. Und wir sollten den armen Lars trösten. Ich will nicht wissen, was Ahlers ihm an den Kopf geworfen hat, obwohl er ja auch nichts dafürkann.«

Max atmete tief durch. Er spürte noch immer einen Druck auf dem Magen, fühlte sich aber im Moment unendlich erleichtert.

Dann tat Anne das, was er sich vor wenigen Minuten vorgestellt, aber nicht getraut hatte. Sie zog ihn an sich und nahm ihn fest in den Arm. Ihr Kopf ruhte an seiner Schulter, und sie schien keine Eile zu haben, sich aus dieser Position wieder zu befreien.

»Ich brauche jetzt dringend etwas Alkoholisches, Max«, flüsterte sie. »Hast du Lust, noch mit in die Bibliothek zu kommen?«

»Und ob. Ich denke da an einen Whisky. Dann können wir auch auf Alex und Lotte anstoßen. Du kannst stolz auf sie sein.«

»Du auch, Max! Wo du doch die Verantwortung für sie hast.« Sie küsste ihn zart auf sein Ohr. »Spaß, Max. Ist nur Spaß!«

31

»DU LÄUFST HEUTE ohne Krücken«, stellte Bettina erfreut fest, als Julia de Boer zum Frühstück in den Salon kam. »Hast du keine Schmerzen mehr?«

»Das Knie schmerzt ab und zu. Mal mehr, mal weniger. Aber es ist zunehmend belastbar. Ich mache in meiner Kabine regelmäßig Übungen zur Muskelstärkung.«

»Komm, setz dich zu mir. Herr Berger und die Kinder haben schon gefrühstückt, und Frau Stoll hat sich nur eine Tasse Kaffee geholt und ist auf das Promenadendeck verschwunden. Sie sagte, sie wolle die herrliche Morgenluft genießen.« Bettina biss in ein Croissant und nahm einen Schluck aus ihrer Kaffeetasse. »Köstlich«, sagte sie und verzog genießerisch das Gesicht.

Julia fand, dass sie in diesem Moment wie ein junges Mädchen aussah. Fröhlich und unbeschwert. Ihre Krankheit und persönlichen Sorgen schienen im Moment weit weg.

»Hast du unseren Autor heute schon gesehen?«, fragte Bettina.

»Nein. Ich mag mich täuschen, aber ich habe den Eindruck, dass er immer seltener beim Essen auftaucht. Und ich begegne ihm auch auf dem Schiff kaum noch. Er wirkt auf mich sehr verändert. Ich weiß nicht, wie ich es beschreiben soll. Wie sediert.«

»Da spricht die Krankenschwester. Aber ich teile deine Beobachtung. Sediert trifft es gut. Ob er irgendwelche Medikamente nimmt?«

Julia lachte kurz auf, wurde aber sofort wieder ernst. »Dann wären wir ja schon zu dritt.«

Bettina zog die Augenbrauen hoch. »Zu dritt? Wie meinst du das? Du brauchst doch keine Medikamente mehr für dein Knie, oder?«

Julia schwieg und senkte ihren Kopf.

»Julia, was ist? Wer ist die dritte Person, die Medikamente braucht? Ist etwas mit deinem Mann? Wo ist er übrigens?«

»Ich weiß es nicht. Ich habe ihn heute Morgen noch nicht gesehen.

Normalerweise ist er ein Frühaufsteher, aber hier auf dem Schiff ist alles anders.« Ihre Miene verdüsterte sich. Dann schüttelte sie den Kopf. »Keine Ahnung, was er treibt. Das interessiert mich im Moment auch nicht.«

Bettina sah sich um, ob Kai in der Nähe war. Sie waren allein.

»Julia. Ihr reist gemeinsam zu eurem Sohn nach Malaysia und habt getrennte Kabinen gebucht. Das kann ich ja noch nachvollziehen. Viele ältere Ehepaare schlafen getrennt. Jeder von uns kennt die nächtlichen Schnarchorgien. Aber zwischen euch stimmt doch etwas nicht. Ihr redet kaum miteinander. Ihr berührt euch nicht. Sag mir jetzt nicht, der Grund dafür sei, dass ihr lange miteinander verheiratet seid. Keiner erwartet in dieser Lebensphase heiße Liebesschwüre und Sex. Aber was ich bei euch beobachte, erinnert mich an meine eigene Beziehung. Und die ist nicht so alt wie eure. Aber sie fühlt sich heute schon an wie totes Holz. Und einen abgestorbenen Ast bekommst du nicht wieder grün. Selbst wenn du den Baum gießt.«

Sie war in Fahrt und wollte weiterreden, aber in diesem Moment kam Kai zurück.

»Noch etwas Kaffee, meine Damen?«, fragte er. »Oder einen Saft?«

Beide schüttelten den Kopf. »Danke nein, Kai. Sehr aufmerksam von Ihnen«, sagte Julia.

»Hast du Lust, mit mir rauszugehen und ein paar Schritte zu machen?«, fragte Bettina. »Auf dem Hauptdeck, oben auf dem Promenadendeck sind wir nicht ungestört.«

Julia nickte. Sie beendeten ihr Frühstück ohne Worte, gingen dann die Treppe nach unten und traten seitlich aus dem Bootshaus auf das Hauptdeck.

»Lass uns etwas an der Reling auf und ab gehen«, schlug Bettina vor. »So kommen wir der Mannschaft nicht ins Gehege.«

Es war ein herrlicher Sommertag. Die Sonne stand schräg über dem Schiff. Die riesigen Ladebäume zeichneten Schatten über das Vordeck, auf dem mehrere Matrosen damit beschäftigt waren, Ladeluken mit Farbe zu versehen. Die Morgenluft war frisch.

Die beiden gingen sehr langsam nebeneinander her. Julia legte dabei ab und zu leicht die Hand auf die Reling. Dann blieben sie stehen und atmeten fast gleichzeitig tief durch.

»Ist das nicht wunderschön?«, fragte Julia. Sie blickte an der Schiffswand nach unten und beobachtete, wie mehrere Meter unter ihr der glatte Schiffsrumpf Wellen nach oben schob. Ansonsten lag das Meer vollkommen still wie ein azurblauer Teppich.

»Ja, das ist es«, bestätigte Bettina nachdenklich.

»Ich weiß, du wartest auf eine Antwort von mir, Bettina, aber wo soll ich anfangen? Du warst sehr offen mit mir, als du über deine Krankheit, aber auch über deine Ehe gesprochen hast, deine unglückliche Ehe. Und heute könnte ich genau dasselbe tun, Bettina. Ich könnte über meine Krankheit mit dir reden. Und über meine unglückliche Ehe. Das Verrückte dabei ist, dass ich dir noch vor vier Monaten etwas ganz anderes erzählt hätte, wenn wir uns damals schon getroffen hätten! Ich hätte dir erzählt, dass ich gesund bin und mein Leben genieße. Dass ich einen wunderbaren Mann habe, den ich liebe. Einen Sohn, eine Schwiegertochter und eine Enkelin, die mir alle drei sehr viel bedeuten.« Sie stöhnte auf und fuhr sich mit einer Hand durch die Locken über ihrer Stirn.

»Was ist passiert?«, fragte Bettina und legte Julia die Hand leicht auf die Schulter.

»Eine gute Frage. Was ist wirklich passiert? Ich kann es selbst noch gar nicht richtig einordnen. Lass mich mit dem Unwichtigen anfangen. Dem Knie. Ein eingerissener Meniskus. Etwas, was Tausende jeden Tag auf der Welt erleben. Vor allem Sportler. Doch dann wurde das harmlose Knie zum Auslöser für etwas viel Schlimmeres. Bei den Untersuchungen wurde bei mir ein fortgeschrittener Tumor diagnostiziert. Pankreas.«

»Mein Gott, Julia. Das ist ja furchtbar. Das tut mir so leid. Was sagen denn die Ärzte?«

»Ich will es kurz machen. Natürlich wurde mir sofort das volle Programm empfohlen. Alles, was die moderne Medizin heute zu bieten hat. Und wir haben in Amsterdam wirklich gute Ärzte und Kliniken.«

»Und?«

»Nichts und. Ich habe alles abgelehnt.«

»Bist du verrückt?«

»Nein, bin ich nicht. Schau mal, Bettina. Ich habe noch ein halbes Jahr zu leben. Vielleicht ein ganzes. Die Behandlungen, die die Ärzte mir vorschlagen, sind grauenvoll. Und sie werden mich nicht retten. Ich bin Krankenschwester, ich weiß, wovon ich spreche. Ich habe meinem Hausarzt, der auch einer meiner besten Freunde ist, versprochen, dass ich meine Medikamente nehme und ansonsten aber das tue, was für mich jetzt am allerwichtigsten ist: meinen Sohn und seine Familie noch einmal zu sehen, bevor es zu spät ist.« Sie schluchzte leise, ihre Augen wurden feucht. Sie kramte in ihrer kleinen Handtasche nach einem Taschentuch.

Bettina trat noch näher an sie heran und legte ihr zärtlich einen Arm um die Schulter. »Alles wird gut«, sagte sie leise. »Tue das, was dir dein Herz sagt.«

Vom Vordeck klang lautes Gelächter zu ihnen herüber. Einer der Matrosen schien etwas Lustiges erzählt zu haben, die anderen standen um ihn herum und amüsierten sich.

Wie nahe beieinander Freude und Schmerz doch liegen, dachte Bettina. Hier weint eine Frau und weiß, dass sie nicht mehr lange zu leben hat. Keine zehn Meter weiter freuen sich gesunde, junge Männer ihres Lebens. Und wo stand sie selbst? Überwog bei ihr derzeit eher die Freude? Oder Trauer? Dass sie das Dengue-Fieber überstanden hatte und auf dem Weg der Besserung war, stimmte sie froh. Die Schiffsreise tat ihr gut. Und sie freute sich über den jungen Hauslehrer. Endlich konnte sie mit jemandem über den Verlust ihres Sohnes reden. Mit ihm konnte sie aber auch, trotz der Ernsthaftigkeit ihrer Gespräche, immer wieder herzhaft lachen. Wie lange war das her, dass sie mit einem Mann unbekümmert gelacht hatte? Natürlich hätte er ihr Sohn sein können. Sollte sie deshalb als Frau keine Gefühle haben? Max Berger war irgendwie süß. Und die Trauer? Ja, die war da. Aber zunehmend weniger. Dass ihre Ehe gescheitert war, ließ sich nicht mehr verdrängen. Jetzt musste sie sich dieser Situation stellen. Es war Zeit für einen Neuanfang. Für eine zweite Chance.

»Bettina?«

»Entschuldige, ich war gerade in Gedanken. Man soll nicht vergleichen, aber dein Schicksal berührt mich sehr und löst bei mir natürlich auch etwas aus.«

Sie nahm ihren Arm von Julias Schultern und trat einen Schritt zurück. »Weiß dein Mann, dass du Krebs hast? Ist eure Beziehung deshalb gestört?«

»Ich habe ihm bis heute nichts gesagt und fühle mich dabei ganz schrecklich. Mit jedem weiteren Tag unserer Reise geht es mir schlechter damit. Vermutlich merkt Henk, dass etwas mit mir los ist und dass ich ihm etwas verschweige. Bettina, ich muss dir jetzt alles erzählen. Ich halte das sonst nicht mehr aus.«

»Was heißt alles? Gibt es denn noch etwas außer dem Krebs?«

»Ja. Du wirst mir die Geschichte nicht glauben. Sie ist noch verwirrender, als es die Liebesromane unseres Herrn Leuthenbacher vermutlich sind. Aber das Leben schreibt ja wohl die verrücktesten Geschichten.«

»Du überrascht mich immer mehr. Was kommt jetzt noch?«

Julia holte tief Luft. »Ich bin nicht sicher, ob Henk der Vater meines Sohnes Kees ist.«

Bettina blieb kurz die Sprache weg. »Ist das dein Ernst?«, fragte sie dann. »Wie soll das denn gehen? Du musst doch wissen, ob …«

»Nein, das weiß ich nicht. Henk und ich kannten uns ein Jahr und wir wussten, dass wir füreinander bestimmt sind. Wir waren sehr verliebt und hatten viel und gerne Sex. Am Abend vor unserer Hochzeit organisierte meine Abteilung am Krankenhaus nach Dienstschluss eine kleine Party. Es sollte so etwas sein wie meine Verabschiedung in die Ehe. Es wurde ordentlich getrunken. Und du musst wissen, dass wir einen unglaublich attraktiven Stationsarzt hatten. Wilhelm war der Traum aller Schwestern und Patientinnen.«

Bettina verdrehte die Augen nach oben. »Ich ahne. Erzähl weiter!«

»Frage mich bitte nicht, wie es passiert ist. Irgendwann landeten Wilhelm und ich in einem nicht belegten Einbettzimmer. Wir fielen regelrecht übereinander her und waren danach trotz des reichlich genossenen Alkohols wieder fast nüchtern. Wir versprachen uns in die Hand, nie mit jemandem darüber zu sprechen und sind übrigens bis heute beste Freunde.«

»Beste Freunde?«

»Ja, er ist seit vielen Jahren unser Hausarzt.«

»Unser? Du meinst, Henk geht auch zu ihm?«

»Klar, warum denn nicht?«

»Und du hast nie versucht, dir Klarheit über den Erzeuger deines Sohnes zu verschaffen?«

»Nein, warum auch? Henk ist ein wunderbarer Mann, mit dem ich seit Jahrzehnten glücklich verheiratet bin.«

»Julia, du bist etwas ganz Besonderes«, lachte Bettina. »Ich kann es nicht glauben. Aber jetzt? Wie geht es weiter? Kannst du dir vorstellen, dass dein Mann hinter deine Geheimnisse gekommen ist? Kann es sein, dass er deshalb so verändert ist, wie du sagst?«

»Ich habe keine Ahnung. Von meinem Krebs kann er nichts wissen. Die Ärzte sind zum Stillschweigen verpflichtet. Von der Affäre zwischen Wilhelm und mir im Grunde auch nicht. Es gab keine Zeugen.«

»Aber manche Menschen haben ein sehr gutes Gespür. Vielleicht ahnt er etwas.«

»Das kann sein. Aber was soll ich machen?«

»Du bist eine lebenserfahrene Frau, Julia. Ich brauche dir nicht zu sagen, was du jetzt tun musst. Du solltest keinen Tag länger warten.«

»Ich weiß«, sagte Julia und schloss ihre Finger so fest um den hölzernen Handlauf der Reling, dass ihre Knöchel weiß hervortraten.

»Du schaffst das«, sagte Bettina leise. »Du schaffst das!«

32

DIE SEE LAG tiefschwarz und ruhig vor ihm. Der Mond spiegelte sich auf dem Wasser, und die Sterne flirrten in der Himmelskuppel.

Claasen liebte die nächtlichen Fahrten zu dieser Jahreszeit, vor allem in südlichen Gefilden. Er hatte das Gefühl, mit seinem Schiff in eine riesige, glitzernde Höhle zu fahren.

Die Brücke war nur sehr schwach beleuchtet. Dadurch hatten sich seine Augen an die Dunkelheit draußen gewöhnt. Die hohen Mastbäume, die Ladeluken, die filigrane Reling – alles sah aus wie mit feiner schwarzer Tusche gemalt. Selbst die dünnen Drähte und Taue konnte er als hauchfeine schwarze Linien erkennen.

Routinemäßig schickte er einen prüfenden Blick nach links und rechts durch die Fenster. Dann wieder nach vorne. Weit und breit kein Lichtpunkt, der auf ein anderes Schiff hingewiesen hätte.

Er schob den Ärmel seiner Uniformjacke hoch. Knapp drei Uhr. In wenigen Minuten würde Claus Behrendt ihn ablösen. Dann konnte er einige Stunden schlafen, bevor er gegen sieben Uhr wieder aus dem Bett musste. Duschen, frühstücken, sich auf den nächsten Dienst um neun vorbereiten.

Er dachte an Frau Stoll, neben der er gestern beim Abendessen gesessen hatte. Die Tabletten hatten gewirkt, sie war wieder schmerzfrei, aber einer Behandlung von ihm dennoch nicht abgeneigt. Während des Gesprächs war ihm jedoch schnell klar geworden, dass sie nicht an physiotherapeutische Übungen dachte, sondern an eine Massage.

»So viel Freizeit wie im Moment werde ich zu Hause in Indonesien mit Sicherheit so schnell nicht wieder haben«, hatte sie gesagt. »Im Grunde habe ich hier auf dem Schiff fast den gesamten Tag für mich. Wenn nicht Lotte auftaucht. Sie kommt jetzt öfter und sucht meine Nähe, während Alex nach wie vor auf seinen Hauslehrer fixiert ist. Warum sollte ich mir also keine schöne Massage von Ihnen gönnen?« Ihre blauen Augen strahlten ihn an. »Falls Sie überhaupt Zeit für mich haben.«

Bei dem Gedanken, diese Frau unter seinen Händen zu haben, hatte Claasen eine leichte Erregung verspürt.

»Zeitlich lässt sich das sicher einrichten, Frau Stoll.«

Claasen warf erneut einen Kontrollblick durch die Fenster und ging dann schnell seine Optionen durch. Da sie einen Hexenschuss gehabt hatte, käme eine Sportmassage in Betracht. Dabei würde er mit bestimmten Griffen gezielt einzelne verhärtete Muskeln und Verspannungen angehen. Das hieße in ihrem Fall Griffe an Po, Rücken, Schulterbereich. Sie würde dabei auf dem Bauch liegen. Slip und BH blieben an. Was aber, wenn er ihr eine entspannende Ganzkörpermassage anböte? Und ein wohlriechendes Massageöl verwenden würde? Dann würde er die Beine und die Vorderseite des Körpers ebenfalls massieren und Frau Stoll müsste sich umdrehen. Und zumindest der BH müsste weichen, denn er würde die langen, streichenden Bewegungen seiner öligen Hände entlang des Körpers zu sehr behindern. Die Vorstellung gefiel ihm.

»Dirk? Bereit zur Übergabe?«

Claasen fuhr zusammen. Er hatte seinen Kollegen nicht die Treppe hochkommen hören.

»Warum so schreckhaft?«, fragte Behrendt. »Du hast mich doch sicher schon sehnsüchtig erwartet, oder?«

»Ja, klar«, sagte Claasen zögerlich.

»Hallo, was ist los mit dir, Mann? Träumst du hier oben?«

»Nonsens. Du kannst übernehmen. Kurs der *Holsatia* stimmt und muss heute Nacht vermutlich nicht mehr korrigiert werden.«

»Lenk nicht ab«, sagte Behrendt. »Lass mich raten. Der Herr Claasen war in Gedanken und hat mich deshalb nicht gehört. Und wenn Herr Claasen dieser Tage in Gedanken ist, dann ist eine Frau nicht weit. Wie heißt sie doch gleich? Mir fällt der Name nicht ein.«

Claasen stieß ihm spielerisch die Faust in die Seite. Behrendt lachte, knickte zusammen und simulierte Schmerzen.

»Oh mein Gott«, stöhnte er. »Was für ein starker, sportlicher Mann.«

»Hör auf, du Spinner.«

»Warum sagst du ihr nicht einfach, dass du sie toll findest? Es kann dir doch gar nichts passieren. Und ich verpetze dich auch nicht bei Ahlers.«

»Ich weiß nicht. Ich bin mir nicht sicher, ob sie überhaupt Interesse an mir hat. Außerdem ist sie verheiratet.«

»Mann, du machst es dir aber schwer. Wie sie dich findet, wirst du nie erfahren, wenn du sie nicht fragst. Und dass eine Frau verheiratet ist, bedeutet nicht, dass man nicht einen Flirt versuchen könnte.«

Claasen nickte. »Du hast recht. Ich weiß selbst nicht, warum ich derart vorsichtig bin. Vielleicht bin ich einfach außer Übung, was das Flirten angeht. Okay, jetzt ist es für mich Zeit. Wir sehen uns morgen.«

Er ging zur Tür und wollte gerade die Treppe hinabsteigen, als er in der Dunkelheit eine Bewegung wahrnahm. Der Größe nach war es die Gestalt eines Mannes, der oben auf dem Heckaufbau an der Reling stand.

»Was macht denn der da hinten mitten in der Nacht? Spinnt der?«

Claasen überlegte nicht lange. Er sprang die Treppen hinunter und hetzte, so schnell es die Hindernisse auf Deck zuließen, zum Heck der *Holsatia*, wobei er versuchte, immer wieder einen Blick auf die dunkle Gestalt zu werfen. Der Mann schien jetzt auf eine der Stahltrossen gestiegen zu sein, die quer unter dem Handlauf gespannt waren. Wollte er sich ins Wasser stürzen?

Claasens Herz begann wie wild zu schlagen.

»Stopp! Machen Sie doch keinen Blödsinn!«, schrie er und kletterte die metallene Leiter hoch.

Oben angekommen und noch außer Atem stand er Leuthenbacher gegenüber, der gerade wieder von dem Drahtseil herabstieg.

»Sind Sie des Wahnsinns, Mann? Haben Sie noch alle Tassen im Schrank?«, schrie Claasen ihn an. In seiner Aufregung vergaß er, dass er einem Passagier gegenüberstand.

»Es tut mir leid, dass ich Sie erschreckt habe«, sagte Leuthenbacher kleinlaut. »Und falls Sie das denken: Ich hatte nicht vor, vom Schiff zu springen.«

»Aber warum klettern Sie dann mitten in der Nacht auf der Reling herum? Sie hätten auch ausrutschen können. Bis morgen früh hätte kein Mensch Ihr Verschwinden bemerkt.«

Claasen versuchte mühsam, seine Aufregung unter Kontrolle zu bringen. Er konnte nicht glauben, dass der nächtliche Ausflug von Leuthenbacher nur ein Scherz gewesen sein sollte. Irgendetwas stimmte mit dem Mann nicht. Und er musste herausfinden, was es war. Schließlich hatte er als Schiffsoffizier nicht nur Verantwortung für die Crew, sondern auch für die Passagiere.

»Wissen Sie was, Herr Leuthenbacher? Auf den Schreck hin sollten wir zwei einen Schluck trinken. Was meinen Sie? Im Salon finden wir sicher noch etwas Passendes und dann machen wir es uns in der Bibliothek bequem. Kommen Sie!«

Leuthenbacher sagte nichts, stieg hinter Claasen die Leiter nach unten und folgte ihm über das Deck. Claasen sah Behrendt oben auf dem Nock stehen und gab ihm ein Zeichen der Beruhigung. Sein Kollege verstand und ging in das Brückenhaus zurück.

Als sich die Männer zehn Minuten später in der Bibliothek gegenübersaßen, hatte Claasen einen Whisky vor sich stehen, Leuthenbacher ein Glas Wasser. Er hatte Alkohol kategorisch mit der Begründung abgelehnt, das gehe nicht mit seiner Medizin zusammen.

»Was nehmen Sie denn ein?«, fragte Claasen ohne Umschweife.

Leuthenbacher zögerte. Dann nannte er das Präparat. Der Name bestätigte Claasens Verdacht. Ein starkes Psychopharmakon.

»Wie lange nehmen Sie es schon?«

»Seit einigen Monaten.«

»Erzielt es die erhoffte Wirkung?«

»Ja und nein. Ich bin insgesamt etwas ruhiger. Das, was ich erlebt habe, ist weiter weggerückt. Der Druck lastet nicht mehr so gewaltig auf mir und ich kann wieder freier atmen.«

»Aber?«

Leuthenbacher zögerte. »Ich kann nicht mehr schreiben«, sagte er dann. »Ich habe zum ersten Mal in meinem Leben eine Schreibblockade. Herr Claasen, haben Sie eine Ahnung, was das heißt? Ich habe den Abgabetermin für mein Buch schon dreimal verschieben müssen. Jetzt habe ich einen allerletzten Termin im Dezember, also in etwa acht Wochen. Und der Verlag hat mit Vertragsstrafe gedroht.«

Er sank in seinem Sessel in sich zusammen. Claasen fand erst jetzt die Zeit, ihn genauer anzuschauen. Er erschrak über das bleiche Gesicht, die dunklen Ringe unter den Augen. Die Hände des Schriftstellers zitterten und fuhren unruhig über die Mahagoniplatte des Couchtisches.

»Ich schaffe das nie. Seit ich auf dem Schiff bin, habe ich keine zwanzig Seiten geschrieben. Und ich hatte gehofft, hier die Ruhe zu finden, um zu meiner Schreibgewohnheit zurückzufinden. Sie müssen wissen, dass ich sonst problemlos in wenigen Monaten ein brauchbares Manuskript schreiben kann. Jetzt sind es schon sechs Monate, seit ich den Auftrag angenommen habe.«

»Werden Sie in Singapur erwartet?«, fragte Claasen.

»Ja. Ein Freund holt mich ab. Ich werde bei ihm wohnen.«

Claasen lehnte sich zurück. Was war zu tun? Er war kein Psychotherapeut. Er nahm an, dass es jetzt erst einmal darauf ankam, den Mann zu stabilisieren. Keiner hier auf dem Schiff konnte ihm helfen, seinen Roman weiterzuschreiben. Der Abgabetermin würde vermutlich platzen, aber davon ging die Welt nicht unter. Leuthenbacher würde lernen müssen, mit diesem Misserfolg zu leben. Vielleicht sogar, daran zu wachsen. Die Vertragsangelegenheit regelte am besten ein Anwalt. Das ließe sich von Singapur aus über den Freund sicher regeln. Vermutlich war es sinnvoll, dass Leuthenbacher die Psychopharmaka weiter anwandte, damit er nicht vollends durchdrehte. Wichtig war nur, dass er die Tabletten genau nach Vorschrift einnahm.

Über all das würde Claasen morgen in Ruhe mit ihm sprechen und den Autor so weit zu beruhigen versuchen, dass er ohne weitere Verschlechterung seiner Gemütslage nach Singapur kam.

»Eines interessiert mich noch, Herr Leuthenbacher. Was hat Sie denn so aus der Bahn geworfen?«

»Eine Frau, Herr Claasen. Eine Frau. Regula. Die große Liebe meines Lebens.«

»Das tut mir sehr leid. Aber das scheint doch sehr lange her zu sein, oder nicht?«

»Über zwanzig Jahre.«

»Warum ist dann Ihr Schmerz heute noch so groß? Und warum sagten Sie, dass Ihre Schreibblockade mit einem Ereignis zu tun hat, das nur wenige Monate zurückliegt?«

»Vor sechs Monaten starb mein Vater an Krebs. Sein Tod hat mich mehr mitgenommen, als ich gedacht hätte. Wir hatten kein gutes Verhältnis, hatten über Jahre kaum miteinander gesprochen. Aber als er tot war, hatte ich das Gefühl, dass mit ihm auch ein Stück von mir verschwunden war. Dass das Unausgesprochene, das zwischen uns gestanden hatte, ohne ihn nicht mehr zu klären sein würde.«

»Dann führen Sie Ihre Schreibprobleme auf den Tod Ihres Vaters zurück?«

»Nicht allein. Ich vermute, dass ich mit dieser Situation nach gewisser Zeit fertig geworden wäre. Zumindest so, dass ich hätte weiterschreiben können. Was mich vollends aus der Bahn geworfen hat, geschah erst wenige Wochen vor meiner Abreise.«

»Wollen Sie es mir erzählen?«

»Ich hatte im September eine Lesung im Hotel Schweizerhof in Zürich. Es sollte meine letzte sein vor meiner Fahrt nach Singapur. Alles lief wie geplant. Die Lesung war sehr erfolgreich. Ich hatte schon eine Reihe von Büchern signiert und wollte gerade zusammenpacken, da stand völlig unerwartet noch eine Frau vor mir. Es war Regula.«

Das Zittern seiner Hände nahm zu.

Claasen begriff sofort. Er fragte aber trotzdem nach: »*Die* Regula?«

»Regula Wyss. Meine große Liebe.« Leuthenbacher verschränkte die Hände fest ineinander, um das Zittern zu kontrollieren. »Ich erkannte sie im ersten Moment nicht. Sie war einigermaßen ordentlich gekleidet, aber ihr Gesicht sah schrecklich aus. Hatte nichts gemein mit dem bildhübschen Gesicht der jungen Frau, die ich gekannt hatte. Ihre Haut war unrein, faltig, grau. Die früher leuchtenden Augen waren matt. Die Haare strähnig und ungewaschen.« Seine Stimme wurde brüchig, Tränen standen in seinen Augen.

Claasen stand auf, ging in den Salon und kam mit einer weißen Serviette zurück, die er Leuthenbacher reichte.

»Was wollte sie von Ihnen?«

Der Autor atmete tief ein. »Regula war sehr betrunken. Als ich aufstand, stammelte sie: ›Ich liebe dich. Mehr als alles andere. Ich will zu dir zurück.‹ Dann kam sie um den Tisch herum und versuchte, mich zu umarmen. Für einen Moment war ich sprachlos. In mir zerbrach etwas. Das war nicht die Frau, die ich so sehr geliebt hatte. Diese Frau war mir fremd. Mehr noch, sie widerte mich an. Ich drückte sie von mir weg und sagte ihr, dass ich nichts mehr mit ihr zu tun haben wollte. Da begann sie zu schreien. Die Zuhörer meiner Lesung waren glücklicherweise schon aus dem Raum, vom Hotel waren zwei Angestellte damit beschäftigt, die Stühle der hinteren Sitzreihen abzuräumen.«

Claasen nickte stumm und füllte Leuthenbachers Glas erneut mit Wasser.

»Die beiden Männer kamen mir zu Hilfe, als Regula mich angriff und mir ins Gesicht schlug. Sie wurde von ihnen an den Armen gepackt und aus dem Raum geschleppt, obwohl sie sich wie eine Verrückte wehrte.«

»Das muss schrecklich für Sie gewesen sein«, sagte Claasen voller Mitgefühl.

»Das war es.«

Leuthenbacher nahm einen Schluck Wasser. Er löste seine Hände, das Zittern hatte nachgelassen.

»Was ist danach passiert? Gab es denn noch ein Nachspiel?«

»Das Ganze endete tragisch. Ich schlief furchtbar schlecht in der Nacht. Regulas verzerrter Gesichtsausdruck und ihre Schreie, als sie weggeschleppt wurde, ließen mich nicht los. Nach dem Frühstück am nächsten Morgen hatte ich einige Erledigungen in der Stadt zu machen. Als ich zurückkam, sah ich ein Polizeifahrzeug in der Hotelauffahrt stehen, dachte mir aber nichts dabei. ›In der Lounge wartet ein Herr auf Sie‹, flüsterte mir der Rezeptionist zu, als ich meinen Zimmerschlüssel verlangte. Ich fand den Kommissar in der hintersten Ecke der Lounge. Er entschuldigte sich für die Störung. ›Es ist eine reine Formsache, Herr Leuthenbacher‹, sagte er. ›Wir haben schon die Aussagen der beiden Angestellten des Hotels. Und wir wissen, dass die Frau Sie angegriffen hat.‹ ›Wozu brauchen Sie mich dann noch?‹, wollte ich wissen. ›Ich hoffe, von Ihnen mehr über die Tote zu erfahren‹, sagte er ganz ruhig.«

Jetzt sackte Leuthenbacher in seinem Sessel vollends in sich zusammen. Tränen liefen ihm über das Gesicht. Er wischte sie mit der weißen Serviette ab.

»Ich dachte, mir bricht das Herz. Obwohl ich Regula am Abend vorher noch zur Hölle gewünscht hatte.«

»Was war denn passiert?«, fragte Claasen und beugte sich nach vorne.

»Ein Mann, der am Kai des Zürichsees Tretboote vermietet, entdeckte ihre Leiche am frühen Morgen im Wasser. In ihrer Jackentasche fand die Polizei die Einladung zu meiner Lesung. Das Papier war durchweicht, der Name des Hotels war aber noch zu entziffern.«

Claasen spürte, wie ihn die Müdigkeit übermannte, obwohl ihn die Geschichte in ihren Bann gezogen hatte. Vier Stunden Nachtwache, die Aufregung und das anstrengende Gespräch zu nachtschlafender Zeit forderten langsam ihren Tribut.

Leuthenbacher war offenbar auch am Ende seiner Kräfte. Seine Schultern hingen nach vorne, sein Mund stand leicht offen.

»Herr Leuthenbacher, ich bringe Sie jetzt in Ihre Kabine. Sie schlafen am besten erst mal aus. Es braucht sicher etwas Zeit, um das Erlebte zu verarbeiten. Sie sollten daran denken, sich professionelle Hilfe zu holen. Ich bin sicher, dass sich so etwas in Singapur finden lässt. Vielleicht kann Ihr Freund Ihnen bei der Suche behilflich sein. Aber für den Rest der Seereise empfehle ich Ihnen, loszulassen und sich einfach auszuruhen. Genießen Sie die herrliche Luft, das wunderbare Licht über dem Wasser, die Gespräche an Bord. Und eines Tages werden Sie wieder ganz befreit Ihre Liebesromane schreiben können. Und die gehen ja, so wie ich Sie bislang verstanden hatte, am Ende immer gut aus!«

Von Leuthenbacher kam keine Reaktion mehr.

»Kommen Sie«, sagte Claasen.

Auf ihrem Weg durch den Flur hielt Claasen den Schriftsteller leicht am Arm fest, da dieser etwas unsicher auf den Beinen war.

»Ein Anliegen habe ich noch«, sagte Claasen an der Kabinentür. »Bitte halten Sie sich streng an die Einnahmevorgaben Ihres Arztes. Mit den Psychopharmaka ist absolut nicht zu spaßen.«

Er war sich nicht sicher, ob Leuthenbacher ihn verstanden hatte, denn er verschwand wortlos in seiner Kabine und schloss die Tür.

Eine Weile blieb Claasen unschlüssig stehen, dann ging er langsam den Flur hinab und bog um die Ecke. Vor der Kabine von Anne Stoll blieb er stehen und legte ein Ohr an die Tür. Dahinter war es still. Das Einzige, was er hörte, war das leise Brummen der Schiffsmaschine, das von außen zu ihm drang.

Auf einmal fühlte er sich schrecklich allein.

Wie schön wäre es jetzt, Anne Stoll im Arm zu halten, ihren warmen Körper zu spüren, ihren Geruch einzuatmen.

Um dann neben ihr einzuschlafen.

33

NACH DEM DINNER am Samstagabend fühlte sich Max müde und freute sich auf eine warme Dusche. Auf dem Weg zurück in seine Kabine entschloss er sich jedoch, noch einen Abstecher auf das Promenadendeck zu machen und die frische Nachtluft zu genießen.

Das Deck war leer. Er lehnte sich über die Reling und beobachtete die Wellen, die sich, vom Bug des Schiffes ausgehend, schon nach kurzer Distanz auf der spiegelglatten Wasseroberfläche verloren. Hier oben hatte er vor zwei Tagen die Auseinandersetzung mit Anne gehabt, nachdem Alex in den Korb an der Außenwand des Schiffes geklettert war. Der Streit war unangenehm, aber wichtig gewesen. Die Auseinandersetzung hatte ihm geholfen, mehr Klarheit in sein Verhältnis zu Anne zu bringen.

Sie hatten beide vor Beginn der Reise und auch in den ersten beiden Wochen auf See seiner Einschätzung nach zu wenig über ihre gegenseitigen Erwartungen und Bedürfnisse gesprochen und einfach darauf vertraut, dass sie sich gut genug kannten, um das gemeinsame Jahr erfolgreich bewältigen zu können. Und sie hatten dabei Annes Mann Robert weitgehend außen vor gelassen. Jetzt näherten sie sich in großen Schritten dem Ende ihrer gemeinsamen Reise, und Max wurde bewusst, dass sie die verbleibenden Tage für weitere Klärungsgespräche nutzen mussten.

Trotz des Ereignisses mit Alex war Max überzeugt, dass das Verhältnis zwischen Anne und ihm gut und belastbar war. Offen blieb, wie sich die Beziehung zu Herrn Stoll gestalten würde. Und, nicht zu vergessen, die Beziehung zu Lotte. Sie ging in letzter Zeit etwas auf Abstand zu ihm und suchte zunehmend die Nähe ihrer Mutter. Alex fand das blöd, wie er Max ungefragt wissen ließ, aber Max machte sich Gedanken, was das für seine weitere Tätigkeit als Hauslehrer und Familienmitglied bedeuten würde.

Und dann war da noch die Gräfin. Wie würde sich das Verhältnis zwischen ihnen in den verbleibenden sechs Tagen bis Singapur entwickeln?

Max fragte sich, ob zwischen ihnen im Grunde nicht alles gesagt worden war. Er wusste vom Schicksal ihres Sohnes. Er wusste, dass sie am

Fortbestand ihrer Ehe zweifelte, aber bislang nicht den Mut und die Kraft gehabt hatte, ihren Mann zu verlassen. Er hatte ihr zugehört und sie hatte es offensichtlich genossen, einen Zuhörer zu haben. Und er hatte ihr einiges von sich selbst erzählt und sie öfter zum Lachen gebracht.

Max konnte sich nicht vorstellen, dass sie ernsthaft etwas von ihm als Mann wollte. Und wollte er etwas von ihr als Frau? Im Moment konnte er die Frage nicht eindeutig beantworten. Ihre Wege würden sich in Singapur trennen und sie würden sich nie mehr wiedersehen. Sie hatte ihr eigenes Leben mit ihrem Mann. Und ihn erwarteten elf Monate neuer Eindrücke in einem fremden Land, als Hauslehrer für Lotte und Alex. Verbunden mit der Chance, neue Menschen kennenzulernen, und darunter würde hoffentlich auch die eine oder andere interessante Frau sein.

Was blieb der Gräfin und ihm also noch? Max schob die Schultern nach hinten, hob beide Arme in die Waagrechte und atmete tief ein. Dann senkte er die Arme und ließ die Luft langsam durch seinen halb geöffneten Mund entweichen. Er warf einen Blick auf die dunkle Wasseroberfläche und lief zur Treppe.

Als er gegen dreiundzwanzig Uhr aus der Dusche stieg, klopfte es leise an seiner Kabinentür. Max zögerte. Das leise Klopfen wiederholte sich. Um diese Zeit konnte das nur Anne sein.

»Einen Moment«, rief er, trocknete sich so schnell es ging ab und schlüpfte in den flauschigen weißen Bademantel.

Vor ihm im Flur stand die Gräfin. Sie wirkte ernst.

»Darf ich hereinkommen?«, fragte sie.

»Natürlich«, sagte Max, ohne lange zu überlegen. Er schloss die Tür schnell hinter ihr. Hoffentlich hatte sie niemand beobachtet, dachte er, doch im gleichen Moment wurde ihm bewusst: Auf der *Holsatia* geschah nichts unbemerkt. Es war, als ob das Schiff Augen hätte. Morgen würden alle wissen, dass die vornehme Gräfin nachts in die Kabine des Hauslehrers geschlüpft war.

»Unsere gemeinsame Zeit geht bald zu Ende«, sagte die Gräfin. »Ich will noch etwas von Ihnen wissen, was mir vielleicht helfen kann, über den Tod meines Sohnes hinwegzukommen.«

Max spürte, wie sich sein Magen zusammenzog. Der Tod ihres Sohnes ging ihm nahe. Und dass dieser heute etwa genauso alt gewesen wäre wie er selbst, verband ihn in besonderer Weise mit ihrem Schicksal.

»Nehmen Sie doch erst mal Platz«, sagte Max. »Darf ich Ihnen etwas zu trinken anbieten?«

Sie setzte sich auf die Couch, und erst jetzt nahm Max bewusst wahr, wie sie gekleidet war. Sie trug ein langes, eng geschnittenes Kleid aus einem dunkelroten, seidig glänzenden Stoff. Das Oberteil war hoch geschlossen und endete in einem kleinen Stehkragen. Ein Schlitz an der linken Seite des Unterteils gab, als sie jetzt ihre Beine übereinanderschlug, den Blick bis zur Mitte ihres wohlgeformten Schenkels frei.

Max holte tief Luft und richtete seinen Blick schnell auf ihr ausdrucksvolles Gesicht, aber er war überzeugt, dass sie ihn genau beobachtet und seine Reaktion auf ihr nacktes Bein sehr wohl registriert hatte.

»Was haben Sie denn anzubieten?«

»Sie trinken, soweit ich weiß, gerne Champagner.«

Sie nickte.

»Kai hat es gut mit mir gemeint und mir vor einigen Tagen eine kleine Flasche in den Kühlschrank gestellt. Das wäre vielleicht etwas für uns beide.«

Max öffnete die Flasche, goss zwei Gläser ein, verschloss die Flasche und stellte sie in den Kühlschrank zurück.

Die Gräfin nahm ihr Glas und lehnte sich in das Kissen. Der Schlitz in ihrem Kleid öffnete sich durch diese Bewegung etwas weiter.

»Zum Wohl«, sagte Max.

»Auf Sie, Max.«

Er trank einen Schluck und atmete tief durch. Was wollte sie von ihm?

»Sie hatten mir einmal beim Abendessen erzählt, dass Sie als Zwölfjähriger den Wohnort und das Gymnasium wechseln mussten. Richtig?«

Max nickte.

»Erzählen Sie mir bitte davon. Wie haben Sie diesen Wechsel erlebt? Sie mussten doch Freunde zurücklassen? Spielkameraden? Schulfreunde?«

»Ich hatte zu Beginn ziemliche Schwierigkeiten in der neuen Schule. Ich traf auf mehrere gewachsene Cliquen, die einen Neuen nicht automatisch aufnahmen. Das erste Jahr war schwer für mich. Ich fühlte mich allein und meine Freunde von früher fehlten mir sehr.«

Er beobachtete die Gräfin und sah, dass sich ihr Gesicht bei seiner Erzählung weiter verschloss.

»Aber alles änderte sich dann grundlegend im nächsten Schuljahr«, sagte er deshalb schnell.

»Wie das?«, fragte sie und beugte sich etwas nach vorne, was dazu führte, dass sich der Schlitz ihres Kleides an ihrem Schenkel noch einmal etwas weitete. Max fragte sich, ob sie darunter überhaupt noch etwas anhatte. Aber schließlich trug er ja unter seinem Bademantel auch nichts.

»In der dritten Gymnasialklasse tauchte am ersten Schultag ein neuer Schüler auf. Er kam aber nicht, wie ich vor einem Jahr, von einer anderen Schule, sondern war durchgefallen. Mit ihm gab es jetzt zwei Fremde in meiner Klasse, und es bot sich an, dass wir uns einen Zweiertisch teilten. Diese Wahl hatte weitreichende Konsequenzen. Peter, so hieß der Junge, saß die verbleibenden sieben Jahre bis zum Abitur neben mir und ist bis heute mein bester Freund.«

Sie schwieg. Max wartete eine Weile. Dann erzählte er weiter.

»Ab dem Moment, an dem wir zu zweit auftraten, änderte sich die Gruppendynamik in der Klasse. Die anderen Schüler nahmen uns jetzt wahr. Peter hatte darüber hinaus den Vorteil, dass er älter war als wir anderen, und allein das verschaffte ihm Respekt. Mit seinem Erscheinen wurde für mich aus einem fremden Ort tatsächlich eine neue Heimat. Erstaunlicherweise bezog sich diese Veränderung nicht nur auf die Schule, sondern auch auf die Stadt, in die ich umgezogen war. Und ab diesem Moment verblassten auch die Erinnerungen an meinen Geburtsort und an die alten Freunde sehr schnell.«

Die Gräfin saß jetzt in sich gekehrt auf der Couch. Er entschloss sich, einfach weiterzureden.

»Es gibt natürlich noch einen weiteren Punkt, der für meine Zufriedenheit und mein Glück in dieser Zeit wichtig war: Ich hatte meine Eltern, die für mich da waren. Aber wenn ich heute zurückschaue, dann hatte in dieser Phase meines Lebens die neu gewonnene Freundschaft vermutlich die größte Bedeutung für mich.«

In der Kabine war es still.

»Wissen Sie, ob Ihr Sohn gute Freunde hatte?«, fragte Max vorsichtig.

Sie nickte nachdenklich. »Ja, das hatte er. Nachdem seine Leiche identifiziert und von den polnischen Behörden freigegeben worden war, organisierten wir die Beerdigung im kleinen familiären Kreis in Hamburg. Und da bemerkte ich den fremden Jungen. Er stand etwas abseits und weinte. Mein Schwager, bei dem mein Sohn in Brüssel gelebt hatte, war mit seiner Familie gekommen. Er wies mich auf den Fremden hin und erklärte mir, dass er der engste Schulfreund meines Sohnes gewesen war. Ich sprach ihn dann direkt nach der Beerdigung an. Seine Eltern hatten ihn extra nach Hamburg gebracht und warteten vor dem Friedhof auf ihn. Er war Belgier und am Boden zerstört. Er muss für unseren Sohn das gewesen sein, was Ihr Freund Peter damals für Sie war.«

Max holte die Flasche Champagner erneut aus dem Kühlschrank und verteilte den Inhalt auf ihre leeren Gläser.

»Lassen Sie uns auf Ihren Sohn anstoßen«, schlug er vor. »Er hatte in Ihnen eine fürsorgende Mutter, auch wenn Sie nicht täglich in seiner Nähe sein konnten. Er hatte einen besten Freund, mit dem er sicher alles besprechen konnte, was ihn beschäftigte. Und hatte er nicht eine liebevolle Ersatzfamilie, bei der er lebte? Hatten Sie mir nicht erzählt, dass ihn die Familie ihres Schwagers wie einen eigenen Sohn aufnahm und sich um ihn kümmerte?«

Sie schien nachzudenken und zu prüfen, was Max soeben gesagt hatte.

»Ja, Sie haben recht. Ich hatte bei unseren Telefonaten, und wenn wir uns persönlich trafen, immer den Eindruck, dass es ihm gut ging. Er war ein sehr positiver Junge und freute sich am Leben.«

Max sah, dass ihre Augen feucht schimmerten, und wurde zunehmend ratlos. Vor ihm saß die Verführung in Person, aber er durfte ihr das jetzt auf keinen Fall zeigen. Wollte sie weiterreden? Sollte er Sie einladen, zu bleiben? Erwartete sie, dass er sie zu ihrer Kabine zurückbrachte?

Er nahm sein Glas und leerte es in einem Zug.

»Ich danke Ihnen sehr, dass Sie sich Zeit für mich genommen haben«, sagte die Gräfin. »Ich habe bis jetzt niemanden gefunden, mit dem ich so offen wie mit Ihnen über den Verlust meines Sohnes sprechen konnte.«

Lange durften sie sich so nicht mehr gegenübersitzen. Trotz der Tragik dessen, was sie erlebt hatte, war die Gräfin eine Frau aus Fleisch und Blut. Und er ein Mann.

Wenn nur dieser verdammte Schlitz in ihrem Kleid nicht gewesen wäre. Ihr nacktes Bein begann, eine fast magische Anziehung auf ihn auszuüben. Er konnte doch nicht ständig aus dem Fenster in die dunkle Nacht hinausstarren. Oder an die Decke.

Und jetzt spürte er auch noch das ihm nur zu gut bekannte Ziehen im Unterleib. Wenn er das, was sich jetzt anzubahnen drohte, nicht schnell in den Griff bekam, konnte er seinen Zustand nicht mehr vor ihr verbergen. Er versuchte verzweifelt, seine Gedanken auf etwas anderes zu richten und damit die nahende Katastrophe zu verhindern. Die anstehenden Klassenarbeiten für Lotte und Alex! Hatte er alles vorbereitet?

In diesem Augenblick kam die erlösende Botschaft.

»Ich glaube, ich lasse Sie jetzt besser allein. Ich habe Sie lange genug von Ihrer verdienten Nachtruhe abgehalten.« Sie stand auf und ging in Richtung Tür. »Schlafen Sie wohl, Max.«

Max erhob sich. Kurz vor der Tür drehte sie sich um und kam auf ihn zu.

»Ich darf doch?«, fragte sie, und bevor er reagieren konnte, nahm sie ihn in den Arm, drückte ihren Körper fest an seinen, hauchte ein »Danke« in sein Ohr und verließ, ohne sich noch einmal umzudrehen, seine Kabine.

Max blieb perplex zurück und spürte dem Druck ihres Körpers nach. Es gab keinen Zweifel daran, dass sie seinen Zustand durch ihr dünnes rotes Kleid gespürt haben musste.

Max konnte lange nicht einschlafen. Anne hatte recht gehabt. Er hätte sich niemals auf diese Frau einlassen dürfen. Warum nur gab er immer wieder seiner inneren Stimme nach, die ihn animierte, die Nähe dieser Frau zu suchen?

Und die Frage, wie es mit ihm und der Gräfin weitergehen sollte, war nach der heutigen Nacht noch schwieriger zu beantworten als zuvor.

34

»SCHÖN, DASS ES doch noch geklappt hat«, sagte Julia de Boer, nachdem sich Leuthenbacher ihr gegenüber auf der Couch niedergelassen hatte. Hinter dem offenen Kabinenfenster hingen dicke weiße Wolken in einem stahlblauen Himmel.

»Ich hätte es sehr bedauert, wenn ich vor meiner Ankunft in Port Swettenham keine Gelegenheit mehr gefunden hätte, mich mit Ihnen über Literatur zu unterhalten. Wann habe ich denn schon mal Gelegenheit, mit einem echten Schriftsteller über meine Liebhaberei zu sprechen? Bücher haben mir immer sehr viel bedeutet. Ach, Entschuldigung, ich habe Ihnen noch gar nichts angeboten.«

»Ein Glas Wasser wäre prima.«

»Sie auch? Ich trinke im Moment ebenfalls nur Wasser.«

»Lassen Sie mich das doch machen«, bot Leuthenbacher an und goss aus der Karaffe zwei Gläser voll.

Julia beobachte ein leichtes Zittern in seiner rechten Hand, das ihr auch schon bei den Mahlzeiten aufgefallen und ihrem Eindruck nach in den letzten beiden Wochen zugenommen hatte. Sein Gesicht war bleich, aber seine Augen blickten lebendig und er wirkte insgesamt gefasst.

»Wie geht es Ihrem Knie?«, fragte Leuthenbacher.

»Es wird täglich beweglicher. Schmerzen habe ich vor allem morgens beim Aufwachen. Eigentlich verrückt, ich dachte eher, dass es nach Belastung schmerzen müsste und nicht, wenn es sich über Nacht ausruhen konnte. Aber alles in allem bin ich sehr zufrieden.«

»Wenn Sie sagen, dass Literatur Ihre Liebhaberei ist, dann nehme ich an, dass Sie schon immer viel gelesen haben?«

Julia nickte. »Das habe ich. Seit frühester Jugend.«

»Auch, als Sie Krankenschwester waren und sicher viele Nacht- und Wochenenddienste hatten?«

»Gerade damals. Wenn ich von einem anstrengenden Dienst nach Hause kam, brauchte ich erst einmal ein Buch, um herunterzukommen.

Natürlich war ich zuweilen nicht mehr uneingeschränkt aufnahmebereit, aber Bücher haben mich immer schnell und gut von den Schicksalen abgelenkt, denen ich in meiner Arbeit begegnet bin.«

»Und was lesen Sie gerne? Ich vermute, wohl eher keine Liebesromane?«, sagte Leuthenbacher und lächelte.

»So würde ich das nicht sagen. Ein schöner Liebesroman kann mich von Zeit zu Zeit durchaus erfreuen. Aber der Schwerpunkt meiner Lektüre liegt wohl eher bei Bildungs- und Gesellschaftsromanen.«

»Sie sprechen fließend Deutsch. Und wie viele Holländer sicher auch gut Englisch.«

Julia nickte.

»Dann stehen Ihnen Autoren aus drei Sprachkreisen zur Verfügung. Darum beneide ich Sie!«

»Ja, so kann man es sehen. Aber ich muss gestehen, dass ich bevorzugt in Deutsch lese. Obwohl ich erst vor Kurzem mal wieder zu einem Buch von Updike in Englisch gegriffen habe. Aber das war trotz der guten Kritiken und seiner wochenlangen Position auf der Bestsellerliste nicht wirklich das, was ich erwartet hatte.« Zwischen ihren feinen Augenbrauen bildeten sich zwei senkrechte Falten.

»Welches Buch war das?«

»*Couples*.«

»Mein Englisch ist nicht sehr gut, ich habe das Buch deshalb in der deutschen Übersetzung gelesen. Ich war auch nicht so begeistert, wie es die Presse war.«

»Warum?« Jetzt glättete sich ihre Stirn wieder.

Leuthenbacher nahm zum ersten Mal ihre gepflegte, zarte Gesichtshaut bewusst wahr.

»Die Idee des Romans fand ich sehr interessant«, sagte er. »Zehn Ehepaare treffen für eine begrenzte Zeit auf engem Raum aufeinander. Nach außen die prüde amerikanische Normalität. Unter der Decke Sodom und Gomorrha, eine promiskuitive Gruppendynamik zwischen den Paaren. Mir war es aber zu langatmig geschrieben. Persönlich empfand ich es auch nicht als die ungeheure Provokation, die der *Spiegel* dem Buch attestierte.«

»Können Sie so was denn nachvollziehen?«, fragte Julia. »Dass eine verheiratete Person dem Wunsch nach Sex mit einem Dritten ganz bewusst nachgibt, obwohl sie damit gegen gesellschaftliche Konventionen verstößt, selbst gegen die eigenen Vorstellungen von Liebe und Treue?«

»Schwer. Nein, eigentlich nicht. Ich möchte mir gerne den Glauben erhalten, dass es so etwas wie die große Liebe und, mit ihr untrennbar verbunden, die Treue gibt. Obwohl ich genau daran in meinem Leben gescheitert bin.« Leuthenbacher verzog sein Gesicht, als ob er Schmerzen hätte.

»Ist etwas?«

»Nein, es ist alles gut.«

Er wollte auf keinen Fall wieder über seine schreckliche Begegnung mit Regula Wyss sprechen. Ihm steckte noch die Nacht mit Claasen in den Knochen. Aber immerhin hatten ihm das nächtliche Gespräch und eine weitere Unterhaltung am nächsten Tag die Zuversicht vermittelt, dass es eine Lösung für seine Probleme gab. Auch für seine Schreibblockade. Diese würde er Frau de Boer heute auf keinen Fall eingestehen, da sie ihn als Schriftsteller zu sich eingeladen hatte und er das positive Bild, das sie von ihm zu haben schien, nicht zerstören wollte.

»Kommen Sie als Autor denn selbst überhaupt zum Bücherlesen? Oder werden Sie dadurch eher von Ihren eigenen Geschichten abgelenkt?«

»Wenn ich sehr intensiv in einem Schreibprozess bin, kann ich nichts anderes lesen. In Phasen, in denen ich recherchiere oder entspanne, nehme ich natürlich andere Bücher zur Hand. Belletristik, wie Sie.«

»Und was haben Sie zuletzt gelesen?«

»In diesem Frühjahr, vor dem Krebstod meines Vaters, las ich *Deutschstunde* von Siegfried Lenz und fand dort einiges über eine schwierige Vater-Sohn-Beziehung, die mich in manchem an mein gestörtes Verhältnis zu meinem eigenen Vater erinnerte. Danach las ich *Altherrensommer* von Rudolf Hagelstange. Ich bin darauf gestoßen, weil darin auch eine Fahrt auf einem Schiff nach Asien beschrieben wird. Im Unterschied zu uns fahren die beiden Protagonisten jedoch auf einem Passagierschiff. Ein Teil des Buches spielt auch nicht auf dem Schiff, sondern in den asiatischen Ländern, die die beiden bereisen. Ich fand vieles im Buch gut beobachtet und anregend, manchmal auch humorvoll erzählt. Und was war Ihr letztes Buch, Frau de Boer?«

»Ich habe den neuen Roman von Günter Grass mitgenommen, *örtlich betäubt*, ihn jedoch nach einer Woche zur Seite gelegt. Zu schwere Kost. Ich hatte nicht daran gedacht, dass mir eine solche Geschichte in meiner derzeitigen Situation nicht guttun könnte.«

Während sie sprach, hatte sie sich in ihrem Sessel zurückgelehnt und eine Hand auf ihren Bauch gedrückt. Das Blut wich aus ihrem Gesicht. Sie schloss kurz die Augen, öffnete sie wieder. Dann holte sie tief Luft, atmete hörbar aus.

»Frau de Boer, ist Ihnen nicht gut?«, fragte Leuthenbacher besorgt. »Kann ich etwas für Sie tun?«

»Ja. Ich habe vergessen, meine Tabletten zu nehmen. Vor lauter Reden.«

Ihr angedeutetes Lächeln misslang. Sie wollte aufstehen.

»Sitzen bleiben«, sagte Leuthenbacher schnell. »Wo finde ich die Tabletten?«

»Sie liegen da drüben in dem kleinen Fach neben meinem Bett.«

Leuthenbacher holte die Packung an den Tisch. Julia entnahm zwei braune Kapseln, steckte sie in den Mund und spülte sie mit einem großen Schluck Wasser hinunter.

»Danke. Jetzt wird es noch einige Minuten dauern, bis der Schmerz weg ist.«

»Soll ich Sie lieber allein lassen?«

»Nein, nein. Bleiben Sie. Machen Sie sich keine Gedanken.«

Leuthenbacher lehnte sich zurück. Es tat gut, über Literatur zu reden. Und Julia de Boer war ihm sympathisch. Eine bodenständige, selbstbewusste Frau. Sicher war sie eine gute Krankenschwester gewesen. Seine Augen wanderten durch die Kabine, über den Tisch hinweg, blieben an der Packung hängen. Eine fette, rote Schrift auf weißem Grund. Das auffällige blaue Logo. Dann der Name. Er kannte das Präparat. Er spürte, wie sich sein Magen zu einem harten Klumpen zusammenzog.

»Mein Vater nahm vor seinem Tod dasselbe Medikament«, sagte er leise.

35

SCHON ZU BEGINN der Woche war Max mit Schrecken klar geworden, dass ihm nur noch wenige Unterrichtstage auf See blieben und dass Lotte und Alex bis heute nichts davon ahnten, dass ihnen Prüfungen bevorstanden. Am Dienstag entschloss er sich, mit der schlechten Nachricht herauszurücken.

»Wir werden morgen Klassenarbeiten schreiben.«

»Mensch, Hauslehrer. Muss das sein?« Die Enttäuschung war Alex ins Gesicht geschrieben.

»So ein Mist. Können wir damit nicht bis Medan warten?«, fragte Lotte.

»Mit Deutsch und Mathe, nein. Mit den anderen Fächern, ja.«

Alex und Lotte stöhnten. Es ging ihnen nicht anders als ihm zu seiner Schulzeit.

Max war sehr gespannt, wie die beiden abschneiden würden. Vermutlich hatten sie mit Prüfungsstress wenig Erfahrung. Max kannte dieses Gefühl vom Studium, und es war ihm wichtig, die Kinder in dem gemeinsamen Jahr auch auf derartige Herausforderungen bestmöglich vorzubereiten.

Am Mittwochmorgen erschienen Alex und Lotte nicht ganz so forsch wie sonst in seiner Kabine. Er setzte sie auseinander, soweit es auf dem begrenzten Raum möglich war. Lotte an den Couchtisch, Alex an seinen Schreibtisch. Dann erklärte er ihnen das Prozedere.

»Wir fangen mit Mathematik an. Ihr habt eineinhalb Stunden Zeit, die Aufgaben zu bearbeiten und zu lösen. Bitte schreibt gut leserlich. Solltet ihr feststellen, dass ihr euch verrechnet habt und etwas verbessern wollt, dann streicht das Fehlerhafte deutlich durch.«

Weder von der Couch noch vom Schreibtisch kam eine Reaktion.

»Alles klar, ihr zwei? Keine Sorge! Ihr werdet vieles auf dem Aufgabenblatt wiedererkennen. Vor allem, wenn ihr euch an unsere Übungsstunden an den Nachmittagen erinnert. Geht das Ganze ruhig an. Wenn ihr an einer Aufgabe hängen bleibt, hilft es auch, sie einfach unbearbeitet zu lassen und zur nächsten zu gehen. Okay?«

Zwei Augenpaare schauten ihn groß an, es kam ein zaghaftes Kopfnicken. »Also, auf geht's!«

Als Max nach neunzig Minuten das Zeichen gab, dass die Zeit für die Prüfung um war, legten beide erleichtert und ohne zu Zögern ihre Kulis weg.

»Kakao wartet«, sagte Max.

Lotte und Alex sprangen auf und liefen schnell aus der Kabine. Max hörte sie noch durch die offene Tür über das blöde Fach Mathematik schimpfen.

Nach der Pause stand die Prüfung in Deutsch an.

»Wir beginnen mit einem halbstündigen Diktat. Für euch heißt das vor allem, erst mal sehr aufmerksam zuzuhören. Bitte achtet auf die Rechtschreibung. Die macht am Ende die Note aus. Danach seid ihr etwas freier. Ihr dürft einen kleinen Aufsatz schreiben. Und zwar hätte ich gerne, dass ihr eine Erzählung über eure Reise auf der *Holsatia* verfasst. Von der Abfahrt in Rotterdam bis hierher in den Indischen Ozean. Dafür habt ihr genau eine Stunde Zeit.«

»Toll. Da kann ich etwas über den Fliegenden Fisch erzählen«, sagte Alex lebhaft und sein Gesicht fing an zu leuchten.

»Und ich schreibe über die Wale«, meinte Lotte.

»Aber schreib bloß nicht, dass sie singen können. Das können sie nämlich gar nicht.«

»Klar können sie das. Der Kapitän hat es gesagt. Du bist taub, deshalb kannst du sie nicht hören.«

»Alles eure Entscheidung, Kinder! Ich bin sicher, dass euch etwas einfallen wird. Und jeder von euch schreibt das, was er selbst erlebt hat.«

Das Diktat ging ohne Zwischenfälle über die Bühne. Als die beiden dann an ihren Aufsätzen saßen, musste Max ein Lachen unterdrücken. Lotte fiel vor lauter Konzentration fast von der Couch, weil der Tisch vor ihr sehr niedrig war und sie zu weit auf der Kante saß. Alex hing schief auf dem Schreibtischstuhl, den Stift im Mund, die Augen an die Decke verdreht. Dann stürzte er sich wie ein Adler auf sein Blatt Papier und seine rechte Hand bewegte sich ruckartig. Max ahnte, dass er bei der Korrektur von Alex' Aufsatz eher eine Tafel ägyptischer Hieroglyphen als den Deutschaufsatz eines Neunjährigen vor sich haben würde.

Um halb eins verließen Lotte und Alex seine Kabine. Ihre Gesichter waren gerötet, selbst die Ohren schienen zu glühen. Im Gegensatz zu ihrem üblichen Abgang nach dem Unterricht bewegten sie sich jetzt gemächlicher. Hatte er sie mit drei Stunden Prüfung an einem Vormittag überfordert? Max empfand fast etwas Mitleid mit ihnen.

Er nahm sich vor, sofort nach dem Mittagessen mit der Korrektur zu beginnen.

Auf dem Weg aus dem Salon trat er zu Kai. »Macht es Ihnen etwas aus, mir nachher einen Whisky auf die Kabine zu bringen? Ich muss noch die Klassenarbeiten korrigieren. Es eilt aber nicht.«

»Gerne. Ich weiß schon: Johnny Walker. Black Label. Mit Eis!« Kai lachte. »Ich darf gar nicht an meine Prüfungen in der Schule denken. Mir war davor immer tagelang schlecht.«

»Ich hatte auch Magenschmerzen«, gestand Max. »Warum nehmen wir das alles immer so wichtig? Ich habe versucht, Lotte und Max die Angst zu nehmen, aber es ist mir wohl nicht ganz gelungen.«

In seiner Kabine holte er den Stoß Papiere aus dem Schrank, setzte sich an den Schreibtisch und begann, die Mathematikaufgaben durchzugehen und zu bewerten. Es sah gar nicht so schlecht aus. Er konnte bei beiden Fortschritte erkennen. Er unterbrach seine Arbeit erst, als es an der Tür klopfte.

»Kommen Sie rein, es ist offen!«

»Wohin? Auf den Couchtisch?«, fragte Kai.

»Ist wohl besser. Hier am Schreibtisch ist im Moment alles voll mit Papieren. Danke, Kai. Ihnen noch einen schönen Tag.«

Max stand auf, ging zum Tisch und hob das Whiskyglas vor seine Brust. »Glückwunsch, Hauslehrer. Das hast du gut gemacht!«, sagte er zu sich selbst. Ein glückliches Lächeln ging über sein Gesicht.

Zurück am Schreibtisch widmete er sich dem Diktat und dem Aufsatz. Auch damit konnte er zufrieden sein. Was wollte er mehr?

Max hatte sich entschieden, bei der Notengebung großzügig zu sein. Er wollte Lotte und Alex motivieren. Im Schrank fand er das Behältnis mit den kleinen grünen Klebesternen und die zwei Schreibhefte, die er aus Deutschland mitgebracht hatte. Für jedes der Geschwister legte er jetzt ein Heft an, in das er während der gesamten Schulzeit die Prüfungen und die Ergebnisse eintragen wollte. Er beschriftete die beiden Hefte, trug die Benotungen ein und klebte neben jedes Fach einen Stern. Es sah eindrucksvoll aus.

In diesem Moment überkam ihn ein Gefühl von Stolz darüber, wie gut sie es bis hierher gemeinsam geschafft hatten. Sie würden das auch weiterhin gut miteinander hinbekommen, und die Kinder würden nach einem Jahr erfolgreich in ihre neue Schule einsteigen können – welcher Art diese auch immer sein mochte. Dass ihm Lotte in letzter Zeit kritischer gegenüberstand, akzeptierte er. Er konnte nur hoffen, dass sich ihre Haltung ihm gegenüber nicht weiter verhärtete.

Max saß noch vor den offenen Heften und genoss das Gefühl der Zufriedenheit, als Alex und Lotte ohne Vorwarnung mit erhitzten Gesichtern in seine Kabine gestürmt kamen.

»Und? Hast du dir die Arbeiten schon angeschaut?«, fragte Alex.

Max wollte sie etwas auf die Folter spannen. »Jetzt setzt euch erst mal«, sagte er.

Lotte und Alex kletterten auf die Couch und rutschten unruhig hin und her. »Mach's doch nicht so spannend!«, rief Lotte.

Max zeigte ihnen die beiden Hefte, die er angelegt hatte, und erklärte ihnen ihre Noten. Dann erklärte er ihnen die Bedeutung der grünen Sterne. Beide strahlten.

»Morgen ist der letzte Schultag für euch«, verkündete Max. »Aber ich will euch jetzt schon etwas sagen. Ihr habt das bis heute prima gemacht. Ich weiß, dass es für euch nicht leicht war, in diesen anstrengenden Unterricht einzusteigen. Und sicher hättet ihr euch an Bord auch etwas Besseres vorstellen können, als euch sechs Tage in der Woche mit Mathematik, Deutsch und sonst noch was herumzuschlagen. Aber ihr seid dabeigeblieben und das rechne ich euch hoch an. Ich bin sehr stolz auf euch beide!«

Alex kratzte sich verlegen am Kopf, Lotte begutachtete ihre schmalen Hände. Bevor es zu feierlich wurde, wechselte Max schnell das Thema.

»Wer ist als Erster im Pool?«, rief er und rannte an den Schrank, um seine Badehose zu holen.

Als er sich umdrehte, war seine Kabine leer.

36

FÜR ALEX, LOTTE und Max war es die letzte Gelegenheit, den Pool für ihre Wasserspiele zu nutzen. Da das Schwimmbecken auf einer Ladeluke stand, musste es am heutigen Abend abgebaut werden, um morgen im Hafen von Port Swettenham freien Zugang zu den darunter liegenden Laderäumen zu haben.

Die drei tobten durch das Wasser, spritzten sich nass, kletterten über die beiden Leitern hoch und sprangen dann wieder mit angezogenen Beinen in das lauwarme Wasser.

»Euch scheint es ja richtig gut zu gehen«, rief Kapitän Ahlers, der auf einem Kontrollgang über das Vordeck bei ihnen vorbeikam. »Nützt es aus!«

Der Kapitän blieb etwas auf Abstand, um nicht nass gespritzt zu werden.

»Herr Berger, ich möchte Sie nicht stören. Aber ich wollte gerne noch etwas mit Ihnen besprechen. Vielleicht finden wir heute Abend beim Captain's Dinner Zeit dafür.«

»Warum nicht lieber gleich?«, rief Max zurück, der neugierig geworden war. »Warten Sie, ich komme raus.«

»Hallo Hauslehrer, musst du gerade jetzt, wo es so schön ist, verschwinden?«, maulte Alex, wurde aber von Lotte abgelenkt, die ihn von hinten ansprang und versuchte, ihn unter Wasser zu drücken.

Max kletterte aus dem Pool und wickelte sich in sein weißes Badehandtuch.

»Ich wollte Sie nicht von ihren Kindern weglocken«, entschuldigte sich der Kapitän. »Aber jetzt, wo Sie schon mal draußen sind, lassen Sie uns zur Reling rübergehen.«

Die beiden Männer bildeten ein ungleiches Paar. Der über fünfzigjährige, kräftig gebaute Mann in blauer Uniformhose und offenem weißem Kurzarmhemd mit Schulterklappen, daneben der triefende schlanke junge Mann im weißen Frotteehandtuch.

»Wir hatten leider bislang kaum Gelegenheit, uns näher kennenzulernen, Herr Berger. Und jetzt haben wir nur noch wenige Tage bis Singapur. Sie reisen jetzt fast vier Wochen lang auf einem Frachtschiff, ohne die Ansprache und Abwechslung, die Sie auf einem Passagierschiff gehabt hätten. Deshalb meine Frage: Wie hat Ihnen die Schiffsreise bis heute gefallen? Würden Sie Ihren Freunden eine solche Reise empfehlen?«

»Mir gefällt es prima. Für mich ist diese Reise eine unglaubliche Erfahrung. Ob ich sie meinen Freunden empfehlen würde? Da bin ich nicht sicher. Die meisten würden sich vermutlich langweilen. Und ich selbst würde sie vielleicht auch kein zweites Mal machen. Das Besondere an meiner Situation als Passagier war wohl, dass ich die gesamte Zeit gearbeitet habe. Obwohl ich das Unterrichten, ehrlich gesagt, nicht als Arbeit empfand.«

Ahlers lehnte sich mit dem Rücken gegen die Reling und beobachtete Mitglieder seiner Crew, die oben in den Ladebäumen Wartungsarbeiten durchführten.

»Was studieren Sie eigentlich, Herr Berger? Ich wundere mich gerade, dass ich das bis heute nicht mitbekommen, aber auch nicht gefragt habe.« Er schüttelte leicht den Kopf.

»Psychologie. Ich habe im Sommer das dritte Semester abgeschlossen.«

»Konnten Sie denn leicht aus dem Studium aussteigen?«

»Ja. Der Antrag über zwei Urlaubssemester ging problemlos durch.«

»Sie wissen sicher, dass ich einen Sohn und eine Tochter habe. Beide sind einige Jahre älter als Sie. Da interessiert es mich als Vater: Was haben denn Ihre Eltern zu Ihrem Vorhaben gesagt?«

»Nicht ganz einfach zu beantworten. Vordergründig gab es eher Ablehnung. Aus unterschiedlichen Gründen. Mein Vater, selbst Akademiker, machte klar, dass man ein Studium nicht unterbricht. Was man angefangen hat, macht man fertig.«

Ahlers lachte. »Kommt mir bekannt vor«, gestand er.

»Meine Mutter fand den Gedanken, ein Jahr ins Ausland zu gehen, grundsätzlich sehr gut.«

»Warum dann ihre Ablehnung?«

»Susette! Hölderlin!«

»Im Ernst?« Ahlers schmunzelte. »Sie wollen sagen, Ihre Mutter hatte Angst, dass Sie mit Frau Stoll …?«

»Ja. Genau das.«

»Na ja«, Ahlers zögerte, »vielleicht hat Ihre Frau Mutter da einen ganz guten Riecher bewiesen?«

»Hat sie. Aber sie hat etwas gerochen, was nie passiert ist.«

»Aber was meinten Sie vorhin, als Sie sagten, vordergründig hätte es eine Ablehnung Ihrer Pläne gegeben? Gab es denn noch eine andere Reaktion Ihrer Eltern?«

»Ich dachte dabei nicht an eine direkte Reaktion auf diese Reise. Es geht um die Grundhaltung meiner Eltern mir gegenüber. Ich bin in der glücklichen Lage, sagen zu können, dass ich die besten Eltern habe, die sich ein Sohn nur wünschen kann.«

»Wow!«, sagte der Kapitän und verzog erstaunt das Gesicht. »Ob das meine Kinder von mir auch sagen würden?« Wieder hob er den Kopf und blickte nach oben in die Mastbäume.

Max wartete einen Moment, bis Ahlers seinen Blick auf ihn gerichtet hatte. »Meine Eltern haben mich bis heute bei allem, was ich vorhatte, immer unterstützt und signalisiert, dass ich Wahlfreiheit habe, meinen eigenen Lebensweg zu bestimmen. Die negative Reaktion auf die Einladung aus Medan war, glaube ich, dem Überraschungseffekt geschuldet. Beide sahen zuerst nur die Probleme, die meine Entscheidung auslösen könnte: Kann der Sohn nach einem Jahr wieder reibungslos in sein Studium einsteigen? Wie vermeidet unser Sohn das Schicksal von Hölderlin? Ich bin jedoch überzeugt, dass ich auch nach Indonesien die volle Unterstützung meiner Eltern haben werde. Selbst wenn ich mich danach entscheiden sollte, länger dortzubleiben oder das Studium zu wechseln.«

Während Max sprach, hatte Ahlers seine Position an der Reling geändert. Er stand jetzt mit dem Rücken zu Max, beugte sich über den Handlauf der Reling und blickte nach unten aufs Wasser.

So blieb er eine ganze Weile unbewegt stehen. Klopfgeräusche der Rosthämmer wehten über das Vordeck. Langsam drehte sich Ahlers um und nahm seine frühere Position ein.

»Wissen Sie was? Beim Berufswunsch meines Sohnes habe ich ganz anders reagiert als Ihre Eltern. Meine Frau lasse ich jetzt mal aus dem Spiel, ich will nur über mich reden. Und da muss ich gestehen: Ich habe meinem Sohn Knut seinen Wunschberuf ausgeredet!«

»Und der war?«

»Schauspieler. Für mich eine brotlose Kunst. Knut hatte sich hinter meinem Rücken an der Schauspielschule in München beworben. Aber es gelang mir, ihn im letzten Moment zu einem Jurastudium zu überreden. Ich war überzeugt, dass er ein guter Jurist werden würde. Und das ist er heute auch. In der Kanzlei meines Hamburger Freundes. Er verdient hervorragend. Und er scheint glücklich zu sein. Daran ist doch nichts falsch. Oder wie sehen Sie das, Herr Berger?«

»Es ist nichts falsch daran. Solange Ihr Sohn glücklich ist. Bei Ihnen hat sich im Grunde nur das manifestiert, was laut Statistik für alle Familien gilt: Der Einfluss der Eltern und Familien ist für die Berufswahl der Kinder von überragender Bedeutung.«

»Jetzt spricht tatsächlich der Psychologe«, frotzelte Ahlers.

»Der Psychologiestudent! Wir hatten im letzten Semester ein Seminar zur Frage der Berufswahl als Sozialisationsprozess. Empirisch gesehen hätte Ihr Sohn eigentlich Kapitän werden müssen, denn ein großer Teil der Kinder schlüpft in die beruflichen Schuhe der Eltern. Nur ein kleiner Teil entscheidet sich bewusst gegen den elterlichen Beruf. Das hat Ihr Sohn zumindest im Ansatz versucht. Aber dann haben Sie den elterlichen und familiären Überzeugungsmechanismus in Gang gesetzt und ihn zum Juristen gemacht. Wollten Sie denn mal Jurist werden? Ich frage, weil ich im Seminar gelernt habe, dass Eltern sehr häufig ihre nicht realisierten Berufswünsche auf die Kinder projizieren.«

Ahlers starrte Max erschrocken an.

»Das klingt ja schrecklich, Herr Berger. Bis heute wäre mir nicht in den Sinn gekommen, dass ich meinem Sohn vielleicht gar keinen Gefallen getan haben könnte, als ich ihn zu Jura überredete. Und bis heute ist er auch nicht zu mir gekommen und hat sich beklagt.«

»Er hat vermutlich keinen Grund zur Klage, Kapitän Ahlers. Wenn es für Sie beide am Ende glücklich ausgeht, dann haben Sie mit der Wahl seines Berufs tatsächlich einen guten Riecher bewiesen. Menschen sind vielfältig begabt. Die Rechtswissenschaft trifft, so wie es aussieht, auf eine weitere Begabung Ihres Sohnes und somit ist alles gut.«

»Ist ja nett, dass Sie mich da trösten wollen, Herr Berger. Aber so richtig glücklich bin mit meinem Verhalten in der Sache nicht. Ich würde schon gerne wissen, wie Knut den Prozess seiner Berufswahl tatsächlich erlebt hat und wie er das alles heute sieht. Und mich interessiert auch, was meine Frau darüber denkt. Ich kann mich nicht mehr erinnern, wie die Diskussionen zwischen uns als Eltern und unserem Sohn damals liefen. Hatte sie auch ein Wunschbild im Kopf, wohin sich Knut beruflich orientieren sollte? Oder war sie für alles offen?«

Er blickte nachdenklich nach oben in die Takelage. Dann schüttelte er den Kopf: »Verrückt! Ich kann diese Fragen nicht beantworten. Sie haben mich tatsächlich darauf gestoßen, dass es nach meiner Rückkehr nach Hamburg Gesprächsbedarf in der Familie gibt.«

Von der Nock erscholl ein Ruf. Ahlers und Max blickten nach oben. Dort stand Behrendt und gab dem Kapitän ein Zeichen.

»Ich muss hoch. Aber bevor ich es vergesse: Vielleicht sehen wir uns nach dieser Reise in wenigen Monaten schon wieder. Ich habe heute von der Reederei erfahren, dass wir auf der Rückfahrt von Japan in Hongkong eine Ladung Elektronik aufnehmen müssen, die für Sumatra bestimmt ist. Wenn wir im Hafen Belawan liegen, laden wir üblicherweise die lokale Business Community von Medan zu einer Party auf das Schiff ein. Die Leute dort leben etwas abseits vom Schuss und freuen sich immer über eine Abwechslung. Und die Deutschen vor allem über ein kühles Bier!«

Lachend drehte er sich um und lief zügig auf die Treppe zu.

37

Kapitän Ahlers und Offizier Claasen trugen, wie schon beim ersten Captain's Dinner vor drei Wochen, ihre weißen Uniformen und begrüßten jeden Passagier einzeln mit Handschlag. Da alle pünktlich waren, lud Ahlers sofort zu Tisch.

»Wir müssen heute leider auf unseren Ersten Offizier und auf den Chefingenieur verzichten«, sagte er. »Herr Behrendt hat noch bis Mitternacht auf der Brücke Dienst, und Herr Holtkamp behebt im Moment ein kleines technisches Problem im Maschinenraum.« Als er den besorgten Blick von Frau de Boer sah, fügte er beruhigend hinzu: »Nichts, was unsere Reise in irgendeiner Weise beeinträchtigen würde.« Er wies auf den langen Tisch, der für zehn Personen gedeckt war. »Wir haben heute für das Abschiedsdinner Tischkarten vorbereitet. Der Steward hilft Ihnen gerne, Ihren Platz zu finden.«

Max fand seinen Namen am Ende des Tisches. Ihm gegenüber half Leuthenbacher soeben der Gräfin galant auf ihren Stuhl und ließ sich dann neben ihr nieder. Sein Gesicht war heute besser durchblutet, die Ringe unter den Augen nicht mehr ganz so dunkel.

Die Gräfin war in einem bodenlangen, schwarzen Kleid mit halblangen Ärmeln erschienen. Der tiefe, v-förmige Ausschnitt brachte ihr Dekolleté und die weiße Perlenkette vorteilhaft zur Geltung. Anne kombinierte eine langärmelige schwarze Chiffonbluse mit einer weit geschnittenen weißen Hose. Den Abschluss bildete ein breiter schwarzer Lackgürtel mit großer Silberschnalle. Frau de Boer sah in ihrem anthrazitfarbenen, mit Pailletten besetzten Kleid bezaubernd aus. Sie hatte sich sehr gekonnt geschminkt und mit ihrem Make-up das Weiß ihrer Haare unterstrichen.

Leuthenbacher hatte sich, wie auch Herr de Boer, für das klassische weiße Dinnerjacket entschieden, Max für die rote Krawatte.

Kai war im Moment dabei, die Tischrunde mit Kaviar auf Eis und Scheiben gesalzener Butter zu versorgen. Dazu bot er Toast an.

Dann öffnete er eine Magnumflasche Dom Pérignon, die in einem silbernen Eiskühler gestanden hatte. Er füllte gekonnt acht Kelche mit dem Champagner und zwei weitere mit Sodawasser für Alex und Lotte.

Kapitän Ahlers stand auf und räusperte sich, worauf die Gespräche am Tisch verstummten. »Meine sehr verehrten Damen und Herren, liebe Lotte, lieber Alex«, sagte er. »Ich habe Sie zu diesem Dinner eingeladen, weil sich für zwei unserer Passagiere die Zeit auf dem Schiff dem Ende entgegen neigt. Sie, verehrte Frau de Boer, und Sie, verehrter Herr de Boer, werden uns morgen Mittag im Hafen von Port Swettenham verlassen. Ihr Sohn und seine Familie erwarten Sie sicher schon in großer Vorfreude. In Singapur gehen dann Sie, verehrte Frau Stoll, und Sie, verehrter Herr Leuthenbacher sowie unser lieber Herr Berger und unsere beiden jugendlichen Freunde, Alex und Lotte, von Bord. Verehrte Gräfin, Sie beehren uns noch bis Jakarta mit Ihrer Gesellschaft.«

Er hob sein Glas. »Bevor der Champagner und der Kaviar warm werden, darf ich Ihnen im Namen der Reederei dieses stolzen Schiffes, im Namen der Crew und in meinem eigenen Namen dafür danken, dass Sie für Ihre Überfahrt nach Asien die *Holsatia* gewählt haben. Es war mir eine Ehre, Sie hier an Bord zu haben. Zum Wohl!«

Alle standen auf und erhoben ihre Gläser.

Max nahm einen tiefen Schluck. Obwohl er sein Gesicht Ahlers zugewandt hatte, spürte er, dass ihn jemand von der Seite beobachtete. Er wandte seinen Kopf und sah in die graugrünen Augen der Gräfin. Sie senkte kurz die Lider und wechselte dann die Blickrichtung.

Die Gesellschaft setzte sich. Für einige Minuten blieb es ruhig am Tisch. Alle schienen sich auf die Vorspeise zu konzentrieren.

Max hatte in seinem Leben bisher nur einmal bei einer Silvesterfeier Kaviar gegessen und der hatte mit Sicherheit zu einer anderen Preisklasse gehört als das, was er hier serviert bekam. Trotzdem hätte er nicht behaupten können, dass ihm der Edelkaviar der Reederei besser geschmeckt hätte.

Mit dem Champagner war es etwas anderes. Max hatte noch nie etwas Derartiges getrunken und verstand heute Abend, warum sich Leute mit entsprechendem Vermögen eine solche Flasche leisteten. Deshalb bejahte er auch sofort die Frage des Stewards, ob er nachschenken dürfe.

Er blickte hinüber zu Anne und sah, dass sie sich ebenfalls schon zum zweiten Mal ihr Glas füllen ließ. Sie erwiderte seinen Blick, und fast gleichzeitig hoben sie ihre Gläser und prosteten sich zu. Ihre leuchtend blauen Augen strahlten ihn an, und Max stellte einmal mehr fest, dass sie eine Frau war, bei der er unter anderen Umständen schwach geworden wäre. Warum sollte er sich das nicht eingestehen?

Entscheidend war, wie sie, als Mutter seiner Schüler, und er, als Hauslehrer ihrer Kinder, damit umgingen. Offensichtlich war, dass sie Interesse hatte, mit ihm Tennis zu spielen, halbe Nächte mit ihm zu diskutieren und seine Meinung zu hören. Dass sie es liebte, mit ihm in Konzerte zu gehen, und dabei sogar in Kauf nahm, eine Nacht auf unbequemen Autositzen zu verbringen. Er spürte ihre Zuneigung und die Dankbarkeit, die sie ihm entgegenbrachte, weil er bereit war, als Hauslehrer mit nach Indonesien zu kommen. Aber abgesehen von all dem: War es denkbar, dass sie ihn als Mann begehrte? Er konnte diese Frage immer noch nicht beantworten.

Klar war ihm im Moment nur, dass Anne nicht die einzige Frau auf dem Schiff war, die er begehrenswert fand. Die zweite saß ihm am Tisch gegenüber. Bei ihr konnte er seinen männlichen Fantasien freien Lauf lassen, ohne damit rechnen zu müssen, später einem eifersüchtigen Ehemann gegenüberzustehen.

»Ihre Schildkrötensuppe Lady Curzon, Herr Berger«, sagte Kai, als er den zweiten Gang servierte. »Bei diesem Rezept wird die Suppe mit Schlagsahne bedeckt, das Gewürz auf der Sahne ist Curry. Das Ganze wird dann noch wenige Minuten gratiniert. Lassen Sie es sich schmecken!«

Am oberen Ende des Tisches wurde erneut darüber geredet, wie Familien damit umgingen, dass Väter berufsbedingt häufig sehr wenig oder gar keine Zeit hatten, sich mit ihren Kindern zu beschäftigen. Ahlers erwähnte gerade sein Gespräch mit Herrn de Boer vor einigen Tagen: »Ich habe Herrn de Boer schon vor Kurzem erzählt, dass mir meine Kinder manchmal fast fremd vorkamen, wenn ich von einer monatelangen Reise zurückkam. Und für die Beziehung ist unser Beruf auch eine echte Herausforderung. Es überrascht wohl nicht, dass die Zahl der Scheidungen in Familien, in denen ein Partner zur See fährt, überproportional hoch ist.«

»Da braucht es eine Partnerin mit viel Verständnis für Ihren Beruf, nehme ich an«, bemerkte Anne.

Ahlers nickte. »Richtig. Hilfreich ist, wenn die Partnerin aus einer Familie kommt, in der auch jemand zur See gefahren ist. So wie in meinem Fall. Der Vater meiner Frau war ebenfalls als Kapitän unterwegs. Meine Frau kennt also die Situation seit ihrer frühen Kindheit.«

»Was wäre denn in Ihrem Fall passiert, wenn Ihre Frau auch den Wunsch gehabt hätte, berufstätig zu sein?«, fragte Anne. »Hätten Sie Ihre Kinder ins Internat geschickt?«

»Niemals!« Ahlers verzog das Gesicht, als ob er in eine Zitrone gebissen hätte. »Das wäre für meine Frau und mich nie in Frage gekommen.«

Alex und Lotte schauten sich an. »Unsere Mama wollte uns ins Internat nach Singapur schicken«, sagte Alex.

»Das stimmt doch gar nicht, Alex!«, protestierte Anne. »Auf diese Idee wäre ich nie gekommen. Ich hätte euch nie allein nach Singapur in die Schule geschickt.«

Max nahm ihr das sofort ab. Schließlich hatte sie fast drei Jahre lang den mühsamen Weg gewählt, Lotte und Alex selbst zu unterrichten.

»Nicht jeder hat die Freiheit zu entscheiden, ob er sein Kind auf die Schule vor Ort oder auf ein Internat schickt«, bemerkte die Gräfin. »Aber vielleicht können sich manche Menschen die Lebensumstände gar nicht vorstellen, in denen Eltern derart schwierige Entscheidungen treffen müssen.«

Max fragte sich, warum ihre Beiträge so häufig einen aggressiven Unterton hatten. Anne musste sich das wohl auch gefragt haben, denn ihre Antwort war nicht weniger giftig: »Ich denke, das hängt vor allem von dem Verhältnis ab, das Eltern zu ihren Kindern haben. Und Internate sind letztlich Abschiebebahnhöfe für unbequeme Kinder.« Dabei schoss sie zwei Blitze aus ihren blauen Augen auf die Gräfin ab. »Dank unseres Hauslehrers stellt sich für uns die Schulfrage im Moment nicht mehr. Und die Pläne, in Medan eine internationale Schule aufzubauen, sind schon weit fortgeschritten. Im Herbst nächsten Jahres soll der Unterricht losgehen. Es sind viele internationale Geschäftsleute auf der Insel, die großes Interesse an dieser Schule haben und sie finanziell unterstützen wollen. Und bis dahin sind wir ja mit Max bestens versorgt. Nicht wahr?«

Bei diesen Worten strahlte sie Max an, und er hatte das Gefühl, dass dieses Strahlen nicht ihm galt, sondern als Botschaft an die Gräfin gedacht war. Diese verzichtete auf eine Antwort und widmete sich ihrem Straußenfilet mit Pommes Dauphine und Selleriepüree, das ihr Kai eben serviert hatte.

»Konnten Sie denn inzwischen meinen Roman zu Ende lesen, Herr Berger?«, fragte Leuthenbacher.

»Ja. Ich wollte heute Abend mit Ihnen darüber sprechen.«

»Ach, Sie haben das Buch von Herrn Leuthenbacher auch gelesen?« Die Gräfin hob die Augenbrauen. »Seit wann lesen Männer denn Liebesromane?«

Der Autor kam Max zu Hilfe: »Aber verehrte Gräfin! Wie können Sie so etwas fragen? Ich weiß von den Rückmeldungen der Buchhandlungen, dass Männer durchaus zu den Käufern meiner Romane gehören.«

»Das sind Männer, die die Romane ihren Frauen schenken, um bei ihnen den Eindruck zu erwecken, sie hätten etwas übrig für Gefühle. Aber wir Frauen erwarten von den Männern, dass sie uns ihre Gefühle direkt zeigen und mit unseren Gefühlen gut umgehen. Dann können sie sich das Geld für die Liebesromane sparen. Wir kaufen sie uns lieber selbst.«

»Warum wundern Sie sich über einen Mann, der gerne gefühlvolle Geschichten liest?«, fragte Max. »Vor allem, wenn es dabei um das Intensivste und Aufregendste geht: die Beziehung zwischen einer Frau und einem Mann?«

Die Gräfin reagierte nicht und schnitt ein Stück Straußenfleisch ab.

»Hat denn mein Roman, lieber Herr Berger, dieses Intensivste und Aufregendste zu Ihrer Zufriedenheit beschrieben?«

»Absolut! Ich fühlte mich am Ende des Buches darin bestätigt, dass es die große Liebe geben kann. Auch wenn sich alles um die Liebenden herum gegen sie zu verschwören scheint.«

»Das haben Sie wunderbar gesagt, Herr Berger. Ich freue mich, dass mein Roman Sie so angesprochen hat. Ich hatte es Ihnen gegenüber schon einmal erwähnt: Auch ich bin einer der Männer, der daran glaubt, dass es die wahre Liebe gibt. Auch wenn mein eigenes Leben eher für das Gegenteil spricht.« Er senkte den Kopf und ließ die Schultern hängen. Die Energie, die er heute Abend zu Max' Überraschung ausgestrahlt hatte, wich innerhalb weniger Sekunden aus seinem Körper. Er verwandelte sich wieder in den krank aussehenden, sorgenvollen Mann. Sein hilfesuchender Blick ging zu Claasen auf die andere Tischseite, als erwarte er von dort Unterstützung. Aber der Offizier war in ein Gespräch mit Anne verwickelt.

Leuthenbachers rechte Hand begann wieder, leicht zu zittern.

»Da hat eine Frau offensichtlich die Gefühle unseres Autors kaltherzig zerstört«, sagte die Gräfin. »Wie ist es denn bei Ihnen, Max? Haben Sie die große Liebe schon gefunden?«

Max war erstaunt. Was wusste die Gräfin vom Leben des Schriftstellers? Er entschloss sich, durch seine eigene Geschichte von Leuthenbacher abzulenken. Der Mann tat ihm immer mehr leid.

»Ja, ich habe sie gefunden. Genauer gesagt: Ich hatte sie gefunden. Aber ich bin mir nicht sicher, ob das, was ich Ihnen jetzt erzähle, für Sie schon in die Kategorie große Liebe fällt. Die junge Frau war zu der Zeit fünfzehn, ich sechzehn. Sie war meine Tanzstundendame und ich nie mehr im Leben so verliebt. Und ich trauere ihr im Grunde heute noch nach.«

»Nun«, meinte die Gräfin kühl, »ist das alles, was Sie zur großen Liebe sagen können? Eine Tanzstundenfreundschaft?«

Max griff nach seinem Rotweinglas, hob es sehr langsam hoch und nahm einen tiefen Schluck. Er hatte keine Lust mehr auf dieses Gespräch.

Aber die Gräfin gab nicht auf.

»Ich verstehe schon, dass man als junger Mensch sehr verliebt sein kann, aber ist denn nicht erst die Liebe zwischen reifen Menschen jene, die man als groß bezeichnen würde? Sie müssen sich doch seit dieser Zeit wieder neu verliebt haben?«

»Habe ich nicht«, erwiderte Max bockig. Was wollte sie von ihm? War sie nur neugierig und wollte herausfinden, ob er in irgendeiner Form gebunden war? Um mit ihm, wie von Anne vermutet, zu spielen?

»Haben Sie nicht«, wiederholte sie langsam. »Also überhaupt keine Frauen seit der unglücklichen Tanzstundenliebe?«

»Doch, einige!« Um seine männliche Ehre zu retten, schnitt Max etwas auf: »Ich hatte zahlreiche sehr schöne Beziehungen! Mit wunderbaren Frauen! Aber letztlich ging es um Sex.«

In diesem Moment kam Kai und räumte die Teller ab. Er kündigte an, dass die Passagiere noch eine Überraschung in Form eines speziell für sie zubereiteten Desserts erwartete, und fragte, ob jemand dazu einen Mokka trinken wollte.

»Ja, ich«, sagte Max schnell. Er war froh über die Unterbrechung. Er nahm seinen Mut zusammen und sagte laut: »Lassen Sie uns auf die Liebe anstoßen!«

Anne reagierte als Erste und ergriff ihr Rotweinglas. »Ich höre gerade, an unserem Tisch wird auf die Liebe getrunken. Sollten wir das nicht alle gemeinsam tun? Was meinen Sie, Kapitän Ahlers?«

»Gibt es etwas Schöneres, auf das wir anstoßen könnten?«, fragte der Kapitän galant und nickte Anne zu.

Alle hoben ihre Gläser und prosteten sich gegenseitig zu. Max vermied es krampfhaft, die Gräfin anzuschauen. Sie konnte ihm gestohlen bleiben. Und tatsächlich ließ sie ihn für den Rest des Abends in Ruhe.

Gegen halb elf Uhr löste sich die Runde im Salon auf.

Max wollte auf keinen Fall jetzt schon in seine Kabine zurück. Er ging die Treppe hoch und verzog sich in die hinterste Ecke des Promenadendecks. Er besorgte sich eine Wolldecke und kuschelte sich mit ihr in einen Liegestuhl. Der Mond und die Sterne lagen schemenhaft hinter einem milchigen, weißen Vorhang. Ihr mildes Licht umhüllte die *Holsatia* wie ein zarter Nebel.

Die Müdigkeit übermannte ihn und er war in wenigen Minuten eingeschlafen.

38

MAX SCHRECKTE AUS dem Liegestuhl hoch. Ein Geräusch hatte ihn geweckt. Jetzt hörte er ein feines metallenes Quietschen, dann ein gedämpftes Klacken. Die Tür zum Promenadendeck! Sie war aber nicht mit dem üblichen dumpfen Knall ins Schloss gefallen, sondern jemand musste sie behutsam von Hand zugedrückt haben.

Er stand langsam auf und lief an der Wand des Bootshauses entlang. Das Deck vor ihm war leer. Der milchige Lichtschein, unter dem er eingeschlafen war, lag immer noch über dem Wasser.

Er vernahm ein Tapsen über sich, blickte nach oben und sah Anne auf der Treppe. Sie hatte sich umgezogen, trug jetzt einen kurzen Rock und Tennisschuhe, die sie vorsichtig auf den Stufen aufsetzte. Wenige Sekunden später schloss sich die Tür zum Ruderhaus mit einem leisen Klick hinter ihr.

Max stand wie erstarrt. Was brachte Anne dazu, mitten in der Nacht auf die Brücke zu steigen? Oder war es schon früher Morgen und sie wollte dort auf den Sonnenaufgang warten? Aber warum dann im geschlossenen Raum und nicht außen auf der Nock, von wo man einen wesentlich freieren Blick hatte? Er sah auf seine Uhr. Halb drei.

Die Neugierde packte ihn. Er wollte wissen, was Anne da oben trieb. Was aber, wenn sie ihn dabei erwischte? Sie würde sicher sehr enttäuscht von ihm sein. Und das mit Recht. Er durfte ihr nicht nachspionieren.

Max überlegte, wer um diese Zeit Dienst haben konnte. Ahlers war es nicht, denn er hatte erwähnt, dass er nach dem Captain's Dinner einige Stunden Nachtruhe hätte und erst morgen zur Einfahrt in den Hafen von Port Swettenham das Ruder übernehmen würde. Behrendt war vom Kapitän zu Beginn des Essens entschuldigt worden, also hatte er die erste Nachthälfte hier oben Dienst gehabt. Er musste aber zwischenzeitlich abgelöst worden sein. Blieb Claasen!

Vor Max' Auge entstand das Bild des Dinners. Hatten Claasen und Anne sich nicht sehr lange unterhalten? Und hatte Anne dabei nicht sehr gelöst gewirkt und sich häufiger als sonst üblich von Kai Alkohol nachschenken lassen?

Max spürte ein Gefühl der Eifersucht aufsteigen. Wie eine Katze schlich er die Treppe hoch, setzte einen Fuß nach dem anderen behutsam auf die Stufen, verlagerte so weit als möglich sein Gewicht auf den rechten Arm am Handlauf, um ein Geräusch seiner Schuhe auf den Metallplatten zu vermeiden.

Endlich kam er oben an und bewegte sich langsam zur Tür. Aus dem Fenster strömte gedämpftes Licht. Die Deckenbeleuchtung war, wie immer in der Nacht, auf ein Minimum reduziert. Vorsichtig schob er sein Gesicht am Fensterrahmen vorbei. Sein Blick fiel in den Raum. Sein Atem stockte.

Anne und Claasen standen in inniger Umarmung mitten im Ruderhaus. Claasen wandte ihm den Rücken zu. Annes Kopf lag an der Schulter des Offiziers. Ihre blonden Haare fielen über sein weißes Uniformhemd. Ihre Augen waren geschlossen. Also hatte ihn sein Gefühl doch nicht getäuscht. Zwischen den beiden lief etwas. Oder führte ihn jetzt einfach nur seine Eifersucht aufs Glatteis? Hatten Anne und er sich nicht auch schon innig umarmt?

In diesem Moment wurde Max klar, wie idiotisch er sich gerade verhielt, er musste sofort wieder nach unten verschwinden. In diesem Moment öffnete Anne die Augen. Ihre Blicke trafen sich.

Mit einem Satz war Max an der Treppe. Die ersten drei Stufen nahm er auf einmal, danach noch ein weiterer Satz. Dann trat er ins Leere. Er versuchte, sich am Handlauf festzuhalten, aber der Sturz war nicht mehr aufzuhalten. Er spürte mehrere heftige Schläge an Armen und Beinen, dann knallte er auf das Deck.

Für einen Moment lag er still. Dann setzte er sich vorsichtig auf. Mehrere Stellen seines Körpers meldeten ihm dumpfe Schmerzen vom Aufprall, am deutlichsten die Stirn. Er wollte sie berühren, spürte aber einen stechenden Schmerz im rechten Handgelenk. Er wechselte die Hand und befühlte die brennende Stelle. Seine Fingerspitzen wurden feucht.

Er bewegte kontrolliert beide Arme und Beine, spannte seine Muskeln, wiegte sich im Sitzen leicht in der Hüfte. Alles ließ sich bewegen.

Während er noch benommen dasaß, flog oben die Tür auf. Claasen kam in großem Tempo die Treppe herab. Anne folgte ihm eher zögerlich.

»Mein Gott, Herr Berger! Ist Ihnen etwas passiert? Haben Sie Schmerzen?«

»Ich habe mich wohl an einigen Stellen geprellt. Mein Handgelenk tut ziemlich weh. Und meine Stirn blutet. Aber ich habe das Gefühl, dass es nichts Ernsthaftes ist. Ich werde jetzt mal in meine Kabine gehen und ein Pflaster suchen.«

»Sie gehen nirgends hin, Herr Berger. Sie bleiben hier bei mir.«

Claasen drehte sich zu Anne um, die auf der Treppe stehen geblieben war. »Frau Stoll, Sie lassen uns bitte allein. Ich kümmere mich um Herrn Berger.«

Anne ging vorsichtig um Max herum. Sie warf ihm einen wütenden Blick zu und lief wortlos zur Tür.

»Können Sie aufstehen?«, fragte Claasen.

Max erhob sich langsam, Claasen unterstützte ihn leicht am Ellbogen. Als Max aufrecht stand, bewegte er zur Sicherheit noch einmal beide Beine und Arme. Da war nichts gebrochen.

»Trauen Sie sich zu, die Treppe hochzusteigen? Im Ruderhaus ist ein Verbandskasten. Ich würde gerne erst mal Ihre Stirn versorgen und dann schaue ich mir Ihr Handgelenk an.«

Auf der Treppe spürte Max schmerzhaft die Prellungen an Knöchel, Knie und Hüfte. Es war aber gut auszuhalten.

Oben angekommen holte Claasen einen Stuhl aus dem Navigationsraum und bat Max, sich zu setzen. Innerhalb weniger Minuten hatte er die Stirn gereinigt, die Blutung mit einer Tinktur gestoppt und die Wunde mit einem großen Pflaster verschlossen.

»Jetzt Ihr Handgelenk«, sagte er ruhig, als ob nichts passiert wäre. Er war in diesem Moment ganz der ausgebildete Sanitäter.

Er bewegte Max' rechte Hand, tastete das Gelenk ab. Max zuckte mehrfach mit schmerzverzerrtem Gesicht zusammen.

»Verstaucht. Gottlob nichts gebrochen«, konstatierte Claasen. »Ich könnte es bandagieren, aber das bringt nicht viel. Sie sollten das Gelenk in Ihrer Kabine mit Eiswürfeln kühlen. Versuchen Sie, es möglichst wenig zu belasten und keine unnötigen Bewegungen zu machen. Nicht ganz einfach, wenn man Rechtshänder ist. Das sind Sie doch?«

Max nickte.

»Wie sieht es mit Ihrem Kreislauf aus? Ist Ihnen schwindlig oder übel?«

»Nein. Nichts dergleichen. Ich war nach dem Sturz unten an der Treppe kurz benommen. Aber das ist vorbei.«

»Trotzdem möchte ich Sie bitten, noch ein wenig hierzubleiben. Ich möchte sichergehen.« Claasens Ton duldete keine Widerrede. Er war jetzt wieder der diensthabende Offizier.

Max wurde bewusst, dass ihm jetzt ein Gespräch bevorstand, das nicht einfach werden würde. Claasen konnte eine Entschuldigung von ihm erwarten. Er hatte kein Recht, den beiden nachzuspionieren.

Auf der anderen Seite wühlte ihn das, was er gesehen hatte, immer noch auf. Er konnte seine Gefühle nicht genau einordnen. Da war das Gefühl der Eifersucht. Aber noch deutlicher das der Bewunderung für Anne. Sie hatte etwas getan, ohne auf Konventionen Rücksicht zu nehmen.

Im Ruderhaus war es still. Claasen hatte seinen Blick über das Vorderdeck aufs Meer gerichtet. Max saß angespannt auf dem Stuhl. Sein Handgelenk pochte leicht.

»Wir beide müssen reden«, sagte Claasen, ohne sich umzudrehen.

»Das sehe ich genauso.«

»Wenn das, was Sie heute Nacht gesehen haben, zum Kapitän durchdringt, bin ich in Schwierigkeiten. Selbst wenn im Grunde nichts passiert ist. Ich hatte Frau Stoll angeboten, einmal nachts auf die Brücke zu kommen und die unglaubliche Nachtstimmung hier oben zu erleben. Sie haben bei ruhiger See und klarer Nacht das Gefühl, in einem Raumschiff durch das Weltall zu segeln. Auf keinen Fall hätte ich Frau Stoll aber während des Dienstes in den Arm nehmen dürfen.«

»Ich kann ihre Gefühle für Anne sehr gut nachvollziehen«, sagte Max, bei dem sich inzwischen sein schlechtes Gewissen gemeldet hatte. »Und was Sie machen, geht mich nichts an. Ich entschuldige mich in aller Form bei Ihnen. Und werde das morgen auch bei Anne tun. Von mir erfährt jedenfalls niemand etwas. Das Pflaster auf der Stirn kann ich leicht erklären. Auf diesem Schiff gibt es genügend Ecken und Kanten, an denen man sich den Kopf wund stoßen kann.«

Während Max sprach, drehte sich Claasen zu ihm um. Seine Gesichtszüge wirkten jetzt entspannt.

»Danke«, sagte er. »Sehr fair von Ihnen. Es wundert mich nicht, dass Frau Stoll Sie als Hauslehrer ausgesucht hat. Ich hoffe nur, dass Sie weiterhin gute Freunde bleiben.«

»Machen Sie sich da keine Sorgen«, beruhigte ihn Max.

Er bewegte vorsichtig seine rechte Hand. »Vielleicht gehe ich jetzt besser nach unten und packe etwas Eis auf das Gelenk«, sagte er. »Aber bevor ich gehe, würde ich gerne noch etwas von Ihnen wissen. War die Umarmung nur ein spontaner Einfall? Oder steckt mehr dahinter?«

»Ich kann Ihnen das nicht beantworten. Für mich war Frau Stoll von unserer ersten Begegnung in Rotterdam an etwas Besonderes. Wenn wir nicht auf dem Schiff wären und ich nicht meine Rolle als Offizier wahrnehmen müsste, würde ich …«

Er hielt inne. »Ich weiß es wirklich nicht, Herr Berger. Sie ist eine wunderbare Person.«

Max schwieg.

»Sie sollten jetzt tatsächlich gehen und das Handgelenk kühlen«, meinte Claasen. »Ich hoffe, dass die Schmerzen bald nachlassen. Die Wunde an der Stirn ist nur eine kleine Platzwunde und wird in wenigen Tagen verheilt sein.«

»Wie lange haben Sie noch Dienst?«

»Bis sechs Uhr. Dann übernimmt Kapitän Ahlers.«

Als Max in seine Kabine trat, sah er auf dem Boden einen Briefumschlag mit dem Emblem der Reederei. Jemand musste ihn während seiner Abwesenheit unter der Tür durchgeschoben haben.

Er legte den Brief auf den Couchtisch, holte einige Eiswürfel aus dem Kühlschrank, packte sie in ein schmales Handtuch und wickelte es um sein Handgelenk.

Dann setzte er sich in den Sessel und öffnete den Umschlag. Er starrte auf die Zeilen. Der Brief war von ihr!

Lieber Max! So wie ich es verstanden habe, werden Sie in Malaysia einen Ausflug machen und an Land übernachten. Uns beiden bleibt dann nur noch eine Nacht – die Nacht vor unserer Ankunft in Singapur. Ich möchte Sie zu nichts drängen. Aber ich wäre sehr glücklich, wenn ich Sie ein letztes Mal sehen könnte.

Max las den Brief ein zweites Mal. Dass ihn die Gräfin noch einmal treffen wollte, erschien ihm nicht weiter überraschend. Sie hatten auf dieser Reise lange und sehr persönliche Gespräche miteinander geführt. Da war es nachvollziehbar, dass sie sich nicht im Vorübergehen auf dem engen Flur des Frachtschiffes von ihm verabschieden wollte.

Ungewöhnlich fand Max nur die Formulierung. Bei »einer Nacht« mit einer Frau dachte Berger unwillkürlich erst einmal an Sex. Aber wahrscheinlich hatte die Gräfin ganz andere Assoziationen.

Eines war ihm und wohl auch der Gräfin klar: Für ein persönliches Abschiedsgespräch kamen auf diesem Schiff tatsächlich nur die Nachtstunden in Frage. Und es musste im Schutz einer Kabine stattfinden. Bei ihr oder bei ihm.

Max legte den Brief zu Seite. Er würde ihn morgen früh in aller Ruhe beantworten, bevor er mittags mit Anne und den Kindern das Schiff verließ. Durch den Landausflug würde er einen Tag Abstand gewinnen.

Er ließ die Eismanschette noch einige Minuten am Handgelenk, nahm sie dann ab und zog sich umständlich aus. Er warf sich auf das Bett und war Sekunden später eingeschlafen.

39

FÜR SIEBEN UHR war es noch erstaunlich dunkel in der Kabine. Henk de Boers erster Blick ging zum Fenster. Der Himmel war bewölkt. Es sah nach Regen aus. Das zarte Graugrün des Indischen Ozeans, das die *Holsatia* seit über einer Woche begleitet hatte, war einem schmutzigen Braun gewichen, die Schaumkronen hatten ihr klares Weiß verloren. Der Wind hatte aufgefrischt, das Schiff stampfte deutlich spürbar. Trotz der tiefhängenden Wolken konnte Henk am Horizont eine schmale, unscharfe Linie ausmachen. Das Festland von Malaysia.

Er hatte schrecklich unruhig geschlafen, war immer wieder wach gelegen. Mitten in der Nacht hatte er über seiner Kabine einen Schlag gehört, sich im Bett aufgerichtet und gelauscht, aber alles war still geblieben und er wieder eingeschlafen.

Gegen sechs Uhr entschied er sich aufzustehen. Nach einer ausgiebigen Dusche klappte er die beiden ledernen Reisekoffer auf und begann Pullover, Hemden, T-Shirts und Unterwäsche sauber geordnet zu verstauen.

In wenigen Stunden würde die *Holsatia* in Port Swettenham anlegen, und das nahende Treffen mit Kees ließ ihn nicht mehr zur Ruhe kommen. Seit Wochen hatten er und Julia vermieden, über die Begegnung mit ihrem Sohn zu sprechen. Der Gesprächsfaden zwischen ihnen schien wie zerschnitten. Henk fragte sich, wie das passieren konnte.

Sie waren Jahrzehnte glücklich miteinander gewesen. Natürlich gab es Tage, an denen sie sich beide gewünscht hätten, der andere wäre nie in ihr Leben getreten. Tage, an denen sie sich anschrien und glaubten, eine Trennung wäre der einzige Weg, um wieder Frieden zu finden. Aber erstaunlicherweise fanden sie den Frieden immer wieder direkt in ihrer Beziehung. Sie gehörten zusammen. Ganz so, wie sie es sich bei der Trauung versprochen hatten: *Bis dass der Tod Euch scheidet.*

Was hatte sich geändert? Er wusste seit Wochen, dass er nicht der Vater von Kees war. Aber was bedeutete das denn? Er liebte seinen Sohn. Er war überzeugt, dass sein Sohn dieselben Gefühle für ihn hegte. Warum sollte er das zerstören? Konnte er nicht alles so belassen, wie es war?

Aber würde Julia das wollen? Er wusste es nicht, weil er sich nicht getraut hatte, sie mit der Tatsache zu konfrontieren, dass er Bescheid wusste. Er hätte sofort mit ihr reden müssen, als er auf die Unvereinbarkeit der Blutgruppen gestoßen war. Was, verdammt noch mal, hatte ihn daran gehindert?

Erstaunlicherweise hatte er in den ersten Tagen, nachdem er die unerwartete Information in Händen gehalten hatte, kein Interesse gespürt, zu erfahren, wer der leibliche Vater von Kees wirklich war. Nach allem, was er über derartige Fälle gelesen hatte und was ihm in seiner Anwaltspraxis begegnet war, hätte er sich doch als gehörnter Ehemann fühlen müssen. Betrogen. Hintergangen. Hätte sich schrecklich aufregen müssen darüber, was ihm seine Frau angetan hatte und was andere von ihm denken, über ihn reden würden. Aber nichts dergleichen kam ihm im ersten Moment in den Sinn.

Im Lauf der Zeit aber, als sich sein Verhältnis zu Julia vor der geplanten Reise zunehmend verschlechterte, drängten sich ihm doch weitere Fragen auf und diese ließen ihn bis heute nicht zur Ruhe kommen.

Konnte er ausschließen, dass die Zeugung von Kees der einzige Fehltritt Julias gewesen war? Warum sollte es bei einer einmaligen intimen Begegnung geblieben sein? Hatte sie ihn am Ende über Jahre hinweg betrogen? Bis heute?

Angesichts der auf ihn einstürmenden Fragen war in den vergangenen Wochen die Wut auf seine Frau ständig größer geworden. Im Grunde hatte sie ihn zweimal betrogen: Ein erstes Mal, als sie fremdging. Und ein weiteres Mal, weil sie dieses Ereignis bis heute für sich behalten hatte.

Und jetzt hatten sie noch genau einen Tag, bevor sie beide vor ihrem Sohn stehen würden.

Henk ließ sich in den Sessel fallen.

Sein Kopf war schwer, seine Glieder schmerzten. Wieder einmal verfluchte er die Entscheidung, Julia nachgegeben zu haben und mit ihr nach Malaysia gereist zu sein. Wenn er in Amsterdam geblieben wäre, befände er sich jetzt nicht in dieser schrecklichen Situation. Er schob den Gedanken beiseite. Wenn, wenn, wenn! Hätte er sie allein reisen lassen sollen? Der Gedanke war für ihn undenkbar. Sie waren in ihrem gemeinsamen Leben noch nie länger als zwei Tage voneinander getrennt gewesen. Das war nur geschehen, wenn er zu Gerichtsterminen außerhalb von Amsterdam reisen musste.

Henk, du bist Anwalt, sagte er jetzt zu sich selbst. Wie oft hattest du verwirrte und emotional aufgewühlte Klienten vor dir sitzen, die angesichts ihrer Situation außer sich waren und den Kopf verloren hatten? Du hast es immer geschafft, sie zu beruhigen, mit ihnen die Sachlage zu klären, und danach hast du sie Schritt für Schritt durch ihre Gerichtsprozesse begleitet. Und jetzt sitzt du hier, paralysiert wie ein Kaninchen vor der Schlange.

Er atmete tief durch und zwang sich, Ordnung in seine Gedanken zu bringen. Schritt für Schritt! Julia und er konnten nicht vor ihren Sohn treten, bevor sie nicht zwischen sich Transparenz hergestellt hatten. Danach konnten sie gemeinsam entscheiden, wie sie mit ihrem Sohn und seiner Familie umgehen wollten.

Langsam kristallisierte sich sein Entschluss heraus. Er würde noch vor dem Frühstück seine Koffer fertig packen und alles, was er für die Einreise und die ersten Stunden in Malaysia brauchte, bereitlegen. Sobald der Salon öffnete, würde er ein schnelles Frühstück einnehmen. Danach wollte er direkt zu Julia in die Kabine gehen und die lang anstehende Aussprache herbeiführen. Was war denn so schwierig daran?

*

Außer ihm und Kai war niemand im Salon. Das passte gut. Henk beschränkte sich auf ein Lachsbrötchen, der schwarze Kaffee belebte seine Geister.

Auf dem Weg nach draußen traf er die Gräfin.

»Guten Morgen, Herr de Boer. Sie und Ihre Frau sind sicher erleichtert, bald wieder in der Zivilisation zu sein.«

»Guten Morgen. Wie meinen Sie das, Gräfin?«.

»Nun ja, Kuala Lumpur hat eine sehr gute ärztliche Versorgung. Ganz im Gegensatz zu diesem Schiff. Wenn man ein Leiden hat, dann ist es doch gut zu wissen, dass man kompetente Ärzte in der Nähe hat.«

»Das Knie von Julia funktioniert schon sehr viel besser, soweit ich es beurteilen kann«, sagte de Boer und zog fragend die Augenbrauen hoch.

»Ach, das Knie.« Die Gräfin hob entschuldigend die Schultern. »Natürlich, das Knie. Wir sehen uns sicher noch, bevor Sie das Schiff verlassen. Ich will Sie nicht aufhalten.«

Henk schüttelte den Kopf. Eine seltsame Frau, diese Gräfin. Er war auf der gesamten Reise nie warm mit ihr geworden.

Auf sein Klopfen hörte Henk die Stimme seiner Frau: »Herein. Es ist offen.« Sie sah ihn überrascht an. »Guten Morgen, Henk. Was machst du denn hier?«

»Ich wollte nach dir schauen.« Henk legte verlegen den Kopf auf die Seite und fuhr sich mit der Hand über das schüttere Haar. »Ich dachte, vielleicht brauchst du meine Hilfe beim Packen?«

»Henk! Du weißt, dass ich das allein hinbekomme. Ich bin keine schwache Oma. Und falls du an mein Knie gedacht hast, es ist in Ordnung. Ab und zu schmerzt es, aber es macht mich nicht zur Invalidin.«

Henk stand wie verloren unter der Tür. Wie sollte er anfangen? Sein Blick ging durch das Zimmer. Auch Julia hatte schon damit begonnen, den Kleiderschrank zu leeren. Pullover, Blusen und T-Shirts waren in sauber ausgerichteten Stapeln auf der Couch angeordnet. Wie ähnlich sie sich doch waren!

Dann fiel Henks Blick auf die Mahagoniplatte des Couchtisches und blieb an einem kleinen Gegenstand hängen. Es war eine grüne Schildkröte aus Porzellan.

Henk hatte das Gefühl, dass eine Hand nach seinem Herz griff und es fest drückte. Ihm blieb fast die Luft weg. Die Schildkröte von Wilhelms Schreibtisch. Wie kam sie hierher?

Henk schwankte zum Sessel und ließ sich hineinfallen.

Julia war seinem Blick gefolgt. Sie ging zur Tür und drückte sie zu. Dann kam sie zur Couch zurück, schob ohne Rücksicht auf die kunstvollen Stapel die Kleidungsstücke mit einer fast brutalen Bewegung ihrer Hand zur Seite und setzte sich Henk gegenüber.

»Wir müssen reden«, brachte sie noch heraus, dann begann sie zu schluchzen. Tränen liefen über ihre Wangen, ihre Schultern zuckten. Sie schlug die Hände vor ihr Gesicht.

In diesem Moment löste sich auch bei Henk die Spannung der vergangenen Monate. Er spürte die Tränen kommen, wollte gegen sie ankämpfen und Haltung bewahren. Aber dann gab er seiner Verzweiflung und seiner Wut nach, und jetzt wurde auch er von Heulkrämpfen geschüttelt.

Julia war die Erste, die sich wieder etwas fing. Sie stand mühsam auf, verschwand im Bad und kam mit einem Behälter Papiertaschentücher zurück.

»Henk, es tut mir so leid«, sagte Julia mit belegter Stimme.

Sie zog mehrere Tücher aus dem Behälter und schob diesen über den Tisch zu Henk. »Ich denke, wir haben uns einiges zu erzählen.« Sie ging zu ihrem Bett, griff nach etwas, und als sie sich wieder gesetzt hatte, legte sie eine Medikamentenpackung auf den Tisch.

»Bitte lass mich anfangen«, sagte sie mit tränenerstickter Stimme. Sie schob die grüne Schildkröte neben die weiß-rote Packung. »Für meine Geschichte brauche ich diese beiden Sachen.«

»Dein Schmerzmittel?«, fragte Henk.

»Nein.« Sie hielt kurz inne und holte tief Atem. »Ein Krebsmittel. Ich habe Pankreaskrebs. Spätes Stadium.«

Henk wich das Blut aus dem Gesicht. »Mein Gott, Julia, das ist ja schrecklich. Warum bist du nicht im Krankenhaus? Warum wirst du nicht ordentlich mit Chemotherapie und Bestrahlungen behandelt? Was sollen da die Tabletten?«

»Henk. Bitte tue mir einen Gefallen. Stelle jetzt keine Fragen und keine Forderungen! Genau davor hatte ich so große Angst. Ich habe mich für meinen eigenen Weg entschieden. Ich weiß, dass es grausam dir gegenüber ist. Und es schmerzt mich selbst sehr. Aber ich brauche dich jetzt an meiner Seite, um diesen Weg zu gehen.«

Henk saß zusammengesunken im Sessel, sein bleiches Gesicht war zur Maske erstarrt.

»Henk, hörst du mich? Bitte schalte jetzt nicht ab. Ich bitte dich, mich zu unterstützen. Wir haben noch einige Monate zusammen. Lass uns jetzt besprechen, wie wir beide damit umgehen, vor allem aber wie wir unserem Sohn und seiner Familie von meiner Krankheit erzählen. *Bitte.*«

Henk saß wie gelähmt. Wohin sollte er jetzt mit seiner angestauten Wut? Seiner Enttäuschung? Sie hatte ihn verraten, hatte ihre Beziehung verraten. Ihr jahrzehntelanges Glück. Er hätte sie anbrüllen, sie an den Schultern packen und schütteln müssen.

Aber es ging nicht. Er hatte dazu keine Kraft mehr. Und keinen Willen. Vor ihm saß die Frau, die er seit ihrer ersten Begegnung über Jahrzehnte hinweg bis heute geliebt hatte. Und sie würde bald nicht mehr vor ihm sitzen, nicht mehr neben ihm einschlafen, nicht mehr das erste Bild sein, das ihm der neue Tag beim Aufwachen schenkte.

»Henk. Was ist? Bitte rede mit mir!«

»Es fällt mir ungeheuer schwer, deinen Entschluss zu akzeptieren. Aber es bleibt mir keine andere Wahl. Du wirst mir so fehlen.«

Wieder lösten sich einzelne Tränen und liefen über seine welken Wangen.

»Henk. Ich habe mich entschlossen, mit Kees ganz offen zu sprechen. Und Ruth sollte dabei sein. Schließlich ist sie seine Frau. Und die beiden sollen es ja besser machen als wir – was familiäre Geheimnisse angeht. Ich will von ihnen und meiner geliebten Enkelin Vroni Abschied nehmen, und es würde mich unendlich beruhigen, wenn sie mich in Frieden loslassen könnten, bevor wir zurückfliegen. Hilfst du mir dabei?«

»Ich stehe dir bei, Julia. So gut ich kann.«

Langsam kam Henk wieder zu sich. Das Blut kehrte in seine Wangen zurück. Er richtete seinen Oberkörper auf und schnäuzte sich geräuschvoll.

Julia griff nach der Schildkröte und umschloss sie mit ihrer zarten Hand.

»Ich will noch über etwas anderes mit dir reden, Henk«, sagte sie, aber ihr Mann hob die Hand.

»Was die Schildkröte angeht, Julia, musst du mir vermutlich gar nichts erklären. Ich erkenne sie wieder. Sie stammt von Wilhelms Schreibtisch.

So wie ich unseren Freund einschätze, hat er dir die Schildkröte für deine Reise überlassen.«

»Genau so war es.«

»Siehst du? Natürlich wurde ich skeptisch, als du mir verweigert hast, mit dir in seinen Besprechungsraum zu kommen. Aber das kann ich, nach allem, was du mir erzählt hast, heute sehr gut verstehen. Ich bin sicher, dass er dich, genau wie ich es getan hätte, zu einer Behandlung überreden wollte.«

Julia nickte.

»Etwas anderes hätte ich von ihm auch nicht erwartet. Aber meine starrköpfige Julia hat auch ihn offensichtlich davon überzeugen können, dass sie andere Pläne hat.«

Julia fragte sich, ob das alles war, was Henk ihr sagen wollte. Dass er die kleine Schildkröte erkannt hatte. Da musste doch mehr sein. Was war mit seiner Wut ihr gegenüber, die ihr nicht entgangen war? Die während der Reise deutlich spürbar zugenommen hatte. Wo kam diese Wut her?

»Gibt es denn noch etwas anderes, was dich belastet, Henk?«

»Ja, da ist noch etwas.«

Henk schluckte. Jetzt, wo er wusste, dass Julia und er nur noch wenige Monate miteinander hatten, schien ihm die Frage nach der Vaterschaft von Kees völlig an Bedeutung zu verlieren. Mussten sie heute tatsächlich reinen Tisch machen? Nur weil sich das Schiff der malaysischen Küste näherte und die Begegnung mit Kees dadurch stündlich näher rückte? Oder war es nicht besser, jetzt zu schweigen?

»Henk? Was ist es, was du mir noch sagen willst?«

Henk richtete sich in seinem Stuhl auf. Er entschied sich für die Offenheit.

»Ich weiß seit wenigen Monaten, dass Kees nicht mein Sohn ist.«

Julia wurde blass. Sie starrte Henk entgeistert an.

»Aber Henk, warum hast du mir denn nicht sofort davon erzählt?«

»Hast du mir denn erzählt, dass du mit einem anderen Mann geschlafen hast? Zu einem Zeitpunkt, an dem wir beide frisch verliebt waren?«

Julia schlug die Hände vor ihr Gesicht. Damit hatte sie nicht gerechnet.

Sie war seit der Krebsdiagnose völlig auf ihre Krankheit fixiert gewesen. Die Affäre mit Wilhelm war für sie sehr weit weg.

»Wie, wie bist du ...?«, setzte sie an, als sie sich etwas gefangen hatte, aber Henk unterbrach sie.

»Zufall. Ein ganz verrückter Zufall. Du erinnerst dich an den Umschlag, der an Kees adressiert war und den du mir zusammen mit einem Stapel Post in mein Büro gebracht hast. Das Schreiben war von der Blutspende-Zentrale des Roten Kreuzes in Amsterdam. Ein Dankesbrief für seine Blutspenden. Darin war auch seine Blutgruppe angegeben. Ich kann dir nicht sagen, was mich trieb, meinen Wehrpass herauszusuchen. Neugierde? Ein Verdacht? Im Pass stand, für den Fall einer Verletzung im Kriegseinsatz, meine Blutgruppe. Ich konnte nichts damit anfangen, doch dann kam mir eine Vaterschaftsklage in den Sinn, die ich einige Jahre zuvor bearbeitet hatte. Die Akte hatte ich nach Hause genommen, und ich erinnerte mich, dass sich darin eine Übersicht befand, die auf einen Blick eine Entscheidung erlaubt, welche Blutgruppen zwischen einem Elternteil und einem Kind kompatibel sind und welche nicht. Kees und meine sind es nicht. Ich muss dir das als Krankenschwester nicht erklären: Ein Mann mit Null plus kann niemals der Vater eines Kindes mit AB minus sein. Die Rhesusfaktoren!«

»Mein Gott, Henk. Das tut mir so furchtbar leid. Es klingt sicher völlig verrückt, wenn ich das sage, aber ich hatte wirklich gehofft, dass du nie erfahren würdest, dass ich dir untreu war. Warum? Weil es für mich in meiner Liebe zu dir keinen Unterschied gemacht hat. Keinen! Wilhelm und ich haben ein einziges Mal miteinander geschlafen. Es war der Abend, an dem er sich in der Klinik als Assistenzarzt verabschiedete, weil er die Stelle wechselte. Wir hatten alle gefeiert und viel getrunken. Und das war zu einer Zeit, als wir zwei schon einige Monate verheiratet waren und sehr regen sexuellen Kontakt hatten. Jeder von euch beiden hätte also der Vater sein können.«

»Aber warum hast du das nie überprüft?«, fragte Henk erstaunt. Er war jetzt ganz der Anwalt und wunderte sich selbst über seine Ruhe.

»Auch wenn es für dich unglaubwürdig klingen mag: Ich hatte nie das Bedürfnis, die Vaterschaft über einen Test klären zu lassen.«

»Und Wilhelm?«

»Er wusste nur so viel wie ich. Als ich schwanger war, fragte er mich einmal, ob ich Klarheit haben wollte. Ich verneinte. Er machte sich Sorgen um dich und um meine Beziehung zu dir. Und um Kees. Er hat, wie ich, die gesamte Zeit mit der Tatsache gelebt, dass er der Vater von Kees sein könnte. Und er wusste von mir, dass nur du als Alternative in Frage kamst. Ich hatte schließlich nur zwei Männer in meinem Leben. Und diese beiden Männer bedeuten mir sehr viel. Aber nur einen der beiden liebe ich. Und habe ihn immer geliebt.«

Julia begann wieder zu schluchzen. Tränen liefen über ihre Wangen und zeichneten Spuren in ihr Rouge.

»Wenn wir so weiterheulen, reichen uns am Ende die Taschentücher nicht«, stellte Henk fest und versuchte ein Lächeln. »Dann müssen wir Kai anrufen, dass er uns Nachschub bringt.«

Beide waren eine Weile damit beschäftigt, ihre Gesichter zu trocknen.

»Willst du denn, dass Kees erfährt, wer sein Vater ist?«, fragte Henk.

»Nein, Henk. Das will ich nicht. Ich weiß, dass viele Menschen anders reagieren würden als ich jetzt. Es wird schwierig genug für Kees, meine Krankheit zu verkraften. Wir sollten ihm in diesem Moment nicht auch noch seinen Vater nehmen.«

Henk lächelte Julia aufmunternd zu. »Ich kann deine Haltung gut verstehen. Und sicher macht es einen Unterschied, ob Eltern ihr Kind bewusst jahrzehntelang im Dunkeln über seine Abstammung gelassen haben. In unserem Fall haben wir beide bis vor Kurzem selbst nicht gewusst, wer sein biologischer Vater ist.«

»Mir ist wichtig, Henk, dass du weißt, dass ich an jenem Abend mit Wilhelm spontan gehandelt habe. Es geschah nicht aus einer Unzufriedenheit mit Dir oder unserer Beziehung heraus. Das Seltsame ist nur, dass ich es später nicht bereut habe. Und im Nachhinein ist es für mich ein Geschenk, dass Wilhelm und du auch noch Freunde geworden seid.«

»Wilhelm ist ein feiner Kerl. Ich bin froh, ihn als Freund zu haben. Und nach unserer Rückkehr werden wir ihm beide reinen Wein einschenken.

Und damit sollten wir nicht zu lange warten. Sonst werde ich das am Ende ohne …«

Henks Gesicht verzog sich vor Schmerz. Er durfte nicht daran denken, dass er Julia bald nicht mehr um sich haben würde. Er riss sich zusammen.

»Wir sollten uns fertig machen, Julia. Du hast noch einiges zu tun.«

»Hast du denn schon gepackt?«

»Ja, weitgehend. Ich bin heute sehr früh aufgestanden, konnte einfach nicht schlafen.« Er stand auf und ging um den Tisch herum, beugte sich zu Julia hinab und legte sein Gesicht an ihres. Ihre Wange war warm und feucht.

»Danke, Julia. Du bist die Liebe meines Lebens!«, flüsterte er.

»Ich danke dir, Henk. Du bist der großzügigste und liebenswerteste Mann der Welt!«

Henk verließ schnell die Kabine.

Als er an einem Fenster im Flur vorbeikam, blieb er stehen. Erschrocken stellte er fest, dass sie dem Ufer Malaysias schon sehr nahegekommen waren.

40

ALS MAX AM Freitagmorgen aufwachte und die Decke zurückschlagen wollte, spürte er einen Schmerz im rechten Handgelenk. Vorsichtig setzte er sich auf die Bettkante, und die Erinnerungen an die vergangene Nacht kamen zurück. Er sah Claasen und Anne in inniger Umarmung. Annes Blick. Sein Sturz auf das Promenadendeck. Max griff an seine Stirn. Das Pflaster war noch da, die Wunde pochte leicht.

Unter der Dusche entdeckte er mehrere blaue Flecken an seinem Körper. Die Stufen der Metalltreppe hatten Spuren hinterlassen. Er hatte großes Glück gehabt. Er verbesserte sich selbst: Von Glück konnte wohl kaum die Rede sein. Denn das, was oben im Ruderhaus passiert war, war ein Fiasko. Vor Claasen stand er da wie ein unreifer Pennäler. Aber das war das kleinere Problem. Ihre Wege würden sich in wenigen Tagen trennen. Seine große Sorge war, dass er das Vertrauen, das Anne in ihn setzte, durch sein Verhalten beschädigt haben könnte.

Und mit jeder weiteren Minute, die er, eingewickelt in ein Handtuch, in seiner Kabine stand und über die gestrige Nacht nachdachte, wurde ihm noch etwas anderes deutlich: Hatte er nicht von Anne verlangt, sich aus seinen persönlichen Angelegenheiten herauszuhalten? Ihn mit Hinweisen auf die Gefährlichkeit der Gräfin zu verschonen? Und was machte er? Er hatte tatsächlich nichts Besseres zu tun, als ihr nachzuspionieren.

Lotte war die Erste, die das Pflaster entdeckte, als er zum Frühstück in den Salon trat.

»Warum hast du ein Pflaster auf der Stirn? Tut es weh?«

Max warf Anne einen schnellen Blick zu. Sie hatte bei seinem Eintreten nur kurz aufgeschaut, keine Miene verzogen und sich dann wieder auf ihr Brötchen konzentriert.

»Alles gut, Lotte. Es tut nicht weh.«

»Hast du dir den Kopf angeschlagen, Hauslehrer?« Alex wollte es genauer wissen.

»Lasst doch Max erst mal in Ruhe ankommen. Er wird es euch nachher schon erzählen.«

Lotte und Alex schauten ihre Mutter überrascht an.

»Ich bin gestern Nacht auf dem Weg zu meiner Kabine auf der Treppe ausgerutscht«, sagte Max und hoffte, dass das sensible Thema dadurch erledigt war.

Glücklicherweise gaben sich Lotte und Alex damit zufrieden und trugen ihre Teller für eine weitere Runde ans Büffet.

Max saß Anne schräg gegenüber und versuchte mehrmals ohne Erfolg, Blickkontakt zu ihr herzustellen. Statt ihm widmete sie sich Leuthenbacher, der erfahren wollte, wohin sie ihr Landausflug führen würde.

»Ein malaysischer Geschäftspartner meines Mannes hat uns für eine Nacht in sein Haus eingeladen. Es sind weniger als zwei Stunden Fahrt vom Hafen aus und es gibt einen großen Pool für die Kinder.«

»Eine wunderbare Abwechslung«, sagte Leuthenbacher, der heute zwar immer noch bleich, aber ansonsten gelassen und ruhig wirkte. Auch das Zittern seiner Hände war verschwunden. »Ich bleibe auf dem Schiff.« Er sah zu der Gräfin auf, die in dem Moment in den Salon kam. »Glücklicherweise bin ich nicht allein hier an Bord, denn unsere verehrte Gräfin wird das Schiff auch nicht verlassen. Nicht wahr, gnädige Frau?«

Die Gräfin zog überrascht eine Augenbraue hoch und entschied sich dann statt einer Antwort für die Auswahl am Buffet.

Max beendete sein Frühstück und stand auf. »Ich will meine Tasche packen. Wann und wo treffen wir uns?«

»Wir brauchen noch Touristenvisa«, sagte Anne. »Üblicherweise kommt der Vertreter der Einwanderungsbehörde sofort nach dem Anlegen an Bord. Ich gebe dir Bescheid. Sobald wir die Stempel haben, kann es losgehen. Wir werden abgeholt.«

»Vergiss das Zeug zum Einschmieren gegen die Moskitos nicht«, sagte Alex.

Max nickte. »Danke. Das hätte ich sicher vergessen.«

Zurück in seiner Kabine war er froh, nicht mehr in der Nähe von Anne zu sein. Er brauchte Zeit, die Nacht zu verarbeiten.

Max packte die Tasche zusammen und suchte seinen Pass heraus.

Fast vier Wochen hatte er nun in dieser Kabine gewohnt. Wenn ihm jemand gesagt hätte, dass er für vier Wochen in Quarantäne in ein Hotel müsste und es die gesamte Zeit nicht verlassen dürfte, hätte er sich mit allen Mitteln dagegen gewehrt. Auf der *Holsatia* war er freiwillig in Quarantäne gegangen und es war ihm keinen Tag auch nur einen Moment langweilig gewesen.

Max überkam Wehmut bei dem Gedanken, das Schiff zu verlassen. Aber immerhin konnte er morgen nach dem Landausflug noch für eine Nacht zurückkehren.

Für eine Nacht! Max spürte sofort einen leichten Druck auf dem Magen. Er hatte der Gräfin noch nicht geantwortet. Aber das konnte er jetzt nicht ändern. Er hatte Lotte und Alex versprochen, mit ihnen gemeinsam die Einfahrt in den Hafen zu beobachten.

*

Als Max durch die Tür auf das Promenadendeck hinaustrat, entdeckte er die Geschwister an der Reling. Sie standen dicht nebeneinander und schauten auf einige kleinere Inseln, die die *Holsatia* umfahren musste, bevor sie Port Swettenham erreichte.

»Freust du dich auf unseren Ausflug, Lotte?«, fragte Max.

»Na ja. Auf den Pool schon. Aber wir haben zu Hause auch einen Pool und da freue ich mich noch viel mehr drauf. Aber am meisten freue ich mich auf meinen Papa, wenn er uns in Singapur abholt.«

Nach weniger als einer Viertelstunde hatte die *Holsatia* die vorgelagerte Inselgruppe umrundet. Das Schiff machte nur noch wenige Knoten und verlangsamte seine Fahrt. Direkt vor ihnen mussten die Hafenanlagen von Port Swettenham liegen, aber im Gegensatz zu Rotterdam waren keine hohen Kräne zu erkennen.

»Ich bin gleich wieder da«, sagte Max. »Die Sonne blendet mich. Ich habe doch tatsächlich meine Sonnenbrille vergessen.«

»Mensch, Hauslehrer, du vergisst noch mal deinen Kopf«, rief ihm Alex nach.

Als Max mit der Sonnenbrille auf dem Rückweg war, spürte er einen starken Ruck durch das Schiff gehen. Wieder neben den Kindern stehend beobachtete er, wie die *Holsatia* an der Pier vertäut wurde. Dort wartete schon eine Gruppe dunkelhäutiger Arbeiter auf ihren Einsatz. Die meisten trugen Shorts, Badelatschen und T-Shirts, die schon bessere Tage gesehen hatten. Viele von ihnen hatten sich ein Tuch um den Kopf gewickelt und erinnerten Berger an wilde Gestalten aus den Piratengeschichten, die er als Jugendlicher verschlungen hatte.

Die Gangway der *Holsatia* senkte sich, an Tauen hängend, auf das Kai. Ein gut gekleideter Herr mit einer schwarzen Aktentasche lief auf ihr hoch, wurde an Deck von Behrendt mit Handschlag begrüßt und sofort Richtung Deckshaus geleitet.

»Max? Lotte? Alex? Seid ihr hier da oben?« Die Stimme von Anne kam aus Richtung der Tür. »Kommt runter in die Bibliothek. Max, bringe bitte deinen Pass mit.«

Wenig später saßen sie in der Bibliothek dem Beamten der Einreisebehörde gegenüber. Es war ein dunkelhäutiger, kräftig gewachsener Mann mit Brille und kurz geschnittenen, schwarz glänzenden Haaren.

Er stapelte die vier Pässe sorgfältig vor sich auf dem Mahagonitisch und öffnete den oben liegenden.

»Mr. Berger?« Er begutachtete das Bild im Pass, dann verglich er es kritisch mit dem Mann, der vor ihm saß. »Was sind die nächsten Ziele Ihrer Reise, wenn Sie morgen Malaysia wieder verlassen?«

»Zuerst ein paar Tage Singapur und dann Indonesien.«

»Und wie lange wollen Sie in Indonesien bleiben?« Er musterte Max mit wachsamen Augen.

»Ein Jahr.«

»Ein Jahr? Sie wissen schon, dass Sie nicht ohne Weiteres so lange in Indonesien bleiben können?«

Jetzt griff Anne ein. »Ja, wir kennen die Bestimmungen. Wir leben schon lange in Indonesien und unsere Firma wird Herrn Berger die Aufenthaltsgenehmigung besorgen.«

Der Beamte öffnete die abgegriffene Metallschatulle auf dem Tisch, suchte eine leere Seite in Bergers Pass und knallte dann mit voller Wucht einen Stempel auf das Papier. Dann griff er nach seinem Kugelschreiber und verzierte das Ganze mit seiner Unterschrift. Nachdem Anne und die Kinder ebenfalls einen Stempel in ihre Pässe bekommen hatten, zählte der Beamte gewissenhaft die US-Dollar-Scheine, die ihm Anne gereicht hatte, und stempelte den Rechnungsbeleg mit derselben Wucht, mit der er die Pässe malträtiert hatte.

»*Enjoy lovely Malaysia*«, wünschte er dann.

Kai, der den Vorgang aus dem Salon heraus verfolgt hatte, winkte ihnen jetzt zu und deutete auf das Büffet. »Falls Sie vor Ihrem Landgang noch etwas zu sich nehmen wollen.«

Als sie nach einer halben Stunde aus dem Salon kamen, saßen Herr und Frau de Boer in der Bibliothek und winkten mit ihren Pässen. Beide lächelten und wirkten entspannt.

»Mit unserer Einreise gibt es keine Probleme«, verkündete Frau de Boer freudestrahlend. »Unser Sohn hat vor wenigen Minuten auf der Schiffsbrücke ausrichten lassen, dass er in einer Stunde hier sein wird, um uns abzuholen. Wir sind so glücklich, endlich hier zu sein.«

Max war perplex. Über die letzten Wochen hatten die beiden bei den Mahlzeiten kaum ein Wort miteinander gesprochen, häufig gereizt gewirkt. Und sie hatten getrennte Kabinen gebucht. Die Geschichte vom störenden Schnarchen, die Anne ihm gegenüber als einen möglichen Grund hatte, hatte er nie so recht geglaubt. Aber jetzt war offenbar etwas passiert, das sie so verändert auftreten ließ.

»Wir werden vermutlich etwas früher abgeholt als Sie. Vielleicht sollten wir uns deshalb gleich hier voneinander verabschieden«, schlug Anne vor.

Herr und Frau de Boer standen auf, und zu Max' Verwunderung wurden sowohl Anne als auch er von den beiden fest in den Arm genommen und gedrückt. Täuschte er sich oder hatten beide feuchte Augen?

»Euch auch alles Gute. Genießt die Zeit mit eurem Hauslehrer«, sagte Frau de Boer zu Lotte und Axel. Und jetzt war sich Max gewiss, dass sie Tränen in den Augen hatte.

*

»Ihr Abholer ist da, Frau Stoll.« Kai stand unter der Tür.

»Danke, Kai. Könnten Sie ihm bitte sagen, dass wir in wenigen Minuten da sind? Wir holen nur schnell unsere Sachen.«

Als Max mit seiner Tasche zehn Minuten später auf den Flur trat, kam ihm die Gräfin in einem dünnen blauen Pulli und einer langen weißen Hose entgegen. Sie blieb sehr dicht vor ihm stehen.

»Ich befürchtete schon, Max, Sie seien an Land gegangen, ohne sich von mir zu verabschieden. Aber das würden Sie, glaube ich, nicht tun. Sie sind doch sehr wohlerzogen, oder?«

Max holte tief Luft, um seine Aufregung zu unterdrücken. »Natürlich hätte ich mich bei Ihnen gemeldet. Ich bin Ihnen auch noch eine Antwort schuldig.«

Sie tat, als ob sie überlegen müsste. »Ach, Sie sprechen von meinem Brief. Nun, ich hatte Ihnen ja geschrieben, dass ich Sie auf keinen Fall drängen will. Sie schulden mir da keine Antwort.«

Max spürte fast schmerzhaft ihre körperliche Nähe. Der süßliche Duft ihres Parfüms stieg ihm in die Nase. Der enge blaue Pulli unterstrich ihre graugrünen Augen, das Rot des Lippenstiftes betonte den Schwung ihrer sinnlichen Lippen. Am liebsten hätte er sie jetzt einfach an sich herangezogen und fest an sich gedrückt. Er sehnte sich nach einem weiblichen Körper.

»Max, bist du noch da oben?« Annes Stimme kam vom Hauptdeck. »Mr. Chang ist hier. Wir würden gerne losfahren.«

»Ich bin schon auf dem Weg!«, rief Max zurück.

»Ich melde mich bei Ihnen, wenn ich morgen zurück bin«, brachte Max mit belegter Stimme heraus.

Die Gräfin strahlte ihn an. »Das ist wunderbar, Max. Dann sehen wir uns morgen nach dem Abendessen bei mir. Ich besorge Ihnen Ihr Lieblingsgetränk.«

Sie trat einen kleinen Schritt zur Seite. Max schob sich an ihr vorbei. Ihre festen Brüste streiften seinen Arm. Die Berührung kam ihm wie eine Ewigkeit vor. Dann rannte er den Flur hinunter zur Treppe.

»Viel Spaß bei Ihrem Ausflug!«, hörte er die Gräfin rufen.

Als er die Gangway betrat, sah er unten auf der Pier einen grauen Mercedes 190 D. Ein Mann in einem bunten Batikhemd über einer knielangen weißen Hose belud den Kofferraum. Anne kletterte soeben auf den Rücksitz. Alex und Lotte standen an der offenen Wagentür.

»Hauslehrer, wo bleibst du denn?«, rief Alex ungeduldig und winkte ihm zu, bevor er sich vor Lotte zu seiner Mutter auf den Rücksitz drängte.

41

IN DEM MERCEDES war es dank der eingeschalteten Klimaanlage angenehm kühl, und der intensive Geruch nach Leder verriet Max, dass der Wagen neu war. Anne hatte vorgeschlagen, dass er sich mit Rücksicht auf seine Körpergröße vorne neben Chang setzen sollte. Ihr kühler Ton signalisierte ihm, dass sie keine Lust auf eine weitere Unterhaltung hatte. Vielleicht schlug sie sich, genau wie er selbst, mit der Frage herum, wie sie nach den Geschehnissen der letzten Nacht miteinander umgehen sollten. Er konnte nur hoffen, dass es sehr bald eine Gelegenheit zur Aussprache geben würde.

Der Mercedes hielt an einem großen, vergitterten Tor. Ein Wachmann mit einem schweren Colt am Gürtel stand davor, ein Mitarbeiter der Hafenbehörde kontrollierte die Stempel in ihren Pässen und nahm von Chang den Passagierschein entgegen, den er bei der Einfahrt erhalten hatte.

Anne beugte sich nach vorne zu Max und sagte in einem geschäftlichen Ton: »Mr. Chang ist der Verwalter der Plantage, zu der wir jetzt fahren. Wie du weißt, hat uns Mr. Scott, der Manager und ein guter Bekannter von Robert, angeboten, die Nacht in seinem Haus zu verbringen. Scott ist auf Urlaub in England.«

Außerhalb des Gitterzauns begann für Max eine neue Welt. Während sie der fast geradlinig verlaufenden Straße folgten und Chang sorgfältig den zahlreichen Schlaglöchern, Hunden und Fußgängern auswich, zogen links und rechts kleine Ansiedlungen vorbei. Die Gebäude waren einfache, mit rostigem Wellblech gedeckte Holzhäuser auf niedrigen Pfählen. Viele hatten überdachte Vorbauten, von denen hölzerne Treppen auf Flächen aus fest gestampftem Lehmboden hinabführten.

Hinter den Häusern erstreckte sich flaches Land, das landwirtschaftlich genutzt wurde. Der Großteil war mit Reis bepflanzt. Das Dunkelgrün der jungen Setzlinge, die voll im Wasser standen, wechselte sich ab mit dem Gelbbraun der erntereifen Pflanzen, die auf trockenem Boden wuchsen. Frauen und Männer arbeiteten in den Feldern: die Frauen tief gebückt beim Setzen der Schösslinge, die Männer hinter schweren, schwarzen Wasserbüffeln, die die nassen Felder umpflügten. Dazwischen immer wieder Frauen und Männer, die die reifen Ähren mit Messern abschnitten.

Vor den Holzhäusern saßen Frauen auf dem Boden und trennten die Spreu von den Reiskörnern, indem sie den geernteten Reis aus einer großen geflochtenen Schale in die Luft warfen. Die gereinigten Reiskörner wurden zum Trocknen auf großen Batiktüchern ausgebreitet, die ab und zu sogar auf der Straße lagen und von Chang rücksichtsvoll umfahren wurden.

Was Max am meisten auffiel, waren die Kinder. Wo immer er hinschaute, wimmelte es von Kindern, ob auf dem grasbewachsenen Streifen neben der Straße, um die Hütten herum oder auf den Feldern. Viele von ihnen waren nach seinen Vorstellungen ärmlich gekleidet und liefen barfuß.

Während der Fahrt sprach Anne kaum ein Wort. Lotte und Alex unterhielten sich oder kommentierten, was sie im Vorbeifahren entdeckten.

»Mr. Chang, kann ich hier irgendwo frisches Obst kaufen?«, fragte Anne schließlich.

»Ich werde bald anhalten und Alex und Lotte etwas zeigen. Dort gibt es auch Obststände.«

Nach wenigen Kilometern bremste Chang ab und fuhr an einem wartenden Bus vorbei auf einen staubigen Platz, wo auf Holzgerüsten Obst und Gemüse angeboten wurden. Hinter den Ständen warteten ältere Frauen in bunt bedruckten Sarongs, um sie herum spielten Kinder, die die vier Ausländer mit großen Augen musterten und nicht wussten, ob sie näherkommen oder lieber auf Distanz gehen sollten. Ein Hund mit stumpfem Fell und deutlichen Spuren vergangener Kämpfe strich unter einem Stand hindurch und wurde von einer Frau mit einem Fußtritt verjagt. Zerfledderte Hühner pickten verlorene Reiskörner auf.

Anne ging auf einen Stand zu. Herr Chang gab den Kindern und Max ein Zeichen, ihm zu folgen. »Hier durch«, sagte er und führte sie weiter von der Straße weg.

»Schau mal, Hauslehrer, eine Kuh mit fünf Beinen«, schrie Lotte laut und deutete auf eine abgemagerte Kuh. Aus ihrem Nacken hing ein vollständig entwickeltes fünftes Bein. Komplett mit Huf. Max zückte seine Kamera.

Chang lachte: »Die Kuh steht schon lange hier und ist eine Attraktion. Und während sie selbst etwas mager aussieht, geht es ihrem Besitzer sichtlich besser. Er lebt wohl sehr gut von dem Tier.«

Ein beleibter Inder lief auf Max zu, zeigte zuerst auf die Kuh, dann auf die Kamera und machte danach unmissverständlich mit seinen Fingern das weltweit gültige Zeichen des Geldzählens. Max sah Chang hilfesuchend an. Von dem kam nur ein bedauerndes Schulterzucken.

Max zog einen US-Dollarschein aus der Tasche, doch da sprang Chang auf ihn zu. »Halt! Das ist viel zu viel. Warten Sie.« Er zog zwei lokale Münzen aus der Hosentasche und gab sie dem Inder. Der verzog enttäuscht das Gesicht und steckte sie widerwillig in seine Hosentasche.

Die verbleibende Fahrt bis zum Gästehaus verlief ruhig. Anne teilte Bananen aus, blieb aber immer noch weitgehend stumm. Chang konzentrierte sich auf Schlaglöcher auf der Fahrbahn.

Erst als der Wagen von der Hauptstraße abbog und sie durch eine Anpflanzung sauber aufgereihter Bäume hindurch fuhren, erklärte Anne kurz, dass sie sich jetzt auf dem Gebiet der Gummiplantage bewegten.

Nach wenigen Minuten verbreiterte sich der Fahrweg. Vor ihnen tauchte ein flaches Gebäude auf. Auf seiner linken Seite führte eine überdachte Terrasse auf eine weite, gepflegte Rasenfläche hinaus. Auf der rechten Seite lag das matte Blau eines Swimmingpools, den die Kinder sofort entdeckten.

Chang parkte den Mercedes. Lotte und Alex drängten hinaus.

»Dürfen wir in den Pool, Mama?«, rief Lotte.

»Erst Zimmer beziehen. Dann gerne.«

Aus dem Haus tauchten zwei Personen auf. Die Frau im bunt bedruckten Sarong war klein und rundlich. Dunkle Augen strahlten aus einem pausbäckigen Gesicht.

»Das ist Ati«, stellte Chang vor. »Sie ist die gute Seele des Anwesens. Sie kocht, putzt und macht auch die Wäsche für die Gäste.«

Dann zeigte er auf den Mann. »Karim hilft Ati, ist aber vor allem für den Garten und die technischen Dinge zuständig. Er ist, wenn Sie so wollen, Gärtner und Hausmeister in einer Person. Ati und Karim sprechen übrigens ordentlich Englisch, Sie sollten also kein Verständigungsproblem haben.«

Karim war nicht viel größer als Ati, aber sehr kräftig gebaut. Er war mit einer kurzen Khakihose und einem hellbraunen T-Shirt bekleidet.

Chang bat die beiden, das Gepäck aus dem Wagen zu holen und im Eingangsbereich des Hauses abzustellen.

»Wann darf ich Sie morgen wieder abholen, Frau Stoll?«

»Vielleicht so gegen vierzehn Uhr? Dann können wir vor der Abfahrt noch eine Kleinigkeit zu Mittag essen.«

Die vier Gäste folgten Ati und Karim in das Haus. Vom Flur aus konnten sie in den Wohn- und Essbereich blicken. Auf dem massiven Holztisch stand eine weiße Blumenvase mit feuerroten Blüten, darüber hing ein überdimensionaler Ventilator mit hölzernen Blättern.

»Ich zeige Ihnen erst einmal Ihre Zimmer«, sagte Ati. »Abendessen gibt es um neunzehn Uhr. Wenn Sie vorher einen Drink nehmen wollen, sagen Sie mir Bescheid.«

Max' Zimmer war mit Doppelbett, Schrank, Sessel und einem kleinen Beistelltisch ausgestattet. Auch hier hing ein Ventilator an der Decke. Die zwei Fenster waren nach innen geöffnet, die Holzrahmen mit Moskitonetzen bespannt.

Er warf sich auf sein frisch bezogenes Bett und starrte an die Decke. Die Stimmung im Auto war bedrückend gewesen. Er hatte Sorge, dass sie auch hier im Gästehaus weiterhin so bleiben würde, wenn es zwischen Anne und ihm nicht zu einem klärenden Gespräch kam. Solange die Kinder noch um sie herumsprangen, war ein solches Gespräch undenkbar. Es blieb ihnen also nur der heutige Abend.

Auf dem Flur hörte er jetzt Lotte und Alex rennen.

»Mama, kommst du auch in den Pool?«, rief Alex.

»Ja. Ich komme gleich.« Annes Stimme klang angespannt.

»Kommt der Hauslehrer auch?«

»Das müsst ihr ihn selbst fragen.«

Ob er nicht besser in seinem Zimmer blieb und den Kontakt zu Anne vermied? Er verwarf den Gedanken, denn die Kinder würden sicher misstrauisch werden, wenn er nicht auftauchte.

Entschlossen zog er sich aus, stieg in seine Badehose, griff eines der flauschigen Handtücher, die am Fuße des Betts gestapelt waren, und lief barfuß hinaus zum Pool. Lotte und Max tobten schon im Wasser. Sie hatten ihn noch nicht gesehen. Dafür entdeckte Max etwas, was seine derzeitige Verwirrung nur noch vergrößerte. Anne lag ausgestreckt auf einer flachen Liege. Ihr knapp geschnittener roter Bikini schaffte es mühsam, die entsprechenden Körperteile zu bedecken. Sie hatte sich eingecremt, ihre olivbraune Haut glänzte seidig in der Sonne. Der Venushügel zwischen ihren festen Oberschenkeln zog seinen Blick wie magisch an.

»Hauslehrer, was steht du denn da rum. Komm endlich rein und spiel mit uns!«, rief Alex und schlug mit den Händen auf die Wasseroberfläche. Lotte winkte mit ihren dünnen Armen.

Mühsam trennte sich Max von dem anregenden Bild und sprang mit einem großen Satz ins Wasser.

Während er mit den Kindern durch das Becken tobte, konnte er es nicht lassen, hin und wieder zu der verführerischen Gestalt auf der Liege zu schauen. Nach einer Stunde hielt er es nicht mehr aus. Er ertrug den Anblick der ruhenden Venus nicht länger.

»Ich muss raus!« Unter dem Protest der Kinder stieg er aus dem Wasser, trocknete sich ab und ging in das Haus zurück. Die Luft im Zimmer war leicht muffig und feuchtheiß. Er schaltete den Deckenventilator an, legte sich auf das Bett und war, obwohl ihn der starke Luftzug störte, innerhalb weniger Minuten eingeschlafen.

*

Als er kurz vor sechs Uhr in das Esszimmer trat, kam Ati auf ihn zu. »Ich wollte Sie gerade holen. Karim füttert gleich die Schlangen.«

Max schüttelte ungläubig den Kopf. Er meinte, sich verhört zu haben.

»Mr. Scott ist verrückt nach Schlangen«, erklärte Ati. »Wir haben hier auf der Plantage tatsächlich genug von diesen Tieren. Vor einigen Jahren hat er damit angefangen, die Schlangen im Garten zu füttern. Und wenn er nicht da ist, übernimmt Karim die Fütterung. Es müsste gleich losgehen.«

Max sah sich in dem überdachten Vorbau um. Acht Korbsessel waren in einem offenen Halbkreis so aufgestellt, dass alle Gäste einen Blick ins Freie hatten. Mehrere Stehlampen waren im Raum verteilt und verströmten weiches Licht.

Er stellte sich an eines der Fenster. Die rote Scheibe der Sonne begann in diesem Moment mit dem Horizont zu verschmelzen. Vor den rötlich gefärbten Wolken zeichneten sich die dunklen Konturen der Büsche und Bäume scharf ab. Vereinzelte Vogelrufe waren zu hören, die das Abendkonzert der Zikaden zu übertönen versuchten. Max glaubte Karim zu erkennen, der über den Rasen lief und sich dabei hin und wieder bückte.

»Karim füllt Schalen mit Milch«, erklärte Ati. »Die Schlangen wissen, dass sie abends nach Sonnenuntergang versorgt werden, und kommen aus allen Himmelsrichtungen angekrochen. Besonders eindrucksvoll sind die ausgewachsenen Kobras mit ihren breiten Hälsen. Aber das werden Sie ja gleich selbst sehen.«

Sie bot Anne und Max Taschenlampen an. »Wir stellen uns auf den Vorbau der Veranda. Von dort aus können Sie alles gut überblicken.«

Anne und Max schalteten ihre Taschenlampen ein und ließen die Lichtkegel durch den dunklen Garten gleiten. Lotte hielt die Hand ihrer Mutter, Alex drängte sich dicht an Max.

»Versuchen Sie, die Schalen zu finden«, riet Ati. »Die Milch schimmert im Licht der Taschenlampen, das hilft Ihnen.«

Tatsächlich hatte jeder von ihnen nach wenigen Augenblicken eine Schale im Fokus. Und dann sahen sie sie kommen. Unglaublich schnell schoben sich kleinere und größere Schlangen aus dem Gebüsch heran. Ihre Farben waren schwer auszumachen, alle wirkten grau oder schwarz. Wie in einem Ballett hoben und senkten sich die Köpfe der Tiere, wölbten sich ihre Körper in dem kurz geschnittenen Gras. Es war ein gespenstisches, aber unglaublich beeindruckendes Bild.

Max bewegte seinen Lichtkegel ein Stück weiter und beleuchtete den Schlangentanz über der nächsten Milchschale. Diesmal konnte er eindeutig eine Kobra ausmachen. Soweit er ihre Bewegungen im Gras verfolgen konnte, schätzte er sie auf zwei Meter Länge. Im Moment richtete sie sich auf, und er erkannte im Licht seiner starken Lampe ihren handtellergroßen Hals. Ihr Kopf wirkte darauf winzig.

Das Schauspiel dauerte etwa fünfzehn Minuten. Fast wie auf ein Kommando verzogen sich die Schlangen, bis der Garten wieder genauso unberührt da lag wie zuvor.

Max schien es, als ob die Zikaden während des Besuchs der Schlangen ruhiger geworden wären. Jetzt, wo sie weg waren, ging das volle Nachtkonzert wieder los.

Als sie wieder ins Haus kamen, war der große Tisch liebevoll gedeckt. An jedem Platz lag eine rechteckige Unterlage aus kräftigem Batikstoff, auf die Ati Teller, Besteck und Gläser gestellt hatte. In der Mitte standen zahlreiche Porzellanplatten und -schüsseln. Ohne viel zu reden, machten sich die vier über die scharf gewürzten malaysischen Spezialitäten her.

*

»Du wartest bitte noch auf mich?« Die Frage von Anne klang eher wie ein Befehl. »Ich bringe die Kinder ins Bett, dann sehen wir uns auf der Veranda.«

Max wünschte Alex und Lotte eine gute Nacht. Die beiden spürten, dass irgendetwas zwischen ihrer Mutter und dem Hauslehrer nicht in Ordnung war, und fragten deshalb nicht, ob er ihnen eine Geschichte erzählen würde.

Max mischte sich einen Gin Tonic und ließ sich in einen der bequemen Korbsessel nieder. Ati hatte ihnen freundlicherweise erklärt, wo sie alles finden würden, bevor sie und Karim sich in ihre Schlafquartiere einige hundert Meter vom Haus entfernt zurückzogen.

Sein Kopf fühlte sich müde und leer an. Was sollte er Anne sagen? Dass er ihr nachspioniert hatte? Dass er eifersüchtig war? Er leerte sein Glas und füllte die verbliebenen Eiswürfel mit Gin und Tonic auf. Vielleicht war es am besten, Anne zuerst die Gelegenheit zu geben, ihren Gefühlen

Luft zu verschaffen. Hatte sie nicht allen Grund, wütend auf ihn zu sein? Und enttäuscht?

Als er sie den Flur entlangkommen hörte, stand er auf. »Was willst du trinken?«

»Was trinkst du?«

»Gin Tonic.«

»Das nehme ich auch.«

Max bereitete ihr den Drink zu. Anne setzte sich ihm gegenüber.

»Zum Wohl«, sagte Max.

»Auf uns.«

Beide schauten in den Garten. Dann begann Anne zu reden und ihre Stimme klang erregt: »Ich kann es einfach nicht fassen, Max. Was hat dich dazu gebracht, mir nachts um halb drei nachzuspionieren? Ich dachte, wir sind Freunde. Machen Freunde so was?«

Als Max nicht sofort antwortete, wiederholte sie die letzte Frage.

»Nein«, sagte Max und versuchte, ruhig zu bleiben. »Nein, das machen Freunde nicht, Aber ich habe dir auch nicht nachspioniert. Zumindest nicht so, wie du dir das vermutlich vorstellst.«

»Ach. Jetzt bin ich aber gespannt. Und wie kommst du mitten in der Nacht da oben an das Fenster?«

Max zögerte. Das Beste war, jetzt ehrlich zu sein.

»Ich war schon oben auf dem Promenadendeck. Du konntest mich nur nicht sehen, weil ich hinter der Ecke im Liegestuhl lag. Ich war eingeschlafen. Und du hast mich geweckt, als du durch die Tür kamst.«

»Aber dann wäre es doch korrekt gewesen, dich zu melden.«

»Du warst zu schnell. Bis ich aufgestanden war, warst du schon oben auf der Treppe.«

»Du hast mich beobachtet, wie ich ins Brückenhaus reingegangen bin?« Ihre Augen wurden groß, ihr Mund öffnete sich, als ob sie anfangen wollte zu schreien. Aber sie beherrschte sich. »Max«, sagte sie mit gepresster Stimme, »dann bist du mir also doch nachgestiegen. Obwohl dir klar gewesen sein musste, dass das nicht korrekt war? Welcher Teufel hat dich da geritten?«

»Ich kann es dir nicht sagen, Anne. Es tut mir schrecklich leid! Ich weiß nur, dass ich unten an der Treppe stand und mit mir gekämpft habe. Und dann übermannte mich ein so starkes Gefühl …«

»Was denn für ein Gefühl, bitte? Welches Gefühl treibt einen Menschen, einem anderen Menschen nachzuspionieren?«

»Anne, es war Eifersucht! Ich war so eifersüchtig auf Claasen, den ich da oben vermutete. Ich weiß, das klingt für dich bescheuert, aber das war es, was mich da hochgehen ließ.«

Anne griff nach ihrem Glas und nahm einen tiefen Schluck. Dann sank sie in ihren Sessel zurück. »Eifersucht!«, murmelte sie ungläubig vor sich hin, schloss die Augen und schüttelte den Kopf. Einen Moment blieb sie in dieser halb liegenden Position, dann richtete sie sich wieder auf und schob ihren Oberkörper weit in seine Richtung.

»Max, lass uns mal was klären. Ich mag dich sehr gerne. Als Freund. Aber ich stelle mir dich nicht als den Mann vor, mit dem ich Sex habe. Während du es offensichtlich umgekehrt bei mir tust. Sonst wärst du doch auf Claasen nicht so eifersüchtig. Du hattest angenommen, dass wir da oben Sex miteinander haben, oder?«

»Ich habe darüber nicht so konkret nachgedacht«, sagte Max, verbesserte sich aber unter dem strengen Blick von Anne. »Ich muss zugeben, ich habe es mir vorgestellt.«

»Siehst du. Claasen und ich haben uns so in den Arm genommen, wie wir es auch tun. Aber ich hätte mit ihm doch nie geschlafen. So wie ich es mit dir auch nicht tun würde.«

Sie machte eine Pause und nippte an ihrem Gin Tonic.

»Der feine Unterschied zwischen dir und Claasen ist aber, dass wir beide Freunde sind. Gute Freunde! Und ich will, dass wir das bleiben. Freundschaft und Sex sind zwei völlig verschiedene Dinge. Sie können im Leben zusammenfallen, aber sie müssen es nicht. So wie bei uns beiden. Und in unserem Fall ist es sehr hilfreich, dass sie es nicht tun. Denn sonst hätten wir beide in den kommenden Monaten in Medan ein riesiges Problem.«

Sie trank ihr Glas aus und hielt es Max hin.

»Gibt es hier noch was zu trinken oder muss ich jetzt zur Strafe auf dem

Trockenen sitzen?« Ihre Stimme klang erleichtert und ihre Gesichtszüge entspannten sich.

»Ich weiß nicht, ob dir so viel Alkohol guttut«, sagte Max. »Ich will auf keinen Fall unsere asexuelle Freundschaft gefährden.« Er nahm ihr das leere Glas ab und füllte es neu.

»Blödmann«, sagte Anne, und in Max' Ohren klang es fast liebevoll.

»Du weißt aber schon, dass du mir da oben auf der Brücke den Spaß verdorben hast? Da mache ich mich einmal im Leben etwas locker, flirte mit einem fremden Mann und lasse mich eng in den Arm nehmen, weil ich denke, den siehst du im Leben nie wieder, da kommt der Hauslehrer und vermasselt mir alles.«

»Claasen war auch nicht glücklich darüber, dass ich euch unterbrochen habe«, sagte Max. »Ich hatte den Eindruck, dass er sich etwas in dich verliebt hat. Zumindest hinterließ das Loblied, das er auf dich gesungen hat, bei mir diesen Eindruck. Ich wusste gar nicht, dass du eine derart heiße Frau bist«, frotzelte Max.

Anne ging nicht darauf ein. »Ihr habt über mich geredet?«

»Ja. Wir hatten ein sehr gutes Gespräch, nachdem er meine Wunde versorgt hatte. Er ist ein prima Kerl.«

»Das ist er. Es tut mir leid, wenn er sich mehr erwartet hat. Mein Gott ist das schwierig mit den zwischenmenschlichen Beziehungen. Ich werde mit ihm sprechen, bevor ich das Schiff verlasse. Der arme Kerl!« Sie schüttelte den Kopf und seufzte. »Max, lass uns anstoßen!«, sagte sie dann. »Ich kann dir nicht sagen, wie erleichtert ich bin, dass wir dieses Gespräch führen können. Seit gestern Nacht habe ich mich richtig elend gefühlt.«

Ihre Gläser berührten sich.

»Wenn wir jetzt schon beim Thema sind, Anne, noch etwas anderes. Wenn du das Gefühl der Eifersucht so direkt mit dem Wunsch nach Sex in Verbindung bringst, wie du das eben tust, wie muss ich mir dann deine Interventionen in meine Beziehung zur Gräfin erklären? Du sagst, du begehrst mich als Mann nicht. Dann müsste es dir doch völlig egal sein, wenn mich die Schlange, wie du sie nennst, verführt. Oder?«

Anne blickte ihn erstaunt an. Max hatte eine echte Begabung, Dinge in ihren logischen Kontext zu setzen.

»Gut beobachtet, Max. Was bringt mich dazu, mir Gedanken über dich und die Gräfin zu machen? Mache ich mir Sorgen? Dann würde ich mich genauso verhalten wie deine Mutter. Diese Rolle wollte ich nie spielen und du hast dich auch mit Recht schon früh dagegen gewehrt. Und trotzdem ist da was«, Anne suchte nach Worten, »etwas Ähnliches. Das Gefühl, dass du in deiner Unbekümmertheit und deinem Glauben an die Menschen von einer Frau, die selbst das Vertrauen in die Menschen verloren zu haben scheint, sehr verletzt werden könntest. Vielleicht mag ich dich zu sehr, um dich verletzt zu sehen, Max?«

Anne strich nachdenklich mit beiden Händen ihre Haare nach hinten. Ihre blauen Augen ruhten auf ihm. Wenn sie ihm nicht gerade erklärt hätte, dass sie als Frau nichts von ihm wollte, dann hätte er diesen Blick als liebevoll empfunden. Jetzt musste er ihn wohl in die Kategorie sorgenvoll einordnen.

*

Eine halbe Stunde später sank Max todmüde ins Bett. Im Schlaf verfolgten ihn die Bilder des Tages. Er saß auf dem Rücken einer Kuh, die in atemberaubendem Tempo einen steilen Hang hinunterjagte. Er hielt sich krampfhaft an ihrem fünften Bein fest, das wie ein Griff aus ihrem Hals wuchs. Am Fuß des Hangs angekommen, flog er in hohem Bogen in einen Fluss, aber was ihn umgab, war kein Wasser, sondern Milch. Schlangenköpfe, die wie Kugeln auf breiten Hälsen saßen, bewegten sich in Wellenlinien auf ihn zu. Schwarze Knopfaugen starrten ihn an. Am Ufer raste der Mercedes heran und kam zum Stehen. Eine Wagentür wurde von innen aufgestoßen.

»Steig ein!«, schrie eine weibliche Stimme. Max sprang mit einem Satz aus der Milchbrühe durch die geöffnete Beifahrertür in das Auto und schlug die Tür hinter sich zu. Anne saß in einem winzigen roten Bikini hinter dem Steuer.

Drei Schlangenköpfe standen jetzt direkt vor dem Seitenfenster. Anne drückte das Gaspedal durch, der Mercedes schoss vorwärts und knallte mit einem lauten Schlag gegen einen dicken Baum.

42

»**HAUSLEHRER, WACH ENDLICH** auf!«

Das war Alex' Stimme. Dann noch einmal ein Schlag an der Tür. Max richtete sich im Bett auf. Sein Kopf war schwer, sein T-Shirt durchgeschwitzt. Nur langsam begann er zu begreifen, wo er sich befand. Der vierte Gin Tonic gestern Nacht hatte ihm den Rest gegeben.

»Ich komme«, rief Max. »Ich muss erst noch duschen.«

Er konnte gar nicht aufhören, das lauwarme Wasser aus der einfachen Rohrleitung über sich hinabfließen zu lassen.

Anne und die Kinder saßen schon am Frühstückstisch. Lotte und Alex schauten ihn mit großen Augen an, als er übernächtigt und mit nassen Haaren an den Tisch trat.

Anne war sein Ebenbild. Sie sah müde aus und hatte ihre feuchten Haare nach hinten gekämmt.

»Guten Morgen, Max«, sagte sie mit schwacher Stimme. »Ich fühle mich heute wie gerädert, aber sonst es geht mir sehr gut. Ich hoffe, dir auch.«

Max wurde es warm ums Herz. Sie waren also wieder Freunde.

Lotte sah ihn stirnrunzelnd an. »Bist du krank, Hauslehrer?«

Max freute sich über das Mitgefühl, das in ihrer Frage mitschwang, kam aber nicht zum Antworten.

»Der ist nicht krank«, sagte Alex. »Und Mama auch nicht. Die haben gestern Abend zu viel getrunken.«

Anne und Max warfen sich einen Blick zu.

Max fühlte sich zu zittrig, um weitere Erklärungen abzugeben. Er brauchte dringend Koffein.

»Der Kaffee stammt von einem Bauern hier in der Nachbarschaft«, sagte Anne, als Ati seine Tasse füllte. »Die Bohnen werden in karamellisiertem Zucker zusammen mit Butter und Sesam geröstet und dann gemahlen. Der Kaffee ist verdammt stark. Du solltest ihn mit Milch trinken.«

Max bestellte bei Ati ein englisches Frühstück. Lotte und Alex verschwanden in den Garten, wo sie mit Jackie, dem Hund des Managers, herumtollten.

»Danke für gestern«, sagte Anne.

»Ich danke dir«, erwiderte Max. »Deine Freundschaft bedeutet mir sehr viel.«

Anne schürzte die Lippen. »Auch ohne?«

»Ich bin noch nicht wach genug, um über Sex reden zu können«, stöhnte Max. »Aber die Antwort ist: Ja. Auch ohne.«

Jetzt brachte Ati zwei gebratene Eier mit Speck, Tomate und Pilzen. Dazu einen Brotkorb mit Toastscheiben.

»Lass es dir schmecken«, sagte Anne. »Wir sehen uns nachher am Pool. Lass uns den Aufenthalt genießen, bevor wir wieder aufs Schiff zurückkehren.«

*

Der Tag verging wie im Flug. Nach dem Frühstück spielte Max mit Lotte, Alex und Jackie. Die Kinder konnten nicht genug davon bekommen, einen Stock zu werfen, den der braunschwarze Mischling postwendend für eine neue Runde zurückbrachte.

Später trafen sich alle am Pool. Alex und Lotte waren schon im Wasser, als Max ankam. Er blieb wenige Schritte vor der Liege stehen, auf der Anne in ihrem roten Bikini in der Sonne lag. Er ließ das ästhetische Bild in Ruhe auf sich wirken und stellte fest, dass heute etwas anders war. Er betrachtete ihren wohlgeformten Körper, er fand ihn objektiv genauso anziehend wie zuvor, aber es stellten sich keine Fantasien ein. Die Botschaft von Anne hatte gewirkt. Die klare Ansage, dass er nicht ihr Typ war, dass er erst gar nicht an Sex zu denken brauchte, half. Eine faszinierende Suggestion. Während er dastand und in sich hineinfühlte, was gerade innerlich bei ihm ablief, schlug Anne die Augen auf und hob den Kopf leicht an.

»Was treibst du da, Max?« Und mit einem prüfenden Seitenblick auf die Kinder im Pool setzte sie etwas leiser hinzu: »Bist du jetzt unter die Spanner gegangen?«

»Ja. Was bleibt einem armen Studenten denn anderes übrig?«

Er setzte sich neben Anne ins Gras, ergriff ihre Hand und drückte einen zarten Kuss darauf.

»Pass bloß auf, dass Lotte das nicht sieht. Sonst kostet dich das wieder Punkte bei ihr.«

Beim Stichwort Lotte wurde Max nachdenklich. Sein Verhältnis zu Anne war wieder in Ordnung. Aber wie würde die Beziehung zu Robert aussehen?

»Anne, da ist noch etwas, was ich mit dir besprechen will.«

»Und das wäre?«

»Anne, du bist verheiratet. Wir zwei sind inzwischen sehr gute Freunde und eng miteinander. Werden wir weiterhin unsere nächtlichen Gespräche führen? Mal zusammen ausgehen? Wieder Tennis miteinander spielen? Wie wird es dein Mann finden, wenn du am Ende mehr Zeit mit dem Hauslehrer verbringst als mit ihm?«

Anne hatte sich aufgerichtet und die Schultern gestrafft, während er sprach. Max spürte, wie sich sein Körper anspannte. Er vergaß fast zu atmen.

»Das weiß ich nicht«, sagte sie schließlich. Eine Weile beobachtete sie Lotte und Alex, die mit Jackie durch den Garten tollten. »Ich bin auch sehr gespannt, wie sich alles entwickeln wird«, sagte sie dann. »Aber ich will im Moment gar nicht so weit denken.«

»Wollte Robert denn überhaupt, dass ich nach Medan komme?«

Wieder zögerte Anne mit der Antwort. Sie strich mit einer Hand ihre nassen Haare zurück.

»Das kann ich dir nicht genau sagen. Um ehrlich mit dir zu sein, unsere Ehe ist im Moment nicht das, was sich Herr Leuthenbacher unter der großen Liebe vorstellen würde. Wir haben uns etwas auseinandergelebt. Ich kann dir nicht genau sagen, woran es wirklich liegt. Ein Grund ist sicher, dass Robert so wenig Zeit für mich und die Kinder hat. Und selbst wenn er am Abend oder am Wochenende mal zu Hause ist, bringt er noch Geschäftsbesuch mit. Wir sind praktisch nie allein. Darüber hinaus fehlt mir aber auch meine Selbstständigkeit. Ich hatte in Deutschland als Industriefotografin einen tollen Beruf, der mich ausfüllte. Ich hatte mein eigenes Geld, konnte eigene Entscheidungen treffen. Und jetzt bin ich das Anhängsel meines Mannes. Ich habe meinen Beruf an den Nagel gehängt, bin von Roberts Geld abhängig. Ich habe zunehmend das Gefühl, von meiner Umwelt nicht mehr als eigenständige Person wahrgenommen zu werden.«

Von der Wiese kam ein wütendes Gebell. Alex und Lotte ärgerten offensichtlich Jackie.

»Was die Kinder angeht, lässt Robert mir vollkommen freie Hand. Und er hat natürlich gesehen, dass es mit dem Schulunterricht so nicht weitergehen konnte. Aber ich weiß wirklich nicht, ob er sich ernsthaft Gedanken darüber gemacht hat, was deine Anwesenheit bedeutet. Für ihn, für mich, für unsere Beziehung. Robert tut sich generell sehr schwer, über Gefühle zu sprechen. Gespräche über Beziehungsfragen sind ihm, glaube ich, unangenehm. Ich bekomme keine befriedigenden Antworten, wenn ich ihn auf Erwartungen und Bedürfnisse anspreche. Aber vielleicht lernt er das noch, wenn du da bist.«

Max wurde es schlagartig heiß. Das klang für ihn fast so, als ob Anne erwartete, dass seine Anwesenheit Klarheit in das Verhältnis der Eheleute bringen würde. Der Gedanke machte ihm Angst.

Anne war seine erschrockene Miene nicht entgangen.

»Max, du brauchst dir keine Sorgen zu machen! Wir kriegen das gemeinsam gut hin. Ich habe da keine Zweifel.«

Sie legte ihm ihre warme Hand auf die nackte Schulter. »Ich freue mich auf jeden Fall sehr, dich in der Nähe zu haben. Wir werden Gelegenheiten finden, unsere Gespräche fortzusetzen. Es gibt viele spannende Themen, zu denen mich deine Meinung interessiert. Und ab und zu gibt es sogar in Medan Konzerte. Aus denen macht sich Robert nichts. Da können wir zusammen hingehen. Und wir haben nicht nur einen Pool im Garten, sondern auch unseren eigenen Tennisplatz am Haus! Wir zwei werden also auch weiterhin miteinander spielen können.«

Sie massierte jetzt mit beiden Händen zärtlich seinen Nacken und beobachtete sein Mienenspiel.

»Hallo, nicht so trübselig! Wir wollten doch den Tag genießen. Schau dir diesen wundervollen Himmel an. Los, komm!«

Sie sprang auf, ergriff seine Hand und zog ihn nach oben. Dann ließ sie ihn los, nahm Anlauf und hechtete mit einem Kopfsprung in den Pool. Eine Wasserfontäne spritzte hoch. Max zögerte kurz, dann tat er es ihr nach.

*

Pünktlich um zwei Uhr holte Chang sie ab. Durch die Rückscheibe des Wagens sah Max Ati und Karim winkend vor dem Haus stehen, bis sie auf den schmalen Weg einbogen, der sie aus der Plantage hinaus zur Hauptstraße brachte.

Am Gittertor des Hafengeländes wurden sie wieder von dem schwer bewaffneten Sicherheitsmann und einem Beamten erwartet, der die Pässe kontrollierte und Chang eine Genehmigung für die Einfahrt ausstellte. Von hier aus konnten sie schon die *Holsatia* am Kai liegen sehen. Im Moment schwebten zwei Holzkisten fast zeitgleich auf das Vorschiff und verschwanden im Bauch des Schiffes.

»Was hast du jetzt vor, Hauslehrer?«, fragte Alex, als sie sich von Chang verabschiedet hatten und auf dem Weg in ihre Kabinen waren.

»Ich werde wohl als Erstes meine Tasche auspacken und mich etwas frisch machen. Vielleicht gehe ich dann aufs Promenadendeck und genieße dort den letzten Nachmittag auf dem Schiff.«

»Und ihr zwei fangt an, eure Sachen für Singapur zusammenzupacken«, machte Anne klar. »Morgen früh bleibt nicht viel Zeit. Am besten kommt ihr jetzt gleich mit. Wir sehen uns zum Abendessen, Max.«

Max ging in seine Kabine und leerte seine Tasche.

Nach einer ausgiebigen Dusche hatte er keine Lust mehr, auf das Promenadendeck zu gehen. Er wollte jetzt auf keinen Fall der Gräfin begegnen. Es war gut gewesen, sie einmal einen Tag lang nicht zu sehen und zu sprechen.

Vielleicht war es das Beste, die durch seine Abwesenheit entstandene Distanz zu ihr über die letzten Stunden auf dem Schiff konsequent weiter durchzuhalten. Das würde sicher auch der Gräfin erleichtern, in ihr eigenes Leben zurückzukehren.

Bei diesem Gedanken wurde Max völlig ruhig. Es war im Grunde alles so einfach. Morgen Mittag trennten sich ihre Wege, und dann war er vollkommen frei.

Er legte sich nackt, wie er aus der Dusche gekommen war, auf das Bett. Der Wecker zeigte vier Uhr. Er stellte ihn auf fünf, schloss die Augen und schlief ein.

43

DAS KLOPFEN AN seiner Tür kam aus weiter Ferne, und auch seinen Namen hörte er nur undeutlich.

»Max, sind Sie da?«

Er fuhr von seinem Bett hoch. Es war ihre Stimme! Er war nackt und die Tür nicht abgeschlossen. Er sprang auf, aber es war zu spät. Die Tür öffnete sich einen Spalt und die Gräfin steckte ihren Kopf herein.

»Oh, Entschuldigung«, sagte sie erstaunt, machte aber keinerlei Anstalten, die Tür wieder zu schließen. Es schien sie nicht zu stören, dass ein junger nackter Mann vor ihr stand. Max hätte es lächerlich gefunden, jetzt erschrocken mit den Händen seine untere Körperpartie abzudecken. Er blieb also einfach so stehen, wie sie ihn angetroffen hatte, und erwiderte ihren Blick. Er konnte nur hoffen, dass jetzt nichts bei ihm passierte. Lange würde er nicht entspannt vor ihr stehen bleiben können.

»Ich wollte nur nachschauen, ob Sie gut zurückgekommen sind. Und ich wollte Ihnen sagen, wie sehr ich mich freue, Sie heute Abend bei mir zu empfangen.«

Sie lächelte ihn kurz an und zog dann ihren Kopf wieder zurück.

Max stand wie versteinert und atmete tief durch. Die Frau hatte Nerven. Und sie machte alles zunichte, was er sich noch vor wenigen Stunden vorgenommen hatte. Aus der Nummer mit der abendlichen Einladung in ihre Kabine kam er nicht mehr heraus.

Das Läuten seines Weckers ließ ihn zusammenfahren. Fünf Uhr. In einer Stunde begann das Abendessen.

Max zog sich schnell an und stieg auf das Promenadendeck hoch. Auf dem Kai waren die gelb lackierten Gabelstapler noch damit beschäftigt, beladene Paletten aufzunehmen und zu der Gleisanlage im hinteren Bereich des Hafens zu fahren, wo sie direkt in die wartenden Güterwagen geschoben wurden. Auf dem Hauptdeck waren alle Ladeluken geschlossen worden. Die Crew war dabei, die Ladebäume in ihre Ausgangspositionen zu bringen und zu sichern. So wie es aussah, würde die *Holsatia* pünktlich um neunzehn Uhr ablegen können.

Als Max als Letzter in die Bibliothek kam, traf er zuerst auf die Gräfin in einem elegant geschnittenen, schwarzen Hosenanzug. Die langärmelige Jacke hatte ein breites Revers, darunter trug sie ein weißes Top. An beiden Ohren hingen goldene Kreolen. Um den Hals schillerte eine Perlenkette mit auffallend grauen Perlen. Als er auf sie zutrat, wurde ihm bewusst, dass er vor zwei Stunden splitternackt vor ihr gestanden hatte. Das Blut stieg ihm in den Kopf. Sie lächelte ihn an, als ob nichts gewesen wäre, und ging mit Leuthenbacher in den Salon. Anne, die Kinder und Behrendt saßen schon am Tisch. Die nachtblaue Chiffonbluse brachte Annes Augen perfekt zur Geltung.

Behrendt war heute der einzige Offizier, der angesichts der anstehenden Abfahrt Gastgeberfunktion am Kapitänstisch wahrnehmen konnte.

Max hatte gerade eine Tomatensuppe serviert bekommen, als ihn die Gräfin ansprach: »Was ist denn mit Ihrer Stirn passiert, Max? Nach der Größe des Pflasters zu schließen, muss sich darunter eine größere Wunde verbergen.«

Max erzählte der Gräfin, dass er beim Hochgehen auf der Treppe gestolpert war und sich die Stirn an einer Treppenkante aufgeschlagen hatte.

»Beim Hochgehen?« Die Gräfin legte den Kopf schief.

»Ich bin gerannt.«

»Max liebt es, über Treppen zu rennen. Immer zwei, drei Stufen auf einmal. So kenne ich ihn«, erklärte Anne schnell und unterbrach dafür das Gespräch, das sie soeben mit Leuthenbacher geführt hatte.

Die Gräfin interessierte das wenig. Sie wollte jetzt mehr vom Landgang erfahren. »Und wie war es in Malaysia? Was haben Sie unternommen, Max?«

»Unternommen? Im Grunde nicht viel. Wir hatten ausgemacht, es uns einfach gut gehen zu lassen.«

»Wir haben mit Max im Pool getobt und mit Jackie gespielt«, erzählte Lotte.

»Und Mama und der Hauslehrer haben ständig geredet«, ergänzte Alex.

»Ist ja gut, Kinder. Das interessiert die Gräfin sicher nicht.«

Anne unterbrach erneut ihr Gespräch mit Leuthenbacher. Der schüttelte unwillig den Kopf, weil ihm klar wurde, dass er nicht ihre volle Aufmerksamkeit hatte.

»Wenn Sie so viel mit Frau Stoll zu reden hatten, dann erinnert mich das an die Frage, die ich Ihnen schon länger stellen wollte. Haben Sie eigentlich Herrn Stoll auch schon in Deutschland kennengelernt oder treffen Sie ihn in Singapur zum ersten Mal?«

Jetzt war Anne hellwach. Sie richtete sich auf und hätte wahrscheinlich gleich selbst etwas gesagt, wenn Max ihr nicht durch eine kurze Handbewegung signalisiert hätte, dass er selbst antworten wollte.

»Ich kenne Herrn Stoll gut. Wir haben uns mehrfach in Deutschland getroffen«, sagte er.

In diesem Moment erschien Kai mit dem Hauptgang, einer Saltimbocca vom Kalb mit Ratatouille. Behrendt sah auf die Uhr und entschuldigte sich: »Wir legen in Kürze ab. Ich muss an Deck. Falls Sie beim Ablegen dabei sein wollen, müssten Sie jetzt mitkommen.«

»Dürfen wir, Mama?«, fragte Lotte.

»Klar. Aber ihr bleibt bitte oben auf dem Promenadendeck.«

Lotte und Alex verschwanden zusammen mit Behrendt. Für einen Moment war Schweigen am Tisch.

»Wird es bei Ihnen Schulferien geben, Max? Werden Sie als Hauslehrer auch Urlaub haben?«

Max war nicht klar, worauf die Gräfin hinauswollte, aber Anne schien es zu ahnen, denn sie übernahm sofort die Antwort: »Max ist bei uns angestellt. Und er wird selbstverständlich Urlaub bekommen.«

Die Gräfin wandte sich wieder an Max. »Ich frage, weil ich mir vorstellen könnte, dass Sie in Ihrer freien Zeit vielleicht etwas reisen und sich Indonesien anschauen wollen. Sie könnten mich besuchen und ich zeige Ihnen in Java die größte buddhistische Tempelanlage der Welt, den Borobudur. Oder Sie fliegen direkt von Medan auf die Insel Bali. Die Insel der Götter, ein wahrhaftiges Paradies. Ich war mehrfach dort und wollte sie schon immer einmal mit dem Motorrad erkunden. Mit meinem Mann war das leider nicht zu machen.«

Leuthenbacher musterte die Gräfin jetzt mit einem fragenden Blick. Anne schüttelte ungläubig den Kopf.

Die Gräfin sprach unbeeindruckt weiter. »Falls Sie auf mich als Reiseführerin zurückgreifen wollen, dann sollten Sie Ihre Reisepläne nicht zu weit hinausschieben. Ich werde nicht mehr lange in Jakarta sein.«

»Ist Ihr Mann denn nicht vertraglich gebunden?«, fragte Anne schnippisch.

»Das ist richtig. Er hat seinen Posten gerade eben um zwei weitere Jahre verlängert. Aber das bedeutet ja nicht, dass ich in Jakarta bleiben muss.«

Max sah, wie sich Annes Augen erst weiteten und dann verengten. Er befürchtete eine Explosion. Er sah, wie sich ihre Brust hob, als sie tief einatmete. Dann ließ sie die Luft leicht hörbar wieder entweichen und stand abrupt auf.

»Ich denke, mein Mann ist für Max der ideale Fremdenführer, um Indonesien zu erkunden. Schließlich ist er dort aufgewachsen. Und jetzt muss ich mich um die Kinder kümmern. Es ist höchste Zeit, dass sie ins Bett kommen. Max, ich fände es schön, wenn du ihnen am letzten Abend auf dem Schiff noch eine Geschichte erzählen würdest.«

Als Anne und Max schon fast am Durchgang zur Bibliothek waren, hörte er die Gräfin sagen: »Mein guter Leuthenbacher, für mich ist es auch Zeit. Ich fühle mich heute nicht so wohl und will etwas früher zu Bett gehen.«

Max lachte in sich hinein. Die Frau war eine perfekte Schauspielerin.

Wenig später saß er bei den Kindern am Bett. Lotte und Alex schauten ihn mit großen Augen erwartungsvoll an. Diesmal hatte es die dicke schwarze Katze in seiner Geschichte mit einem Maulwurf zu tun, der sich aus Versehen in den Hinterhof des Hauses gegraben hatte. Zwar war der Maulwurf fast blind und nicht gerade der Intelligenteste, aber am Ende legte er die Katze herein, und sie musste sich wieder einmal unter dem höhnischen Gelächter der Krähen und Elstern, die oben in dem alten Baum saßen, in ihren eigenen Garten zurückziehen.

Als die Geschichte zu Ende war, lagen Alex und Lotte müde in ihren Kissen.

»Schlaft gut, ihr beiden«, sagte Max und streichelte ihre Wangen. »Eure letzte Nacht auf dem Schiff. Vier Wochen auf See sind vorbei.«

»Es war echt schön, Hauslehrer«, murmelte Alex.

Lotte nickte nur. Sie war schon fast eingeschlafen. Dann fielen auch Alex die Augen zu.

44

MAX STAND LEISE vom Bett der Kinder auf. Auf dem Flur zögerte er kurz. Sollte er zuerst noch einmal in seine eigene Kabine gehen? Aber wozu? Er hatte die Einladung der Gräfin angenommen. Er wollte sich der Herausforderung stellen.

Er ging den schwach beleuchteten Flur hinab, bog um die Ecke und spürte die Nervosität aufsteigen. Der weiche Teppich dämpfte seine Schritte. Die zweite Tür auf der rechten Seite war die der Gräfin. Er klopfte leise an.

»Kommen Sie herein«, hörte er ihre Stimme. »Es ist offen.«

Max trat ein.

»Bitte schließen Sie ab«, bat ihn die Gräfin.

Ganz langsam drehte Max den goldglänzenden, metallenen Türknauf, bis die Verriegelung hörbar einrastete.

Die Gräfin stand an ihrem Schreibtisch. Sie hatte einen edlen Sarong um ihren Körper geschlungen und die beiden Enden des seidig glänzenden Stoffes hinten im Nacken verknotet. Die Perlenkette hatte sie abgenommen. Die eindrucksvollen Kreolen, die sie beim Abendessen getragen hatte, baumelten an ihren Ohren. Ihre Füße waren nackt, die Zehennägel waren leuchtend rot lackiert. Es war derselbe Nagellack, den er jetzt auch an den Nägeln ihrer gepflegten Hände entdeckte.

»Warum setzen Sie sich nicht?«, fragte sie.

Max bewegte sich wie eine Marionette zur Couch. In was war er da hineingeraten? Die Gräfin ging zu ihrem Kühlschrank, entnahm ihm eine kleine Flasche Champagner und reichte sie Max.

»Sind Sie bitte so nett und öffnen die Flasche für mich?«, fragte sie. »Ich bereite Ihnen zwischenzeitlich einen Whisky zu. Johnny Walker. Black Label. Auf Eis. So war's doch, oder?«

Max nickte. Wenn nur diese verdammte Aufregung nicht gewesen wäre! In seinem Kopf überschlugen sich die Gedanken.

Der Champagnerkorken knallte. Er füllte den Kelch und war froh, dass nichts überlief. Sie reichte ihm seinen Whisky und glitt elegant in den Sessel. »Schön, dass Sie heute noch Zeit für mich haben, Max. Auf Ihr Wohl!«

»Auf Ihr Wohl«, brachte Max hervor und stieß mit ihr an. Der Whisky tat ihm gut. Er nahm sofort einen zweiten Schluck. Er brauchte den Alkohol, um endlich ruhiger zu werden.

Sie stellte ihr Glas ab, lehnte sich in den Sessel zurück und schloss die Augen. Max hätte ihr ewig so gegenübersitzen und sie anschauen können. In diesem Moment begann er zu begreifen, dass die Kunst im Umgang mit einer erfahrenen Frau darin zu bestehen schien, loszulassen. Einfach er selbst zu sein. Und nicht immer wieder verzweifelt in Aktionismus zu verfallen. Die Frau hatte Interesse an ihm. Sie hatte ihn nachts in ihre Kabine eingeladen. Warum sollte er ihr jetzt etwas vorspielen? Was er ihr als Mann bieten konnte, war, auf sie einzugehen. Ihr zuzuhören, wenn sie den Wunsch hatte, etwas mit ihm zu teilen. Sie aufzuheitern, sie zum Lachen zu bringen, wenn sie von ihren dunklen Gedanken eingeholt wurde. Sie in dem zu bestärken, was sie für ihn war: eine außergewöhnliche Frau. Und nicht zuletzt ließ sich bei ihr sowieso nichts planen. Sie war eine Meisterin darin, seine Pläne zu durchkreuzen. Sie würde die Initiative ergreifen, falls sie das wollte. Und falls nicht, konnte er in Ruhe seinen Whisky und den Anblick dieser erstaunlichen Frau genießen und irgendwann in seine Kabine zurückkehren.

Eine Zeit lang saßen sie sich fast reglos gegenüber. Was ging in ihrem Kopf wohl vor sich? Max trank sein Glas aus, kippte sich die restlichen Eiswürfel aus dem Glas in den Mund und ließ sie langsam zergehen. Das Wasser rann kalt seine Kehle hinab.

»Noch einen Whisky?«, fragte sie leise.

Max nickte und half sich selbst. Die Eiswürfel klirrten, als er sie mit dem Silberlöffel aus dem Kühler in sein Getränk gleiten ließ.

Die Gräfin stand auf, holte die Champagnerflasche und goss sich nach. Unter dem Sarong zeichneten sich weich die Konturen ihres Körpers ab.

»Sie haben sich sicher gewundert, warum ich Sie heute in meine Kabine eingeladen habe.«

Max schwieg.

»Ich wollte mich bei Ihnen bedanken.«

»Bei mir bedanken? Aber wofür denn? Ich habe nicht das Gefühl, dass Sie mir zu Dank verpflichtet wären.«

»Verpflichtet nicht. Es hat im Grunde mehr mit mir selbst als mit Ihnen zu tun. In den Gesprächen mit Ihnen wurde mir vieles klar. Ich habe Antworten auf Fragen gefunden, die ich mir schon lange stellte.« Sie schwieg wieder eine Weile, dann sah sie ihn an. »Ich habe begriffen, dass ich nicht mehr mit meinem Mann zusammenleben kann. Einem Mann, der mir fremd geworden ist und mit dem ich nicht über meine Gefühle sprechen kann. Wir sind beide seit dem Tod unseres Sohnes sprachlos geworden. Sprachlos und gefühllos. Ich funktioniere nur noch und wahre die Fassade der Frau an der Seite des italienischen Botschafters. Ich werde mich von ihm trennen.«

Während sie sprach, hatte sie sich in ihrem Sessel aufgerichtet. Jetzt schlug sie die Beine übereinander.

Max konnte schwer nachvollziehen, dass ihre Gespräche eine derartige Wirkung haben konnten. Aber sie wirkte entschlossen und schien ihre Entscheidung bewusst getroffen zu haben. Vermutlich hatten ihre Gespräche nur den letzten Tropfen geliefert, der das Fass zum Überlaufen brachte. Aber was würde ihre Entscheidung für ihn bedeuten? Was genau wollte sie von ihm?

»Max«, sagte sie sanft und beugte sich zu ihm nach vorne. »Sie sind sehr jung und haben das Leben vor sich. Meine Entscheidung sollte Sie in keiner Weise beeinflussen. Ich erwarte nichts von Ihnen. Sie haben mir, wie gesagt, schon mehr als genug geholfen. Ich bekomme eine zweite Chance und werde sie ergreifen.« Ihre fein geschwungenen Lippen deuteten ein Lächeln an.

»Lassen Sie uns anstoßen«, schlug sie vor.

Max griff nach seinem Whisky.

Die Gräfin wirkte jetzt wie verändert. Eine Last schien von ihren Schultern genommen. Sie hielt ihm ihr Glas entgegen. »Auf die zweite Chance, die das Leben für uns bereithält!« Ihre graugrünen Augen strahlten ihn an.

»Auf die zweite Chance«, wiederholte Max.

Ihre Gläser berührten sich.

»Kommen, Sie, Max, lassen Sie uns tanzen!«

Sie war aufgestanden und streckte ihm ihre schmale Hand entgegen.

»Schauen Sie nicht so erstaunt! Sie sind doch ein fantasievoller Mann. Wir brauchen keine Musik. Sie ist in uns. Wir werden die Musik spüren, sobald wir uns im Arm halten. Kommen Sie«, wiederholte sie.

Ihre Arme schlossen sich fest um ihn, ihr Kopf lehnte leicht an seiner Schulter. Er spürte ihren warmen Körper, den Druck ihrer Brüste, sog den Geruch von Lavendel ein. Max war wie in Trance. Lange standen sie auf der Stelle und hielten sich fest. Dann gingen sie in leicht wiegende Bewegungen über und begannen, sich vorsichtig zu drehen.

Er hätte nicht sagen können, wie lange sie sich so bewegten, als ihn der sehnliche Wunsch überkam, den Knoten ihres Sarongs zu lösen. In diesem Moment ließ sie ihn behutsam los und führte ihre Hände hinter ihren Kopf. Der Sarong glitt an ihrem Körper nach unten. Max starrte auf ihre roten Dessous. Vor seinen Augen erschien Anne im Bikini.

»Max? Ist etwas?«

»Es ist alles gut. Sie … Sie sehen heiß aus.«

Die Gräfin trat einen Schritt auf ihn zu und begann, seinen Gürtel zu öffnen.

»Ziehen Sie sich aus«, sagte sie ruhig, aber bestimmt. Von der engen Hose befreit, erhob sich sein steifes Glied. Sie umschloss es flüchtig mit ihrer warmen Hand.

»Das muss noch etwas warten«, sagte sie und drückte ihn an den Schultern sanft nach unten. Max gab nach und kniete vor ihr auf dem weichen Velours. Er schob die seitlichen Bänder ihres Slips an ihren Beinen entlang bis zum Boden. Seine Nase tauchte in eine Wolke von Lavendel ein. Seine Zunge fand ihren Weg und ließ sich Zeit.

»Ich will dich in mir spüren«, hauchte die Gräfin. »Komm!«

Vor dem Bett schmiegte sie sich kurz an ihn, er öffnete den BH. Sie ließ sich nach hinten fallen, Ihr Mund stand leicht offen. Ihre weichen Locken umrahmten das ebenmäßige Gesicht.

»Nimm mich«, sagte sie fordernd.

Minutenlang bewegten sich ihre Körper in einem gleichmäßigen Rhythmus. Ihre Zungen tanzten in ihren Mündern.

»Lass mich nach oben.« Wieder diese knappe Aufforderung. Fast ein Befehl.

Max rollte sich zur Seite, ihre Brüste und ihr Bauch schimmerten feucht.

Im Nu war die Gräfin über ihm, begann ihn mit kreisenden Bewegungen ihres Beckens zu reiten. Die goldenen Kreolen schwangen wie Pendel an ihren Ohren.

Max schloss die Augen. Er verlor das Zeitgefühl. Seine Bauchdecke wurde härter, sein Atem ging stoßweise. Für ihn untrügliche Anzeichen, dass er seinen Orgasmus nicht mehr lange hinauszögern konnte. Die Gräfin kreiste jetzt schneller.

Dann spürte Max die Welle kommen.

»Oh mein Gott«, schrie er, »oh mein Gott, Anne!«

Abrupt unterbrach die Gräfin ihre Bewegung und ließ sich neben Max auf das Bett fallen.

»Ich bin nicht Anne«, stieß sie schwer atmend hervor. »Lass mich allein, Max. Nimm deine Sachen und verschwinde!«

Sie hatte die Augen geschlossen.

Max lag wie erstarrt. Er spürte, wie sich ein ungeheurer Druck auf seiner Brust aufbaute. Sein Magen zog sich schmerzhaft zusammen.

»Hast du mich nicht verstanden?«

Die Gräfin atmete immer noch heftig. Zwischen ihren Brüsten hatten sich Schweißperlen gebildet. Sie hielt die Augen weiter geschlossen.

Max kletterte aus dem Bett, sammelte seine Kleidungsstücke und seine Schuhe ein und verließ ihre Kabine. Es war ihm absolut gleichgültig, ob ihn jemand nackt über den Flur laufen sah.

Er hatte in der letzten Nacht seiner Reise alles vermasselt.

45

ALS MAX AM nächsten Morgen zu sich kam, fühlte er sich hundeelend. Durch das Fenster sah er graue Wolkenberge und zog sofort die Bettdecke weit über den Kopf. Er hoffte, dass die Bilder der vergangenen Nacht, die jetzt mit Macht in sein Bewusstsein drangen, verschwinden würden, wenn er sich im Dunkeln versteckte.

Was für eine Schmach! Noch beim engen Tanz mit der Gräfin war er stolz auf sich gewesen. Er hatte die Beziehung zu ihr in den Griff bekommen. Und als sie Sex wollte, fühlte er sich absolut sicher, dass er ihr alles würde geben können, was sie erwartete. Er sah sich ihr auf Augenhöhe gegenüber.

Dann war es ganz anders gekommen. Die roten Dessous hatten das Bild von Anne im roten Bikini hervorgeholt, und in seinem Unterbewusstsein musste dieses Bild noch aktiv gewesen sein, als die Gräfin nackt auf ihm saß und ihn seinem Orgasmus entgegentrieb.

Er konnte der Gräfin nicht mehr unter die Augen treten. Sicher war sie zutiefst getroffen. Sie musste den Eindruck bekommen haben, dass er nicht mit ihr Sex hatte, sondern mit Anne. Aber das stimmte nicht. Von Beginn ihres Liebesspiels an war er völlig bei ihr gewesen. Alles in ihm drängte mit Macht auf eine Vereinigung, auf einen gemeinsamen Höhepunkt. Während ihres Liebesspiels war er regelrecht mit ihr verschmolzen. Wie konnte Anne mitten im Orgasmus derart die Oberhand gewinnen?

Max kroch vorsichtig unter der Bettdecke hervor. Sein Blick ging zum Fenster. Als Vorboten für den einsetzenden Regen zeigten sich schon die ersten Wassertropfen auf der Scheibe.

Nachdem er geduscht und sich angezogen hatte, rief er Kai an und bat ihn, ihm etwas frisches Obst, ein Croissant und einen Kaffee auf die Kabine zu bringen. Dann begann er, den Kleiderschrank auszuräumen.

Kai brachte das Frühstück und Max nutzte die Gelegenheit, sich von ihm zu verabschieden und sich für seine Dienste mit einem Geldbetrag zu bedanken. Als Kai den Umschlag entgegennahm, lief er leicht rot an. Der Steward war Max in den vergangenen vier Wochen ans Herz gewachsen und hatte ihm durch seine aufmerksame und immer freundliche Art den Aufenthalt auf dem Schiff sehr angenehm gemacht.

Gegen halb elf Uhr hatte Max seine Koffer gepackt. In seinem Rucksack befanden sich die Dokumente, die er für die Einreisekontrolle im Hafen und für die Anmeldung im Hotel brauchte.

Er stellte die Gepäckstücke an die Tür. Da es in seiner Kabine nichts mehr für ihn zu tun gab, fasste er den Entschluss, auf das Promenadendeck zu gehen. Die Einfahrt in den Hafen von Singapur musste unmittelbar bevorstehen.

Zum letzten Mal stieg er die schmale, steile Stahltreppe hinauf. Oben angekommen schaute er sich um. Er war allein.

Ein feiner Tropenregen hatte eingesetzt, doch die überstehende Nock des Brückendecks gewährte ihm etwas Schutz. Einzelne Tropfen, die sein Gesicht trafen, fühlten sich warm an.

Im Moment navigierte die *Holsatia* zwischen kleinen, bewohnten Inseln, die dem Hafen von Singapur vorgelagert waren. Max' Blick wanderte über die Wellblechdächer der niedrigen Holzhäuser, die sich zwischen Büschen und Bäumen versteckten. Hier und da führte ein Anlegesteg wie ein Finger von einer Insel hinaus auf das Meer zu einem vertäuten Boot.

Tief im Wasser liegende Fischkutter schoben sich tuckernd durch die braunen Wellen, weiter draußen lagen zahlreiche Schiffe auf Reede.

Die Uferlinie war trotz des zarten Regenschleiers gut erkennbar. Max verfolgte mit seinen Augen die Silhouette der Stadt. Sein Blick glitt über die Linien der Hochhäuser, blieb an grünen Flecken hängen. Für eine Großstadt gab es auffallend viel Grün.

Die *Holsatia* bewegte sich langsam auf die Kaianlagen zu. Mehrere große Schiffe lagen an den Piers. Unten auf dem Hauptdeck waren Matrosen damit beschäftigt, das Anlegen des Frachters vorzubereiten.

An der Reling des Vordecks tauchten jetzt Anne, Alex und Lotte auf. Sie suchten unter zwei großen Regenschirmen in den Farben der Reederei Schutz. Sie standen so dicht beieinander, wie es die beiden Schirme zuließen. Jetzt trat Leuthenbacher an die Reling und blieb etwas abseits von den dreien stehen. Er hatte keinen Schirm. Der Regen schien ihn nicht zu stören.

Mit einem Mal fühlte sich Max unendlich allein. Das Bild der Dreiergruppe unter den beiden Regenschirmen machte ihm bewusst, dass die Familie Stoll bald vereint sein würde. Er selbst war ab sofort das fünfte Rad am Wagen.

Auf ihn wartete niemand.

Das Geräusch der Stahltür drang nur entfernt in sein Bewusstsein. Auf einmal stand die Gräfin in weißen Bermudas, Tennisschuhen und einem hellgrünen Regencape neben ihm. Unter der Kapuze, von deren Rand sich einzelne Wassertropfen lösten, kringelten sich ihre blonden Locken.

»Guten Morgen, Max. Ich habe Sie heute Morgen schon überall gesucht und mir dann gedacht, dass Sie hier oben sein könnten. Ich wollte Ihnen etwas zum Abschied geben.«

Sie überreichte ihm ein Briefkuvert, zögerte kurz, trat schnell an ihn heran und drückte ihm einen zarten Kuss auf die Wange. Dann drehte sie sich wortlos um und lief zurück zur Tür.

Max starrte auf den Umschlag. Er drehte sich gegen die Wand, um ihn vor dem Regen zu schützen. Dann öffnete er ihn.

Die Nachricht war in blauer Tinte verfasst.

Lieber Max!
Ich bin nicht Anne. Anne wird für Sie vermutlich immer ein Traum bleiben. Mich aber gibt es in der Wirklichkeit.
Bettina
P. S.: Motorradfahren macht allein keinen Spaß.

Mit im Kuvert steckte eine Visitenkarte der Gräfin. Die gedruckten Adressangaben waren auf der Rückseite handschriftlich um eine private Telefonnummer ergänzt.

Ein Tropfen fiel auf den Brief und traf das Wort *Traum*. Max beobachtete, wie sich die blauen Linien der Buchstaben langsam auflösten und ineinanderflossen.

Er hätte nicht mit Sicherheit sagen können, ob ein Regentropfen das Wort aufgelöst hatte oder eine der Tränen, die ihm über die Wangen rannen.